SCHERZ

Charlotte Blum

FRÄULEIN VOM AMT

Die Nachricht des Mörders

Roman

SCHERZ

Aus Verantwortung für die Umwelt hat sich der S. Fischer Verlag zu einer nachhaltigen Buchproduktion verpflichtet. Der bewusste Umgang mit unseren Ressourcen, der Schutz unseres Klimas und der Natur gehören zu unseren obersten Unternehmenszielen.

Gemeinsam mit unseren Partnern und Lieferanten setzen wir uns für eine klimaneutrale Buchproduktion ein, die den Erwerb von Klimazertifikaten zur Kompensation des CO_2-Ausstoßes einschließt.

Weitere Informationen finden Sie unter:
www.klimaneutralerverlag.de

MIX
Papier aus verantwortungsvollen Quellen
FSC® C083411
FSC www.fsc.org

Erschienen bei FISCHER Scherz

Dieses Werk wurde vermittelt durch die
Literarische Agentur Thomas Schlück GmbH, 30161 Hannover.
Redaktion: René Stein

Satz: Fotosatz Amann, Memmingen
Druck und Bindung: CPI books GmbH, Leck
Printed in Germany
ISBN 978-3-651-00111-4

Für Elisabeth,
das Fräulein vom Amt

»Wer beim Telephonamt tätig ist,
schafft Zauberwerke, deren sich die Scheherezade
nicht einmal zu schämen braucht.«

BERLINER LEBEN. ZEITSCHRIFT FÜR SCHÖNHEIT
UND KUNST, DEZEMBER 1906

1922

1

Sie war in Eile, ihr wadenlanger Rock raschelte bei jedem Schritt; doch trotz ihrer Hast bemühte sie sich, so leise wie möglich auf den unebenen Stufen aufzutreten und so den Widerhall zu dämpfen. Die im Mondlicht funkelnde Haube der Stiftskirche wies ihr den Weg, das Ziel war nicht mehr weit. Unbewusst zog sie die Schultern hoch, um sich vor der kühlen Brise, die aus dem nahe gelegenen Wald durch die laue Sommernacht pfiff, zu schützen.

Außer ihr war keine Menschenseele unterwegs.

Normalerweise genoss sie die Stunden kurz vor Sonnenaufgang; sie gaben ihr ein Gefühl von Überlegenheit. Sie meinte dann, die Welt in ihrer Hand zu halten, auf sie Einfluss zu haben, sie in ihrem Tun und Treiben lenken zu können. Jetzt jedoch trieb sie das Ticken der Zeiger an und hielt sie davon ab, den Wechsel der Nacht in den Tag, das Verblassen der Sterne zu genießen.

Sie erreichte den Marktplatz, eilte so leise wie möglich Richtung Schlossstraße, als plötzlich das Geräusch fremder Absätze auf dem Pflaster wie Kanonendonner in ihren Ohren erklang. Ihr Herz geriet aus dem Takt, stolperte für einen Augenblick, und sie meinte, einen Schatten hinter einen der Wandpfeiler der Stiftskirche huschen zu sehen. Abrupt blieb sie stehen. Sie legte eine Hand auf den Brustkorb, atmete kurz durch und spähte in die Dunkelheit. Nichts.

Einbildung?

Eilig setzte sie ihren Weg fort – das rhythmische Klackern der Schuhe kehrte zurück. Das war keine Sinnestäuschung. Jemand war dort, jemand, den sie hören, aber nicht sehen konnte.

Sie öffnete ihre Handtasche einen kleinen Spaltbreit, versicherte sich, dass alles in Ordnung war, indem sie mit den Fingerspitzen über das dünne Papier der Banknoten strich, und schloss den Clip wieder. Dann ging sie schneller.

Hinter ihr nahm das Klappern der Schuhe auf dem Pflaster an Geschwindigkeit zu, passte sich ihrem an.

Nach einer Weile achtete sie nicht mehr darauf, sich lautlos fortzubewegen. Sie fing an zu laufen, ein moderates Tempo, von dem sie glaubte, es auf Dauer durchhalten zu können. Dabei hielt sie den leichten Sommerhut fest, dessen breites Band bei jedem ihrer Schritte mitschwang.

Die fremden Schritte folgten ihr.

Licht. Sie brauchte Licht. Kurzentschlossen schlug sie den Weg Richtung Stadtmitte ein, hastete Treppenstufen hinunter, eilte zur Straßenbahnhaltestelle. Die Kandelaber auf dem Leopoldsplatz gaben ihr ein wenig Sicherheit, trotzdem tat ihr Herz einen Satz, als sie beinahe auf den Schienen ausglitt. Sie fing sich wieder und eilte weiter.

Genauso wie die fremden Schritte.

Als die Kolonnaden des Kurparks in Sicht kamen, hatte sich der Rhythmus in ihrem Rücken bereits zu einem Allegro gesteigert.

Jetzt rannte sie los, spürte die von der Nacht eiskalte Luft in ihren Lungen, in ihren Ohren rauschte es.

Das Allegro hinter ihr wurde zu einem immer lauter hallenden Presto und folgte ihr bis zu den Ladenzeilen, als sie über eine aus dem Kies ragende Baumwurzel stolperte. Mit der

Spitze des Spangenschuhs blieb sie hängen, die Riemchen schnitten ihr in den Fuß, sie knickte um, schlug hin, fühlte im gleichen Augenblick, wie ihre Handflächen über den Splitt scheuerten, und versuchte, die wie Feuer brennenden Knie zu ignorieren und sich wieder aufzurichten. Atemhauch an ihrem Ohr. Ein urplötzlicher Schmerz an ihrem Hals hinderte sie daran aufzustehen. Entsetzt schnappte sie nach Luft.

»Ich habe Geld! Nehmen Sie das Geld!«, krächzte sie und presste gleichzeitig die Hand auf die verletzte Stelle.

Niemand antwortete. Irritiert stellte sie fest, dass sie außer ihrem eigenen Wimmern, dass sie jetzt zwischen kurzen flachen Atemzügen ausstieß, keinen anderen Laut mehr hörte.

Sie kniete auf dem Kies, die kleinen Steinchen bohrten sich in die Haut. Inzwischen hielt sie beide Hände auf ihren Hals gepresst, durch ihre Finger rann warmes Blut. Es hörte nicht auf. Ein kontinuierlicher Strom.

Sie brachte keinen Ton heraus. Das Atmen fiel ihr zusehends schwerer.

Warum? Sie spähte in die von den Laternen beschienenen Schaufenster. Suchte nach einem Spiegelbild, das nicht ihres war. Die Handtasche neben ihr verschwamm vor ihren Augen. Ihr Angreifer hatte sie nicht angerührt. Und jetzt war er verschwunden.

Blut sammelte sich in ihrer Mundhöhle, rann die Speiseröhre hinunter. Blut, das den Geschmack von Metall hatte. Noch nie hatte sie solche Angst gehabt. Und mit einem Mal wurde ihr klar, dass ihr Leben in wenigen Minuten vorbei sein würde.

2

Und sie war nackt!«

»Wer?«

»Die Berber!« Ida senkte die Stimme und beugte sich verschwörerisch vor, nachdem sie sich vergewissert hatte, dass der Drache sie nicht beobachtete. Vor ihr blinkte ein Lämpchen, das sie jedoch ignorierte. »Am helllichten Tag. Unter ihrem Pelzmantel.«

Auch in Almas Schaltschrank leuchtete es an verschiedenen Stellen. Ihre Finger schwirrten durch die Luft wie die Flügel eines Kolibris, flatterten an diversen Kabeln vorbei, zielsicher auf das richtige zu. Innerhalb eines Flügelschlags hatte sie den Abfragestöpsel in die korrekte Klinke des gewünschten Teilnehmers gesteckt. Alma war stolz darauf, ein Fräulein vom Amt zu sein, und sie war gut. Sehr gut sogar, das hatte die Aufsicht nach dem letzten Heiligen Abend anerkennend gesagt, als es so viele Gesprächsanfragen gegeben hatte, dass Alma und ihre Kolleginnen sich die Telefonnummern hatten aufschreiben und die Anrufer zurückrufen müssen.

»Hier Amt, was beliebt? Mit welcher Nummer darf ich Sie verbinden?«, spulte sie ihr Sprüchlein mit freundlicher Stimme herunter. Zuvorkommende Sätze waren inzwischen von formelhaften, kürzeren Phrasen abgelöst worden, und Alma trug sie mit der Akkuratesse eines Armeeangehörigen vor. Sie bedeckte die Sprechmuschel mit der Hand, während sie den Kopf nach rechts zu Ida drehte, die mit einem lausbübischen Lächeln darauf wartete, dass sie weitere Ungebührlichkeiten aus dem Amüsierbetrieb wiedergeben konnte.

»Nackt?«, vergewisserte sich Alma.

Ihre Kollegin nickte eifrig. »Im Büro ihres Bankiers oder so. Stell dir das vor!«

»Das ist Berlin«, betonte Friederike zwei Stühle weiter, die Röte, die ihr dabei bis unter den blonden Pony kroch, verriet jedoch ihr Unwohlsein. »Vergnügungssüchtig. Das sind die. Die sind alle verrückt dort.«

Alma konnte sich ein Grinsen nicht verkneifen, nestelte eine rechthaberische Strähne, die sich aus ihrer Aufsteckfrisur gelöst hatte, unter den Kopfhörer, aktivierte den Gebührenzähler und verband ihren Anrufer ins Hotel Stephanie in der Schillerstraße. »Bitte sprechen Sie.« Die Nummer der oft genutzten Apparate, die der Kurhotels zum Beispiel, kannte sie auswendig, und die Abkürzungen der Ortsteile waren ihr in Fleisch und Blut übergegangen. Das ging so weit, dass sie im Kopf Baden-Baden anhand seines öffentlichen Fernsprechnetzes kartographieren konnte.

Im Kasino Stephanie findet heute Abend wieder eine Tanzveranstaltung statt, dachte sie lächelnd. Mit Sicherheit aber ohne nackte Tänzerinnen, Kokain und Äffchen, die sich an die tiefen Ausschnitte ihrer Besitzerinnen klammerten.

Es war Sommer, die Kurhotels ausgebucht, deren internationale Gäste betucht und bereit, für ihren Erholungsurlaub zusätzlich etwas springen zu lassen. In aller Würde und mit Anstand.

Ein weiteres Gespräch und noch eins, überall tanzten die Lichter, blinkten auf und erloschen wieder, während Almas Finger über ihr Pult schwirrten. Ihre jungen Kolleginnen widmeten sich ebenfalls wieder ihren Aufgaben, würden nach dem Ende der Schicht allerdings gewiss weiterplaudern: Ida würde die im Delirium dahintaumelnden Besucher der Großstadt-Jazzclubs verteidigen, Friederike hingegen die lasterhafte Lebensweise der »Berliner Irren« anprangern. Jetzt aber mussten sie sich vorsehen. Jede Toilettenpause wurde von der Aufsicht – genannt »Der Drache« – überwacht, Rauchpausen wurden noch seltener genehmigt, Privatgespräche waren selbstverständlich verpönt.

Die Arbeit konnte nervenaufreibend sein, die Kopfhörer und die Mikrophone, die sie täglich stundenlang trugen, Kopfschmerzen oder sogar Hörschäden verursachen. Und die nervliche Belastung verkraftete nicht jede. Eine klare Aussprache war ebenso wichtig wie Schnelligkeit und ein zuverlässiges Gedächtnis. Dialekt war tabu, Freundlichkeit und Zuvorkommenheit das Credo. Das Fräulein vom Amt musste eine gehobene Bildung vorweisen, am besten eine Fremdsprache sprechen. Alma liebte es, auf die Frage eines internationalen Touristen nach ihrem Befinden mit »Thank you, very well, and how are you?« zu antworten. Mithören war verständlicherweise strengstens untersagt, aber bei Gesprächen, die überdurchschnittlich lange dauerten, schaltete sich Alma manchmal dazu, um zu überprüfen, ob die Verbindung nicht etwa zwischenzeitlich unterbrochen worden war, was natürlich auch passieren konnte. Davon abgesehen war es sehr verführerisch, heimlich das telefonische Liebeswerben von Männern zu verfolgen, die nicht von ihren Kurschatten lassen konnten. Besonders Ida war dafür äußerst empfänglich.

Alma hatte gerade das nächste Gespräch vermittelt, als links neben ihr ein leises Stöhnen erklang. Eigentlich kaum hörbar inmitten der sirrenden Frauenstimmen und zusätzlich gedämpft durch den Kopfhörer, doch die Fräulein saßen so eng nebeneinander, dass Alma sich unwillkürlich nach links drehte. Lichter blinkten ihr wütend entgegen. Vier, fünf, sechs Anrufer warteten gleichzeitig darauf, verbunden zu werden. Doch statt ihre Finger tanzen zu lassen, hielt Marianne, die sich schon am vorigen Gespräch nicht beteiligt hatte, ihre Hände auf den Bauch gepresst.

»Ist dir nicht gut?«, flüsterte Alma, als sie schon das nächste Gespräch annahm.

Kopfschütteln.

»Schnell, ich mach das für dich.« Alma warf einen Blick zum Drachen, der glücklicherweise am anderen Ende des Saals beschäftigt war, und bedeutete Marianne dann mit einem Kopfnicken, in die Waschräume zu verschwinden. Das Mädchen war erst kürzlich einem dreckigen, verschimmelten Loch entkommen, das die Wirtin Zimmer genannt hatte. Dort hatte Marianne gesessen, hungrig, ihre zerschlissene Kleidung ausgebessert, immer wieder aufs Neue. Stets die Hoffnung vor Augen, dass es irgendwann anders werden würde. Und das Schicksal hatte schließlich ein Einsehen gehabt. Alma konnte nicht zulassen, dass Marianne Ärger bekam und womöglich wieder in das Unglück zurückfiel, in dem sie so lange ausgeharrt hatte.

Die Lichter der Schalttafel flackerten wie wild, herrje, was für ein Durcheinander. Mit einem Blick sondierte Alma die Lage, nahm Mariannes Kopfhörer auf, um das erste Gespräch herzustellen. Dann widmete sie sich einem anderen Blinken, stutzte. Was war hier los? Eine falsche Verbindung? Sie drehte sich erneut zum Drachen um – Entwarnung – und schaltete sich zu, um schnell hineinzuhören.

Die Stimme, die sie da hörte, ließ ihr das Blut in den Adern gefrieren. Knarzig. Laut. Trotz der Wärme durch die technischen Instrumente stellten sich die Haare auf Almas Unterarmen auf.

»Ich wollte nur melden«, sagte der Mann, und es klang, als wenn man Nägel über eine Schiefertafel zog, »ich wollte nur melden, dass der Auftrag erledigt ist. Sie finden die Dame bei den Kolonnaden.«

Alma riss sich den Kopfhörer von den Ohren. Wie in Trance arbeitete sie weiter, geschickt fanden ihre Finger die entsprechenden Schnurpaare und Klinken, während sie mit den Gedanken ganz woanders war.

Marianne kehrte zurück, und der Rest der Schicht verlief reibungslos. Doch dieser eine Anruf ließ Alma dennoch nicht los. Welche Dame bei den Kolonnaden? Welcher Auftrag? Und warum hatte diese eigentümliche Stimme einen so drohenden Unterton gehabt?

Nach der Arbeit zog Alma als Erstes noch im Gehen den kratzigen Mantel aus, der zu ihrer Uniform gehörte. Da der Drache es sich nicht nehmen ließ, zu verschiedenen Gelegenheiten den Zustand der Mäntel zu überprüfen, hängte Alma ihn sorgfältig in den Spind und zog sich um. Dann verabschiedete sie sich von Friederike, die ebenfalls mit ihr Schichtende hatte, und eilte hinaus auf die belebte Sophienstraße.

Zum Glück hatte sie es nicht weit nach Hause, nur einige Stationen mit der Tallinie, die am Brahmsplatz in Lichtental endete. Friederike hingegen wohnte in Oos. Ihr wurde die Fahrt mit Straßen- und Stichbahn zu öde, neuerdings sprach sie deswegen des Öfteren mal von einem Automobil. Lächerlich! Als ob sie sich das von ihrem mageren Gehalt würde leisten können! Ein fahrbarer Untersatz war das Privileg der Reichen und Schönen. Der goldenen Taschenuhren und Pelzmäntel. Alarmiert blickte Alma auf ihren Mantelsaum, wo der Stoff schon ein bisschen dünner wurde. Von ihrem Lohn konnte sie sich gerade so Schminke, hin und wieder den Besuch in einem Tanzlokal und die kleine Dachwohnung leisten, die sie sich mit ihrer Freundin Emmi teilte. Das Strickjäckchen in einem frischen Veilchenviolett, das Alma morgens auf dem Weg zur Haltestelle in der Auslage eines Schaufensters gesehen hatte, musste ebenso warten wie der cremefarbene Teddy aus Seide, die momentan angesagte Verbindung aus Chemise und Unterhose, mit der sie auch schon eine Weile liebäugelte.

Aber für einen ausgelassenen Abend reichte es noch! Und morgen war ihr freier Tag. Ein paar Stunden voller Ausgelassenheit lagen vor ihr, und sie war bereit, sie mit offenen Armen zu empfangen.

Der Gedanke daran ließ ihren Schritt beschwingter werden, als sie auf den Leopoldsplatz trat, das Hauptverkehrszentrum der Stadt, von wo aus sie die Elektrische nehmen würde. Dass die nur einige Schritte vom Postgebäude entfernt hielt, war eine Annehmlichkeit, für die Alma wirklich dankbar war. Gemeinsam mit anderen Fahrgästen wartete Alma auf die Bahn. Stiftskirche und Schwarzwald ragten hinter dem grün berankten Haus Victoria in den Himmel; sie schienen dem wuseligen Treiben vor der Haltestelle mit Gelassenheit zuzuschauen. Das ehemalige Hotel Victoria hatte schon vor dem Großen Krieg seinen Betrieb einstellen müssen, der steigende Verkehr und die damit einhergehende Geräuschbelästigung hatte die Gäste vergrault. Das wusste Alma von Emmi, die gerne aus dem Nähkästchen plauderte; und als Floristin, die einige der beliebtesten Hotels Badens belieferte, hatte sie ein großes Repertoire. Das Gesumme der Stadt, der vielen Menschen, der Geräusche der Automobile und der Straßenbahn ließen Almas Magen jedoch in Vorfreude auf die schmissige Musik einer Kapelle hüpfen. Als ein junger Mann im Vorbeigehen seinen Hut lupfte, musste sie sich anstrengen, ihn nicht mit einem Lächeln zu belohnen, das ihn vergeblich ermutigt hätte. Stattdessen schenkte sie es der Statue des Landesvaters Großherzog Leopold, nachdem sich der junge Galan entfernt hatte.

»Die Presse! Die Presse! Die Badische Presse!« Ein müde wirkender Junge schwenkte lustlos seine Zeitung. »Mord in Baden«, rief er mit etwas mehr Elan, als er bemerkte, dass Alma zu ihm hinübersah. »Kaufen Sie jetzt die Presse! Aktuelle Abendausgabe, Mord in Baden!»

Etwa wieder ein Attentat? Hier in Baden? Vor ziemlich genau einem Jahr war der ehemalige Reichsminister Matthias Erzberger während seines Kurzurlaubs in Bad Griesbach einem politischen Anschlag zum Opfer gefallen, und es hatte Alma schwer mitgenommen. Sechs Mal hatte man auf den Mann geschossen. Sechs Mal! Und dann noch zwei Mal, als er schon am Boden lag. Die Mörder, die die junge Republik auf diese Weise erschüttern wollten, waren entkommen und bis zu diesem Tag unerkannt geblieben. Wenigstens hatte man den Mord an Rathenau rächen können, dessen Attentäter sich auf der Burg Saaleck verschanzt hatten. Einer der Männer war während des Feuergefechts getötet worden, der andere hatte sich selbst ins Jenseits befördert. Wie lange war das her? Etwa einen Monat? Und jetzt ... etwa schon wieder?

Erschrocken suchte Alma in ihrer Handtasche nach dem Portemonnaie und trat zu dem jungen Zeitungsverkäufer. Ein Ehepaar blieb stehen, ebenso ein älterer Herr, der es bis gerade eben noch eilig gehabt hatte. Ein Mord, konnte man das glauben? Etwas wacher nun nickte der Zeitungsverkäufer, der kaum vierzehn Jahre alt sein mochte. »Jawohl, die Herrschaften, ein Mord. Hier!«

Er hatte den richtigen Köder gefunden und würde heute noch etwas verdienen, dachte Alma. Vielleicht konnte er sich dann ein Stück Seife kaufen. Der Schein, den sie dem Jungen in die Hand drückte, war vor einem Monat noch das Doppelte wert gewesen.

»Danke schön, die Dame«, rief der Junge und warf ihr keck einen Kuss zu. »Ein famoses Wochenende, die Dame!«

Alma lächelte und wollte gerade die Zeitung aufschlagen, doch dann kamen die cremefarbenen Wagen der Bahn in Sicht. Hastig stopfte sie die Badische Presse in ihre Handtasche zwischen Puderdose und Lippenstift, winkte dem Fahrer, dass er sie und ihre Mitwartenden mitnahm, anschließend sprang sie aufs Trittbrett.

Alma wohnte mit ihrer Freundin bei einer älteren Dame, der Witwe Meier, die zwei Zimmer unter dem Dach an alleinstehende berufstätige junge Frauen vermietete. Das Haus im Stadtteil Lichtental unweit des auf einer Anhöhe thronenden Erholungsheims gelegen, wurde von der Witwe, die sowohl den Gatten als auch einen Sohn im Krieg verloren hatte, mit dem Aplomb eines Feldherrn geführt. Da sich die Begeisterung Frau Meiers für Zucht und Ordnung auch auf Sauberkeit erstreckte, glänzte der Boden im Treppenhaus, und das Holzgeländer strahlte wie der junge Morgen. Nach eigener Aussage wollte die Wirtin durch hingebungsvolles Wienern und Bohnern auch dafür sorgen, das »Aroma der Armut« von ihrem Haus fernzuhalten. Dabei waren die Wohnungen zwar klein, aber ohne Makel, und alle Mieter gingen einer geregelten Beschäftigung nach.

Als Alma nach der ersten Besichtigung im Kurpark ihrer alten Schulfreundin Emmi Wolke über den Weg gelaufen war, die just in diesem Augenblick nach einem Platz zum Schlafen suchte, schien es ein Wink des Schicksals. Die Wohnung war klein, die Wände waren schräg, aber es gab nicht nur die kleinen Kammern – frühlingshaft geblümt tapeziert –, in denen Alma und Emmi schliefen; daneben verfügten sie über einen gemeinsamen Raum – Küche und Wohnzimmer in einem, in dem ein alter Herd mit Wasserschiff den meisten Platz einnahm. So stand ihnen jederzeit warmes Wasser zur Verfügung, außer Emmi vergaß wieder das Anheizen. Im Raum selbst waren zwei Schmuckstücke ihr ganzer Stolz: ein Sofa und ein Grammophon. Ersteres war aus dunklem Holz mit grünem Bezug, das die Witwe Meier nicht mehr brauchte, weshalb sie einen ihrer Söhne gebeten hatte, es heraufzubringen. Letzteres hatte der Vormieter aus Gründen, die Alma nicht bekannt waren (und die sie wahrscheinlich auch niemals verstehen würde) zurückgelassen. Schon der Kasten aus massiver Eiche allein war ein Hingucker, aber der Trichter in einem tiefen Rot hatte die beiden jungen Frauen vor Verzückung in die Hände klatschen lassen. Ihr Reich. Ihr eigenes Traumreich. Als Alma die Tür öffnete und einen Gruß in ihre Kammer rief, kam keine Erwiderung, Emmi war also noch nicht zu Hause. So konnte sie sich am Waschtisch frisch machen und ungestört ihre Haare hochstecken. Bisher hatte sie sich noch nicht getraut, das glatte dunkle Haar abzuschneiden, das ihr bis über die Schulter fiel. Die neue Mode jedoch hatte etwas an sich ... Alma war immer schlank gewesen, »viel zu dünn, Kindchen«, wie ihre Mutter stets besorgt sagte. Aber hatte sie sich vor wenigen Jahren noch etwas mehr Körperfülle gewünscht, trug sie heute stolz ein Trägerkleid mit tiefer Taille. Wie für sie gemacht schien diese

Mode, die sie ohne Mieder und Schnürungen tragen konnte. So fühlte sie sich frei und unbeschwert, und der tiefrote Lippenstift und ein Faux Bob sollten den Look der »neuen Frau« komplettieren. Dazu band sie ihre Haare im Nacken zu einem Pferdeschwanz zusammen, den sie dann nach innen einschlug und feststeckte. Männer entdeckten nur selten den Unterschied zwischen einem echten Bubikopf und einem falschen.

Zufrieden prüfte sie, ob die Klammern festsaßen, als sich die Tür öffnete.

»Endlich daheim!«, rief Emmi, warf die Tür schwungvoll hinter sich zu – auf die Hausordnungspredigten der alten Meier gab Almas Freundin keinen Pfifferling –, ließ ihre Handtasche an Ort und Stelle fallen und warf sich noch im Mantel auf das Sofa. Emmi war ein Wirbelwind, eine Naturgewalt, wilde blonde Locken krausten sich um ihren Kopf, die vollen Wangen glühten. »Der Baer hat mich heute getriezt, das kannst du dir nicht vorstellen!«, stöhnte sie. Dabei ließ sie ihre schlanken Finger durch die Luft tanzen.

Albert Baer, Inhaber des Blumenhandels, bei dem Emmi arbeitete, war Alma inzwischen als jemand bekannt, für den geregelte Arbeitszeiten seiner Angestellten so bedeutsam waren wie für den Drachen ein freundliches Wort. Nämlich gar nicht.

»Liebes Wölkchen, welch ein Fauxpas! Haben Sie denn etwa gar nichts gelernt?«, imitierte Emmi täuschend echt ihren Chef, dessen Markenzeichen es war, jeden seiner gestelzt vorgebrachten Sätze mit Handgewedel zu unterstreichen. »Weiße Lilien in einem Hochzeitsstrauß? Morituri salutant! Sind Sie von allen guten Geistern verlassen?« Theatralisch hielt Emmi sich eine Hand an die Stirn. »Die Giftspritze im Hotel Stephanie, die Gruber, ich hab dir ja mal von der erzählt …«, Emmi wartete einen Kommentar ihrer Freundin gar nicht erst ab,

»die war nicht besser, kann ich dir sagen. Gegen die Lilien hatte sie eigentlich nichts, aber ... Hochsaison. Extrawürste. Sonderlocken. Und dann kommen noch ein paar Pferdebesitzer daher, und du weißt, wie die Gruber mit Pferden ist! Im Endeffekt hat sie dann alles an mir ausgelassen.« Emmi stöhnte erneut, dann richtete sie sich auf. »Gut siehst du aus«, sagte sie zu Alma. »Wie ein echter *flapper*.«

Sie setzte, immer noch im Mantel, die Grammophonnadel auf eine Schallplatte, kurbelte, legte ihre Hände auf Almas Taille, und die beiden stürmten zum Rhythmus eines populären Gassenhauers durch die Wohnung.

»Die Meier wird wieder einen Wutanfall bekommen!«, japste Alma während einer Kehrtwende kurz vor dem Waschbecken. »Die hört da unten jeden Schritt!«

Emmi stieß sie spielerisch von sich und zog sie dann wieder zu sich heran. »Ach was! Hab dich nicht so. Wir testen den Sitz deiner Frisur, weiter nichts.«

Alma lachte, wand sich unter dem Arm ihrer Freundin hindurch. Lauthals sangen die beiden mit:

»Wir versaufen unser Oma ihr klein Häuschen,
Ihr klein Häuschen, ihr klein Häuschen.
Wir versaufen unser Oma ihr klein Häuschen
Und die erste und die zweite Hypothek!«

Irgendwann war das wütende Klopfen von unten nicht mehr zu ignorieren.

Der Faux Bob hatte gehalten.

Ein echter *flapper*. Alma musste immer noch schmunzeln, als sie bei Emmi untergehakt das Tanzcafé Riegel betrat. Das Licht war schummriger als in den Cafés für die Kurgäste, die Besucher weniger gutbetucht. Für Emmi war dieser Umstand das Tüpfelchen auf dem i, nahm es Baden doch ein wenig den Provinzmief. Denn wie Ida schwärmte sie von Berlin. Berlin, Berlin, Berlin. Baden war ein Nest, dem sie so schnell wie möglich den Rücken kehren wollte. Allerdings sprach Emmi schon seit zwei Jahren davon, und Alma war froh, dass ihre Freundin immer noch an diesem Luftschloss baute und es nicht zu beziehen gedachte.

Zigarettenrauch hing wie undurchdringlicher Nebel in der Luft, die schummerige Beleuchtung des Raumes spielte darin Verstecken. Der Körpergeruch schwitzender Menschen paarte sich mit dem Odeur parfümierter Seife. Die Kapelle spielte einen flotten Twostepp, und fast ein Dutzend Paare zuckten auf der Tanzfläche. Lange Perlenketten hüpften, schlugen rhythmisch auf den Brustkorb ihrer Trägerinnen. Alma verspürte sofort das aufgeregte Ziehen in ihrer Brustgegend, ein Verlangen nach Tempo und Vergnügen.

»Meine Güte, da wimpelt ja die komplette Galanterieausstattung von Anstetts Kurzwaren herum!«, kommentierte Emmi beim Anblick der Haarbänder, Federn und dem anderen Schmuck auf den Köpfen der Frauen. Auf ihrem Gesicht zeigte sich die Ungeduld eines kleinen Mädchens, das in wenigen Minuten Karussell fahren durfte.

Der Takt dominierte vor der Melodie. Die Tanzenden schüttelten ihre Schultern, eine voluminöse, schon etwas ältere Dame wackelte luderig mit dem Allerwertesten.

»Auf ins Vergnügen!«, rief Emmi und zwinkerte einem in der Nähe stehenden jungen Mann zu.

»Na, damit bekommst du sicher den ersten Cocktail des Abends spendiert«, kommentierte Alma.

»Ich warte auf Karl Kappler«, erwiderte ihre Freundin, während ihre Augen den schummrigen Saal absuchten.

»Auf wen?«

Emmi nahm sie am Arm und zog sie zu sich. »Der Rennfahrer!«, raunte sie ihr ins Ohr. »Schlank, jung, attraktiv. Rasant.« Eine Locke streifte Almas Wange, als sie den Kopf erneut in Richtung Tanzfläche drehte und einen Hauch von Jasmin hinterließ. »Der will heute hier sein. Ich habe die Pagen drei und fünf vom Brenners miteinander reden hören. Charlie Kappler ist wohl die neue heiße Nummer des Automobilrennens. Fuhr auch im Juli hier mit und gewann den Wanderpokal in der Gesamtwertung. Du weißt schon.«

Alma wusste es eigentlich nicht so genau, was sie aber wusste: Das Badener Automobilturnier, das seit letztem Jahr von der lokalen Zigarettenfabrik Batschari ausgerichtet wurde, hatte sich mit seinem Berg- und Flachrennen, einem Geschicklichkeitsturnier vor dem Kurhaus und einer Schönheitskonkurrenz schon weit über die Stadt hinaus einen Namen gemacht. In diesem Jahr hatte das Turnier im Juli stattgefunden und war wie immer sehr gut besucht gewesen. Alma konnte sich jedoch an den Namen Karl Kappler nicht erinnern, sondern nur an eine Frankfurterin namens Ines Keil-Folville, die zu Almas großer Freude in der Damenkonkurrenz den ersten Preis erlangt hatte. Wie das süffisante Lächeln auf einigen Männergesichtern erstarb, als Frau Keil-Folville über die Zielgerade gefahren war, hatte Alma in vollen Zügen genossen.

»Anscheinend hat er sein erstes Rennen mit süßen fünfzehn Jahren gewonnen. Drei und Fünf waren total enttäuscht, dass er sich während seines Abstechers nach Baden-Baden nicht für eins der großen Hotels entschieden hat, aber ... das wird noch.« Emmy hob bedeutungsvoll die Augenbrauen. »Er hat einen eigenen Rennwagen gekauft, für 140 000 Reichsmark, munkelt man. Und dazu soll er noch phantastisch aussehen!«

Wenn dieser Kappler aber wirklich so aussah wie von Emmi beschrieben und das »rasant« sich auch auf seinen Tanzstil bezog, dann würde er aus der Masse der sich Amüsierenden sicherlich herausstechen. »Dann wird er mir also sofort auffallen?«

»Auffallen? Darauf kannst du wetten, meine Blume! Er geht immer elegant an den Start: Binder, gestärktes Oberhemd, Jackett. Da wird er sich heute Abend auch nicht lumpen lassen.« Mit einem Lächeln, das ihre strahlend weißen Zähne zeigte, ließ Emmi ihren Mantel von den Schultern gleiten, und sogleich stand der Mann, dem sie vorhin zugezwinkert hatte, neben ihr, um ihn ihr abzunehmen. Er bestand darauf, ihr ein Getränk zu bestellen. »Und Ihrer bezaubernden Freundin natürlich ebenfalls.«

»Nun ja«, wisperte Emmi, so dass nur Alma es hören konnte. »In der Zwischenzeit nimmt man halt, was man kriegen kann, nicht?«

So hielt Alma keine zehn Minuten später einen Pink Gin in der Hand und schnipste im Takt zur Musik. Die Kapelle war zu einem Tango gewechselt, dem Tanz, den Almas Großmutter als wild und anstößig verurteilte. So verstört mussten sich vor über hundert Jahren die Damen der Gesellschaft gefühlt haben, als der Walzer das Parkett erobert hatte und die Herren ihre Hände plötzlich um die Taillen der Damen legen durften. Heutzutage war da sehr viel mehr im Spiel als nur die Körpermitte einer Frau.

Alma sah sich um, ob nicht vielleicht ein geeigneter Herr in ihrer Nähe stand, der ihren Taillenumfang ertasten wollte. Ihretwegen musste es ja nicht gleich der rasante Charlie sein. Hauptsache, er trat ihr nicht auf die Füße, sondern riss sie mit seinen eleganten Bewegungen mit. Männer waren Mangelware, und manchmal, und vor allem im Ozelot, wo sie ab dem späten Abend immer den neuen Jazz spielten, den Alma so sehr liebte, tanzte sie einfach mit Emmi, die übrigens hervorragend führen konnte. Im Ozelot war es egal, wer sich in wessen Arme fallen ließ, ob ein Mann mit einem Mann oder eine Frau mit einer Frau über die Tanzfläche glitt. Stets im Visier der Sicherheits- und Sittenpolizei, die das anrüchige Lokal als Brutstätte des Verbrechens und als Schauplatz des Verlustes von Kontrolle und Anstand betrachtete, verhieß ein Besuch im Ozelot Leben am Rande des Vulkans. Alma verließ diese Abende immer mit einem aufgeregt pochenden Herzen, das auch bis spät in die Nacht hinein den Rhythmus der Freiheit beibehielt.

»Alma! Neuigkeiten!« Emmi, die zurückgekehrt war und aufgeregt neben ihrem Tisch stand, stupste sie an und deutete auf ihren Galan, der sich schwer atmend eine verschwitzte Locke aus der Stirn schob. Vielleicht hätte man ihm sagen sollen, was es bedeutete, mit jemandem wie Wölkchen zu tanzen, dachte Alma amüsiert.

»Rate mal, was Willy von Beruf ist«, fuhr Emmi fort, griff nach Almas Glas, trank es in einem Zug aus und schenkte ihrer Freundin über den Rand hinweg ein vielsagendes Augenzwinkern.

Unauffällig betrachtete Alma die Finger des jungen Mannes. Kräftig, sehnig, mit Dreck unter den Nägeln. Die Hände eines Handwerkers. »Mechaniker ...«, begann sie langsam, dachte an Emmis Begeisterung und ihre Erzählung vom rasanten Charlie und fügte schnell »... für Automobile!« hinzu. Dieses

Mal mit einem Ausrufezeichen. »Automobilmechaniker? So wie in Autorennen?«

Emmi hob das Glas und prostete ihr enthusiastisch zu. »So wie in Automobilrennen!«, bestätigte sie übermütig.

»Wir testen momentan ein paar Fahrzeuge«, murmelte Willy, senkte bescheiden den hochroten Kopf, wischte sich den Schweiß mit dem Ärmel seines Jacketts von der Stirn und zog dann die kichernde Emmi erneut auf die Tanzfläche. Alma blieb allein mit ihrem leeren Pink Gin zurück. Gerade wollte sie sich um Nachschub kümmern, da riss ein Pärchen, das an ihrem kleinen Tisch vorbei zur Kapelle stürzte, Almas Handtasche zu Boden.

»Darf ich Ihnen helfen, Fräulein?« Ein blonder junger Mann, kaum ein paar Jahre älter als sie, beugte sich hinunter, um die Tasche aufzuheben, noch bevor sie selbst reagierte. Neben Puderdose und Lippenstift glitt die Badische Presse auf das Parkett. Die Zeitung hatte sie ja völlig vergessen. Der Mord! Schneller, als ihr Kavalier handeln konnte, kniete Alma sich hin, um den Inhalt vor den Sohlen der Tanzwütigen in Sicherheit zu bringen.

»Steht denn was Interessantes drin heute?«, fragte der Blonde.

»Vielleicht.« Alma setzte sich und breitete die Zeitung vor ihnen aus. Die Tischlampe mit dem grünen Schirm erhellte die Seiten nur unzureichend, aber die Schlagzeile ließ sich deutlich entziffern.

»Ein Mord! Alle Wetter!« Der Blonde zog die Augenbrauen zusammen. Für einen Moment wirkte er verunsichert. Er griff in die Tasche seines Jacketts, entblößte dabei einen weißen Überschwupper, wie sie gerade in Mode waren, und zog ein Zigarettenetui hervor. »Ich weiß nicht, ob Sie das wirklich lesen sollten ... Möchten Sie eine?«

Doch Almas Augen wanderten schon die Zeilen hinab. Kein politisches Attentat, ein Frauenmord. In den frühen Morgenstunden war es passiert, sie war erstochen worden, ein Stich in den Hals, von einem unbekannten Täter. Man hatte sie gefunden, blutend und schon nicht mehr bei Bewusstsein. Die Polizei ging von einem Mord im »Milieu« aus, die Tote sei eine Prostituierte gewesen. Dann zitierte der Zeitungsreporter einen Geschäftsbesitzer, der es unvorstellbar fand, dass man »diese Dame« ganz in der Nähe des exklusiven, einladenden Tors zur Stadt, nämlich bei den Kolonnaden, ermordet hatte.

»Sie sind ja ganz blass«, rief der Blonde, und die Zigarette, die er sich gerade anzünden wollte, wippte zwischen seinen Lippen. »Das sehe ich sogar bei dieser Beleuchtung. Ich wusste, dass das nicht die richtige Lektüre für ein Fräulein wie Sie ist! Soll ich Ihnen ein Glas Orangeade bestellen?« Schon hob er die Hand, um einen der Kellner zu rufen.

Aber Alma antwortete ihm nicht. Ohrenbetäubend laut hörte sie die Worte des Anrufers mit der knarzenden Stimme in ihrem Kopf: *Ich wollte nur melden, dass der Auftrag erledigt ist. Sie finden die Dame bei den Kolonnaden.*

3

Erbarmen«, stöhnte Emmi dumpf. »Mach das Licht aus. Bitte, mach das Licht aus.« Sie hielt ihr Gesicht fest in die Daunen gepresst und versuchte, die Zipfel des Kopfkissens über ihren Hinterkopf zu ziehen.

»Dein Kater muss wirklich schlimm sein, Wölkchen, wenn du dich nicht einmal daran erinnern kannst, dass diese Wohnung keinen Strom hat.« Ruckartig zog Alma am Kissen, was ihrer Freundin ein erneutes Jammern entlockte. »Das ist die Morgensonne. Du musst aufstehen.«

»Kann nicht«, kam es aus den Daunen.

Mit einem vorwurfsvollen Zungenschnalzen zog Alma die Decke zurück. »Stell dich ans Fenster und atme tief ein. Die Temperaturen sind jetzt noch erträglich. Ein bisschen frische Luft, danach geht es dir gleich besser. Du kannst es dir nicht leisten, krankzufeiern. Sei froh, dass du in diesen Zeiten eine Anstellung hast.«

»Ich feiere nicht. Ich feiere sowieso nie mehr.«

»Unsinn. Mach dich fertig, Wölkchen.«

»Bin krank.«

»Reiß dich zusammen.«

»Bin krank!«

»Ach Wölkchen.« Alma strich ihrer Freundin sanft über das Haar, nahm eine ihrer blonden Locken auf und drehte sie sich um den Finger. »So schlimm?«

»Schlimmer.«

Dass der Beginn des neuen Arbeitstages für ihre Freundin ein Waterloo werden würde, hatte sich schon in den frühen Morgenstunden angekündigt; denn Alma hatte kolossale Mühe gehabt, Emmi unfallfrei und lautlos – die Meier hatte nun mal Ohren wie ein Luchs – die Stiege hinaufzubugsieren. Genauso große Mühe hatte es Alma gekostet, ihre Freundin von Kapplers Automobilmechaniker zu lösen, der die Spendierhosen angehabt und Emmi immer wieder »seine Gertrude Hoffmann« genannt hatte. Alma errötete immer noch, wenn sie daran dachte, dass ihre Freundin gestern Nacht nicht weit davon entfernt gewesen war, Loïe Fullers berühmten Schleiertanz aufs Parkett zu legen.

Im Gegensatz zu Alma musste Emmi heute jedoch arbeiten, was unter anderem darin bestand, im Hotel de Hollande mit der Hausdame die Tischdekoration für die Veranstaltungen der kommenden Woche zu besprechen.

Emmi hob das Kissen an und lugte mit zusammengekniffenen Augen hervor. »Kopf ... tut weh. Du musst für mich ... gehen«, flüsterte sie undeutlich. Eine Haarsträhne klebte ihr im Mundwinkel, und sie bewegte kaum die Lippen.

»Du siehst schrecklich aus«, konstatierte Alma.

»Danke«, krächzte Emmi. Abrupt hielt sie ihre Hand vor den Mund. Mit aufgerissenen Augen stürzte sie Richtung Waschtisch; und während Alma ihr über den Rücken strich und die Haare aus dem Gesicht hielt, versprach sie Emmi mit lauter Stimme hoch und heilig, ihr Bestes zu tun, um die Mamsell im Hotel de Hollande davon zu überzeugen, dass das Fräulein Wolke heute leider unabkömmlich sei und daher ihre Vertretung habe schicken müssen.

Dass Alma allerdings nicht die geringste Kompetenz in

Sachen Tischdekorationen vorweisen konnte, würde sie selbstverständlich verschweigen. Sie hatte vor, das Ganze schnell und begleitet von zustimmendem Kopfnicken zu absolvieren. Denn Almas Tagesplan sah einen weiteren Termin vor, den sie sich verbot, wegen des körperlichen Zustands ihrer Freundin zu verschieben. Emmi war wichtig. Sicher war sie das.

Die Tote bei den Kolonnaden trotz alledem auch.

Zu Almas großer Überraschung hatte die Hausdame Frau Weißhaupt, eine hochgewachsene Frau mit durchgedrücktem Kreuz und einer Frisur, die schon seit zwanzig Jahren aus der Mode war, nicht einmal mit der Wimper gezuckt, nachdem sie von Emmis »wichtigem Termin bei der Konkurrenz« erfahren hatte. Den Namen des vermeintlichen Rivalen hatte Alma im Gespräch gekonnt umschifft, genauso wie sie es meisterte, ihre eigenen, nicht vorhandenen Referenzen in Sachen Dekoration zu verschweigen. Während aus dem Nebenraum, dem Gelben Salon, die abgehackten Klänge einer übenden Kapelle herüberrumpelten, erging sich Frau Weißhaupt in Details über Blütenkelche, Stiellänge und Farbexplosionen, während Alma sich fleißig Notizen machte, ab und zu ein zustimmendes »Exakt!« oder ein »Sie haben ein hervorragendes Auge!« ausrief und ansonsten nur nickte. Die ganze Angelegenheit kostete sie fast eine Stunde, aber ein Gutes hatte es jedenfalls: Alma hatte ihrer Freundin die Anstellung gerettet, und da das Hotel in der Sophienstraße lag, konnte sie ohne großen Umweg ihren Tagesplan fortsetzen und auf direktem Weg zur Otto-von-Vincenti-Straße laufen.

Denn dort stand das Gebäude des Amtsgerichts, in dem neben dem Gerichtsarzt, den Rechtsanwälten, Dolmetschern,

Notaren und Gerichtvollziehern auch die Kriminalpolizei zu finden war. Alma wollte Nägel mit Köpfen machen und nicht erst den Umweg über die Polizeihauptwache im Amtshaus gehen.

Als sie vor dem Eingang stand, bekam sie automatisch ein schlechtes Gewissen. Ein Haus voller Leute, die Finger in tiefe Wunden legten, in die Seelen von Menschen leuchteten, deren geheimes Inneres offenlegten. Da sie in letzter Zeit aber nicht ein einziges Mal die Straßenbahn ohne Fahrschein benutzt hatte, holte sie tief Luft, grüßte freundlich einen Herrn, der ihr entgegenkam und seinerseits den Hut lupfte, nahm die fünf Stufen so selbstsicher wie irgend möglich und trat ein.

»Ich möchte zur Abteilung der Kriminalpolizei«, teilte sie dem Beamten am Tresen mit, der einige Formulare vor sich liegen hatte, die er akribisch zu studieren schien. Unwillkürlich umfasste sie ihre Handtasche fester, als zwei Polizisten an ihr vorbeigingen, die einen nach Alkohol stinkenden Mann abführten.

»Ihr werdet es alle noch sehen!«, rief der Betrunkene. »Ihr werdet es bereuen, mir nicht geglaubt zu haben!«

Alma sah ihm hinterher und fragte sich, ob der Mann nur ausnüchtern musste oder ob er nach Illenau in die Heilanstalt gehörte.

»Worum geht es?«, unterbrach der Beamte am Empfang ihre Gedanken, ohne jedoch aufzublicken. Die Spitzen seines Oberlippenbartes zeigten zackig nach oben, aus seinem Tonfall jedoch troff die Langeweile.

»Die Tote bei den Kolonnaden.«

Jetzt erst sah er zu ihr auf. Er legte seinen Stift zur Seite und musterte Alma von Kopf bis Fuß. »Was haben Sie denn mit einem Kriminalfall zu tun, Fräulein?«, fragte er.

Nun waren sie beim unangenehmen Teil ihrer Meldung, sie hatte gehofft, ihre vage Zeugenaussage erst vor einem Mitarbeiter der Kriminalpolizei machen zu müssen.

»Sagen Sie nicht, Sie haben die Dame gekannt«, sagte der Beamte jetzt und grinste. Die Bartspitzen zitterten anzüglich, dieses Mal korrespondierend zu seiner Stimme.

Alma erinnerte sich an den Artikel; die Polizei vermutete, dass die Tote eine ... Käufliche war. Hättest du wohl gern, dachte sie bei sich, erwiderte aber laut: »Nein, Sie denn?«

»Also ... ich ... natürlich nicht!«, stotterte der Beamte indigniert.

»Ich denke, es wäre am besten, Sie würden mir ins Büro folgen, Fräulein«, hörte Alma in diesem Moment jemanden amüsiert sagen. Sie drehte sich zur Seite; den Mann, der dort stand, hatte sie gar nicht kommen hören. Er war jung, höchstens fünf Jahre älter als sie, und trug keine Uniform. Seine dunklen Haare waren in einem ordentlichen Seitenscheitel frisiert, die Weste über dem Hemd sauber gebügelt, aber nicht mehr neu. Kein reicher Schnösel, allem Anschein nach hatte er sich seine Stellung erarbeitet. Eine feine Narbe kroch als dünne Linie auf seiner rechten Gesichtshälfte vom Mundwinkel bis zur Augenbraue. Er schien also im Krieg gewesen zu sein.

Er nickte dem Beamten an der Anmeldung zu, dann wandte er sich an Alma. »Hier entlang, bitte.«

Als er ihr dabei kurz in die Augen sah, machte etwas in ihrem Bauch einen kleinen Satz. Nur eine kaum merkliche Bewegung, aber trotzdem nicht zu ignorieren. Verlegen rückte sie ihren perfekt sitzenden Sommerhut zurecht, wusste aber nicht, was sie sagen sollte. Nicht einmal ein Dank kam ihr über die Lippen. Das war neu. Sie würde das beobachten müssen.

»Entschuldigen Sie bitte meinen Kollegen, aber dass jemand

einfach so hereinspaziert, noch dazu ein so hübsches Fräulein«, an dieser Stelle verhaspelte er sich kurz, »ist mehr als nur ungewöhnlich«, beendete er seinen Satz, führte sie weiter die Treppe hinauf in den zweiten Stock und öffnete schließlich eine Tür am Ende des bescheiden ausgeleuchteten Korridors. »Willkommen in Zimmer 5.« Abgestandene, warme Luft waberte in den Flur. Allem Anschein nach wurde hier nicht oft gelüftet.

Sechs Schreibtische standen in dem großen Raum, einen weiteren vermutete Alma hinter einer hohen Trennwand, in der man eine Tür angebracht hatte. Fünf der Tische überquellend mit Papieren und Akten, einer sauber aufgeräumt. Dieser war als einziger besetzt.

»Guten Tag, die Dame!«, grüßte ein gedrungener Mittvierziger, der gerade einen Stapel Akten auf einen Rolltisch legte und danach mit dem Finger prüfend über die Schreibtischplatte fuhr.

»Bitte, setzen Sie sich doch.« Hastig rückte Almas Begleiter einen Stuhl für sie heran, schob einige der Akten vom überquellenden Schreibtisch in das Regal daneben, ignorierte den bestürzten Blick seines Kollegen, der diese Art aufzuräumen offenbar für ein Sakrileg hielt, und setzte sich dann mit Stift und Papier ihr gegenüber.

Alma strich ihren Rock glatt, nahm Platz und schlug die Beine unter. Ihre Handtasche hielt sie im Schoß mit beiden Händen umklammert; ihr Rettungsboot auf einer ungewissen Fahrt ins Innere einer Behörde.

»Wie ist denn Ihr Name?«, fragte der junge Beamte. Im gleichen Moment schien er sich an seine Manieren zu erinnern und schob schnell hinterher: »Schiller, Ludwig Schiller mein Name. Kriminalkommissarsanwärter.«

»Alma Täuber. Ich bin Fräulein vom Amt.«

»Oh. Na, dann wissen Sie sicher alles, was hier in der Stadt vorgeht.« Er lächelte über seinen Scherz.

Sie erwiderte sein Schmunzeln, wurde aber gleich wieder ernst. »Genau deshalb bin ich hier.«

In den folgenden Minuten holte Alma bei ihrer Beschreibung aus, sie brauchte etwas Zeit, um ihm die Situation zu erklären, was normalerweise nicht ihre Art war; sie kam, was vielleicht ihrem Beruf geschuldet war, immer schnell zum Punkt. Aber diesmal gab es einfach so viel drum herum zu verdeutlichen, weshalb sie in das Gespräch hineingehört hatte, von welchem Apparat der Anruf gekommen war, weshalb ihr die Stimme aufgefallen war und was sie gedacht hatte, als sie den Zeitungsartikel gelesen hatte.

»Würden Sie die Stimme wiedererkennen?«, fragte Schiller.

»Jederzeit.« Da war sich Alma sicher. »Es war, als würden Reißnägel über eine Schiefertafel gezogen.«

»Haben Sie auch den Gesprächspartner gehört?«

Alma schüttelte den Kopf. Sie hatte sich nicht gewundert, dass der andere auf die Mitteilung nicht geantwortet hatte. »Es schien nur eine Nachricht gewesen zu sein. Eine Mitteilung, gedacht als Telegramm.« Nur hätte man bei einem tatsächlichen Telegramm den Namen des Empfängers angeben müssen. Die Anonymität eines Anrufs von einem öffentlichen Apparat an einen öffentlichen Apparat wäre nicht gegeben gewesen.

Die Tür öffnete sich, und ein älterer Mann trat ein. Der Duft von parfümierten englischen Zigaretten umgab ihn, was aber nicht so recht zu seiner Erscheinung passen wollte, wie Alma fand. Seine Haare waren ungepflegt, einige hatten sich offenbar beim hastigen Kämmen gelöst und glänzten auf dem Rücken seiner dunkelbraunen Anzugjacke. Ein beträchtlicher

Bauch ragte über seinen Hosenbund hinaus und drückte die Knöpfe des Hemdes etwas auseinander.

Ludwig Schiller war aufgestanden und begrüßte den Mann mit den Worten: »Es geht um die Tote bei den Kolonnaden, Herr Kriminalrat. Möglicherweise haben wir einen Hinweis, dass die Tat geplant war.« Dabei deutete er auf Alma.

Der Kriminalrat, den Alma sich nie und nimmer so vorgestellt hätte, ließ das Etui, das er in der Hand hielt, aufschnappen, nahm eine Zigarette heraus und steckte sie sich zwischen die Lippen. »Geplant?«, nuschelte er. »Der Mord an einer Dirne? Unsinn, Schiller.« Er machte eine unwirsche Handbewegung, als wolle er den Einwand wegfegen, wandte sich dann an den Kollegen, der dem Alten zuerst huldvoll eine Akte reichte und ihm dann die Zigarette anzündete.

»Ich habe es selbst gehört.« Alma entließ ihre Handtasche in die Freiheit, stellte sie kommentarlos auf den Schreibtisch und stand dann auf. »›Ich wollte nur melden, dass der Auftrag erledigt ist. Sie finden die Dame bei den Kolonnaden‹«, wiederholte sie die Worte des unbekannten Anrufers.

Der Alte legte den Kopf leicht in den Nacken und pustete süßlichen Rauch gen Zimmerdecke. »Ach? Und Sie sind?«

»Fräulein vom Amt!«

Schiller stellte sich halb vor Alma, es schien, als wolle er sie vor dem wütenden Blick seines Vorgesetzten beschützen. Erneut machte sich eine seltsame Mischung aus Sprachlosigkeit und Wärme in Alma breit. »Sie hat die Meldung in der Zeitung gelesen, ich habe ihre Zeugenaussage aufgenommen.«

Der Kriminalrat warf nicht einmal einen Blick auf das Papier in der Schreibmaschine. »Von einer Dame hat der Anrufer gesprochen, ja?«, fragte er. »Sehen Sie, dann kann er unsere Tote ja nicht gemeint haben.«

»Woher wissen Sie, dass sie eine … eine …« Alma war keine Frau, der bestimmte Begriffe nicht über die Lippen kamen, aber hier in diesem Raum mit drei fremden Männern, die sie alle anblickten, wusste sie nicht, welcher Ausdruck der Richtige war.

»Wir haben Jetons in ihren Taschen gefunden.«

Jetons? Das hatte nicht in der Zeitung gestanden! Woher hatte die Frau Jetons gehabt? Die Spielbanken waren doch schon lange geschlossen. Außer …

»Das illegale Glücksspiel floriert«, erklärte Schiller. »Wer sein Glück mit den Pferden herausfordert, will sich bald auch am Roulettetisch versuchen. Und Baden bietet seinen Gästen alles, was das Herz begehrt.«

»Das Spielerherz«, ergänzte sein Vorgesetzter. Dann wandte er sich wieder an Alma. »Gehen Sie zurück zu Ihren Schalttafeln«, sagte er. »Und Sie, Franck«, herrschte er Schillers Kollegen an, der unter dem Blick seines Vorgesetzten ein paar Zentimeter zu schrumpfen schien, dann aber wie ein Pennäler den wurstigen Zeigefinger in die Luft streckte.

»Hier, Herr Kriminalrat.«

»Sie kümmern sich um die gestohlene Brosche der englischen Gräfin.«

Lady, verkniff Alma sich die Korrektur. Sie wollte den Mann nicht noch mehr gegen sich aufbringen.

»Im Deutschen Kaiser gab es gestern eine Schlägerei, Schiller, das bringen Sie in Ordnung. Wir haben hier Prioritäten zu setzen. Die Große Woche wirft schon jetzt ihre Schatten voraus. Pferdeverrückte mit absurden Anliegen in jedem Hotel. Anzeigen wegen Diebstahl, Ehrverletzung … Sie erinnern sich an letztes Jahr? Katastrophe!«

»Jawohl.«

»Und der Mordfall? An der *Prostituierten*?« Das konnte Alma sich nun doch nicht verkneifen.

»Wenn dann noch Zeit ist, jagen wir Phantomen am Telefon nach.« Er schnaubte. »Glauben Sie mir, Fräulein, das Leben einer Hure« – bei der Erwähnung des Wortes beobachtete er Alma genau, erwartete wohl eine exaltierte Reaktion, die jedoch ausblieb – »bringen vor allem zwei Menschen in Gefahr: ihr Zuhälter und ihr Freier. Keiner von beiden spricht darüber am Telefon.«

Ganz von der Hand weisen ließ sich die Argumentation nicht. »Ich habe gehört, was ich gehört habe.«

»Das glaube ich Ihnen.« Der Alte nickte gütig, betrachtete skeptisch die Spitze seiner Zigarette und sah sich suchend um. »Aber meinen Sie nicht, es könnte sich um einen bloßen Zufall gehandelt haben?« Er aschte dankbar in den Kaffeebecher, den der aufmerksame Beamte Franck von irgendwo hergezaubert hatte.

Zufall. Das hatte Alma sich auch gefragt. Natürlich konnte etwas ganz anderes gemeint gewesen sein. Aber der Zeitpunkt, am Morgen nach dem Mord, der Ort des Verbrechens ... Da sie jedoch keine Entgegnung wusste, die ihn überzeugen würde, schwieg sie.

Selbstzufrieden nickte der ungepflegte Kriminalrat und durchstapfte ohne ein weiteres Wort das Büro bis zur Trennwand, öffnete deren Tür und ließ sie hinter sich ins Schloss knallen. Zurück blieb ein starker Duft von Anis.

»Was werden Sie jetzt tun?«, fragte Alma Ludwig Schiller, der sie nach draußen begleitete.

»Sie haben Kriminalrat Ketterer ja gehört. Eine Schlägerei im Deutschen Kaiser.«

»Ich meine die Tote.«

Er wusste genau, was sie meinte, das zeigte allein schon, dass er ihrem Blick auswich.

»Vielleicht war es ja wirklich nur ein Zufall«, sagte er schließlich, als sie am Fuß der Treppe angelangt waren.

»Vielleicht aber auch nicht«, erwiderte Alma.

Ludwig Schiller versuchte sich an einem tröstenden Lächeln. »Es war nett, Sie kennenzulernen, Fräulein Täuber.«

Als Alma sich umdrehte und das Amtsgericht verließ, konnte sie sich des Gefühls nicht erwehren, dass er noch etwas hatte sagen wollen.

Mit gemischten Gefühlen trat Alma hinaus ins gleißende Sonnenlicht. Ihre Befürchtung, nicht ernst genommen zu werden, hatte sich vor wenigen Minuten bewahrheitet, und wütend eilte sie davon, um das Potpourri aus Zorn und Hilflosigkeit, das in ihr hochstieg, besser ertragen zu können. Der vorwurfsvolle Blick einer Kinderwagen schiebenden Mutter, in die sie um ein Haar hineingerannt wäre, ließ sie innehalten, denn die leidende Miene ihrer Freundin kam Alma wieder in den Sinn. Jetzt hieß es erst einmal das Problem eines dicken Schädels und rumorenden Magens zu lösen. Emmi lag ganz gewiss noch immer im Bett und jammerte vor sich hin. Und so wie Alma die Meier kannte, stand diese in ihrer guten Stube und lauschte hingebungsvoll auf jeden einzelnen Klagelaut, um ihren beiden Mieterinnen bei Gelegenheit wieder eine Gardinenpredigt über die liederlichen Weibsbilder von heute zu halten.

Zurück in der Sophienstraße trat Alma nur wenige Minuten später durch die von Pilastern eingerahmte Tür der Apotheke. Wie jedes Mal, wenn sie hier in Dr. Rösslers Hofapotheke stand, atmete sie den angenehmen Duft von Salben und Essenzen tief ein. Der Inhaber höchstpersönlich fertigte Tinkturen nach in- und ausländischen Rezepten an, und man konnte sich die Bestellungen auch nach Hause liefern lassen. Große und kleinere Vorratsgefäße, einige davon aus Porzellan oder geschliffenem Glas, und bauchige Flaschen, mit schwungvoller Handschrift klassifiziert, standen rechts und links in meterhohen Regalen. Wie immer in den Sommermonaten ging es international zu. Ein Mann mit amerikanischem Akzent verlangte ein Mittel gegen Magenschmerzen, ein französischer Tourist klagte über Sodbrennen – und beide wurden in ihrer Landessprache bedient. Alma war die vierte Kundin in der Reihe, und nur wenige Minuten später, nachdem ein russischer Kunde zufrieden den Laden verlassen hatte, bat sie den jungen Mann hinter der Theke um ein leichtes Schmerzmittel. Sie verließ die Apotheke mit dem guten Gefühl, zumindest ein Problem an diesem Tag gelöst zu haben.

Das Empfinden hielt dennoch nicht lange an.

Alma erreichte rechtzeitig den Leopoldsplatz, um in die abfahrende Straßenbahn zu springen, löste ein Billett und wollte sich eben einen Platz suchen, als aufgewühltes Stimmengewirr durchs Abteil schwappte. Zuerst waren einzelne Worte nicht zu verstehen, es war eher der Strom überschnappender Klangfarben, der Alma alarmierte. Schrill ausgestoßene Vokale, wütend hervorgestoßene Satzfetzen. Nur wenige Sekunden später erblickte Alma die Ursache der allgemeinen Erregung. Im hinteren Bereich des Abteils hatten zwei Männer eine junge Frau ergriffen, die sich mit Tritten zur Wehr setzte. Ihr dunkles Haar war kinnlang geschnitten, die schwarz umrandeten Augen saßen wie Kohlen in einem ansonsten kalkweiß geschminkten Gesicht, aus dem die Wangenknochen hervortraten wie Vogelschwingen. Als sie erneut nach einem der Männer austrat, der versuchte, sie Richtung Ausstieg zu manövrieren, traf sie ins Leere, und ein silberglänzender Schuh mit hohem Absatz segelte durch das elegant ausgestattete Abteil, um im Schoß einer älteren Dame zu landen, die das Flugobjekt mit spitzen Fingern und zusammengepressten Lippen wegfegte, als könne es augenblicklich explodieren.

Der ausgemergelte Körper der jungen Frau krümmte sich wie unter starken Schmerzen, dann gelang es ihr, sich loszureißen und aus der Straßenbahn zu springen, die sofort nach dem Anfahren wieder angehalten hatte. Durch eines der drei großen Abteilfenster sah Alma sie mit nur einem Schuh davonhumpeln, während alle Passanten, die ihr begegneten, der geisterhaften Gestalt auswichen.

Der Fahrer, der sich inzwischen mit beruhigenden Worten seinen Weg nach hinten gebahnt hatte, nahm die Mütze ab und fuhr sich mit den Händen durchs Haar. »Danke, meine Herren, das war schon die zweite diese Woche.« Er nickte den Männern mit einer Mischung aus Anerkennung und Mitleid zu. »Abscheuliche Kreaturen.«

»Dieses Fähnchen«, flüsterte eine Frau mittleren Alters neben Alma empört. »Haben Sie dieses Fähnchen gesehen? Trug sie denn überhaupt etwas darunter?«

»Das sind die Touristen. Die Kurgäste.« Es war ein Herr, der sich mit dieser gewagten These nun einschaltete. »Die sind für dieses Schlamassel verantwortlich zu machen!«

Die Frau wandte den Kopf. »Die Kurgäste brauchen wir«, warf sie ein.

»Ja, aber doch nicht solche!«

Alma entschuldigte sich und stieg aus, bevor sich die Straßenbahn in Bewegung setzte. Erst als sie mit beiden Füßen auf dem Bürgersteig stand und ein paarmal tief durchgeatmet hatte, war sie wieder in der Lage, einen klaren Gedanken zu fassen.

Die junge Frau war ein leichtes Mädchen gewesen, möglicherweise ohne Fahrschein. Allenfalls betrunken. Wahrscheinlich hatte sie auch Kokain konsumiert, wie so viele Menschen, die den Krieg oder ihre aktuelle Notlage vergessen wollten. Vielleicht aber hatte die Frau auch einfach nur von A nach B fahren wollen und dabei mit ihrer puren Anwesenheit die anderen behelligt. So wie die Kriegsversehrten, die ihre verstümmelten Gliedmaßen in der Hauptstraße präsentierten, oder die Kinder in ihren schmutzigen Kleidchen und zerrissenen Kniehosen, die ihre kleinen Hände zu Schalen formten und ausstreckten.

Während sie auf die nächste einfahrende Straßenbahn wartete, fasste Alma einen Entschluss. Sie würde nicht wegschauen, sie würde dafür sorgen, dass der toten Prostituierten unter den Kolonnaden Gerechtigkeit widerfuhr. Sie würde sich von der Polizei nicht kleinkriegen lassen, sie würde beharrlich bleiben.

4

Alma hatte die Klinke der Haustür schon in der Hand, als sich die Witwe im Flur vor ihr aufbaute. Sie trug einen schwer fallenden geblümten Morgenmantel, dessen bessere Tage in der fernen Vergangenheit lagen. Offenbar hatte die Alte mit dem Ohr an der Tür geklebt und darauf gewartet, dass ihre Mieterin sich zur Arbeit aufmachte. Über Almas Dienstplan war sie normalerweise so gut informiert, dass Emmi einmal vermutete hatte, die Alte und der Drache wären Duz-Freundinnen. Heute jedoch würde Alma ihre Schalttafeln links liegen lassen – der Drache hatte ihr das ganze Wochenende freigegeben, denn auch die Aufsicht der Fräulein war nicht unempfänglich für Familienwerte. Und an diesem Sonntag lud Almas Mutter zum Geburtstagsessen. Ein »Runder« wurde gefeiert, ins Detail wurde nicht gegangen, schon Wochen vorher hatte die unausgesprochene Aufforderung in der Luft gelegen, den Lauf der Zeit nicht mit einer Zahl zu beziffern.

Die Witwe Meier, die diese Zahl schon seit schätzungsweise einem Jahrzehnt hinter sich gelassen haben musste, warf die Arme in die Luft, die weiten Ärmel des Morgenrocks rutschten hinab, und wackelndes Fleisch kam zum Vorschein. »Dies ist ein anständiges Haus!«, deklamierte sie ohne Einleitung.

»Ihnen auch ein Grüß Gott.«

»Anständig! Warum muss jeder Mieter meinem Haus seinen Stempel aufdrücken? Warum?« Sie wartete nicht auf eine

Antwort, Alma fiel auch gar keine ein. »Herr Schröder lief immer der Füller aus – haben Sie den Fleck unterm Fenster gesehen? Da hat er geschrieben, auf der Fensterbank. Der Fensterbank!«

»Frau Meier, ich ...«

»Und dann das Fräulein Klingel. Hübsches Mädchen. Große Kuhaugen, Unschuld vom Lande, aber auch ein Trampel wie vom Lande! Hatte ihre Gliedmaßen nicht unter Kontrolle. Überall verschüttete sie was.«

»Frau Meier, ich muss ...«, setzte Alma erneut an.

»Nicht jetzt!«

Alma seufzte leise, schloss die Haustür und sah ihre Wirtin so entspannt wie möglich an. »Was ist passiert, Frau Meier?« Eine überflüssige Frage, aber die Witwe erwartete Aufmerksamkeit, Einfühlungsvermögen, und Alma war nun mal auf die Frau angewiesen. Eine solche Wohnung zu diesem Preis würden sie und Emmi nicht mehr finden, und um der Wahrheit die Ehre zu geben: Die Schicksalsschläge, die Frau Meier während des Großen Kriegs mit aller Wucht getroffen hatten, ließen Alma nicht gänzlich kalt. Da mussten Mutters Badische Schäufele eben warten.

Die Hauswirtin funkelte sie in sittlicher Entrüstung verständnislos an. »Was passiert ist? Das Fräulein Wolke lief heute Nacht ständig hin und her. Unruhe. Unruhe! Über meinem Kopf! Vom Bett zum Waschbecken. Und zurück. Ständig! Nein ... Sagen Sie nichts, Fräulein Täuber, sagen Sie nichts. Ich bin nicht verblödet, ich weiß, was los ist mit euch jungen Dingern. Lassen Sie mich ausreden.« Sie holte tief Luft. »Wenn auch nur ein Fleck, nur ein Fleck, ein einziges, winziges Fleckchen ...«

»Sie sorgen sich umsonst«, unterbrach Alma den Redefluss freundlich.

Die Witwe erstarrte. »Wirklich?«

»Wirklich.« Alma lächelte, drehte sich um und öffnete die Tür. Ein Sonnenstrahl fiel in den Flur und setzte die Witwe spektakulär in Szene. Wie eine aufgedunsene Germania mit Schnurrbartansatz stand sie da, aber statt des Lorbeerkranzes kringelten sich verzweifelt festgesteckte Haarsträhnen auf ihrem Kopf, und in ihrer Miene stand keine wilde Entschlossenheit, sondern die pure Verblüffung.

»Formidabler Morgenrock, übrigens. Lilien? Einen schönen Tag noch, Frau Meier!«

Mit der Stichbahn war Alma von Baden-Baden nach Oos gefahren, das letzte Stück gelaufen und hatte anschließend bei ihren Eltern geklingelt. Auch wenn sie einen Schlüssel besaß, wollte sie sich dem heutigen Anlass angemessen ankündigen. Ihr Vater arbeitete beim Städtischen Betriebsamt, und neben elektrischem Licht hatte er natürlich auch eine elektrische Klingel eingebaut. Wilhelmine Täuber fuhr immer noch jedes Mal zusammen, wenn sie betätigt wurde.

Nachdem ihre Mutter ihr geöffnet hatte, ertrug Alma das übliche Lamento, dass sie schon wieder dünner geworden sei und so blass – sie solle doch bitte dieses Kraftpulver aus dem Anzeigenteil der Badischen Presse probieren! Alma, die eindeutig die Figur ihres schlanken und groß gewachsenen Vaters geerbt hatte, war ihrer Mutter nach drinnen gefolgt und hatte zum wiederholten Mal bekräftigt, dass sie genug esse und kein Geld übrig habe, um es Quacksalbern in den Rachen zu werfen.

Nun saßen sie alle zusammen um den Esstisch, Mutter, Vater, Großmutter, Almas kleiner Bruder Karl und Onkel Georg mit seinem Sohn Walter, dessen schwarze Locken und etwas dunklere Gesichtsfarbe er von seiner spanischen Mutter geerbt hatte. Von Tante Anna kannte Alma kaum mehr als eine Handvoll Fotografien, sie erinnerte sich vor allem an zwei Jahre während ihrer Kindheit, in der ein verschreckter Walter viel Zeit bei den Täubers verbracht hatte.

Alma hatte sich extra unter das Schlachtengemälde platziert, ein Hochzeitsgeschenk der Brauteltern, das sie Almas Eltern vor dreißig Jahren gemacht hatten. Almas Großmutter schätzte es noch heute, kein Familienmitglied traute sich, die in Öl festgehaltene Scheußlichkeit zu entfernen. Sich aufbäumende Pferde, im Dreck liegende Soldaten, die noch im Sterben irgendeinem Popanz zuwinkten, der stocksteif und mit einem arroganten Zug um den Mund auf seinem weißen Gaul hockte und das Elend um sich herum zu ignorieren schien. Wenn sie direkt unter dem Verbrechen an der Kunst saß, so Almas Gedanke, musste sie es wenigstens nicht die ganze Zeit ansehen. Krieg über dem Esstisch, diese Geschmacklosigkeit hatte sie schon in ihrer Jugend irritiert. Reichte es doch, wenn er draußen vor der Tür gestanden hatte.

Almas Mutter, mit roten Wangen und glänzenden Augen, saß am Kopfende des Tisches und trug ein wenig peinlich berührt die langen, filigranen Ohrhänger, die Alma ihr mitgebracht hatte. Jetzt, da die modernen Schmuckstücke neben den runden Wangen ihrer Mutter schaukelten, musste Alma zugeben, dass sie das Präsent ein wenig vorschnell nach ihren eigenen Vorlieben ausgesucht hatte. Sie nahm sich vor, die Ohrringe im Laufe der nächsten Woche in etwas umzutauschen, das dem traditionellen Geschmack ihrer Mutter entsprach und auch zu ihr passte. Denn von Almas Vater war Schmuck wie Ohrringe oder Ketten als Geschenk nicht zu erwarten. Egon Täuber hatte ihr wie üblich eine der neuesten technischen Errungenschaften überreicht, ein englisches Koffergrammophon mit schwarzem Kunstlederbezug, etwas, das ihre Mutter die nächsten Monate mit wachsendem Misstrauen bis hin zu offener Feindseligkeit betrachten würde. Alma hingegen hatte es sich nicht nehmen lassen, gemeinsam mit Walter den absenkbaren Plattenteller zu inspizieren. »Grandios! Ich nehm es sofort, wenn deine Mutter es nicht anrühren will«, hatte Almas Cousin ihr ins Ohr geflüstert.

Die Badischen Schäufele ließen sich alle schmecken, und für einige Zeit waren nur genüssliche Kaugeräusche und das Klappern von Besteck auf Porzellan zu hören.

Dann sprach man über die längst überfällige Erweiterung der Straßenbahnlinie bis zum Bahnhof Baden-Oos, die doch schon vor dem Krieg versprochen worden war und auf die man bis zum heutigen Tage sehnsüchtig wartete, plauderte ein wenig über die anstrengenden Temperaturen, bis, ja, bis Onkel Georg stolz von Walters Studien sprach, und ihr Bruder, dessen Held der ältere Cousin war, interessiert nachfragte, ob er schon einmal operiert hätte.

»Ich habe massenweise Leichen seziert.« Walter legte Messer und Gabel behutsam auf seinem Teller nieder, als ob es sich um Operationsbesteck handelte. »Die werden geöffnet, komplett. Wir machen einen Schnitt von hier«, er fasste sich rechts und links an die Schlüsselbeinknochen, »und schneiden in einem Ypsilon bis hierher.« Seine Finger trafen sich unter dem Brustkorb wieder und beschrieben eine Linie bis ganz nach unten in seinen Schoß.

Almas Mutter starrte ihren Neffen derart entsetzt an, dass Alma ein Schmunzeln unterdrücken musste.

»Walter!«, klang atemlos die Rüge der Großmutter. Echauffiert nestelte sie an ihrem hochgeschlossenen Blusenkragen.

Vielleicht hinderte sie aber auch nur das Korsett am Luftholen, in das sie sich immer noch jeden Morgen zwängte. »Mon Dieu«, fügte sie dann hinzu. Bei solchen Gelegenheiten verfiel sie gerne ins Französische, die Sprache des Erzfeindes zwar, aber auch des gehobenen Bürgertums und der Monarchie, der sie so sehr hinterhertrauerte.

»Junge, das ist am Tisch vielleicht …«, murmelte Onkel Georg, doch Karl, den Löffel auf halbem Weg vom Teller zum Mund, unterbrach ihn aufgeregt: »Und dann holt ihr die Organe raus? Wie? Mit den Händen? Einfach so?«

»C'est vraiment un scandale. Quelle honte!«, empörte sich die Großmutter. Almas Mutter hielt sich vor Schreck die Hand vor den Mund.

»Auch das Gehirn«, erklärte Walter munter weiter. »Das ist natürlich so eine Sache, die Öffnung der Schädeldecke.«

»Ich muss doch sehr bitten«, mischte sich nun auch Almas Vater ein. »Ist das ein Thema für ein Tischgespräch?«

»Wenn ich Medizin studieren will, muss ich doch wissen, was mich erwartet«, erwiderte Karl forsch.

Alma unterdrückte ein Lachen hinter der Serviette, konnte aber nicht verhindern, dass ihr ein erstickter Laut entwich.

»Meine Güte, dem Kind geht es nicht gut! Ist das ein Wunder? Das erinnert mich wieder an den Moment, als ich mit eigenen Augen gesehen habe, wie unser junger Kaiser Wilhelm, damals noch König und in der Blüte seines Lebens, von einer Kugel …«

»Mir geht es bestens, Großmama«, unterbrach Alma die Erzählung der Großmutter, die sie bei jeder sich bietenden Gelegenheit zum Besten gab. Allem Anschein nach hatte sie das Attentat auf Wilhelm I. von Preußen als junges Mädchen beobachtet, als sie mit ihrem Kindermädchen in der Lichtentaler

Allee spazieren gegangen war. Ein Umstand, den niemand bestätigen, aber auch niemand als Flunkerei entlarven konnte. »Wirklich. Es geht mir gut.«

»Du willst Arzt werden?« Walter, der von der allgemeinen Aufregung nichts mitzubekommen schien, schlug seinem jungen Cousin auf den Rücken. »Ganz famos!«

»In Heidelberg, wie du.«

Ihr Bruder sah so jung aus, dass Alma ihm beinahe durch die Haare gewuschelt hätte.

»Pass auf, wir hatten neulich einen Syphilis-Toten.« Walter nahm sein Besteck wieder auf und schnitt sich ein großes Stück Fleisch ab, während Almas Mutter einen kleinen Laut des Entsetzens von sich gab. »Knoten in den Organen, die Leber so dick wie ein Fußball!«

»Und wie …«, begann Karl mit leuchtenden Augen, doch Onkel Georg, der bis jetzt versteinert dagesessen hatte, schlug so plötzlich mit der Faust auf den Tisch, dass die gesamte Familie vor Schreck zusammenfuhr. »Es reicht jetzt, Walter!«

Diesem Ausbruch folgte vollkommene Stille, in der man nur leise das Pendel der Standuhr ticken hören konnte.

Schließlich atmete Almas Mutter aus. Der Vater nahm sein Besteck in die Hände. Alma, die das Gespräch immer aufmerksamer verfolgt hatte, deren Gedanken ratterten und ratterten, faltete ihre Serviette neben dem Teller. Sie würde einen ruhigen Augenblick abpassen müssen. Warten, bis sie mit Walter allein war. Denn plötzlich hatte sich ein Plan wie aus dem Nichts manifestiert. Eine Idee, wie sie die Sache im Polizeirevier angehen könnte.

»Das meinst du nicht ernst, Cousinchen?« Halb entsetzt, halb fasziniert starrte Walter sie an, nachdem sie die Schwarzwälder Kirschtorte hinter sich gebracht hatten und erneut eng beieinander stehend das neue Grammophon betrachteten. Die Großmutter war mit einem großzügig eingeschenkten Obstbrand besänftigt worden, Karl, der vorwitzig auch einen verlangt hatte, hatte zur Feier des Tages mit anstoßen dürfen, und der Vater erging sich mit seinem Schwager über Neuigkeiten von der Börse.

Alma hob den Tonarm, senkte ihn vorsichtig wieder und sah dann Walter an. »Todernst.«

»Du willst ins Leichenschauhaus? Wieso denn das, um Himmels willen?« Er schien bemerkt zu haben, dass keine Zeit für Scherze war, und nach einem schnellen Blick auf den Rest ihrer Familie, der für den Moment abgelenkt war, erzählte Alma ihm in knappen Worten von der Toten, die man bei den Kolonnaden gefunden hatte, und ließ auch ihre Beteiligung in dieser Sache, wenn man es denn so nennen konnte, nicht aus.

Als sie geendet hatte, schwieg Walter für einige Augenblicke. Schließlich schüttelte er den Kopf. »Alma, Cousinchen: Erstens solltest du dich nicht in Polizeiarbeit einmischen, und zweitens, auch wenn ich meinen Professor überreden könnte, seinen Einfluss geltend zu machen: Warum willst du unbedingt mit? Ich könnte dir doch alles erzählen.«

»Es ist eine Frau, Walter. Aber Männer ermitteln, Männer schreiben in der Zeitung darüber, Männer fällen Urteile. Findest du nicht, dass es an der Zeit wäre, dass auch eine Frau etwas dazu sagt? Ich bin eine Zeugin. Ich muss mir die Leiche ansehen. Ich muss. Verstehst du, Walter?« Sie sah ihn lange an. »Die Obduktion müsste ohnehin schon erfolgt sein«, ergänzte sie. »Zumindest hoffe ich, dass der Kriminalkommissar wenigstens in dieser Hinsicht seiner Pflicht nachgegangen ist. Gefragt habe ich nicht.« Sie strich sich resolut eine lose Haarsträhne zurück. »Ich möchte die Frau sehen«, sagte sie noch einmal mit fester Stimme.

Als Walter über die Toten gesprochen hatte, etwas flapsig und aus der Sicht eines Mediziners, da hatte sie plötzlich diesen Wunsch verspürt: Sie wollte wissen, wie die Frau aussah, wie sie gestorben war. Nicht aus morbider Faszination wie Karl; sie hatte das Gefühl, es der Toten schuldig zu sein. Seit dem Vorfall in der Straßenbahn am Vortag wollte sie nicht länger die Augen verschließen vor dem Unglück der Verstoßenen, den Frauen am Rande der Gesellschaft, um deren Schicksal sich niemand scherte. Sie wollte endlich *hinsehen.* »Bitte, Walter.«

»Alma, ich weiß nicht, wie ich das anstellen soll. Nein, schlag dir das aus dem Kopf.«

»Was habt ihr zwei denn zu tuscheln?«, mischte sich die Großmutter ein. Mit viel Torte und Schnaps im Bauch saß die alte Matrone aufgeräumt im Ohrensessel und betrachtete ihre beiden Enkel neugierig. »Alma, erzähl doch mal von deiner Arbeit. Und wohnst du immer noch mit dem Fräulein Wolke zusammen?« Dann schimpfte sie so laut, dass es noch bis in die Küche hörbar war: »Ich halte diese Person für einen schlechten Einfluss. Du liebes bisschen, bei der Familie!«

»Die Arbeit, die Emmis Vater an den Maschinen bei Batschari verrichtet, ist sicherlich anstrengend, aber doch alles andere als verwerflich«, warf Alma ein. »Und Batschari selbst hat viel für Baden-Baden getan.«

Es war weit über die Grenzen der Kurstadt hinweg bekannt, dass der Tabakmagnat Batschari einen ungewöhnlichen Lebensweg vorzuweisen und sich von ganz unten emporgearbeitet hatte; er bot Hunderten von Menschen in der Stadt Arbeit und förderte kulturelle Projekte.

»Maschinen. Immer wieder Maschinen«, schimpfte die Großmutter weiter.

»Auch Oos lebt seit einiger Zeit von der Industrie, meine Liebe«, versuchte Almas Vater sein Glück.

»Aber es geht nun mal nicht alles automatisch, mein Bester.« Die Stimme der Großmutter wurde schneidend. »Was tut Emmi denn im Haushalt? Kocht sie? Näht sie? Eine, die nur die Hände in den Schoß legt, taugt nichts, musst du wissen.«

»Emmi Wolke, deine Schulfreundin?« Walter löste den Blick vom Schallplattenteller und drehte sich interessiert zu Alma.

»O nein.« Sie schlug ihm scherzhaft auf die Finger. Vor fünf Jahren war Walter rettungslos verliebt gewesen in Emmi, die ihn jedoch kaum beachtet hatte. Damals war er noch grün hinter den Ohren gewesen, ein unbeholfener Welpe, jetzt war Alma sich nicht sicher, wie es mit dem Herrn Studenten und der Damenwelt aussah. Seine mittlerweile selbstbewusste Art, das leicht tailliert geschnittene Jackett, das seine schlanke Figur betonte, dazu die dunklen Locken und die schwarzen Augen ...

»Vergiss es, Walter.« Alma suchte den Blickkontakt mit ihrer Großmutter, um das Interesse von Emmi weg auf ihre Arbeit zu lenken. Es klappte, auch wenn ihre Großmutter eine ähnliche Abscheu technischen Errungenschaften gegenüber an den Tag legte wie ihre Mutter. Diesbezüglich war Alma einfach durch und durch die Tochter ihres Vaters, dachte sie.

»Meine Arbeit macht mir Spaß, Großmama. Sie ist wunderbar.«

»Schalttafeln, Kabel, Lichter ... Kind, das ist doch alles ...«, die Großmutter war auf der Suche nach dem richtigen Begriff.

»Teufelswerk?«, half Walter grinsend aus.

»Wir sind früher ganz gut mit Kerzen und einem Gespräch von Angesicht zu Angesicht ausgekommen, junger Mann. Vergiss das nicht! Und dann diese stinkenden Automobile, die durch die Straßen brausen, man ist sich seines Lebens nicht mehr sicher.«

»Ach ja. Diese entzückenden Pferdeomnibusse früher«, zog Walter die alte Dame weiter auf, die das nicht zu bemerken schien, denn sie nickte eifrig. »Das waren noch Zeiten!«

»Pferderennen bestimmen immer noch das Leben von Baden-Baden! Und Maman, um noch einmal auf die Arbeit in der Zigarettenfabrik zurückzukommen: Du musst zugeben, dass Batschari mit seinem hochdotierten Preis dem Ansehen der Iffezheimer Tage hilft«, trug nun Almas Mutter zur Konversation bei. »Diese neuartigen Automobilrennen hingegen ...«, sie stieß ein hohes Lachen aus, »das wird nur von kurzer Dauer sein. Ihr werdet schon sehen.«

Dies war das Stichwort für Almas Vater, der nun das Parkett der Börse verließ und sich gemeinsam mit seinem Schwager in Schwelgereien über Hubraum und Höchstgeschwindigkeiten erging.

»Was, wenn ich meinen Professor überzeugen könnte?«, raunte Walter plötzlich.

Alma fuhr herum.

Er blickte sie vielsagend an. »Gäbe es da eine kleine ... Gegenleistung?«

Es dauerte nur wenige Sekunden, bis bei Alma der Groschen fiel. »O nein.« Sie schüttelte den Kopf. »Du bist *mir* noch was schuldig! So oft, wie ich für dich nach Ausreden für Onkel Georg gesucht habe.«

»Du bist doch mein Lieblingscousinchen«, säuselte Walter.

»Du bist leider Gottes auch mein Lieblingscousin«, gab Alma zurück. »Die Auswahl ist einfach nicht groß.«

Walter legte eine Hand auf seine Brust. »Sie geht gern tanzen, ich geh gern tanzen, was ist schon dabei, wenn wir einmal zusammen tanzen gehen?« Seine Worte untermalte er mit einem treuherzigen Augenaufschlag.

»Nein.«

»Weißt du, so ein Medizinstudium macht viel Arbeit. Da muss man ständig anwesend sein. Im Grunde genommen kann ich es mir gar nicht leisten, meine Zeit in Baden zu vertrödeln.«

»Die du dir für dein Lieblingscousinchen aber doch nehmen würdest«, erinnerte Alma ihn an seine Worte.

»Aahhhh«, seufzte Walter theatralisch. »So eine Spezialisierung in Sachen Leichenbeschau bei Kriminalfällen ... ein sehr interessanter Zweig, auch für die Universität. Allein, es könnte sein, dass unter diesen Umständen mein Professor auf die Schnelle nicht die nötigen Strippen ziehen kann. Vorausgesetzt, er ist überhaupt damit einverstanden, sich für mich einzusetzen. Viele offene Fragen, Cousinchen.«

»Du bist ekelhaft«, schalt Alma.

»Ich weiß nicht einmal, ob ich es dir erlauben will, eine Leiche zu sehen«, sagte Walter, jetzt wieder ernst. »Ich glaube kaum, dass das der richtige Anblick ist für eine Frau. Und wie um alles in der Welt soll ich dich ins Leichenschauhaus bringen? Kannst du mir das sagen?«

»Das überlegen wir uns noch. Eins aber kannst du dir gleich hinter die Ohren schreiben: Was für ein Anblick der richtige ist für eine Frau, kann die Frau noch selbst entscheiden«, zischte Alma wütend. Zu oft hatte sie in den letzten Tagen diese Worte gehört. »Was glaubst du eigentlich, was Frauen in Krankenhäusern alles zu sehen bekommen? Was sie in Badens Lazaretten gesehen haben?«

»Was habt ihr zwei nur den ganzen Nachmittag?«, fragte nun auch Onkel Georg. »Los, kommt. Wir spielen *Mensch ärgere dich nicht.*« Er stand händereibend auf, um nach dem Spielbrett zu sehen.

»Aber nur, wenn Großmutter sich an die Spielregeln hält«, maulte Karl, den Mund schon wieder voller Torte.

»Karl! Maman hält sich immer an die Regeln!« Almas Mutter warf ihrem Jüngsten einen fuchsteufelswilden Blick zu und zog ihm den Kuchenteller unter der Nase weg. »Was für eine schöne Idee von dir, Georg, mein Lieber! Wo die ganze Familie einmal zusammen ist. Alma, hilfst du mir, den Kaffeetisch abzuräumen?«

»Natürlich, Mutter.«

Bevor Alma an den Tisch trat, beugte sie sich noch einmal zu Walter, der sie unschuldig anlächelte. »Nun gut. Ein Abend«, flüsterte sie. »Ein einziger Tanzabend. Gediegen. Sittsam. Und ich bin die ganze Zeit dabei. Aber dafür beeilst du dich mit den Formalitäten, die Zeit drängt.«

Als sie das Tablett mit dem Geschirr in die Küche trug, wusste sie nicht, wovor sie mehr Angst hatte – dass Emmi von ihrem Arrangement entsetzt oder begeistert sein würde.

5

Wölkchen war begeistert. »Dein kleiner Torero?«, hakte sie nach und zog an ihrer Zigarettenspitze.

Alma, die es inzwischen aufgegeben hatte, ihrer Freundin klarzumachen, dass Zigaretten und frühe Morgenstunden in einem geschlossenen Raum nicht miteinander harmonierten, wedelte den Rauch weg. Dann stand sie auf und öffnete das Fenster. Auf der Straße knatterten die ersten Motoren. »Meine Güte, Emmi!«, sagte sie. »Er ist nicht mein Torero.«

»Er hat spanische Wurzeln.«

Alma seufzte und setzte sich wieder.

Die beiden jungen Frauen waren beim Frühstück, es war Montag, und Alma hatte ihrer besten Freundin in aller Schnelle von ihrem ... Modus Operandi mit Walter erzählt, aber ohne den eigentlichen Grund für das gemeinsame Abkommen mit ihrem Cousin zu nennen. Ein konkreter Anlass schien für Emmi auch unwichtig zu sein. Die Aussicht auf einen Tanzabend, auch wenn es nur mit Almas Cousin war – oder merkwürdigerweise genau deswegen? –, ließ sie offenbar vergessen, dass sie vorgestern noch sterben wollte. »Hat er schon einmal eine Frau in seinen Armen gehalten?«, wollte Emmi aufgeregt wissen. »Oh, stell dir vor, was ich ihm alles beibringen kann! So ein schüchterner Junge, und ich mit meinem Wissen ...«

»Möglicherweise hat Walter sich seit der Schulzeit ein wenig verändert«, versuchte Alma, ihre Freundin darauf vorzubereiten, dass der »kleine Torero« mittlerweile durchaus erwachsen war.

Aber Emmi hatte ihre helle Freude an der Vorstellung, Lehrerin für einen unbedarften Jungen zu spielen. »Dass sich der kleine Walter noch an mich erinnert!«

»Scheint, dass du unvergesslich bist.« Alma wollte gerade zum Marmeladenglas greifen, das ihr die Mutter beim Abschied gestern noch in die Hand gedrückt hatte, da fiel ihr Blick auf einen Strumpf auf dem Teppich. Eindeutig der von Emmi. »*Ver*gesslich aber auf jeden Fall. Was macht das Ding da?«

»Es liegt da. Lenk nicht ab.«

»Warum liegt es da?«

»Lenk nicht ab!« Emmi holte tief Luft. »Erzähl mir mehr über Walter. Damit ich ... Nein!«, sie wedelte abwehrend mit der Hand, und Asche fiel auf den Frühstücksteller. »Erzähl mir nichts. Ich will mich überraschen lassen.«

»Asche«, sagte Alma nur.

Wölkchen verdrehte verträumt die Augen in Richtung Decke. »Ist er immer noch so schlank? Is' aber auch egal. Ich nehm ihn auch in dick.«

»Asche. Auf deinem Brot.«

»Ach, jetzt hör doch auf mit deinen Albernheiten. Es geht um die Liebe!« Wölkchen beugte sich über den Tisch und strich Alma eine Strähne aus dem Gesicht. »Liebe, meine Blume.« Sie grinste anzüglich. »Weißt du überhaupt noch, was das ist?« Emmi lehnte sich wieder zurück, legte die Zigarette auf ihrem Tellerrand ab und schnipste die Asche fort. »Meinst du, das rote Kleid ist zu nuttig?«

Alma verschluckte sich an ihrem Kaffee. »Was?«, keuchte sie zwischen zwei Hustern.

»Also nicht das rote. Das grüne. Schon verstanden.«

Alma musste lachen. »Du bist mir eine, weißt du das?«

»Ist das eine Umschreibung für: Du machst mein Dasein bunter?« Mit einem Strahlen im Gesicht sah Emmi sie an. »Ich freu mich auf Walter. Ich freu mich darauf, dem Jungen einen un-ver-gesslichen Abend zu bereiten. « Sie hob ihre Tasse. »Auf unvorhergesehene Ereignisse. Weg mit unserem schnöden Leben! Her mit dem Abenteuer!« Plötzlich warf Emmi einen Blick auf die Küchenuhr und sprang ruckartig auf. Die Tasse landete mit einem Klirren auf dem Unterteller. Kaffee schwappte darauf. »Gott, wie die Zeit fliegt!« Und schon stürzte sie Richtung Waschtisch.

Nachdenklich betrachtete Alma den Strumpf auf dem Boden. Sie pflückte ihn vom Teppich und fuhr mit der Hand über die Naht auf der Rückseite. Kunstseide. Nicht ganz transparent und furchtbar zu tragen. An den Knien schlugen die Strümpfe Falten. Würden sie irgendwann einmal echte Seidenstrümpfe besitzen? Sie waren unerschwinglich.

»Wir werden früh genug alt, meine Blume!«, rief Emmi durchs Zimmer; laut, um das Plätschern des Wassers in der Waschschüssel zu übertönen. So laut, dass es die Meier ein Stockwerk weiter unten sicher noch hören konnte. »In zehn Jahren will uns niemand mehr küssen! Ach ja, fast hätte ich's vergessen: Willy hat mich zu einer Spritztour eingeladen! Die kollidiert doch nicht mit dem Torero, was meinst du?«

Alma schmunzelte und ließ die Frage unbeantwortet. Emmi war in der Tat die Farbe in ihrem Dasein. Und wenn ihre Freundin so weitermachte, fand sie eher früher als später einen Galan, der ihr Seidenstrümpfe überstreifen konnte.

Die neueste Mode war auch das, was Almas Arbeitskolleginnen beschäftigte.

»Ist der Drache weg?« Ida verrenkte sich beinahe den Hals. Als sie sicher war, dass die Aufsicht tatsächlich den Raum verlassen hatte, zog sie ein Magazin unter ihrer Schalttafel hervor. Es war *Die Dame*, eine Illustrierte, deren Titelblatt kunstvoll gezeichnet war.

»Deine Berliner Künstler wieder«, schnaubte Friederike.

»Nein, nein, schau hier.« Ida schlug eine Seite in der Mitte auf, drückte mit der Handfläche den Falz zurecht und hob die Zeitschrift hoch.

»›Herrlich am Vormittag‹«, las Alma die Überschrift. Das Bild dazu zeigte eine junge Frau, eine Sekretärin ganz offenbar, mit Schlips und Hose.

»Wär' das nicht eine schicke Uniform für uns?« Ida zog am Kragen ihres kratzigen grauen Arbeitsmantels.

»So geht man in bestimmten Lokalen nachts zum Tanzen«, meinte Alma.

»Ja, ja. In bestimmten Lokalen! Und wenn du so beim Friseur sitzt, fängt er an, dich zu rasieren!«, rief Friederike.

Marianne wurde rot, Ida lachte gackernd, und Alma musste sich auf die Zunge beißen, um nicht loszuprusten.

»Fräulein Engler«, herrschte der Drache Ida von der Tür her an. Die Toilettenpause war vorbei. »Möchten Sie mit uns allen teilen, was so lustig ist?«

»Nichts, Fräulein Klinger.« Hastig senkte Ida die Augen und steckte die nächste Verbindung ein. Im Gegensatz zu ihnen hatte der Drache die erste Lebenshälfte schon lange hinter sich gelassen, die Tugenden des Kaiserreichs jedoch nicht. In dieser Hinsicht ähnelte die Aufsicht Almas Großmutter, auch wenn Fräulein Klinger deutlich jünger war. Das »Fräulein« bat sich die Klinger nachdrücklich aus. Auch Alma nahm schnell den nächsten Anruf entgegen, um dem Drachen auszuweichen. »Hier Amt, was beliebt?«

»Gustav Kern, Bahre Stahlverarbeitung GmbH, ich möchte gern in den Badischen Hof durchgestellt werden. Margarete Kern«, schnarrte ihr ein harter, norddeutscher Dialekt entgegen.

»Ich verbin…« Weiter kam Alma nicht. »Au!« Sie ließ den Stecker los, den sie gerade umleiten wollte, und rieb sich die Hand. »Herr Kern, Sie dürfen nicht so fest kurbeln!«, rief sie erbost. Gewitter wie auch Probleme mit den Stromleitungen machten ohnehin schon reichlich Schwierigkeiten, so dass die Fräulein vom Amt oft genug eine gewischt bekamen, wenn sie eine neue Verbindung steckten. Wenn der Anrufer selbst nun zu heftig kurbelte, gab es ebenfalls einen schmerzhaften, sogenannten Weck-Strom. »Haben Sie die Anleitung nicht gelesen?«

»Entschuldigung.« Die volltönende Stimme klang jetzt kleinlaut.

Mit immer noch schmerzenden Fingern, aber schon etwas besänftigter probierte Alma es erneut mit der Verbindung und bekam den Badischen Hof an den Apparat. Frau Kern sei jedoch nicht zu sprechen, sondern außer Haus, offenkundig bei einem Kurkonzert.

»Es tut mir leid«, informierte Alma ihren Gesprächspartner. »Versuchen Sie es später noch einmal.«

Sie beendete die Verbindung, pustete auf die Finger und rieb sie an ihrem Rock. Als sie aufsah, bemerkte sie, dass Marianne sie mit aufgerissenen Augen anstarrte.

»Daran wirst du dich gewöhnen müssen«, sagte Alma heiter. »Diese Rufströme passieren schon einmal. Halb so wild.«

»Ich hab Kopfschmerzen«, sagte Marianne leise, setzte die schweren Kopfhörer ab und rutschte von ihrem Stuhl. Alma blickte ihr nach, wie sie zuerst den Drachen um Erlaubnis bat und danach zu den Toiletten verschwand.

Auch Ida hatte in dieser Schicht noch einen Stromschlag bekommen, und Marianne hatte sich vorzeitig von ihnen verabschiedet. Das Kopfweh war sie nicht losgeworden, und auch Alma meinte, es hinter den Schläfen pochen zu spüren, als sie die Haustür aufschloss. Jetzt erst mal einen Tee. Dann aufs Sofa. Dann eine Schallplatte und dann ...

Ein leises Klacken. Eine Tür öffnete sich.

»Fräulein Täuber?«

Die Meier wieder. Dieses Mal trug sie einen geblümten lupenreinen Hauskittel über Bluse und Rock. Ihre Haare waren zu einem sauberen Dutt gedreht, kein Härchen bahnte sich seinen Weg ins Freie. Das war nun doch überraschend.

»Fräulein Täuber. Da sitzt ein Mann in meinem guten Zimmer.«

Das war ebenfalls bemerkenswert, fast wäre Alma ein »Glückwunsch, Frau Meier« herausgerutscht.

Offensichtlich interpretierte die Witwe den Gesichtsausdruck ihrer jungen Mieterin korrekt, denn sie stemmte die Hände in die breiten Hüften, schüttelte stürmisch den Kopf und schnarrte: »Für Sie, Fräulein Täuber. Herrenbesuch für Sie! Unfassbar! Sie bringen mich in ganz schöne Schwulitäten, das wissen Sie genau! Die Schmidthuber von schräg gegenüber hatte erst letztes Jahr Probleme wegen Kuppelei – die Wände haben Ohren! Ohren! Wenigstens hat er den Schuhabstreifer vor der Haustür benutzt. Das lässt hoffen.«

Im Flur der Witwe hing der durchdringende Geruch nach eingemachten Früchten in der Luft. Frau Meier führte Alma in ihr brütend warmes Wohnzimmer, und beim Anblick der mit Nippes vollgestopften Regale und der schweren Vorhänge holte Alma instinktiv tief Luft. Auf dem Sofa mit dem Troddelüberwurf saß, in sich zusammengesunken ... Walter. Über seinem Kopf thronten zwei eingebildet aussehende Porzellanpudel, die ihre Wirtin auf einem Regal mit Holzschnitzereien drapiert hatte.

Er sprang auf, nahm sich einen der Pudel, drehte ihn unschlüssig in den Händen und stellte ihn dann irritiert wieder zurück. Allem Anschein nach brachte ihn die Gegenwart der Witwe komplett aus dem Konzept. »Cousinchen!«, rief er dann erleichtert aus. Nur der Himmel wusste, wie lange er schon in dieser Biedermeierfolterkammer ausgeharrt hatte. »Endlich.«

Die Witwe warf ihm einen vorwurfsvollen Blick zu und blieb erstarrt in der Tür stehen, gerade so wie Lots Frau. Alma umarmte ihren Cousin kurz und hauchte ihm einen Kuss auf die Wange. Die Meier verschränkte die Arme vor der Brust.

»Wolltest du nicht heute Morgen die Schwarzwaldbahn zurück nehmen?«, fragte Alma.

»Es haben sich Entwicklungen ergeben«, antwortete er und warf einen raschen Blick auf die Wirtin. Dann beugte er sich etwas vor, neigte den Kopf und raunte gen Teppich: »Wird sie uns alleine lassen?«

»Wohl nicht«, flüsterte Alma zurück.

»Aber ich bin dein Cousin!«

»Das musst du erst mal beweisen.«

Für kurze Zeit war nur das Ticken der monströsen Standpendeluhr zu hören.

Walter seufzte. »Ich konnte den Professor erreichen«, sagte

er in normaler Zimmerlautstärke. Die Meier, die misstrauisch die Augenbrauen zusammengezogen hatte, entspannte sich etwas. »Er ist sehr angetan von …«, Walter sah auf die Pudel, wohl in der Hoffnung, dort Inspiration zu finden, »… den anstehenden Ereignissen«, endete er schließlich recht umständlich.

»Das heißt, es wird … in die Wege geleitet?«, erkundigte sich Alma hoffnungsvoll.

»Ist schon arrangiert. Es gilt keine Zeit zu verlieren, da …« Walter suchte nach Worten. »Der Zustand der Patientin sich von Tag zu Tag verschlimmert.«

Alma, die den letzten Satz zu ihrem Glück nicht tiefer interpretierte, sah ihren Cousin überrascht an. »Wie? Etwa heute noch?«

Ihr Cousin sah demonstrativ auf die Uhr. »In einer halben Stunde, um ehrlich zu sein.«

Anstatt einer Erwiderung drückte Alma ihm einen weiteren Kuss auf die Wange. Wie zur Bestätigung des anrückenden Termins schlug die Standuhr zweimal tief.

Frau Meier sah angesichts der offenen Intimität ihrer beiden Besucher stirnrunzelnd zuerst Walter und dann Alma an, schwieg aber.

»Dann hoffen wir«, begann Alma, »dass mein *Besuch*«, sie betonte das Wort deutlich, »kein Problem sein wird.«

»Nun, da bin ich auch gespannt, wie die …« Er schien nach einer Alternative für das Wort Polizei zu suchen. Schließlich gab er es auf und neigte den Kopf. »Also, wie sie darauf reagieren werden. Jedoch ist unsere Visite eine von oberster Stelle genehmigte Sache, wir … wir … machen ihr sozusagen … unsere Aufwartung. Die medizinischen Untersuchungen sind jedoch schon beendet.«

Alma ging davon aus, dass mit »ihr« die Leiche und mit »Untersuchungen« die Obduktion gemeint waren. Also waren sie schon fertig mit der Leichenschau, wie sie es vermutet hatte. »Aber unsere Aufwartung kann trotzdem nicht schaden?«, fragte sie.

»Durchaus nicht.«

Die Witwe, die angespannt bei der Tür stand und jetzt ihre Kittelschürze knetete, machte einen forschen Schritt auf die beiden zu. »Ist jemand krank? Und gleich ein Professor? Ist es so schlimm?«, erkundigte sie sich. Dann steuerte sie einen Ohrensessel an, strich ihren Rock glatt, setzte sich und schlug die Beine unter. Das Ganze vollführte sie mit einer für ihre Figur unerwarteten Grazie.

Walter zog die Stirn in Falten.

»Nichts Weltbewegendes, Frau Meier«, antwortete Alma ungerührt. »Nett, dass Sie fragen.«

»Um wen geht es denn?«, wollte die Meier mit Nachdruck wissen.

»Meine Mutter.« Walter verschränkte die Hände hinter dem Rücken und beugte sich vertrauensvoll zur Witwe vor. »Es ist … eine Frauensache.«

»Oh!« In Windeseile war die Meier wieder auf den Beinen. »Das ist … Nun denn, dann … Ich muss nach den Pflaumen schauen. Sie sind fertig?«, fragte sie Walter und wies mit einem Kopfnicken Richtung Tür.

»Ja. Danke, Frau Meier. Sehr liebenswürdig.« Er deutete einen Diener an. Alma unterdrückte ein Lachen. »Es war mir eine Ehre, Frau Meier.«

»Ja, ja, junger Mann.«

»Ich werde Ihre Gastfreundschaft in Zukunft nicht mehr strapazieren.«

»Schon gut.«

»Alma«, wandte sich Walter an seine Cousine, als sie schon im Hausflur standen. »Bist du sicher, dass du das willst?«

Alma nickte, hakte sich erwartungsvoll bei ihrem Cousin unter und ging gemeinsam mit ihm Richtung Tür. Die Witwe schenkte ihrer Mieterin noch einen entrüsteten Blick, bevor sie sich wieder in ihren Marmeladendampf zurückzog. Alma konnte sich beinahe bildlich vorstellen, wie die Alte die überkandidelten Pudel im Regal zurechtrückte.

»Mein Professor fordert schon seit Jahren einen Lehrstuhl für Gerichtliche Medizin in Heidelberg. Weißt du, wie viele Ärzte einfach mit den Schultern zucken? ›Na, der wird schon krank gewesen sein, dass er jetzt tot ist.‹ Von wegen!« Walter fuhr sich durch die Haare und zupfte seinen Hemdsärmel zurecht, der Besuch in der Leichenhalle schien ihn sichtlich aufzuregen. Auch Almas Hände verkrampften sich um ihre Tasche, und beinahe hätte sie Walter nach einer Zigarette gefragt.

Sie hatte schon einmal einen Toten gesehen. Es war vor etwa zehn Jahren, sie war beinahe noch ein Kind gewesen, als der Großvater eines Sonntagsnachmittags nicht mehr von seinem Mittagsschlaf aufgewacht war. Das Herz. Friedlich hatte er ausgesehen, der Mund schlaff, die Augen geschlossen. Bei der Beerdigung fünf Tage später war seine Haut wächsern gewesen, man hatte die Hände vor seiner Brust gefaltet. Dennoch hatte sie in ihm immer noch ihren Großvater erkannt, von einem Schlafenden kaum zu unterscheiden. Alma schluckte. Sie vermutete, eine Ermordete sah anders aus.

»Bei einer Sektion, wie wir eine Leichenschau nennen, werden zunächst alle Organe gewogen«, begann Walter jetzt zu erzählen, und Alma fragte sich, wo ihr kleiner schüchterner Cousin hin war. »Es gibt Tabellen, wie schwer ein Herz sein darf, eine Lunge. Denn zweifellos gibt es auch Todesfälle, die auf den ersten Blick unerklärlich scheinen, dann aber doch natürlich sind. Und was es neuerdings alles für technische Möglichkeiten gibt!« Begeistert blieb Walter stehen, und beinahe hätte Alma trotz des schwummrigen Gefühls in ihrer Magengegend gelächelt. Die Männer ihrer Familie und technische Errungenschaften!

»Die Leiche wird fotografiert, von allen Befunden müssen inzwischen Aufnahmen gemacht werden. Bei Steckschüssen helfen Röntgenaufnahmen, um die Laufbahn der Kugel und die daraus resultierende Verletzung zu sehen. Kannst du dir vorstellen, wie es vor hundert Jahren gewesen sein muss?« Er schüttelte den Kopf.

»Bis vor wenigen Jahren waren die Leichenschauhäuser für jedermann zugänglich, oder?«, fragte Alma.

»Richtig. Aber heute kann man die Daktyloskopie nutzen.«

»Die was?«

Doch Walter hörte ihr gar nicht zu. »Im letzten Jahrhundert, Alma, da war der Fortschritt noch nicht so weit. Man musste sich darauf verlassen, dass Angehörige die Toten identifizierten. Dafür hat man sie in eigens dafür eingerichteten Leichenausstellungsräumen aufgebahrt.«

»Wie in einem offenen Sarg?«

»O nein, ohne Särge.« Walter lachte. »Die Leichen wurden festgeschnallt und in eine aufrechte Position gebracht, damit man sie gut erkennen konnte.«

Alma musste gestehen, dass sich in ihre Abscheu eine morbide Faszination mischte. Walter erzählte ohne Scheu weiter von der Reglementierung, der eine Sektion oder Obduktion unterworfen war.

»Ein gerichtlicher Mediziner muss sich auch mit Fäulnisprozessen auskennen.«

»Walter!«

»Entschuldige, Cousinchen, ich vergesse manchmal, dass ich …« Er sah sie mit seinen dunklen Augen treuherzig an. »Wenn du lieber umkehren möchtest, sag es. Ich kann mir die Tote auch allein anschauen und dir berichten.«

Vehement schüttelte Alma den Kopf. Bei all ihrer Beklemmung würde sie sich diese Möglichkeit nicht nehmen lassen.

Inzwischen waren sie beim Leichenschauhaus angelangt. Walter drückte seine Zigarette mit der Schuhspitze aus und öffnete die Tür, um seine Cousine vorangehen zu lassen.

Der Geruch war durchdringend. Stechend. Formaldehyd, wie Walter zu berichten wusste, und darunter etwas anderes, etwas, das sich in Almas Nase festsetzte. »Fäulnisprozess«, flüsterte sie mehr zu sich selbst als zu Walter, der in seinem Element zu sein und den Gestank nicht einmal wahrzunehmen schien.

Mit großen Schritten ging er auf seinen »Herrn Kollegen« zu, einen kleinen Mann, der Alma gerade einmal bis zur Nase reichte, und begrüßte ihn freudig.

»Dr. Weber«, stellte sich das Männchen vor und ließ das Monokel, das er bis eben hektisch geputzt hatte, in der Tasche seiner Weste unter dem weißen Kittel verschwinden. Er reichte Alma die Hand – sie war kalt und feucht –, und sie musste erneut unwillkürlich an die Tote denken. Sie unterdrückte den Impuls, sich ihre Hand am Rock abzuwischen.

»Sie sind eine Koryphäe!«, rief Walter begeistert. »Wissen Sie, dass Professor Beckmann regelrechte Lobgesänge auf Sie ausbringt? Ich besuche seine Vorlesung, müssen Sie wissen.«

»Der Musterschüler.« Dr. Weber schien noch nicht recht zu

wissen, was er von Walter – und im Zuge dessen auch von Alma – zu halten hatte. Seine Augen blinzelten spöttisch bei diesen Worten, doch als er sich umdrehte, um sie eine Treppe hinunterzuführen, stellte Alma fest, dass sein Lächeln echt war. Ein seltsamer Mann an einem seltsamen Ort. Alma zog ihr Tuch fester um die Schultern. War es draußen ein warmer Sommertag gewesen, herrschten hier in den Räumlichkeiten des Leichenschauhauses kühle Temperaturen. Nicht verwunderlich.

Eine Art Halle erwartete sie, kalt und unbeseelt, mit Bahren in der Mitte, auf denen menschliche Körper lagen. Ihre ermordete Unbekannte war nicht die einzige Tote hier. Alma wusste von der hohen Selbsttötungsrate seit Kriegsende, Armut und Elend taten ein Übriges. Der Geruch war jetzt beinahe überwältigend, und zum ersten Mal in ihrem Leben sehnte Alma das Riechsalz ihrer Großmutter herbei.

»Ich glaube, Sie interessieren sich für diese Dame hier.« Dr. Weber stellte sich neben eine der Bahren. »Da kommen Sie gerade noch rechtzeitig, bevor der Körper in die Leichenhalle auf den Friedhof wandert.«

»Ganz famos, danke, Dr. Weber.« Walters Augen leuchteten auf, als sie über die Leiche wanderten. »Geht's, Alma?«, fragte er geistesabwesend.

Ja, es ging. Alma presste die Zähne zusammen. Der Geruch, den keiner der beiden Männer wahrzunehmen schien, war überwältigend. Sie musste einen Würgereiz unterdrücken. Die Tote war blass, die Augen wirkten unnatürlich dunkel in ihrem Gesicht, die Haut wächsern. Man hätte sie für eine Puppe halten können. Alma wollte schon aufatmen, froh, dass ihr der grausame Anblick von Verwesung erspart geblieben war. Da schlug Walter die lose um die Frau gelegte Kleidung zurück.

»O Gott.« Alma keuchte auf. Nur am Rande registrierte sie die Sektionsnarbe, die mit dicker Kordel wie ein Ypsilon auf der Vorderseite ihres Rumpfes vernäht worden war. Blut, dunkelbraun und vertrocknet, klebte an ihrem Hals. Eine Stichwunde grinste Alma hässlich an. Aufgeklafft, mit ausgefransten, langsam verfaulenden Rändern. Alma konzentrierte sich auf das Gesicht der Frau, während Walter den Gerichtsmediziner mit Fragen löcherte. Ihre Nase war zu groß, dachte Alma, die Proportionen unstimmig. Man konnte sie nicht schön nennen, dennoch war es ein Gesicht, das man wohl gerne angesehen hatte. Es war ein interessantes Gesicht, ein Gesicht, das eine Geschichte erzählte, und es war ein Gesicht, das man, einmal gesehen, nicht so schnell vergaß.

Abrupt hob Alma ihren Kopf. »Dr. Weber«, wandte sie sich an den Mediziner, »die Polizei sagte mir, es handele sich um eine Prostituierte?«

»Ich …« Der Arzt blickte verwirrt von ihr zu Walter. »Ja, wir haben Jetons in ihrer Tasche gefunden, ein illegales Casino. Und was die Kleidung betrifft …« Er blickte verlegen zur Seite.

»Warum fragst du? Was ist los, Cousinchen?« Walter schien gemerkt zu haben, dass sie etwas beschäftigte.

»Nichts weiter.« Doch das entsprach nicht der Wahrheit. Denn Alma kannte die Tote.

Draußen ging es besser, das Atmen fiel ihr leichter, auch wenn Almas Magen sich immer noch flau anfühlte und sich der grässliche Anblick der Wunde in ihre Augen gebrannt hatte. Das Gesicht der Frau. Eine Prostituierte? Alma war sich sicher, sie schon einmal gesehen zu haben: bei einem Kurkonzert. Sie hatte dort gesessen, in eleganter Kleidung, ganz anders als gerade auf dem Tisch. Und mit einem Hut, um den Emmi sie beneidet hätte. Alma hatte das Profil der Frau gesehen, und es war ihr gleich aufgefallen. Eine Frau mit einem Gesicht, das eine Geschichte erzählte.

»Dr. Weber hat herausragende Arbeit geleistet. Ein Haar auf ihrem Mantel, ein langes, blondes, ähnlich ihrem eigenen, aber dennoch nicht ihr eigenes. Was für eine Koryphäe!«, schwärmte Walter währenddessen aufgeräumt und zog sein Zigarettenetui aus seiner Westentasche. »Ein gezielt ausgeführter Messerstich in den Hals. Hat die Schlagader perforiert. Der Tod muss nur wenig später eingetreten sein. Der Täter kannte sich aus«, mutmaßte er weiter.

Almas Augen folgten den Bewegungen seiner Finger, mit denen er die Zigarette geschickt herumdrehte, ein silbernes Feuerzeug aufschnappen und die Flamme aufleuchten ließ. Trotz der Wärme hier draußen fror Alma weiterhin. »Darf ich?«, fragte sie, nachdem Walter einen ersten tiefen Zug genommen hatte.

Erstaunt hob ihr Cousin die Augenbrauen. »Weiß Tante Minchen davon? Oder, Gott bewahre, Großmama?«

Wider Willen musste Alma lächeln, obwohl in ihr immer noch das Entsetzen herrschte. »Ich hätte nicht gedacht, dass es mich so ... so ...« Sie suchte nach einem Wort, gestikulierte dabei mit der Zigarette.

»Mitnimmt?«, fragte Walter. »Ah, Cousinchen, ich wusste, ich hätte das nicht tun sollen!«

»Nein, es war gut.« Alma nickte entschlossen. Sie hob das Kinn, nahm einen Zug und blies den Rauch langsam aus. Walter konnte Kringel formen, so weit hatte sie es nie gebracht – und auch keine Ambitionen dazu. Sie gab ihm die

Zigarette zurück. »Ich weiß jetzt, was ich wissen wollte. Was geschieht nun mit ihr?«

Walter schien zu zögern. »Viel länger werden sie wohl nicht mehr warten«, sagte er schließlich. »Dr. Weber hat ja schon gesagt, dass sie sie in die Leichenhalle auf den Friedhof bringen werden. Ein paar Tage, aber spätestens am Wochenende wird es Zeit. Wenn sie bis dahin nicht identifiziert ist, wird sie anonym bestattet.«

Eine anonyme Bestattung, Alma wusste, was das hieß. Kein Name, keine Blumen, keine Besuche. Ein kleines Kreuz, ein Priester, der hastig seinen Segen sprach. Alma sah ihren Cousin an. »Danke«, sagte sie und meinte es aufrichtig. Sie wusste, was sie zu tun hatte. Diese Frau würde keine anonyme Bestattung bekommen.

Normalerweise nahm Alma nahezu lautlos zwei Stufen auf einmal, um den wissbegierigen Blicken der Witwe zu entkommen. Jetzt aber gelang es ihr kaum, den Fuß auf die nächste Treppenstufe zu setzen. Mit der Spitze des Schuhs blieb sie an der Kante hängen und konnte gerade noch nach dem Geländer greifen, um einen Sturz zu verhindern. Ihr Körper war steif und schwer, Gedanken brummten wie aggressive Hornissen durch ihren Schädel. Sie fühlte sich, als ob sie eben mit der Straßenbahn kollidiert wäre.

Walter hatte angeboten, sie nach Hause zu bringen, doch Alma hatte abgelehnt. Sie wollte allein sein, musste einen freien Kopf bekommen. Den Anblick einer brutal ermordeten Person wollte sie nie mehr wieder ertragen müssen. Sie dachte an die Männer mit den leeren Ärmeln oder Hosenbeinen, denen sie auf dem Nachhauseweg begegnet war. Daran, dass die Kriegsheimkehrer Dinge ausgehalten hatten, die weit über ein rein körperliches Leid hinausgingen. Dass sie diese jeden Tag aushalten mussten, weil sie von ihnen verfolgt wurden. Zu welch abscheulichen Dingen die Menschen fähig waren!

Es gelang Alma erst beim zweiten Mal, den Schlüssel ins Schloss zu stecken und umzudrehen. Die Klänge eines getragenen Foxtrotts hingen im schmalen Flur, leise genug, um ihre Wirtin nicht in Rage zu bringen, laut genug, um Almas erste Schritte zu übertönen.

»Salome, schönste Blume des Morgenlands,
Salome, wirst zur Göttin der Lust im Tanz!«

Emmi stand singend in der Dachkammer, in der einen Hand einen Teller, in der anderen eine Zigarette, und betrachtete das Arrangement auf dem Tisch vor sich. Ein kleines Bukett aus Sommerblumen stand neben einer großen Portion Butter. Daneben Brot und ein Teller mit Wurst. Offenbar hatte das Küchenpersonal eines Hotels es wieder gut mit ihr gemeint. Emmi brachte häufig ein paar Extrawürste – im buchstäblichen Sinn – von der Arbeit mit. Ein Bonus, den die Frauen in einer Zeit, in der sich die Nullen auf den Geldscheinen vermehrten wie Karnickel, nicht missen wollten. Etwas, das sich ebenso auf die Zahlen in Almas Haushaltsbuch positiv auswirkte, das sie zur ständigen Erheiterung Emmis akribisch führte.

Beim Anblick ihrer gutgelaunten Freundin, die mit wiegendem Becken von einer Wüstenblume trällerte, und dem reichgedeckten Tisch fiel ein wenig Anspannung von Alma ab. Allerdings nicht genug. Vor Emmi etwas geheim zu halten, fiel ihr ziemlich schwer.

»Meine Güte, Täubchen, was ist passiert?«, fragte sie auch sofort, als Alma Tasche und Hut auf einen Stuhl legte und den Schal ablegte. »Du bist weiß wie die Wand. Gott, du siehst aus wie Conrad Veidt in *Dr. Caligari*!«

Alma winkte ab. »Viel Arbeit.« Das war noch nicht einmal gelogen.

Emmi legte die halbgerauchte Zigarette auf einen Unterteller, wo sie weiter vor sich hin qualmte, und näherte sich hüftschwingend ihrer Freundin. »Arbeit gibt es immer viel, mein Täubchen. Da müssen wir was dagegen unternehmen.« Sie nahm Almas Hand und drehte ihre Freundin in einem Halbkreis zum Takt.

Alma entwand sich ihrem Griff. »Nicht heute.«

Irritiert trat Emmi ein paar Schritte zurück. »Es ist was Ernstes«, stellte sie fest.

»Nein, ich ... Druck hinter den Schläfen, glaube ich.«

Emmis Hand wischte durch die Luft, als wolle sie die Kopfschmerzen damit wegzaubern. »Setz dich. Du bist sowieso spät dran, ich hab dich schon fast aufgegeben.«

»Hatte noch zu tun.« Nicht mehr als ein Flüstern. Alma erkannte ihre eigene Stimme kaum.

Emmi bedachte sie mit einem fragenden Blick, hakte aber nicht nach. Stattdessen schmierte sie Butter von der Dicke eines Unterhaltungsromans auf eine Scheibe Brot und legte zwei Wurstscheiben darauf. Alma ließ sich langsam auf ihren Stuhl sinken. Emmi setzte sich neben sie. »Iss was«, sagte sie in einem Tonfall, der keine Widerrede duldete. »Hat Karla vom Bellevue für uns abgezweigt. Lyoner. Die ist noch gut.« Emmi hob den Teller an und beäugte die Wurst. »Da! Kein Schillern. Du musst das also nicht anstarren, als sei es eben erst vor deinen Augen gestorben.«

Mit einem Schlag kehrte die Anspannung wieder. Jetzt konnte Alma die Tränen nicht mehr zurückhalten.

Erschüttert ließ ihre Freundin den Teller sinken. »Täubchen, was ...«

»'tschuldige«, schluchzte Alma und nestelte ein Taschentuch aus ihrem Ärmel.

Emmi legte ihr eine Hand auf den Unterarm. »Nein, nein. Du weißt doch, dass ich für dich da bin! Und wenn ich bedenke, wie oft meine Augen vor Weltschmerz triefen ...«

»Nicht Weltschmerz. Obwohl, das vielleicht auch.« Mit dem Zipfel des Taschentuchs tupfte sich Alma die Tränen aus den Augenwinkeln, überlegte es sich dann aber anders und schnäuzte lautstark hinein.

»Mein trauriges Gewächs. Jetzt erzähl mal.«

Und Alma erzählte. Als sie mit dem Besuch des Leichenschauhauses geendet hatte, lehnte sich Emmi, deren Augen in den letzten Minuten immer größer geworden waren, mit vor dem Brustkorb verschränkten Armen im Stuhl zurück. Die Wüstenblume des Orients tanzte inzwischen nicht mehr, die Grammophonnadel rutschte knarzend auf der letzten Rille herum.

»Na, du machst mir Spaß«, murmelte Emmi. »Das ist ... unfassbar.« Sie wurde ein wenig lauter. »Warum ... du kannst doch nicht ... Was hast du dir dabei gedacht?«

Alma sah ihr ins Gesicht. »Nicht tadeln!«

»Mach ich doch nicht. Ja, schon. Aber nur ein bisschen. Das kann gefährlich werden, Täubchen! Gefährlich!« Emmi griff fahrig zur inzwischen heruntergebrannten Zigarette, betrachtete sie enttäuscht, drückte sie aus, stand auf und ging im Zimmer umher. »Alma, du darfst dich doch nicht in eine Polizeiermittlung einmischen. Wo zum Teufel ist mein Zigarettenetui? Weißt du, wo ich es hingelegt habe?«

»Aber ich bin eine Zeugin. Es ist meine Pflicht, mich einzumischen!«

Emmi irrte immer noch suchend im Zimmer umher. »Der Kartoffelmord, ich fass es nicht!«

»Der was?«

»Alma, ein Mord an einer Prostituierten! Das ist für einen Tag Stadtgespräch, und sie zerreißen sich die Mäuler drüber. Und dann?« Emmi blieb stehen und schlug mit der flachen Hand auf den Küchentisch. »Dann wird die Zeitung dazu benutzt, Kartoffeln einzuwickeln. Niemand denkt mehr dran. Du hast deine Aussage gemacht, und damit hätte die Sache erledigt sein sollen«, fuhr Emmi fort.

»Ich musste die Frau sehen«, verteidigte sich Alma.

»Die Leiche«, stellte Emmi klar. »Eine Leiche, Alma. Und nicht die deines friedlich im Bett gestorbenen Großvaters.«

»Du bist doch diejenige, die sich in diesem ... Kuhkaff, wie du es immer nennst, mehr Aufregung wünscht.«

Emmi stemmte die Hände in die Hüften. »Für mich, aber doch nicht für dich! Du magst dieses Kuhkaff so, wie es ist!«

»Vertrage ich denn keine Aufregung?«

»Offensichtlich nicht.«

»Ich bin also weich und zart?«

»Nein, Täubchen.« Emmi warf die Arme in die Luft. »Du bist eben du!«

Alma schwieg und starrte auf ihren Teller. »Es war ... nicht schön«, gab sie dann zu.

»Nicht schön? Natürlich war es das nicht. Ach, Alma.«

»Auf dem Fenstersims.«

»Was?«

»Dein Etui.«

»Wie kommt das ...? Tatsächlich. Danke.« Nachdem Emmi

sich eine Zigarette angesteckt hatte, öffnete sie das Fenster und blies den Rauch hinaus. »Und?«, fragte sie schließlich.

»Und was?«

»Ich will Details wissen. Wie ist es im Leichenschauhaus? Wie sieht es dort aus? Liegen dort alle Toten in einer Reihe, oder wie muss ich mir das vorstellen? So mit Zetteln an den Zehen?«

Trotz ihrer inneren Anspannung musste Alma schmunzeln. Die gute Emmi.

»Erzähl mir zuerst, was die dort für ein Gesicht gemacht haben, als sie dich haben reinkommen sehen. Die weiche und zarte Alma. Dachten sie, du bringst das Essen?« Emmi kicherte, verschluckte sich, fing an zu husten. Nachdem sie sich gefangen hatte, ging sie zum Tisch zurück und setzte sich wieder. »Du lässt mich nicht mehr außen vor. Dass das mal klar ist.«

Alma wischte sich ein letztes Mal über die Augen, atmete tief ein und schüttelte dann den Kopf. »Ich weiß. Ich hätte es dir sagen sollen.«

»Hättest du. Geteiltes Leid und so weiter. Dafür bin ich doch da.«

»Bist du.«

»Und jetzt isst du dein Wurstbrot.«

»Bien sûr, Maman.« Alma lächelte und dachte nicht zum ersten Mal, dass Emmi an ihrer Seite ein Glücksfall war. Für ihre Kurschatten-Othellos war sie oft nur das »Prachtstück«, für Alma ein Mensch, auf den sie sich in jeder Situation verlassen konnte.

»Was hast du jetzt vor?«

»Ich hab sie erkannt«, sagte Alma kauend, von ihrer plötzlichen Hungerattacke selbst überrascht.

Emmi riss die Augen auf. »Die Tote?«

»Das ist keine Prostituierte, glaub mir. Ich habe sie bei der Kurmuschel gesehen.«

»Während eines Konzerts? Also wahrscheinlich ein Gast. Bist du sicher?«

Alma nickte und zog den Wurstteller zu sich her. »So gut wie. Und ich werde mir etwas einfallen lassen, um Licht in die Sache zu bringen.« Sie hatte Wochenenddienst und würde deswegen nur den Vormittag im Amt sein. Genug freie Zeit also, um ihre Überlegungen in die Tat umzusetzen.

»Soso. Miss Holmes wird also einen Plan aushecken.« Emmi hielt das Messer theatralisch drohend vor die Nase ihrer Freundin. »In den du mich natürlich einbeziehen wirst.«

Alma schmunzelte. Sie fühlte sich besser. So viel besser. »Natürlich. Aber zuerst muss ich mich morgen um Mutters Ohrringe kümmern.«

»Sie passen nicht zu ihr, stimmt's?«

»Nein. Ich habe sie dabei beobachtet, wie sie sie in der Küche abnahm und auf einen Unterteller gelegt hat. Als sie mich dann an der Tür stehen sah, fühlte sie sich ertappt wie ein kleines Kind, das Geschirr zerbrochen hat.« Alma lächelte. »Ich habe ihr versprochen, etwas anderes für sie zu besorgen.« Dann irrten Almas Augen auf dem Tisch umher. »Sag mal, Watson, haben wir noch Gürkchen?«

6

Am darauffolgenden Tag verließ Alma kurz nach dreizehn Uhr den Laden des Juweliers, in dem sie die Ohrringe für ihre Mutter gekauft hatte. Der Inhaber war verständnisvoll gewesen, hatte sie gebeten, etwas anderes auszusuchen, aber sosehr sich Alma auch bemühte: Nichts erschien ihr passend. Da der Modeschmuck jedoch recht günstig gewesen war, ließ sich der Juwelier letzten Endes überreden und erstattete Alma das Geld zurück. Sie schenkte ihm ihr schönstes Lächeln, das selbst dann noch nicht verschwunden war, als sie den Bürgersteig entlangging. Die Arbeit auf dem Amt war auch heute strapaziös gewesen, es mangelte aber zuweilen nicht an einer gewissen Aufregung, von der Emmi gesprochen hatte. Ein klein bisschen Abenteuer.

Friederike hatte wieder einen Anruf ihres Verehrers erhalten. Es kam ab und an vor, dass sich Männer nicht abwimmeln ließen, die vorgaben, sich in die »süße Stimme des Fräuleins« verliebt zu haben. Unter Umständen hatten sie das wirklich, vor allem Friederike klang wie ein Glöckchen, wenn sie ihr Sprüchlein aufsagte. Ihr Verehrer war unerschütterlich in seinem Tun. Heute allerdings hatte sich Ida in den Anruf eingeschaltet. Nachdem sie sich vergewissert hatte, dass der Drache abgelenkt war, riss sie sich die Hörer vom Kopf, rutschte zu der verblüfften Friederike auf den Stuhl, brachte ihre Wange an die ihre und raunte mit tiefer gestellter Stimme ins Mikrophon:

»Verkneif dir deine Lüsternheit, du Wicht! Sie ist mein! Mein allein!«

Daraufhin hatte Ida mit todernster Miene in die Runde geschaut und die Verbindung unterbrochen. Das schallende Gelächter der Frauen war bis zur Klinger gedrungen, aber das war Friederikes ungläubige Miene wert gewesen. Ihr Gesicht hatte die Farbe ihres orangefarbenen Sommerschals angenommen.

Alma blieb wie angewurzelt stehen. Schal, dachte sie. Sie würde ihrer Mutter einen Schal kaufen. In einer fröhlichen, aber nicht zu übermütigen Farbe aus einem leichten Baumwollstoff. Möglich, dass sie auch etwas Günstiges aus Georgette bekommen würde. Alma wechselte die Straßenseite und bog in die Lange Straße ein, sprang über die Schienen und wich einem Pferdekarren aus. Das Eckhaus mit dem verspielten Türmchen, schmiedeeisernen Balkonen und den modernen Ornamenten über der aufwendig gestalteten Eingangstür war ihr Ziel.

Der intensive Geruch nach Parfüm ließ Alma augenblicklich vergessen, dass es im Warenhaus Knopf unbelüftet und heiß war. Gleich hinter der großen Eingangstüre standen rechts und links adrette junge Damen hinter niedrigen Glasregalen, in deren Oberflächen sich verschiedenfarbige Flakons spiegelten. Blau und rot schillernde Pyramiden aus Kristall erweckten Almas Aufmerksamkeit. Sie wollte ihre Schritte schon in Richtung einer der elegant gekleideten Verkäuferinnen lenken, die hingebungsvoll einige Fläschchen neu arrangierte, da erinnerte sie sich, dass ihre Mutter kein Parfüm trug, sondern ausschließlich Rosenholzseife benutzte, um ihrer Haut einen Hauch von blumigem Duft zu verleihen.

Schals. Sie wollte einen Schal.

Alma eilte an weiteren Auslagen vorbei, ellenbogenlange Handschuhe aus cremefarbener Seide auf dunkelgrünen Samtstoffen neben kunstvollen Blumenarrangements – eine geschmackvolle Symphonie, die Eleganz mit Frohsinn paarte – und betrat dann am Ende des weitläufigen Vestibüls den Aufzug, dessen Türen sich gerade schließen wollten.

Der Liftboy empfing sie mit einem aufrichtigen Lächeln. »Einen schönen guten Tag, Fräulein. Wohin kann ich Sie bringen?« Der rechte Ärmel seiner Uniformjacke war zur Hälfte hochgesteckt, so dass er nicht herunterbaumelte.

»Damenabteilung, danke.« Sie lächelte zurück. »Wie geht es Ihrem Arm heute?« Das Schicksal des jungen Mannes war ihr dank Emmi bekannt.

»Mein Souvenir aus Cambrai lässt mich derzeit mit Schmerzen in Frieden. Nett, dass Sie fragen.« Er nickte und wandte sich wieder der Schalttafel des Aufzugs zu. »Das ist das Wetter, müssen Sie wissen. Die Wärme tut gut.«

»Das freut mich für Sie.«

Laut Emmi hatte der junge Mann früher in der Holzproduktion gearbeitet, aber nach dem Verlust seines rechten Unterarms war ihm dort nach Kriegsende gekündigt worden. Viele Versehrte arbeiteten heute als Pagen, Türsteher oder eben Liftboys. Offene Anstellungen sprachen sich schnell herum. So kam es auch, dass Emmi wusste, was dem Aufzugführer im Krieg widerfahren war.

Der Lift setzte sich in Bewegung, und Almas Magen tat einen kurzen Sprung. Als sie daran dachte, dass es ihrem Bauch bei der Begegnung mit dem jungen Kriminalkommissar ähnlich ergangen war, wurden ihre Wangen heiß. Schiller. Ludwig Schiller. In dem Moment öffneten sich die Aufzugtüren. Sie schüttelte den Kopf, wie um die Gedanken wieder zu ordnen, verabschiedete sich und sah sich nach den Auslagen für die sommerlichen Accessoires um, die sie nur ein paar Schritte vom Lift entfernt entdeckte.

Übermütig probierte sie erst ein paar Hüte, bevor sie die Schals durch die Hände gleiten ließ. Eine ältere Dame neben ihr hatte den Finger ans Kinn gelegt und schien angesichts der Farbenvielfalt angestrengt zu überlegen. Das leise Raunen der Verkäuferinnen erfüllte den Raum, gemischt mit ebenso leise gemurmelten Antworten der vorwiegend weiblichen Kundschaft. Die einzigen beiden Männer im Warenhaus stachen heraus: Ein schlanker Mann stand ein paar Meter weiter vor einer Auslage mit Damenstrümpfen und hatte Alma den Rücken zugedreht. An seiner Körperhaltung und den gestikulierenden Händen ließ sich ablesen, dass er allem Anschein nach ein eindringliches Gespräch mit einer blonden Verkäuferin führte. Ein beleibter Herr mit grauen Schläfen, der sich in einen der bereitstehenden Sessel hatte fallen lassen, drehte ungeduldig seinen Hut in den Händen. Alma beobachtete amüsiert, wie er immer wieder flehentliche Blicke in Richtung der Dame neben ihm warf. Offensichtlich handelte es sich um seine Ehefrau, die keine Auswahl treffen konnte.

Alma hatte sich eben für einen gedeckten hellblauen Schal aus seidenweicher Baumwolle entschieden, da stieß die junge Blonde, die den Mann bei den Strümpfen beriet, einen kleinen Laut des Entsetzens aus.

»Ich?« Ihre Stimme, die nun klar und deutlich zu hören war, kippte beinahe. »Bei allem nötigen Respekt, der Anstand gebietet es, das nicht zu tun!«

Einige Köpfe fuhren herum. Andere senkten sich, um nicht den Anschein von Neugierde zu erwecken. Die Dame neben

Alma schielte sensationslüstern unter der Krempe einer Cloche hervor, die sie gerade anprobierte.

»Warum nicht?«, fragte der Mann.

Alma horchte auf. Diese Stimme gehörte doch ... Sie warf einen forschenden Blick in Richtung des Verkaufstisches und nahm den Rücken des Mannes in Augenschein. Die Statur kam ihr jetzt ebenfalls bekannt vor. Als der Kunde sich umdrehte, sog sie die Luft ein. Ordentlicher Seitenscheitel. Eine dünne Linie auf der rechten Gesichtshälfte.

Ihre Blicke trafen sich. Zuerst schien Ludwig Schiller zu zögern, doch dann eilte er auf Alma zu. »Fräulein Täuber.« Grüßend tippte er mit dem Zeigefinger an seinen Hut. In der anderen Hand hielt er ein paar Strümpfe. »Welch Überraschung.«

Alma umklammerte den Schal. »Herr Kriminalkommissar«, antwortete sie knapp und befahl ihrem Magen, sich ruhig zu verhalten.

Schiller hielt inne. Betrachtete sie ein wenig zu lange. »Anwärter. Noch nicht fertig. Aber, was rede ich. Ich brauche Ihre Hilfe«, stieß er schließlich hervor.

»Bitte?«

Die unentschiedene Dame, die noch immer die Cloche trug, zwinkerte nervös.

Ludwig Schiller trat von einem Bein aufs andere. »Sie sind wie geschaffen für ein ... Experiment. Und wie ich heute auf dem Revier erfahren habe, sind Sie ja Experimenten gegenüber nicht abgeneigt.«

Die Augen unter dem Glockenhut wurden größer.

»Experiment?«, wiederholte Alma, die seinem Blick standhielt. »Ich verstehe nicht.« Hatte Dr. Weber mit dem Kommissar gesprochen?

Er holte Luft, schien sich zu sammeln. »Verzeihen Sie. Das

ist nicht der richtige Ort um über ... polizeiliche Angelegenheiten zu sprechen. Ich brauche Strümpfe.« Der Kriminalkommissarsanwärter schüttelte den Kopf. »Nein, also nicht ich. Es soll ein Geschenk sein.« Unbeholfen brach er ab und senkte den Blick.

»Ja?«, half ihm Alma auf die Sprünge.

»Nun ... die richtige Größe ist allerdings ein Problem.«

Der Glockenhut neben Alma rückte keinen Zentimeter zur Seite. Im Gegenteil, die Dame schien noch näher zu kommen, machte auch keinen Platz, als sich die junge Verkäuferin zu Alma und dem Kommissar gesellte und leise fragte, ob es ein Problem gäbe.

»Die junge Dame übernimmt die Anprobe«, platzte Schiller daraufhin heraus. »Wir kennen uns. Also ... flüchtig.«

Der ältere Mann wuchtete sich alarmiert aus dem Sessel.

»Ich ... wie bitte?« Alma ließ vor Schreck den Schal fallen.

»Es ist ganz einfach. Sie haben die gleiche Figur. Also ... ähnlich. Fast gleich. Aber irgendwie auch anders, Fräulein Täuber, Sie sind natürlich ...« Er brach ab. »Ähnlich. Haben aber ganz sicher die gleiche Größe.« Er hielt die Strümpfe in den Händen, als wolle er jemand damit erwürgen. »Ganz einfach, wie gesagt.«

»Soll ich die Leiterin der Abteilung rufen?«, raunte die Verkäuferin ihr ins Ohr. Alma war sich nicht sicher.

»Gleiche Größe«, wiederholte Ludwig Schiller wie ein Papagei. Es war ihm anzusehen, dass er weit über das hinausging, was er normalerweise bereit war, in eine Sache zu investieren. »Es ist dringend«, insistierte er. »Ich habe verschlafen, ein wichtiges Ereignis zu feiern. Lassen Sie mich nicht hier stehen«, flüsterte er dann eindringlich. »Fräulein Täuber. Es sind nur Strümpfe. Kein Bustier.«

Die Dame unter dem Glockenhut bekam einen roten Kopf.

Alma blickte auf die Strümpfe in seiner Hand. Sie ähnelten denen aus Idas Modemagazinen mit den Zeichnungen junger, sportlicher und selbstbewusster Frauen.

Und da sauste eine Idee durch Almas Gehirn. Die Illustrationen! Erst gestern hatte sie Emmi gegenüber gesagt, sie würde sich etwas überlegen. Jetzt wusste Alma, was sie tun musste. Es war zugegeben gewagt, aber einen Versuch wert. Mit einem gezierten Seufzer entwand Alma ihm die Strümpfe. Sie waren aus Seide. »Jede Leistung beruht auf einer Gegenleistung.«

»Hm?«, machte Schiller.

Alma nickte der Verkäuferin beruhigend zu und übergab ihr die Strümpfe mit der Bitte, sie zur Anprobe bereitzulegen. Dann trat sie ein paar Schritte zur Seite. Ludwig Schiller folgte ihr, sein Gesicht verriet verhaltene Freude. Dem älteren Herrn schien die Gefahr gebannt, er ließ sich in den Sessel zurückplumpsen.

»Mein Experiment, von dem Sie vorhin sprachen«, sagte Alma leise zu Ludwig Schiller, nun völlig sicher, dass er genau Bescheid darüber wusste, wo sie am Abend zuvor gewesen war, »zieht eine dringende Bitte nach sich. Es ist noch nicht komplett beendet.«

Schiller kniff die Augen zusammen. »Ihnen ist schon klar, Fräulein Täuber, dass Ihre Anwesenheit an einem ... gewissen Ort höchst unüblich, wenn nicht sogar schockierend ungewöhnlich war.«

»Schockierend? Ich bitte Sie. Kriminalkommissar Schiller, ich ...«

»Kriminalkommissarsanwärter Schiller.«

»Von mir aus ... Ich schätze Sie als einen Mann ein, der mit der Zeit geht. Würden Sie mich sonst bitten, Strümpfe anzuprobieren? Nein. Es bleibt dabei. Leistung und Gegenleistung. Dieser Bitte werden Sie nachkommen.«

»Werde ich?«

»Werden Sie.«

»Und Sie probieren diese Strümpfe?«

»Für wen sind die?«

»Bitte?«

»Die Strümpfe.«

»Für meine Schwester. Ich habe ihr soeben bestandenes Abitur nicht entsprechend gewürdigt. Zu viel Arbeit. Es ist unverzeihlich, und ich will, nein, ich muss es wiedergutmachen.« Schiller blickte Alma offen ins Gesicht. Die dünne feine Linie war ein wenig rot geworden. Nichts, was ihn entstellt hätte. Im Gegenteil. Alma fand Gefallen an dem Anblick. Und das Wort »Schwester« gefiel ihr auch, sehr viel besser als »Ehefrau« oder »Verlobte.« Alle weiteren Gedanken in diese Richtung schob sie beiseite und sagte schnell: »Für Ihre Schwester probiere ich gerne Strümpfe an.«

Er seufzte erleichtert auf. »Ich danke Ihnen vielmals.«

»Leistung und Gegenleistung, Herr Kriminalkommissar.« Sie lächelte. Sie würde ihn bitten zu veranlassen, dass eine Zeichnung der Toten angefertigt und in der Presse veröffentlicht werden würde. Das war der Plan.

»Kriminalkommissarsanwärter.« Er erwiderte das Lächeln, nahm ihre Hand und drückte sie. »Leistung und Gegenleistung.« Er schien zu zögern. »Warum besprechen wir das nicht bei einem Kaffee? Was meinen Sie?«

Almas Magen vollführte einen Salto.

Schiller führte sie ins naheliegende Hotel Badischer Hof, dessen Café feine Köstlichkeiten anbot. Als er forsch den Gartenbereich ansteuerte, folgte Alma zögerlich. Sie war weder entsprechend gekleidet, noch fühlte sie sich anderweitig für eine solch exklusive Unternehmung gewappnet, aber der Kriminalkommissarsanwärter ging sicheren Schrittes und mit gerecktem Kinn zu einem freien Tisch und bot ihr einen Platz an. Er schien es wirklich ernst zu meinen und es nicht zu scheuen, sein Portemonnaie zu malträtieren. Eine äußerst großzügige Geste, bei der Almas Wangen ganz heiß wurden. Ein Vermögen würde er ausgeben müssen, und das für sie!

Vor nicht allzu langer Zeit, während des Großen Krieges, hatte der Badische Hof als Lazarett gedient. Verwundete Soldaten hatten in vielen Hotels und öffentlichen Gebäuden gelegen, die Front verlief zeitweise verstörend nahe. Reservelazarett Baden-Baden, so hatte die Armee die Stadt genannt, und neben dem großen Barackenlazarett waren viele öffentliche Gebäude und Hotels requiriert worden. Der Badische Hof war ein Sonderlazarett gewesen, in dem vor allem Rheumatiker behandelt worden waren. Nach und nach wurden die Lazarette geschlossen, auch wenn der Krieg bis heute seine Spuren hinterließ. Zwei Jahre zuvor waren die letzten Soldaten entlassen worden, einige Verwaltungsmitarbeiter jedoch noch bis zum vergangenen Sommer geblieben.

Heute erinnerte im Badischen Hof nichts mehr an die düsteren Zeiten: Das Hotel knüpfte an den Glanz des vorigen Jahrhunderts an und verzeichnete eine steigende Anzahl an Übernachtungsgästen. Die Kurbetriebe erfreuten sich eines wirtschaftlichen Aufschwungs, die gutsituierten Gäste aus dem Ausland wurden von den jährlich stattfindenden Attraktionen wie Pferde- und Automobilrennen magisch angezogen. Es war ein warmer Tag, und Alma genoss jetzt schon den Platz auf der Terrasse mit Blick auf den sonnendurchfluteten Park, den Springbrunnen und die wunderschön angelegten Rosenbeete.

Ludwig Schiller rückte Alma den Stuhl zurecht, dann winkte er nach dem Kellner, der eben die Stufen des Portikus heruntertänzelte. Über dem Säulengang thronten Balkone, auf denen die gutgekleidete Klientel in Liegestühlen ruhte. Einige Hotelgäste lehnten an den Geländern und ließen die Blicke über den Garten und die nahe gelegene Trinkhalle schweifen, Frauen zeigten die neueste Mode, die Herren schmauchten hingebungsvoll. Von einer großen Markise vor der Sonne geschützt, fragte Alma sich kurz, ob Schillers Narbe deutlicher hervorstechen würde, wenn er sich länger der Sonne aussetzte.

Der Kellner kam, ein junger Mann, dem es in seiner Weste ordentlich zu warm schien, und Alma konnte es ihm nachfühlen. Unter dem Sonnensegel staute sich die Hitze, und während sie selbst nichts anderes zu tun hatte, als dazusitzen und dem Vogelgezwitscher zu lauschen, so hastete der Kellner von hier nach dort, von oben nach unten, bereit, jedem Gast seinen Wunsch zu erfüllen. Um diese Uhrzeit waren die Gäste jedoch noch nicht allzu zahlreich.

Sie bestellten zwei Kännchen Kaffee, dann wandte sich Schiller an Alma. »Wie wäre es mit einem Stück Torte?«, fragte er. »Es ist meine Mittagspause.«

Daran hatte Alma gar nicht gedacht. Nicht nur, dass sie ihn schröpfte, sie hielt ihn auch noch von der Arbeit ab!

»Ich lade Sie selbstverständlich ein«, sagte er beinahe entrüstet. Ganz offensichtlich hatte er ihr Zögern bemerkt und grundfalsch interpretiert.

»O nein, nein, das war nicht meine Sorge«, log sie. »Ich weiß, dass Sie ein ... Kavalier sind.« Hoffentlich war sie bei diesen Worten nicht rot geworden. »Es wird nur nicht viel Pause sein in der nächsten halben Stunde.«

Er lachte erleichtert auf und wandte sich wieder an den Kellner, um für sie beide Torte zu bestellen.

Nachdem der Garçon – der sich nicht daran zu stören schien, Gäste zu bedienen, die monetär aus dem Rahmen fielen – mit einer angedeuteten Verbeugung verschwunden war, sagte Schiller: »Ich habe von Ihrem gestrigen Ausflug gehört.«

»Das hatte ich aus Ihren Andeutungen geschlossen.«

»Natürlich. Sie sind aufmerksam.« Er legte seine Hände auf den Tisch, feingliedrig und dennoch unverkennbar Männerhände, viel größer als ihre eigenen, gerade so weit entfernt, dass es noch schicklich war.

Was war nur los mit ihr? Weshalb gingen ihr solche Gedanken durch den Kopf? Alma legte die Hände in den Schoß, dann blickte sie auf. »Sie wissen also, wo ich war, und ich nehme an, Sie wissen auch, weshalb.«

Er nickte, die blassblauen Augen aufmerksam auf ihr Gesicht gerichtet.

Glücklicherweise kam in diesem Augenblick der Kellner mit Kaffee und Torte zurück. Alma wusste nämlich nicht, wie sie das Gespräch fortsetzen sollte. Sie kam sich unglaublich naiv vor mit ihren Vermutungen und vagen Überlegungen. Sie wusste zwar, was sie gehört und gesehen hatte. Aber der Mann, der ihr da gerade gegenübersaß, war Kriminalpolizist. Mit Vermutungen und vagen Überlegungen gab man sich dort nicht zufrieden. Das war spätestens seit ihrer Meldung auf der Polizeiwache klar.

Alma war froh, sich eine Gabel der köstlich aussehenden Torte in den Mund schieben zu können, bevor sie ihr Gespräch fortsetzen würden.

»Sie ist hervorragend, stimmt's?«, nahm Schiller nun das Gespräch wieder auf. »Die beste Bischofstorte der Stadt.«

Alma nickte zustimmend. Die Schokolade war süß und bitter zugleich, mit einer feinen Orangennote, und der Kuchen zerging weich auf der Zunge. Der herbe Rum und etwas Kaffee vollendeten den Geschmack. Sie war wirklich ganz vorzüglich, und Alma, die eine gute Torte zu schätzen wusste, nahm einen weiteren Bissen, bevor sie Schiller endlich von ihrem Besuch im Leichenhaus erzählte.

»Ich bin mir sicher, die Tote schon einmal gesehen zu haben. Ihr Gesicht ist sehr einprägsam, wissen Sie.«

Er nickte. »Sie sind nicht nur aufmerksam, sondern haben auch eine gute Beobachtungsgabe.«

Das hatte sie, aber darum ging es im Moment nicht.

»Sie war ein Kurgast. Möglicherweise auch eine Dame hier aus der Stadt. Was sie aber keinesfalls war ...« Nach einem geeigneten Wort suchend, brach Alma ab. Ein kleiner Spatz hüpfte unter den Nachbartisch, um einen Krümel aufzupicken.

»Haben Sie mit Dr. Weber über die Daktyloskopie gesprochen?«

»Mein Cousin hat den Begriff erwähnt. Was bedeutet er?«

Schiller legte seine Kuchengabel zur Seite. »Bei der Identifizierung von Personen nutzen wir verschiedene Möglichkeiten. Bis vor einigen Jahren hat man die Bertillonage angewandt.«

»Und was ist das nun wieder?«

»Verbrecher wurden fotografiert und vermessen. Dieses System hat leider einige Schwächen. In England hat man dann festgestellt ... Geben Sie mir Ihre Hand.«

Alma blickte ihn erstaunt an.

»Oh. Ich wollte Ihnen nicht ... Ihre Finger. Ich brauche Ihre Finger.«

Jetzt hob Alma eine Augenbraue. Er fuhr sich mit der Zungenspitze über die Lippen.

»Ich möchte Ihnen etwas zeigen.«

Erst die Strümpfe, nun ihre Hände. Alma konnte nicht verhindern, dass ihr Herz etwas schneller klopfte. Hatte sie doch vorhin noch darüber nachgedacht, wie sich seine Hände wohl anfühlen würden ... Sie hoffte, nicht rot zu werden, als sie ihm ihre rechte Hand über den Tisch reichte. Schiller nahm sie in seine linke, und die Berührung jagte einen kleinen Stromstoß durch ihren Körper. Einen schönen, kein Vergleich zu denen bei der Arbeit. Seine Hand war warm und weich.

»Sehen Sie, hier.« Ganz sanft fuhr er mit dem Zeigefinger über ihre Fingerkuppen. »Feine Linien bilden ein Bogenmuster, so klein, dass man sie kaum erkennen kann. Jeder Mensch besitzt diese Linien, Papillarleisten nennen wir sie, und sie sind so einzigartig, dass es keine zwei Menschen auf der Erde gibt, bei denen sie sich gleichen.« Noch immer hielt er ihre Hand fest. Er sah sie an, und Alma spürte, wie ihr Puls flatterte, wie sie flacher atmete.

Plötzlich trat der Garçon an ihren Tisch, um Kaffee nachzuschenken, und hastig zog sie ihre Hand zurück. Als der Kellner wieder verschwunden war, räusperte Schiller sich. »Was ich sagen wollte, Fräulein Täuber: Dr. Weber hat eine Daktyloskopie gemacht, und ich habe die Fingerabdrücke der Toten mit denen verglichen, die wir bei uns in der Kartei haben. Die meisten der ... Damen, die ...«, jetzt suchte er nach dem richtigen Wort, das ihm ebenfalls nicht einzufallen schien, »... die wegen Verstößen gegen die guten Sitten zu uns gebracht werden, sind darin verzeichnet«, rettete er sich schließlich in seinen Polizeijargon. »Der Abgleich hat keine Ergebnisse gebracht. Unsere Tote ist keine der Frauen, die bei uns jemals vorstellig wurden.«

»Sie haben die Sache ja doch untersucht!«

»Ich hatte eine überzeugende Zeugin.«

»Das sieht Ihr Vorgesetzter anders.«

Ludwig Schiller seufzte. »Kriminalrat Ketterer ist ein guter Polizist«, sagte er. »Er war einer der besten.«

»War?«

»Ich sage ja, Sie sind aufmerksam. Ja, war. Seit dem Tod seines Sohnes ist er nicht mehr derselbe. Die Trauer setzt ihm zu.«

»Der Krieg?«

»Indirekt. Vor einigen Monaten hat sich Ketterers Sohn vor die Bahn geworfen.«

»Wie schrecklich!«

»Sehen Sie es ihm also nach«, sagte Schiller sanft. »Wir tun, was wir können. Und wir hoffen, dass er bald wieder ganz der Alte sein wird.«

Alma nickte. Dann überlegte sie. »Die Tote war also kein ... leichtes Mädchen«, fasste sie zusammen. »Dann werden Sie meiner Bitte bestimmt nur allzu gerne nachkommen.« Sie grinste Schiller verschmitzt an.

7

Hier Amt, was beliebt?«

Am nächsten Tag fiel es Alma nicht leicht, den angenehmen und sanften Tonfall, der von ihr verlangt wurde, aufrechtzuerhalten. Die freundliche Stimme einer Telefonistin sollte einen männlichen Anrufer von Ausfälligkeiten abhalten und natürlich auch signalisieren, dass man jederzeit für ihn da sei. Da Telefongespräche stichprobenweise überwacht wurden, versuchte Alma, sich wie üblich an die Regeln zu halten und die Vermittlung so schnell wie immer durchzuführen. Allerdings war es heute schwierig, ihre Gedanken schweiften immer wieder ab.

Hier Amt, was beliebt? Ich verbinde. Alma fragte sich, wie weit man noch gehen würde, um die Arbeitsvorgänge der Telefonistinnen zu beschleunigen und gleichzeitig Personal abzubauen. Der Taylorismus war in aller Munde. Würde sie in Zukunft nur noch kleinste Arbeitseinheiten leisten dürfen? Nur noch ein oder zwei sich ewig wiederholende Handgriffe? Weniger nachdenken, schneller handeln? Oder im Gegenteil mehrere Klappenschränke gleichzeitig bedienen müssen? Wie sollte das gehen? Mit Rollschuhen an den Füßen?

»Ich verbinde.« Immer freundlich, ermahnte sich Alma im Stillen. Reiß dich zusammen. Du weißt nie genau, wer wann mithört.

Sie war nicht richtig bei der Sache. Die ausgefranste Narbe, die den toten Körper entstellt hatte, und Ludwig Schillers Finger, die über ihre gestrichen hatten. Aber: Ludwig hatte Wort gehalten. Die Tageszeitung mit der abgedruckten Zeichnung der Toten und dem Aufruf, sich bei der Polizei zu melden, sofern man die abgebildete Person erkannte, steckte zusammengefaltet in ihrer Handtasche. Sie hatte sie gekauft, bevor sie zur Arbeit gegangen war.

Ludwig. Jetzt nannte sie ihn schon beim Vornamen.

»Amt, was beliebt?«

Mikrophon am Ohr. Ein paar Dutzend Schnüre vor sich. Ungeduldige Lampen. Tausende von Klinken. Rufzeichen. Fragen.

»Ich verbinde.«

Kurzes Mithören, wieder trennen. Zwischenfragen.

»Einen Moment, ich versuche es noch einmal.«

Nicht danebenstecken, ermahnte sich Alma. Ruhe bewahren. Meine Güte, was war nur mit ihr los? Denk an dein Dialog-Lexikon mit den fünfzig Frage-Antwort-Formeln. Lass dich nicht aus der Fasson bringen, wenn der Drache plötzlich hinter dir steht, redete sie sich gut zu.

Ida war dem Verband der deutschen Reichs-, Post- und Telegraphenbeamtinnen beigetreten, der sich für bessere Arbeitsbedingungen und eine angemessene Bezahlung einsetzte. Alma dachte schon lange darüber nach, es ihr gleichzutun. Auf der anderen Seite: Wie lange wollte sie diese Arbeit hier noch machen? War es nicht ihr Ziel, in die Verwaltung aufzusteigen? Die Schaltschränke mit ihren Klinken ein für alle Mal hinter sich zu lassen?

Neues Blinken.

»Amt, was beliebt?«

»Gustav Kern, Bahre Stahlverarbeitung GmbH, ich möchte gern in den Badischen Hof durchgestellt werden. Margarete Kern.«

Alma erinnerte sich sofort an den norddeutschen Akzent. Hoffentlich kurbelte dieser Kern nicht wieder wie ein Verrückter.

»Ich verbinde.«

Die Telefonzentrale des Hotels bedauerte, Frau Kern sei außer Haus. Alma gab die Information an Herrn Kern weiter.

»Aber ... Das kann nicht sein«, erwiderte der.

»Herr Kern, ich bedauere ...«

»Versuchen Sie es noch einmal.«

»Ich denke nicht ...«

»Versuchen Sie es noch einmal!« Kern wurde laut.

Freundlich und zuvorkommend, redete sich Alma erneut ins Gewissen. »Ich verbinde.« Nach nur wenigen Sekunden erhielt sie dieselbe Information wie zuvor. »Herr Kern. Ihre Frau ist leider nicht im Hotel.«

Stille.

»Herr Kern? Möchten Sie mit einer anderen Nummer verbunden werden?«

Schweigen in der Leitung.

»Herr ...«

»Haben Sie eine Vorstellung davon, wie oft ich es schon versucht habe? Nicht nur bei Ihnen, sondern auch bei Ihren Kolleginnen? Seit Tagen. Tagen!«

»Baden-Baden bietet seinen Gästen ein vielfältiges Angebot. Ihre Frau Gemahlin wird dieses sicher wahrnehmen.«

»Margarete ist nicht erreichbar! Zu jeder gottverdammten Uhrzeit nicht erreichbar. Das ... ich ...« Die Stimme brach ab, ebenso die Verbindung. Gustav Kern hatte aufgelegt.

Einige Sekunden blieb Alma konsterniert vor der Schalttafel sitzen und ignorierte die mahnenden Lämpchen.

Zu jeder gottverdammten Uhrzeit, dachte sie.

Dann durchfuhr es sie wie ein Blitz. Was, wenn …?

O Gott.

Alma passierte eine Reihe beeindruckender Privatautomobile, die wie Produkte aus einem Katalog vor dem Hotel standen, sah dem livrierten Türsteher direkt ins Gesicht und hatte das Vestibül des Badischen Hofs noch nicht einmal zur Hälfte durchquert, da hatte sich alles Mondäne des Hotels in ihrem Schritt verfestigt. Insgeheim dankte sie Ludwig, dass er ihr schon die Gelegenheit gegeben hatte, sich hier umzusehen, denn jetzt hielt sich ihr Fremdeln zwischen Palmen, Orientteppichen und Gutbetuchten, denen man ihre Vermögenssituation schon von weitem ansah, in Grenzen. Sie passte sich den eleganten Bewegungen der anderen Gäste an, durchschritt federnd einen mit einem schweren Vorhang ausgestatteten Durchgang und gelangte in die weitläufige Halle, an deren Ende zwei großzügig den Raum einnehmende Treppen auf Galerien führten. Eindrucksvolle Marmorsäulen flankierten die Stufen, und über die steinernen Brüstungen lehnten sich Hotelgäste. Im Foyer selbst wurden gerade Teeservice und Kuchenetageren von den kleinen Tischchen abgeräumt. In bequemen Clubgarnituren lasen die Herren Zeitung, die Damen blätterten in Illustrierten oder flanierten in der weitläufigen Halle, wie auf der Suche nach einem geeigneten Zeitvertreib. Eine Frau wie Emmi passte in dieses Ambiente wie die Blume ins Knopfloch eines Herrn. Selbst Alma fühlte sich kurz wie die Protagonistin in einem Film. Szenenwechsel, wechselnde Rollen, schillernde Persönlichkeiten. Das Gehäuse für menschliche Dramen.

Sie streifte eine junge Frau in seidenem Kleid, die eines der ausgelegten Magazine unentschlossen in der Hand hielt. Schnell entschuldigte sich Alma und stieß danach beinahe mit einem Pagen zusammen. Bevor sie reagieren konnte, wurde er aber schon von einem hageren Herrn mittleren Alters angesprochen. Er roch nach Zigarre, trug das dünne graue Haar streng gescheitelt und strahlte – so wie er dastand, als habe er einen Stock verschluckt – etwas Weltmännisches aus.

»Gibt es Neuigkeiten?«, fragte er den Pagen.

»Nein, Herr Professor. Bedaure.«

»Keine Nachricht?«

»Bedaure. Frau Kern hat keine Nachricht hinterlassen.«

Alma, die schon weitergehen wollte, blieb in Hörweite stehen und griff ebenfalls nach einem Magazin. Ohne den Illustrationen darin Aufmerksamkeit zu schenken, blätterte sie es durch und lugte dabei verstohlen zu den beiden Männern. Hätte die reichverzierte Eingangshalle nicht schon genug Hinweise gegeben, so wusste man spätestens jetzt, dass man sich in einem der feinsten Hotels der Stadt herumtrieb: Selbst die Pagen kannten hier alle Gäste mit Namen.

Der ältere Herr rieb sich das Kinn. »Wir hatten eine Verabredung zum Rommé. Uns fehlt nun eine Mitspielerin.«

»Wenn ich die Gräfin Wollnitz vorschlagen dürfte?« Der Page deutete mit dem Kinn auf eine komplett in Schwarz gekleidete Matrone, die wie ausgestopft in einem der Clubsessel thronte.

»Ich bitte Sie.« Der ältere Gast schnaubte.

»Dann wollen Herr Professor vielleicht ins Theater gehen? Auf dem Programm steht heute …«

»Ach nein«, unterbrach ihn der Professor rasch. »Theater. Meine Güte. Also wirklich.« Er sah sich suchend um. »Ich werde schon jemanden finden.« Nach diesen Worten drehte er sich um und wanderte durch die Halle.

Jetzt war es an Alma, Fragen an den Pagen zu stellen. »Entschuldigen Sie?«

»Bitte, das Fräulein?«

»Ich kam nicht umhin zu hören, wie Sie über Frau Kern sprachen. Margarete Kern?«

»Wie kann ich Ihnen helfen?«

»Auch ich hatte eine Verabredung mit Margarete ... verzeihen Sie, mit Frau Kern, zu der sie bedauerlicherweise nicht erschien. Deswegen bin ich nun persönlich gekommen, um sie zu sprechen. Ist sie etwa krank? Ich wäre untröstlich.«

Der Page schien sich zu winden. Allem Anschein nach wollte er selbst über Frau Kern kein Wort mehr verlieren. »Dürfte ich Sie an den Empfangschef verweisen, Fräulein?« Er deutete auf den dicken Vorhang mit Troddeln, der die Rezeption vom Saal trennte. Alma bedankte sich, ging zum Empfang auf den Mann in Portiersuniform zu, der eben dabei war, hinter seinem Tresen eine Handvoll Briefe zu sortieren, und stellte ihre Fragen noch einmal.

»Frau Kern.« Der Portier legte nachdenklich einen Finger ans Kinn.

»Das ist ja wohl nicht so schwer.« Alma wurde allmählich ungeduldig. »Herr Kern versucht seit Tagen, seine Frau zu erreichen. Dem Herrn Professor hat sie die Rommé-Partie vermasselt, und ich würde auch gerne wissen, wo ich sie finden kann.«

»Haben Sie denn eine Verabredung?«

Der Ton des Empfangschefs war gönnerhaft, und Alma wurde sich einmal mehr ihres geflickten Saumes bewusst. Dennoch hob sie das Kinn und antwortete: »So ist es.«

»Heute?« Als könne er es kaum glauben.

»Exakt. Sozusagen jetzt. In diesem Augenblick. Nur Frau Kern scheint unauffindbar.«

»Nun, vielleicht hat sie ihre Verabredung mit Ihnen vergessen. Oder sie war ihr nicht so wichtig.« Ein Lächeln, das vor Gemeinheit nur so triefte.

»Hören Sie«, begann Alma resolut. Sie würde sich hier nicht abwimmeln lassen. »Ihr Mann schickt mich, Gustav Kern. Er …«

»Gustav Kern?«

Plötzlich schien der Portier einen Anfall von Akribie zu erleiden. Er schob einen Füllfederhalter hin und her, arrangierte den Zeitungsstapel neu und fing noch einmal an, die Briefe zu sortieren, die er vor Minuten schon zugeordnet hatte.

»Nun?« Alma blieb hartnäckig.

»Ich vermag nicht zu sagen, wo Frau Kern ist«, gab der Portier schließlich zu, ohne aufzublicken. »Sie hat seit Tagen nicht mehr nach ihrem Zimmerschlüssel verlangt.«

Alma legte die Hände auf den Tresen. »Sie ist verschwunden?«

»Nun …« Jetzt sah der Empfangschef sie an. »Die Stahlunternehmersgattin ist eine … moderne Dame.« Er räusperte sich in einer Manier, die besagte, dass sie das doch als junge, moderne Frau wissen müsse.

»Und?«

»Es ist nicht selten, dass sie … aushäusig verkehrt. Und es auch eine Weile bleibt.«

Was sollte das denn heißen?

»Wollen Sie mir damit sagen, dass Sie ihre Abwesenheit nicht ungewöhnlich finden?«

»Nun. Schon. Aber dann auch wieder nicht. Ah!« Mit gehetztem Blick spähte er an Alma vorbei in die Halle. »Wenn Sie mich entschuldigen. Die Gräfin bekommt wieder einen ihrer Anfälle. Ich kann es jetzt schon sehen.« Er ignorierte Alma und winkte den Pagen zu sich. »Nummer 5! Nummer 5!« Dann senkte er die Stimme. »Die Nerven. Das Alter. Sie verstehen?«

Er wedelte aufgeregt mit den Händen, der Page Nummer 5 erschien, und selbst von ihrer Position aus konnte Alma sehen, dass das gesamte Foyer in Aufruhr geriet, als die Gräfin mit einem lauten Seufzer vom Clubsessel glitt.

Frau Margarete Kern war also »eine moderne Dame«, dachte Alma, als sie sich den Weg zwischen Pelzen und Abendkleidern zum Ausgang bahnte. Und seit Tagen hatte sie niemand mehr im Hotel gesehen.

Vom Badischen Hof erwartete sie sich kaum noch Hilfe, sie würde Gustav Kern die Zeitung mit der Zeichnung schicken. Und dann würde vielleicht endlich Licht ins Dunkel kommen.

8

Die Seite der Badischen Presse, auf der die Zeichnung der Toten abgedruckt worden war, befand sich am nächsten Morgen schon auf dem Weg nach Hamburg. Alma hatte einen kurzen Brief beigelegt, in dem sie sich vorstellte und die Freiheit, die sie sich ungefragt herausgenommen hatte, in wenigen Worten darlegte. Ihre Vermutung war mehr als ein pures Bauchgefühl, mehr als eine Ahnung. Da war sie sich sicher.

In der Zwischenzeit hieß es abwarten und ihrem Leben in den gewohnten Bahnen nachgehen, daher nahm sie wie jeden zweiten Donnerstag nach der Arbeit mit einem Korb voller Wäsche die Bahn Richtung Oos.

Als Alma das elterliche Wohnzimmer betrat, fand sie ihren Vater lesend im Lehnstuhl vor. Er sah auf und lächelte, als sie ihm einen Kuss auf die Stirn drückte.

»Mutter?«, fragte sie.

»Schon beim Ungeheuer.« Er faltete die Zeitung zusammen. »Meinst du, da wird sich jemals etwas ändern?«

»Ich fürchte nicht.«

»Dann viel Vergnügen.« Er nahm die Lektüre wieder auf. »Falls sie sich wieder beschwert, schick sie rauf zu mir«, murmelte er in das raschelnde Papier hinein. »Ich lese ihr dann den Wirtschaftsteil vor. Mal sehen, was sie angenehmer findet.«

Alma grinste, schlich sich hinaus und schloss leise die Wohnzimmertür. Rasch hüpfte sie die Waschbetonstufen in den Keller hinunter, das letzte Stück rutschte sie auf dem Geländer – es gab Dinge, die sie sich einfach nicht abgewöhnen konnte. Wie erwartet stand ihre Mutter mit verschränkten Armen vor der Waschmaschine und bedachte das Gerät mit einem Blick, bei dem Alma sich ein Lachen nicht verkneifen konnte. Ihre Mutter und das Ungeheuer. Sie würden niemals Freunde werden.

Noch bis vor wenigen Jahren waren die Waschtage eine Plackerei gewesen: Heißes Wasser brodelte im Zuber, entließ gefährlichen Dampf. Es war unglaublich beschwerlich, die Wäsche auf dem Waschbrett zu reiben; nicht nur die Haut an den Händen litt darunter, sondern auch der Rücken, wenn die mit Wasser vollgesogenen Wäscheberge herumgewuchtet werden mussten.

Almas Vater, interessiert an allem, was rauchte, fauchte, Töne spuckte und blinkte, hatte vor fünf Jahren mit freudigem Strahlen eine Miele 50 gekauft, um Frau und Tochter zu entlasten: die erste in Deutschland gefertigte Waschmaschine mit elektronischem Antrieb. Die Anschaffung hatte keine Kleinigkeit gekostet, aber Almas Vater hatte verkündet, man könne es sich leisten und zudem wäre ihm die gewonnene Freiheit seiner Angetrauten jede Ausgabe wert. Das »Ungeheuer« sei aus einer Buttermaschine entwickelt worden, wie er damals schwer beeindruckt erklärt hatte. Dann war er ins Detail gegangen: Aus dem kleinen Eichenholzfass mit Rührwerk war zunächst ein großes mit mächtigerem Bauteil entstanden, das sich hin und her bewegte und damit die Wäsche umherdrehte. Dann half ein Schwungrad an einem Wassermotor, das Rührwerk noch effektiver zu bewegen, und jetzt hatte die Elektrizität das Wasser als Antriebskraft abgelöst. Nach dieser technischen Einführung nahm der Herr des Hauses die Waschmaschine mit weltmännischer Geste in Betrieb. Er betätigte den schwarzen Drehschalter … und Almas Mutter schrie vor Entsetzen auf. Der Lärm, den der über einen Riemen gekoppelte Motor verursachte, war infernalisch, hallte in der kargen Waschküche wider wie das Knattern eines Traktors und machte jede Unterhaltung unmöglich. Almas Mutter sprach seither fassungslos von einer Hauptverkehrsstraße, die nun mitten durch ihr Hab und Gut verliefe. Von einer Straßenbahn, die ihren Keller durchkreuzte. Von einem Ungeheuer, das sie nie und nimmer selbst in Betrieb nehmen würde. Nie und nimmer!

Seitdem half ihr Alma bei der Bedienung. Im Gegenzug durfte sie einen Teil ihrer eigenen und Emmis Wäsche mitwaschen.

»Nimm eine Miele dir ins Haus, dann sieht der Waschtag freundlich aus«, begrüßte Alma ihre Mutter und umarmte sie kurz.

»Ach. Gut, dass du da bist. Ich habe die Trommel schon beladen.«

»Wie furchtlos von dir. Eine wahre germanische Brunhilde.«

»Das ist nicht lustig, Kind. Du weißt, was ich davon halte.«

»Sie kann unmöglich losgehen, wenn sie nicht an das Stromnetz angeschlossen ist.« Alma steckte den Stecker ein. »Und der Schalter auf *Aus* steht.«

»Darauf achte ich auch peinlich genau.« Ihre Mutter trat respektvoll einige Schritte zur Seite. »Wenn ich bitten dürfte.«

»Die Maestra schreitet zur Tat.« Mit theatralischer Miene wartete Alma, bis ihre Mutter die Hände auf die Ohren gepresst hatte, so wie sie es jeden zweiten Donnerstag zu dieser Uhrzeit zu tun pflegte, und drehte dann den Schalter. Dröhnend erwachte der Motor zum Leben, und Wilhelmine Täuber blickte mit gequälter Miene drein.

Während die Maschine lärmte, zogen sich die beiden Frauen in den Nebenraum zurück, um Wäsche zu sortieren, trockene Kleidungsstücke abzuhängen und zusammenzulegen.

»Das hier«, Almas Mutter hielt mit spitzen Fingern ein schulterfreies Negligé in die Höhe, »gehört hoffentlich Emmi.«

»Richtig«, log Alma, ohne zu erröten, und nahm es ihrer Mutter aus der Hand. »Wie geht es Großmama?«

»Ach, wie immer. Der gute Kaiser, die neuen schweren Zeiten, und vor dem Krieg war alles besser«, seufzte ihre Mutter. »Du weißt, ich bin nicht gerade das, was man eine moderne Frau nennt«, sie bedachte das Negligé, das Alma eben zusammengefaltet in einen Korb legte, nochmals mit einem entrüsteten Blick, »aber den Kaiser will ich nicht wieder zurückhaben. Nein, danke. Auch wenn die Demokratie momentan noch so etwas wie die Fahrt in einem dunklen Tunnel ist.«

Versorgungsengpässe, Inflation, Arbeitslosigkeit. Alma wusste, wovon ihre Mutter sprach.

»Aber jetzt erzähl mal. Gibt es Neues von der Arbeit?«

Alma hielt in der Bewegung inne. Gustav Kern, eine tote Frau und ein ominöser Anruf, dachte sie und versuchte, diese Gedanken schnell zu verscheuchen. Ihre Mutter liebte Klatsch und Tratsch, im Speziellen den über Kurschatten und deren Telefonanrufe. Und da Ida aus dem heimlichen Mithören dieser Kavaliersgespräche schon eine zweite Profession gemacht hatte, konnte Alma auch ein paar spezielle Glanznummern männlichen Werbens an ihre Mutter weitergeben. Während Wilhelmine Täuber Wäsche abhängte und ihrer Tochter reichte, drang ihr lautes Lachen durch den Keller und übertönte manchmal sogar das Ungeheuer im Nebenraum.

»Und was ist mit dir, Kind?«, fragte ihre Mutter, nachdem

Alma sich über einen besonders aufdringlichen Galan amüsiert hatte, der seine Angebetete mit selbstgedichteten Vierzeilern von der Qualität eines Dichters aus der Gartenlaube umschwänzelte.

»Ich bin für Poesie nicht empfänglich«, gab Alma trocken zurück. »Also nicht für diese Art von Gedichten.«

»Das meinte ich auch nicht.« Ihre Mutter reichte ihr eine Bluse weiter. »In deinem Alter war ich mit dir schwanger.«

»Schön, dass du nicht gesagt hast: ›Trug ich dich unter meinem Herzen‹«, warf Alma ein, bereute es aber sofort. Kinder gesund auf die Welt zu bringen, war auch heute noch keine Kleinigkeit. Wenn Alma an die zehn Schwangerschaften mitsamt zwei Tot- und zwei Fehlgeburten ihrer Großmutter dachte und daran, dass von den verbleibenden sechs Kindern jetzt noch genau zwei am Leben waren, bewunderte sie Großmamans Stärke. Ihre Erziehung hätte wohl auch keine Schwäche zugelassen.

Alma nahm die Hände ihrer Mutter. »Tut mir leid. Das habe ich nicht so gemeint.«

Wilhelmine Täuber lächelte. »Schon gut, Alma.« Sie legte den Kopf schief. »Du hast meine Frage noch nicht beantwortet.«

»Ich will arbeiten. Du weißt, dass ich das aufgeben muss, wenn ich heiraten will.«

»Noch bist du …«

»… jung genug«, ergänzte Alma. »Ich weiß, Mama.«

»Aber du musst dich vorsehen, Kind. Die Männer gehen uns aus. Vor allem die jungen.«

Alma kicherte. »Das ist aber sehr unschicklich formuliert.«

»Du weißt, wie ich das meine. Eine gute Partie ist wichtig!«

»Mama!«

Wilhelmine Täuber hatte zu einer Erwiderung angesetzt, entschied sich jedoch anders. »Ich bin wohl wirklich altmodisch«, sagte sie dann und schüttelte den Kopf. »Aber ich will doch nur dein Bestes, Kindchen.«

»Weiß ich doch. Aber du musst mir schon vertrauen, dass ich mir selbst im Klaren darüber bin, was ich will und was ich nicht will.« Alma legte eine Bluse zusammen und griff nach einem Rock.

Ihre Mutter drehte sich wieder zur Leine, seufzte aber schwer. »Wenn du heiratest, wirst du nicht mehr arbeiten können. Eine gute Partie, Alma. Nach der solltest du schon Ausschau halten. Ich zitiere nur ungern deine Großmutter, aber an ihrem Spruch ist nun mal was dran: ›Von einem gold'nen Wägele fällt oft ein gold'nes Nägele.‹ Ich glaube, Emmi hat das begriffen, auch wenn sie das irgendwie anders ... einschätzt.«

»Du meinst wohl, dass Emmi sich sofort ein weiteres gold'nes Wägele sucht, nachdem sie vom einen das gold'ne Nägele aufgesammelt hat?« Alma grinste.

»Nein ... Ich ... So etwas ... Du willst doch damit nicht andeuten, dass ...«

»Mama, jetzt beruhige dich wieder.«

»Du hältst ihrem schlechten Einfluss doch stand?«

»Jetzt redest du wirklich wie Großmama. Emmi ist eine wunderbare junge Frau. Und ich kann dir versichern: Über manche Dinge denken wir anders. Das ändert aber nichts daran, dass sie meine beste Freundin ist. Und bleibt.«

Ihre Mutter atmete durch. »Versprich mir, dass du wenigstens ein bisschen über deine Zukunft nachdenkst.«

»Tu ich.« Und Alma dachte bei sich, dass das wirklich der

Wahrheit entsprach. Gerade in der letzten Zeit fuhren ihre Gedanken Karussell, oft bis in die Nacht.

Was nicht zuletzt auch mit einem jungen Mann mit einer feinen Narbe im Gesicht zu tun hatte.

Den Korb mit der trockenen Wäsche unter dem Arm, schlich Alma die Stufen hinauf. Emmi öffnete bereits die Tür, bevor Alma den Schlüssel herausgekruschtelt hatte.

»Hab dich schon gehört«, sagte sie und nahm ihrer Freundin den Korb ab. »Obwohl du wegen der Meier auf Samtpfoten unterwegs warst.«

Alma zog das leichte Sommerjäckchen aus und steckte ein paar Haarnadeln fester. Sie hatte es nicht mehr geschafft, bei ihren Eltern in den Spiegel zu schauen. Womöglich hatte sie mit der Wäsche auf dem Schoß in der Straßenbahn gesessen wie eine Vogelscheuche.

Sie folgte ihrer Freundin in die Schlafkammer.

»Hat sich deine Mutter wieder die Ohren zugehalten?« Emmi nahm ein Laken aus dem Korb und drückte Alma eins der Enden in die Hand. »Und hat dein Vater wieder seinen Spruch zum Besten gegeben?«

»Stillstand sei Rückschritt? Nein, dieses Mal nicht«, lachte Alma. »Zieh mal.« Gemeinsam spannten sie das Laken und falteten es zusammen. »Dafür kam der Spruch mit dem Wägelchen von meiner Mutter.«

»O Gott.« Emmi zog eine Grimasse. »Ich kann's nicht fassen, dass diese Generation immer noch von uns erwartet, dass wir mit einem bodenlangen Seidenkleidchen vor dem Klavier sitzen und französischen Walzer klimpern, während uns zu Füßen ein Deutscher Schäferhund sitzt.«

»Schäferhund. Ich bitte dich. Meiner Großmutter käme nur ein französischer Zwergpudel ins Haus. Aber das mit dem Kleid wäre durchaus ein Anfang. Hier. Nächstes Laken.«

»Weißt du«, sagte Emmi und zog an ihrem Ende des Betttuchs, »im Badischen Hof residiert gerade jemand, der mich an deine Großmutter erinnert. Steif wie ein gefrorener Fisch, humorlos und in der Zeit stehengeblieben. Ach ja. Nerven wie flatternde Schmetterlinge. Riechsalz ist da an der Tagesordnung.«

Alma verharrte in ihrer Bewegung. »Die Gräfin Wollnitz?«

Emmi legte fragend den Kopf schief.

Alma setzte sich auf die Bettkante und fasste den gestrigen Tag zusammen. Sie hatte ihrer Freundin versprochen, sie auf dem Laufenden zu halten, und es gestern nicht mehr eingelöst. Emmi, die sich neben Alma hatte plumpsen lassen, hakte ständig nach und hielt erschrocken die Luft an, als Alma davon berichtete, mit Gustav Kern Kontakt aufgenommen zu haben.

»Das hast du nicht!«, ächzte sie. »Was, wenn du falschliegst?«

»Tue ich nicht«, antwortete Alma im Brustton der Überzeugung. »Aber falls ... dann freue ich mich, wenn ich Gustav Kern morgen erfolgreich mit seiner angetrauten Ehegattin verbinden kann.« Sie schüttelte vehement den Kopf. »Aber die Indizien deuten alle in die gleiche Richtung. Sie ist es. Muss es sein.«

»Hm«, überlegte Emmi. »Erzähl mir noch mal genau, was der Portier zu dir gesagt hat.«

»Dass sie eine moderne Frau ist und es deswegen auch nichts Neues ist, wenn sie mal länger aushäusig bleibt. Warum fragst du?«

»Na, die Kurgäste lieben ihre Privatsphäre«, antwortete

Emmi und ließ sich auf das Bett sinken. Mit den Fingern zeichnete sie Kringel in die Luft. »Und die wird geschützt.«

»Was soll das heißen?«

»Nichts weiter.«

»Da ist doch noch mehr. Wenn du Kreise an die Decke malst, geht was in dir vor.«

»Ach, verflixt.« Emmi setzte sich abrupt auf. »Kannst du dich an diesen Kommerzialrat erinnern, der letzten Sommer im Schwarzwaldhof war?«

Alma überlegte. Ihr fiel auf Anhieb nur einer ein, von dem Emmi sofort eingenommen gewesen war. Mehr als einmal hatte sie von ihm erzählt. »Der Hochgewachsene mit dem Welpenblick von Valentino?«

»Emmerich. Genau der.«

»Affären?«

»Natürlich. Einige. Aber das war nicht der Punkt.« Emmi nahm das Laken in die Hand und ließ den Stoff zwischen ihren Fingern wandern. »Die Techtelmechtel hat er nicht verheimlicht, also hatte auch der Schwarzwaldhof keinen Grund, sich in dieser Hinsicht Mühe zu geben. Obwohl man Emmerich natürlich mehr als einmal darum gebeten hat, seine Liebschaften nicht wie Zirkuspferde der Öffentlichkeit vorzuführen.«

»Und dann? Und hör auf, das Laken zu zerknüllen, das ist frisch gemangelt.«

»Ist ja schon gut. Also.« Emmi beugte sich verschwörerisch vor. »Der Emmerich hat der Luise ein Kind gemacht.«

Almas Mund öffnete sich, aber kein Laut kam heraus. Luise war eines der Zimmermädchen im Schwarzwaldhof gewesen, das letzten Sommer plötzlich gekündigt hatte. Und jetzt wurde auch klar, warum.

»Die dumme Pute hat nicht aufgepasst. Du kannst dir vorstellen, dass das Hotel geschwiegen hat wie ein Grab. Sie haben Luise fallenlassen wie eine heiße Kartoffel. Der Gast hat immer recht. Der Gast muss geschützt werden.«

»Aber Luise konnte es beweisen?«

Emmi zog die Augenbrauen hoch. »Nun ja«, seufzte sie. »Wie das halt so ist.«

Alma verstand. Luise hatte keine Chance gehabt. Emmi aber war noch nicht fertig.

»Eines Abends wurde ein Zettel unter ihrer Tür durchgeschoben. Im Dienstbotentrakt.«

»Und?« Alma hielt den Atem an.

»*Damit du es weißt: Das Kind kann nicht von mir sein.* Das stand drauf. Mehr nicht.«

»Was?«

Angewidert schüttelte Alma den Kopf. Der Kommerzialrat hatte also alles abgestritten, hatte keinen Funken Ehrgefühl. Und die Kurhotels schützten ihre wohlhabenden Gäste. Um jeden Preis. Denn nur ein zufriedener Gast kam wieder. Und sprach Empfehlungen aus. Lobte das Flair des Hauses gegenüber anderen. Jeder Gast konnte Geheimnisse haben.

Aber wie verhielt es sich bei Margarete Kern? Betrog sie ihren Mann? Hatte sie heimliche Stelldicheins in billigen Absteigen? Während des Kurkonzerts hatte Frau Kern gewirkt wie jeder andere Kurgast. Gutangezogen, kulturell interessiert, der Etikette verschrieben. Aber so, wie es jetzt schien, hatte sich Alma von ihrem Äußeren blenden lassen.

»Margarete Kern war also eine moderne Frau«, überlegte sie laut. »Und oft unterwegs. So oft, dass das Hotel darüber Stillschweigen bewahrte. So oft, dass man dem Ehemann gegenüber nichts erwähnte, weil es Margarete Kern so gewünscht hatte.«

»Sogar nachts. Unterwegs meine ich.«

»Als sie starb, hatte sie Jetons in der Tasche.«

Emmis Augen wurden groß. »Das hast du noch gar nicht erzählt! Sie war eine Spielerin? Was? Das hast du noch gar nicht erzählt! Sie war eine Spielerin, die sich in einem illegalen Casino herumtreibt … Hm, nicht gerade die feine Dame. Aber mal wieder typisch Polizei, denkt gleich: Entweder sie ist käuflich, oder sie treibt sich da herum, um sich mit Männern zu vergnügen. Wenn Frau nicht brav daheim am Herd weilt, ist sie gleich ein Luder.

»Kriminalkommissar Ludwig meint inzwischen auch, bei der Toten handele es nicht um ein leichtes Mädchen.«

»Aha. Kriminalkommissar Ludwig.«

Alma zwang sich, den lasziven Unterton zu überhören. »Sie haben die Fingerabdrücke der Toten mit denen in ihrer Kartei verglichen.«

»Spannend«, gab Emmi zu. »Was man heutzutage alles kann!« Sie überlegte. »Eins ist mal klar: Diese Frau Kern, die hatte ein Doppelleben.«

»Ich weiß«, sagte Alma nur. Allem Anschein nach waren sie an etwas Großem dran. »Ich weiß nur nicht, wie es jetzt weitergeht.«

Emmi fuhr sich durchs Haar und schlug die Augen nieder. »Walter«, hauchte sie und fing an zu lachen.

Alma sah sie an und verstand einige Sekunden lang nicht, worauf Emmi hinauswollte. Dann wurde es ihr schlagartig klar. »Ach du meine Güte!« Sie musste am nächsten Tag ihr Versprechen einlösen, dass Walter Emmi zu einem Tanzabend ausführen durfte, frei nach dem Motto »mitgefangen, mitgehangen«.

»Wird meine Blume auch einen männlichen Begleiter mitnehmen?«, fragte ihre Freundin schelmisch. »Etwa einen gewissen …«

»Nein, deine Blume wird die Anstandsdame spielen«, unterbrach Alma sie schnell.

»Ich werde dich nicht brauchen.«

»Das will ich dir auch geraten haben.«

»Und ich verspreche, nicht das nuttige Rote anzuziehen.«

Alma verdrehte die Augen. »Sehr schön. Heb dir das bitte für das Ozelot auf.«

9

Um den neugierigen Augen der Witwe Meier zu entgehen, hatte Alma Walter gebeten, sie nicht zu Hause abzuholen. Sie wollte ihre Reputation weiß Gott nicht noch vollends bei ihrer Wirtin aufs Spiel setzen.

Pünktlich um sieben kam ihnen Walter vor dem Kurhaus entgegenspaziert. Alma spürte den spitzen Ellbogen ihrer Freundin in der Seite, als Emmi »Dieser Deckel passt immer noch auf meinen Topf« raunte. Es war angenehm warm, die Verheißungen des Sommers lagen in der Luft, die Rosenbeete vor dem klassizistischen Gebäude blühten farbenfroh. Vor den Beeten reihte sich ein Stuhl an den nächsten; Kurgäste reckten ihre Gesichter in die Abendsonne. Walter begrüßte Emmi formvollendet mit einem angedeuteten Handkuss.

»Das Kurhaus und ein Handkuss.« Emmi grinste schelmisch. »Da will wohl jemand eine Dame aus mir machen.«

»Oh, das würde Walter nie einfallen.« Alma schüttelte schmunzelnd den Kopf, als Emmi hell auflachte.

Walter, der sich in Emmis Gegenwart vom weltmännischen Leichenspezialisten wieder in einen linkischen Jüngling mit viel zu langen Gliedmaßen verwandelt hatte, schien nicht zu wissen, ob er widersprechen oder zustimmen sollte. Überfordert von den beiden Frauen in seiner Gesellschaft, seufzte er schließlich, bot beiden den Arm an und begleitete sie über die breite Treppe ins Kurhaus.

Üblicherweise fand der Tanztee, der durchaus bis in die Abendstunden andauern konnte, in einem der mit Kristallleuchtern geschmückten Säle statt. Doch in den Sommermonaten, wenn es so warm war wie heute, spielte die Kapelle auf der großzügigen Terrasse auf. Durch die Verlagerung ins Freie hatte die Veranstaltung an Leichtigkeit gewonnen. Große Blumenkästen anstatt Säulen. Wolkenloser Abendhimmel anstatt Kristalllüster. An kleinen Tischen unter Sonnenschirmen, auf denen stilisierte Vogelsilhouetten flatterten, saßen die Gäste, die eine Erfrischung zu sich nehmen wollten, und wippten mit den Füßen im Takt. In der Mitte der rundum angeordneten kleinen Tische befand sich die Tanzfläche, groß genug, dass sie etwas mehr als zehn Paaren Platz bot. Walter fand einen freien Tisch, und während Alma und Emmi Platz nahmen, machte er sich sogleich daran, Getränke zu ordern.

Obwohl das Kurhaus fußläufig zum Postamt und dem Zentrum der Stadt lag, kannte Alma es vor allem von den Konzerten: Direkt neben den Kolonnaden spielten die Orchester im Freien in einer neu erbauten, weiß getünchten Muschel, man konnte als Gast auf einem der Sitzplätze oder auch einfach nur im Vorbeischlendern die Musik genießen.

Als Alma an die Kolonnaden dachte, fielen ihr augenblicklich das Telefongespräch und die schnarrende Stimme wieder ein. Ob man auf den Pflastersteinen vor dem Kurhaus noch Blutspuren finden konnte, bei dem tiefen Einstich? Ob sie am Abend vorher noch bei einem Konzert gewesen war? Alma versuchte, sich erneut daran zu erinnern, wann es gewesen war, dass sie die Frau in der Kurmuschel gesehen hatte. Vor drei Wochen? Vier? Auch was damals gespielt worden war, wollte Alma partout nicht mehr einfallen.

Am Nebentisch sprach man über die Fertigstellung des Ooswinkel. Ein älterer Herr echauffierte sich über die Erstellung der Arbeitersiedlung, die dort entstehenden Grünanlagen seien Perlen vor die Säue, die Häuser hässliche Kästen ohne Charme, die die Stadt verschandelten. Sein jüngerer Diskutant rechtfertigte das Interesse der Gesellschaftsschicht mit geringem Einkommen, auch sie hätten Anspruch auf Natur, etwas Grün und adäquaten Wohnraum. Gerade in der heutigen Zeit. Alma konnte ihm nur zustimmen.

»Nun mach nicht so ein Gesicht wie drei Tage Regenwetter!« Emmi stieß sie in die Rippen. »Wenn der kleine Torero extra unseretwegen aus Heidelberg angereist ist, sollten wir ihm einen unvergesslichen Abend bereiten.«

Extra *deinet*wegen, wollte Alma antworten, stattdessen hob sie nur die Augenbrauen, als Walter mit den Getränken zurückkam. »Los, geht euch amüsieren.«

»Sehr wohl, mein altes Tantchen!« Emmi hakte sich bei Walter unter, warf Alma noch eine Kusshand zu, und dann stoben die beiden trotz des nicht allzu wilden Tempos der Kapelle so ungestüm übers Tanzparkett, dass es den übrigen Paaren schwindelig werden musste. Alma saugte am Strohhalm, mit dem Walter ihre Limonade versehen hatte. Sie versuchte, ihre Gedanken zu verscheuchen. Aber so richtig wollte es nicht klappen. Hatte Gustav Kern ihren Brief schon erhalten? Und wenn ja, hatte er seine Frau wiedererkannt? Oder war die Tote nicht Margarete Kern, sondern irgendeine Unglückselige, deren Namen sie nie herausbekommen würden?

Auf der Tanzfläche jauchzte Emmi auf und unterbrach Almas trübe Gedanken. Die Kapelle hatte jetzt zu einem flotten Shimmy angesetzt, und wenn Alma mit ihrer Vermutung richtiglag, erfolgte der Genrewechsel ihrer Freundin zuliebe. Diese bedankte sich damit, ihren Rock beim Tanzen so weit hochzuheben, dass ihre Beine beinahe zur Gänze zu sehen waren. Vom Nebentisch war das ungläubige Schnauben einer Dame zu hören. Ihr männlicher Begleiter allerdings rückte mit entzückter Miene seine Brille zurecht.

Und auch wenn einige ältere Paare, indigniert über den Tempowechsel, zu ihren Tischen zurückkehrten, so füllte sich die Tanzfläche doch schnell wieder: Die jüngeren Paare, die um diese Uhrzeit ins Kurhaus strömten, bevor sie sich in unzüchtigeren Bars und Cafés die Nächte um die Ohren schlugen, beanspruchten nun das Parkett für sich. Emmi war mit ihrer Liebe zu flotter Musik nicht allein.

Mit geröteten Wangen ließ Wölkchen die Schultern kreisen, hüpfte vor und zurück, dass ihre blonden Locken wippten. Mehr als ein männlicher Tänzer konnte kaum die Augen von ihr lassen, und als ein besonders hartnäckiger Verehrer um den nächsten Tanz bat, überließ Walter ihm geschlagen und sichtlich außer Puste das Feld. Vielleicht fühlte ihr Cousin sich mit seinen Toten doch wohler als mit den allzu Lebendigen, überlegte Alma, als Walter auf sie zukam.

»Warum so ernst, Cousinchen?« Er ließ sich in den Stuhl neben ihr fallen, zog das Zigarettenetui, seinen ständigen Begleiter, hervor, ließ es aufschnappen und hielt es ihr einladend vor die Nase.

Alma lehnte ab. »Fang du nicht auch noch an«, murmelte sie.

»Mit dem Rauchen? Der Hinweis kommt bei mir ein wenig zu spät.«

»Mit den Vorwürfen.«

Mit der angezündeten Zigarette in der Hand beugte sich Walter interessiert zu ihr herüber, für Emmi und ihren aktuellen Galan hatte er keinen Blick mehr übrig. Womöglich hatte Alma Walters Gefühle für Emmi überschätzt.

»Ist es die Tote?«, fragte er im Flüsterton. »Weißt du, die Sache geht mir auch nicht mehr aus dem Kopf.«

Als Alma nicht antwortete, sondern nur einen weiteren Schluck Limonade trank, hakte er nach. »Hast du etwas erfahren? Sag schon!«

Widerstrebend erzählte sie ihm von ihrem Brief an Gustav Kern.

»Und jetzt weißt du nicht, ob du recht hattest oder dich besser hättest heraushalten sollen?«, fragte ihr Cousin, nachdem sie geendet hatte. »Da gibt es nur eine Lösung.« Er klopfte die Asche in den bereitgestellten Becher und nahm den ersten Zug, seit er die Zigarette angezündet hatte.

Alma sah ihn fragend an.

Breit grinsend legte Walter die Zigarette weg und griff n ach seiner eigenen Limonade. »Wir gehen in den Badischen Hof.«

»Jetzt?«

»Nicht doch. Bei den Beinen?« Walter nickte in Richtung der enthusiastisch tanzenden Emmi, stellte das Glas zurück auf den Tisch und rieb sich die Hände. »Morgen. Nach dem Mittagessen bei deinen Eltern. Deine Mutter kocht doch wieder? Cousinchen, ich bin mir sicher, du lagst richtig!«

Alma knabberte auf ihrer Unterlippe. »Ich überlege es mir«, sagte sie schließlich.

»Wunderbar! Dann ist jetzt Schluss mit der Grübelei, und es wird getanzt.« Nur für Alma erkennbar deutete Walter leicht mit dem Kinn in Richtung eines jungen Mannes. »Der beobachtet dich schon einige Zeit. Hat zwar ein Gesicht wie ein Buchhalter, aber stille Wasser … wer weiß? Tu ihm den Gefallen«, flüsterte er.

Wie auf Kommando trat der junge Mann auf Alma zu. Etwas

schüchtern reichte er ihr seine Hand, und Alma ließ sich auf die Tanzfläche führen.

Ob es Walters Unterstützung war, die Tatsache, dass sie mit ihrer Neugier nicht allein war, oder einfach die Musik, deren Rhythmus ihr in die Glieder fuhr: Nach kurzer Zeit waren alle Gedanken an Gustav Kern und ihren Brief an ihn vergessen.

10

Der Duft von ofenwarmem Hefezopf lag in der Luft. Alma liebte den Geruch von frisch Gebackenem, während des Krieges hatte es keinen Kuchen gegeben, und selbst Brot war meist steinhart und alt gewesen. Sie konnte sich noch gut daran erinnern, welche Gefühle der Duft von ofenwarmem Brot nach Kriegsende bei ihr ausgelöst hatte. Wenn sie heute eine Bäckerei betrat, überfielen sie oft diese Erinnerungen. Die ungläubige Freude darüber, kein Kriegsbrot mehr essen zu müssen, sondern statt Kartoffelflocken oder Steckrüben gebackenes Getreidemehl in den Händen zu halten, war jedes Mal unbeschreiblich. Auch wenn die Freude darüber von Tag zu Tag mehr getrübt wurde, weil die Preise für Lebensmittel ständig stiegen. Am Morgen wusste man nie, was man am Abend noch für sein Geld bekam, und die Löhne folgten den Preissteigerungen nur mit einiger Verzögerung. Bis jetzt kamen Emmi, Alma und ihre Eltern vergleichsweise gut über die Runden. Emmis Stelle würde ihr wegen des gut laufenden Kurbetriebs sicher erhalten bleiben, und Alma profitierte ebenfalls davon. Aber wie lange würden sie diese reichhaltigen Sonntagsessen weiterhin noch gemeinsam genießen können?

Alma dachte an die Zeiten zurück, in denen ihre Mutter werktags etliche Male einen Auflauf aus Bandnudeln, Äpfeln und einem verquirlten Ei zubereitet hatte. Dazu gab es Porree, über den braun geröstete Semmelbrösel gegeben wurden. Jetzt stand duftendes Fleisch vor ihnen auf dem Tisch, auf der sämigen Bratensoße in der Sauciere bildete sich allmählich eine dünne Haut, so wie sie Almas Vater am liebsten mochte.

Das alles schoss ihr durch den Kopf, als sie sich neben ihren kleinen Bruder setzte, wie immer das Schlachtengemälde im Rücken. Ihrer Mutter hatte sie den neu gekauften Schal überreicht, die ihn gleich umgelegt hatte und nun glückselig am Tischende trug.

»Cousinchen? Willst du mich nachher noch ausführen?«, wollte Walter mit vielsagendem Blick wissen und nahm von Alma die Schüssel mit Spätzle entgegen. Almas Eltern hatten nur kurz ihre Verwunderung darüber gezeigt, den Neffen so schnell wiederzusehen; sie freuten sich immer darüber, ihn bei sich zu haben. Wilhelmine Täuber hatte ihrer Tochter noch an der Eingangstür ins Ohr geflüstert, dass »Emmis kokettes Augenkullern« wohl das Feuer neu entfacht habe.

»Ausführen? Pah! Ein junges Fräulein führt doch keinen Mann aus. Mon dieu.« Almas Großmutter war wieder in ihrem Element. »Nimm nicht so viel Spätzle, Junge. Lass den anderen auch was übrig.«

»Es ist genug da, Großmama.«

»Ja. Noch. Noch. Wer weiß, wie lange das anhält. Heute kostete die Butter ...«

»Nicht jetzt, Maman«, erlaubte sich Almas Vater, seine Schwiegermutter zu unterbrechen, woraufhin die alte Dame besänftigt nickte und den Blick wieder konzentriert auf den Teller richtete. Wenn der Herr des Hauses sie »Maman« nannte, widersprach sie selten. »Wir wollen in den Stunden, in denen es uns vergönnt ist, als Familie beieinander zu sein, nicht über Politik reden. Auch nicht über Religion. Oder über …«, Egon Täuber suchte nach Worten, »andere Dinge, die …« Wieder brach er forschend ab.

»Die in uns unterschiedliche Gefühle auslösen?«, schlug Alma vor.

»Sehr treffend, mein Kind. Sehr treffend.« Almas Vater strahlte und ertränkte das Fleisch auf seinem Teller fast mit dem gesamten Inhalt der Sauciere.

Dass »Maman« die Beantwortung von Walters Frage im Keim erstickt hatte, war Alma nicht unrecht. Sie wusste, wie sehr ihr Cousin darauf brannte, in Sachen Margarete Kern die nächste detektivische Sprosse zu erklimmen. Ebenso musste ihm aber auch klar sein, dass sie ihre Pläne nicht herausposaunen konnte wie die sieben Engel in der Offenbarung des Johannes. Obwohl, der Effekt würde ein ähnlicher sein: Die Apokalypse würde über Alma hereinbrechen, wenn auch in Gestalt ihrer Familie, die sie mit ihrem Vorgehen sicher aus der Fassung brächte. Selbst ihr sonst sehr beherrschter Vater würde den Geisteszustand der Tochter zweifellos in Frage stellen. Also warf sie ihrem Cousin einen eindeutigen Blick zu und schüttelte beinahe unmerklich den Kopf, während ihre Lippen ein verstohlenes »später« formten.

Walter verstand und grinste.

»Was habt ihr denn gestern Abend Schönes unternommen?«

Alma seufzte im Stillen. Der Versuch ihrer Mutter, die Tischkonversation auf sicheres Terrain zu lenken, war voraussichtlich ebenfalls zum Scheitern verurteilt. Und sie behielt recht. Denn noch bevor Alma den Mund aufmachen konnte, erwiderte ihre Großmutter: »Getanzt haben sie natürlich. Wie jedes Wochenende. Stimmt's? Tanzen! So nennen sie dieses ungehörige Herumgehopse.«

»Wir waren im Kursaal, Großmutter. Gesittet und anständig.«

»Ach ja? Du kannst mir nichts vormachen, Kindchen. Auch da sollen sie ja neuerdings dieses unmoralische Zeug spielen. Musikalisch auch ein ganz schreckliches Gelumpe! Dabei ist bewiesen, dass dieses über das schickliche Maß weit hinausgehende, geradezu unchristliche Schleudern der Gliedmaßen dem Körper einer Frau nicht guttut!«

Was Alma nicht bedacht hatte, war Walters Anwesenheit. Und so unterdrückte sie ein Kichern, als er meinte: »Großmaman, das hört sich aus medizinischer Sicht äußerst interessant an. Erzähl uns doch bitte mehr davon.«

Almas Großmutter, der Ironie so fremd war wie einem Huhn der freie Flug, antwortete: »Man muss sich doch nur die wüsten Grimassen der Frauen anschauen, um zu verstehen, dass sie ihren Körper malträtieren.«

»Faszinierende Beobachtung«, warf Walter ein. »Die konnte ich gestern interessanterweise nicht machen.«

Almas Großmutter ließ sich nicht aus dem Konzept bringen. »Die weiblichen ... Organe«, fuhr sie fort, »werden wild durcheinandergeschüttelt. Das ist nicht gesund. Kann nicht gesund sein.« Sie stutzte. »Was meinst du damit, Junge? Was konntest du nicht beobachten?«

»Ich bin auch herumgehopst.« Walter spießte ein Stück Fleisch auf und schob es sich in den Mund. »Wirkt sich das bei Männern auch so desaströs aus?«, fragte er kauend. »Ich bin da vielleicht nicht auf der Höhe. Einige Studien entgehen mir. Momentan fühle ich mich noch gut. Aber muss ich mir Sorgen machen?«

Egon Täuber sandte mit zusammengepressten Lippen einen vorwurfsvollen Blick über den Tisch und griff nach dem Kartoffelsalat. Klaus starrte zuerst Walter und anschließend seine Großmutter fasziniert an. »Tut es das?«, wollte er wissen. »Sich schlimm auswirken?«

»Kläuschen …«, hob Almas Mutter tadelnd an, kam aber nicht weit.

»Unfruchtbarkeit!«, spie die Großmutter aus und fixierte ob dieses unflätigen Worts, das ihr soeben über die Lippen gekommen war, erneut ihren Teller. Der Kartoffelsalat, den sie sich auf die Gabel spießen wollte, rutschte davon und landete auf der Serviette in ihrem Schoß. »Parbleu!«, stieß sie hervor.

»Was …?«

»Nichts Kläuschen. Iss jetzt dein Gemüse«, befahl Wilhelmine Täuber.

»Erstens sollst du mich nicht immer behandeln, als ob ich zehn wäre, und zweitens gibt es keins«, erwiderte Almas Bruder schmollend.

»Doch. In der Soße. Püriert. Das siehst du nur nicht.«

»Wenn Papa die ganze Soße nimmt, bleibt für Kläuschen nicht einmal mehr ein Fingerhut pürierte Karotte übrig«, meinte Alma amüsiert.

Bevor Almas Vater entrüstet zu einer Erwiderung ansetzen konnte, kam ihm ihre Mutter zuvor: »Den neuen Schal werde ich auch heute Abend tragen.« Sie zupfte das Geschenk an ihrem Hals zurecht und zwinkerte ihrem Mann zu.

Der zwinkerte ob des Themenwechsels erleichtert zurück.

»Heimlichtuerei?«, frotzelte Walter. »Das nenne ich mal unziemlich.« Dabei warf er der Großmutter einen schelmischen Blick zu, die aber anderes zu tun hatte und sich hingebungsvoll um ihre verlorengegangene Kartoffelscheibe kümmerte.

»Der Kortner«, sagte Wilhelmine Täuber.

»Die Porten«, konterte ihr Mann.

»Saalbau oder Kinema-Palast?«, wollte Alma wissen, die sich darüber freute, dass ihre Eltern neben den Kurkonzerten noch weitere kulturelle Veranstaltungen wahrnahmen. Sowohl im Saalbau als auch im Kinema wurden Filme gezeigt. Überhaupt erfreute sich Baden einiger Leinwände und großer Säle.

»Saalbau«, antwortete Almas Mutter.

»Doch nicht etwa die *Hintertreppe*?«, wollte Walter wissen. »Na, ich mein nur. Dann nehmt mal Taschentücher mit. Und wappnet euch. Das ist was Experimentelles.«

»Oje«, murmelte Almas Vater und sah seine Frau mit dem Ausdruck höchster Verzweiflung an. »Einer dieser neuen Filme, die so aussehen, als sei jemand mit einem Messer auf das Bühnenbild losgegangen und habe anschließend die Requisiten umgeworfen? Und man sieht die Schauspieler nicht richtig, weil sie ständig im Schatten stehen?«

Walter grinste. »Ich fürchte, so in der Art.«

Almas Vater legte sich die Serviette in den Schoß. »Sollten wir dann nicht lieber auf den Film *Die Geierwally* warten, meine Liebe?«

»Verzerrte Fratzen«, murmelte seine Schwiegermutter. »Das ist doch keine Kunst. Das ist eine Zumutung.«

Egon Täuber widmete sich nach dem Essen seiner Zeitung, Almas Großmutter zog sich zu einem Nickerchen zurück. Und nachdem Alma ihrer Mutter in der Küche mit dem Abwasch geholfen hatte, verabschiedete sie sich mit Walter, der ungeduldig an der Tür gelauert und zwischendurch sogar höchstselbst zum Küchenhandtuch gegriffen hatte.

Mit ihrer Handtasche unter dem Arm trat Alma vierzig Minuten später neben ihrem Cousin aus dem Bahnhofsgebäude in Baden-Baden. Ihr Ziel: der Badische Hof. Walter hatte nicht lockergelassen, denn seiner Meinung nach mussten sie absolute Gewissheit darüber haben, ob Gustav Kern inzwischen in Baden angekommen war oder nicht. »Jeder Tag zählt«, hatte er Alma zugeraunt, als sie gemeinsam die Teller in die Küche getragen hatten. Alma hatte ihn halbherzig damit beschwichtigen wollen, dass Emmi im Badischen Hof die Fühler ausstrecken würde. Aber wenn sie ehrlich war, musste Alma zugeben, mindestens genauso neugierig zu sein wie ihr Cousin. Ob man die Tote schon beigesetzt hatte? Ob Gustav Kern zu spät zur Beerdigung seiner Frau gekommen war? Dr. Weber, das Männchen mit dem Monokel, hatte schließlich davon gesprochen, dass sie die Leiche bald abtransportieren würden.

Wie schon im Leichenhaus stolzierte Walter in die klassizistische Eingangshalle, als gehöre er genau dorthin.

»Na, die lassen sich nicht lumpen«, raunte er Alma zu, als er all die Säulen und Kristallleuchter betrachtete. »Oh, und wer ist diese traurige Truthenne dort?« Die Gräfin Wollnitz, wieder ganz in Schwarz gekleidet, war mit grimmiger Miene in eine Unterhaltung mit dem Professor vertieft, der bei Almas letztem Besuch nach einem Rommé-Partner gesucht hatte. Offenbar hatte er sich doch überwunden, die Gräfin zum Spiel hinzuzubitten. Glücklich wirkte er darüber allerdings nicht.

»Halt lieber Ausschau nach unserem Unternehmer«, flüsterte Alma zurück.

»Unternehmer bloß? Keine Klasse«, seufzte Walter theatralisch.

Beim nächsten Familienessen musste sie dafür sorgen, dass Großmutter nicht zu viel mit ihm sprach, dachte Alma amüsiert. Ein schneller Blick durch die Lobby, und sie entdeckte neben der Gräfin und dem Professor zwei ältere Herren im

Gespräch. Ein pomadisierter Jüngling in teurem Anzug sah sich nach jeder Frau unter vierzig um: eventuell ein Eintänzer, einer dieser nach dem Krieg verarmten Adeligen, die den Aufschwung des populären Tanzvergnügens in Selbstverleugnung nutzten, um wieder auf die Beine zu kommen. Eine junge Frau mit ihrer Tante oder Mutter promenierte an ihm vorbei, und ein Page hastete mit hochrotem Kopf etwas zu schnell durch die Lobby, was prompt von Gräfin Wollnitz mit einem ungehaltenen Zungenschnalzen quittiert wurde, worauf der Bursche seinen Schritt zügelte und, außerhalb der Sichtweite der Gräfin, gleich wieder beschleunigte.

Alma bedeutete Walter, ihr zu folgen. Gemeinsam verließen sie die Halle und traten an den Empfang im Eingangsbereich, an dem ein anderer Portier als bei ihrem letzten Besuch tätig war. Er war etwas jünger und wirkte zugänglicher als sein Kollege. Vielleicht hatten sie heute Glück.

»Können Sie mir sagen, ob Herr Kern im Hause weilt?«, fragte Alma.

»Sind Sie verabredet?«

Er war also tatsächlich da? Aufgeregt knetete Alma ihre Hände. Oder war es nur eine Finte des Portiers? »Mein Name ist Alma Täuber, und genau genommen …«

»Verabredet, natürlich«, drängte Walter sich dazwischen.

Der Portier kniff für einen Moment die kleinen Augen zusammen. Alma lächelte, er entspannte sich und erklärte freundlich, Herr Kern sei gerade außer Haus, sie seien aber herzlich eingeladen, in der Lobby zu warten.

»Alma Täuber«, wiederholte Alma noch einmal eindringlich, bevor sie Walter mit sich zurück zum prachtvollen Treppenaufgang zog und zu einer Sitzgruppe weit entfernt von der Gräfin Wollnitz ging.

»Hast du etwa vor, jetzt ewig auf diesen Kern ...«, begann Walter.

»Pst.« Alma lächelte und versuchte, etwas von der Eleganz der Witwe Meier in deren Wohnzimmer zu verkörpern, als sie sich auf einen der Sessel setzte. »Gustav Kern ist hier.« Weshalb sollte er seiner Frau nachreisen, wenn sie gesund und munter wäre? Nein, es musste so sein, wie sie geahnt hatte. »Ich hatte also recht.« Gleichzeitig mit dem Gefühl von Erfolg stellte sich eine tiefe Trauer ein, anders als sie es nach dem Besuch im Leichenhaus gespürt hatte. Die Tote hatte jetzt wohl einen Namen, sie war die Frau eines Hamburger Stahlmagnaten. Als Alma merkte, dass Walter sie schon wieder fragend ansah, verscheuchte sie diese Gedanken und konzentrierte sich auf den Grund ihres Besuchs. »Wahrscheinlich ist Herr Kern nicht außer Haus«, flüsterte sie Walter zu. Sie hatte sich an Emmis Worte erinnert und ihre eigenen Schlüsse daraus gezogen. »Der Portier wird ihn diskret fragen, ob er eine junge Frau namens Alma Täuber kennt.«

»Müssen wir ihm ein Trinkgeld geben?«

Sie lächelte nachsichtig. Der arme Walter klang ehrlich besorgt, schien die Höhe auszutarieren und zu überlegen, was in so einem Fall angemessen war.

Wie gerufen trat in diesem Moment ein massiger Herr mit ausladendem Schnurrbart in die Halle. Ein knappes Gespräch mit einem Pagen, der unauffällig in ihre Richtung nickte, und Alma wusste, dass sie Gustav Kern gefunden hatte. Oder er sie.

Sie hatte mit ihren Vermutungen recht gehabt, die schwarze Binde an seinem linken Oberarm bewies, dass er in Trauer war.

Alma stand auf, strich den Rock glatt und trat auf Kern zu. Sie schätzte ihn auf Mitte vierzig, also knappe zehn Jahre älter als seine Frau. Er trug eine schwarze Weste, aus deren Tasche eine goldene Uhrkette unter einem burgunderroten Tuch herausragte. Hemd, Weste und Hose schienen aus teurem Stoff zu sein, wenn auch unpraktisch in der Sommerhitze. Die Haare an seinen Schläfen waren leicht feucht vom Schweiß, sein rötliches Gesicht glänzte. Er wirkte nicht unfreundlich.

»Fräulein Täuber?« Unverkennbar die Stimme am Telefon mit dem norddeutschen Akzent. »Bitte.« Er deutete auf die bequemen Sessel, von denen Alma und Walter gerade aufgestanden waren, und ließ sich schnaufend ihnen gegenüber in die dritte Sitzgelegenheit der Polstergruppe fallen. Er zog ein Taschentuch aus seiner Hosentasche und wischte sich damit über die Stirn. »Mein Name ist Gustav Kern, wie Sie ja schon wissen, und ... ich habe einige Fragen an Sie.« Er wirkte niedergeschlagen und verwundert, und Alma konnte es ihm nicht verdenken.

Walter neben ihr überkreuzte die Beine; Alma erinnerte sich an ihre Manieren und stellte Kern ihren Cousin vor. Der Unternehmer fragte nicht nach dem Grund für Walters Anwesenheit, offenbar nahm er einfach an, ein »junges Fräulein« wie Alma bräuchte eine Begleitung – die selbstverständlich nur von einem Mann kommen konnte.

»Als ich Ihren Brief mit der Zeichnung erhalten habe, da wusste ich sofort, dass es Margarete ist. Sie können sich gar nicht ausmalen ...« Kern brach ab.

»Mein aufrichtiges Beileid. Haben Sie sich von Ihrer Frau verabschieden können?«, fragte Alma leise.

»Sie hatten sie schon verscharrt. Anonym!« Wut blitzte in Kerns Augen auf, und Alma konnte sich gut vorstellen, dass er cholerisch, schnell aufbrausend und nicht berechenbar in seinen Reaktionen war, wenn man ihn reizte. Sie fragte sich, wie ein Mann in seiner Position wohl reagierte, wenn er herausfand, dass seine Frau heimlich Casinos frequentierte oder gar Schlimmeres.

»Ich werde veranlassen, dass man sie erneut beerdigt. Anständig in ihrem Familiengrab in unserer Heimat.«

Alma nickte. »Werden Sie noch ein Weilchen hierbleiben, um die Formalitäten zu erledigen?«

»Es wird etwas dauern, bis alles unter Dach und Fach ist. Mein Gott, Margarete!« Erneut wischte er sich über die Stirn. »Und die Polizei ... Keine Zeit zu trauern haben sie mir gelassen. Keine! Natürlich habe ich mich sofort gemeldet, nachdem ich hier angekommen war. Natürlich. Aber was hatte ich davon?« Wieder betupfte er sich die Stirn. »Hochnotpeinliche Fragen hat man mir gestellt, als wäre ich ein gemeiner Verbrecher!« Seine volltönende Stimme war laut geworden. »Wo ich zum Zeitpunkt des Mordes gewesen sei. Ob ich mit meiner Frau eine gute Ehe geführt habe. Ob ...« Er atmete tief durch und winkte ab.

»Das ist schrecklich«, pflichtete Walter ihm bei.

Aber sicher Polizeiroutine und nötig, fügte Alma in Gedanken hinzu. »Ich bin sicher, die Polizei tut nur ihre Pflicht. Sie muss diese Fragen stellen, das sollten Sie sich nicht so zu Herzen nehmen.«

Gustav Kern seufzte. »Wahrscheinlich. Aber nun zu Ihnen. Wie sind Sie überhaupt auf mich gekommen?«

Alma berichtete von ihrer Vermutung bei seinen vergeblichen Anrufen und schließlich von der Idee, ihn mit dem Porträt der Toten zu kontaktieren. Während sie sprach, hörte Kern aufmerksam zu. Manchmal nickte er stumm.

Den Anruf des Unbekannten mit der schnarrenden Stimme und ihren Besuch bei der Polizei und im Leichenhaus ließ Alma aus. Sie wusste noch nicht, was sie von Gustav Kern halten, wie sie ihn einschätzen sollte.

»O Margarete«, sagte der erneut, als Alma geendet hatte. »Sie müssen wissen, meine Frau war immer viel auf Reisen, und an Baden hatte sie ihr Herz verloren.« Er lachte bitter. »Wäre ich doch mitgekommen! Jedes Jahr war sie sechs Wochen auf Kur ohne mich. Hier, im Badischen Hof, während ich zu Hause die Geschäfte geführt habe.« Er beugte sich vor, legte die Unterarme auf die Knie und starrte auf den Teppich. »Und während ich am Freitag letzter Woche auf der Aufsichtsratssitzung gewesen bin«, er vermied es, ihnen in die Augen zusehen, und sprach seine Worte nachdenklich Richtung Auslegware, »lag Margarete schon in der Leichenhalle.« Er sah auf, lehnte sich wieder zurück. »Da hat mir dieser impertinente Kerl vom Kommissariat doch tatsächlich vorgerechnet, dass ich dann wohl als Täter nicht in Frage käme, weil ich es sonst nicht rechtzeitig zurück nach Hamburg geschafft hätte. Können Sie sich das vorstellen?«

Das konnte Alma, sehr gut sogar. Und sie wusste auch, wen Kern mit dem impertinenten Kerl vom Kommissariat gemeint hatte.

»Sie haben mit Kriminalrat Ketterer gesprochen, richtig?« Alma erntete nicht nur von Kern einen irritierten Blick.

»Du kennst den Kriminalrat?«, wollte Walter wissen.

»Flüchtig«, wich Alma aus.

»Ein unmöglicher Mensch«, ereiferte sich Kern.

Alma nickte nur. Ketterers eigene tragische familiäre Umstände aber erklärten so manches.

»Was glauben Sie, wer hat sie ermordet? Und weshalb?«, fragte Kern jetzt.

Alma verstand nur zu gut, dass ihn diese Frage mehr als alles andere umtrieb, aber sie wusste keine Antwort, hatte keine Erklärung.

»Seitdem ich Ihren Brief bekommen habe, Fräulein Täuber, zermartere ich mir das Hirn. Ob meine Frau mit jemandem Streit hatte. Wer irgendeinen Grund gehabt haben könnte, Margarete das anzutun. Aber mir will und will nichts einfallen!«

»Die Polizei wird sicher alles daransetzen, den Mörder zu finden«, versuchte Alma, ihm erneut Mut zuzusprechen.

Kern lächelte schwach. »Ich danke Ihnen für alles, was Sie getan haben. Aber ich habe so viele Fragen, verstehen Sie? Fragen, die mir niemand beantworten kann. Allein die Uhrzeit, zu der die Tat geschah!« Nervös nestelte er an seiner Taschenuhr herum, so als müsse er überprüfen, ob sie noch da sei. »Sicher, meine Frau war gerne vor Tagesanbruch im Garten. Genoss die Stunden vor Sonnenaufgang, fand Gefallen an der Stille, der Stimmung«, fuhr er fort. »Aber was hatte sie am frühen Freitagmorgen mitten in der Stadt zu suchen?« Resigniert strich er über seinen ausladenden Schnurrbart.

»Mit Verlaub, Ihre Frau scheint eine Dame mit eigenen Vorstellungen gewesen zu sein«, warf Walter ein. »Verstehen Sie mich nicht falsch, aber das hat alles vielleicht gar nichts zu bedeuten. Ein längerer Spaziergang. Nichts weiter.«

»Wahrscheinlich haben Sie recht. Es ist eben einfach alles sehr viel auf einmal für mich. Und deswegen bin ich sehr froh, mich Ihnen ein wenig anvertrauen zu können. Fräulein Täuber«, sagte Kern, griff in seine Hosentasche und holte ein Portemonnaie hervor. »Sie sind die einzige vernünftige Person hier.« Er warf einen schnellen Blick auf Walter. »Außer Ihrem Cousin natürlich. Ich will mich bei Ihnen erkenntlich zeigen.«

»Aber Herr Kern!«, wehrte Alma entsetzt ab. »Ich will doch kein Geld!«

In diesem Moment tauchte hinter Kern die schlanke Silhouette von Ludwig Schiller auf, und Almas Magen machte einen Hüpfer. Er schien gerade im Begriff, sich von einem Zimmermädchen zu verabschieden, das daraufhin erleichtert das Weite suchte. Nun kam auch Ketterer ins Bild. In der einen Hand hielt er die obligatorische Zigarette, mit der anderen strich er sich energisch einige Strähnen zurück, als versuche er, sie an seinem Schädel festkleben zu wollen. Seine zu dünnen Strichen aufeinandergepressten Lippen sprachen von Eile und Ungeduld und untermalten die langen Schritte, mit denen er jetzt seinen jüngeren Kollegen überholte und, Bauch voran, Richtung Hotelausgang steuerte.

Die Polizei war also noch im Haus gewesen. Hatte offenbar mit Angestellten gesprochen, Aussagen aufgenommen und Alibis notiert. Und Gustav Kern war gerade eben erst von Ketterer und Schiller entlassen worden, als Alma den Portier nach ihm gefragt hatte.

Als Ludwig Schiller den Kopf drehte, sah er direkt in Almas Augen, die seinem Blick standhielt. Schiller hob kurz die Hand, fast schüchtern, drehte sich zur Tür und folgte seinem Vorgesetzten.

Alma meinte, erst jetzt wieder richtig Luft holen zu können, und zuckte leicht zusammen, als ihr Walter, der sie allem Anschein nach beobachtet hatte, zuraunte: »Und wer war jetzt dieser Grüßaugust?«

»Tee? Kaffee? Kuchen?«, unterbrach Gustav Kern sie und ersparte Alma damit die Antwort. »Ich möchte mich zumindest ein wenig erkenntlich zeigen. Betrachten Sie sich als eingeladen.« Mit diesen Worten sah Kern sich suchend um und streckte, als er einen Pagen entdeckt hatte, drei wulstige Finger in die Luft.

11

Am nächsten Tag loderte die Augustsonne noch einmal mit aller Kraft, und Alma beschattete ihre Augen, als sie während der Mittagspause auf den Bürgersteig trat.

»Na, den würde ich aber auch nicht von der Bettkante schubsen«, raunte Ida neben ihr und legte den Kopf schief.

Wegen der vielen Passanten, der die Allee säumenden Bäume und des Verkehrs sah Alma Ludwig Schiller erst nicht. Dann aber entdeckte sie ihn inmitten des geschäftigen Treibens. Er stand auf der anderen Straßenseite, tippte mit dem Finger an die Hutkrempe und ließ ein lärmendes Auto vorbei, bevor er den Fuß auf die Fahrbahn setzte.

»Manchmal sieht man in diesem Kaff tatsächlich noch etwas, das die Augen erfreut«, plapperte Ida weiter.

Alma spürte, wie ihr die Röte in die Wangen stieg, aber Ida, die den Blick fest auf den Kommissar gerichtet hatte, bemerkte es nicht. »Du klingst schon wie Emmi«, sagte Alma zu ihrer Kollegin.

»Der möchte ja zu dir«, stellte Ida fest. »Da brat mir einer ’nen Storch. Na, dann will ich mich mal vom Acker machen.« Sie nickte Ludwig Schiller zu, drehte sich kokett auf dem Absatz um, und ging betont langsam mit wiegenden Hüften zum Eingang der Post zurück.

»Einen schönen Tag, Fräulein Täuber«, sagte der Kriminalkommissarsanwärter, als er wenige Sekunden später vor Alma stand. »Ihre Kollegin?« Er deutete auf Idas schaukelndes Hinterteil.

Almas Tag war bis jetzt voll von babylonischem Gebrabbel gewesen, Anrufer, die unentschlossen ihre Wünsche geäußert, von ihr aber verlangt hatten, diese mit der Geschwindigkeit eines Paavo Nurmi zu erfüllen. Doch all das geriet mit dem Auftauchen Ludwig Schillers in den Hintergrund.

»Ebenso, Herr Kommissar.« Allem Anschein nach hatte er inzwischen akzeptiert, dass sie ihn so nannte, obwohl er strenggenommen noch kein Kommissar war, denn dieses Mal korrigierte er sie nicht. »Was für ein Zufall, dass wir uns schon gestern über den Weg gelaufen sind.« Sie sah ihm kurz ins Gesicht und senkte dann den Blick. Dabei fiel ihr auf, dass Schillers Krawatte leicht schief saß.

»Zufall? Möchten Sie das wirklich so nennen?« Er lächelte. »Sie und der junge Mann ...«

»Mein Cousin«, beeilte sich Alma zu erklären und hinterfragte nicht, weshalb ihr wichtig war, dass Schiller das Verwandtschaftsverhältnis kannte.

»Ihr Cousin. Netter junger Mann.« Schillers Lächeln wurde breiter. »Sie beide also und Gustav Kern beim gemütlichen Beisammensein. Was halten Sie denn von dem Unternehmer, wenn ich fragen darf?«

»Nun ja.« Sie zögerte. »Er ist ein wenig holterdiepolter.« Da Schiller sie fragend ansah, fuhr sie fort: »Offenherzig. Ich hatte den Eindruck, der fällt gerne mit der Tür ins Haus.«

Er nickte und schlug vor, ein paar Schritte zu gehen. Alma war das nicht unrecht, konnte sie sich doch vorstellen, was Ida in diesem Augenblick unter den Kolleginnen verbreitete. Womöglich würden die Köpfe der Fräuleins in wenigen Sekunden hinter allen Fenstern zu sehen sein.

»Offenherzig«, sagte Schiller, als sie Seite an Seite unter den Bäumen der Allee entlangschlenderten. Der intensive Geruch von Schillers Haarwasser vermischte sich mit stinkenden Automobilabgasen. »Und nach dem so plötzlichen Tod seiner Frau schon einige Tage später an anderen Frauen interessiert«, fuhr der Kommissar fort.

Alma blieb erstaunt stehen. Dann erinnerte sie sich an die Körperhaltung des Dienstmädchens, mit dem Ludwig Schiller gesprochen hatte. »Etwa am Personal?«

»Richtig«, erwiderte er verdutzt. Dann lächelte er. »Wie konnte ich nur vergessen, dass Sie eine so aufmerksame Beobachterin sind?« Sie gingen weiter. »Das Hausmädchen sprach von Avancen ihr gegenüber. Wussten Sie, dass man Straßenlaternen löschen kann, indem man mit dem Fuß an eine bestimmte Stelle tritt?«

Alma, überrascht von dem plötzlichen Themenwechsel, antwortete: »Das ist kein Geheimnis. Eine der Lieblingsbeschäftigungen meines Bruders.«

»Funktioniert auch bei Menschen.«

»Sie meinen durch zielgenaues Fragen?«

»Treffsicheres Nachbohren.«

»Und bei Gustav Kern sind die Lichter ausgegangen?«

Er grinste. »So kann man das nennen. Deswegen wollte ich vorhin wissen, was Sie von ihm halten. Kern besitzt die Zartheit eines Teppichklopfers. Tendiert zu cholerischen Anfällen.«

Ein Witwer, der kurz nach dem ominösen Tod seiner Frau mit jungen Mädchen flirtete und bei Fragen, die allzu persönlich wurden, schnell die Contenance verlor. »Sie halten ihn also für verdächtig«, schlussfolgerte Alma, die sich trotz der Schwere des Themas leicht wie eine Feder fühlte. Ludwig Schiller konsultierte sie in Polizeifragen. Das bedeutete, dass er ihr nicht nur vertraute, sondern auch ihre Meinung schätzte. Ihre Augen blieben wieder an seiner schiefsitzenden Krawatte hängen. Er hatte sich offenbar beeilt, um rechtzeitig zur Mittagspause vor dem Amt auf sie warten zu können. »Aber er war zur Tatzeit nicht in Baden-Baden. Konnte es nicht sein. Das hätte er zeitlich nicht geschafft«, sagte sie.

»Er hat Ihnen also von seiner Aufsichtsratssitzung erzählt?«

Alma nickte. »Aber die Stimme am Telefon ... Der Anruf kam von einem Apparat in Baden-Baden. Einem öffentlichen. Es war ein Ortsgespräch.«

Schiller runzelte die Stirn. »Hm. Das muss nichts bedeuten. Wir wissen ja noch nicht einmal, ob der Anruf wirklich etwas mit dem Mord zu tun hat.«

Einen Beweis dafür gab es nicht, Almas Bauchgefühl taugte vor Gericht wahrscheinlich nicht als Tatsache. Dennoch erschien es ihr eher unwahrscheinlich, dass Gustav Kern bei dem Mord die Hände im Spiel gehabt haben könnte. Der Stahlunternehmer mochte ein Choleriker und Schürzenjäger sein, aber über den Tod seiner Frau war er ehrlich erschüttert gewesen. »Seine Trauer war echt, Herr Schiller.«

»Das streite ich nicht ab. Aber auch Verbrecher sind nicht frei von Gewissensbissen.«

»Können Sie ihn denn festhalten? Rechtlich, meine ich?«

»Nicht im eigentlichen Sinn«, gab er zu. »Wir haben keine Indizien, nur Vermutungen. Aber Gustav Kern darf die Stadt erst einmal nicht verlassen. Er wohnt weiterhin im Badischen Hof und muss sich für Fragen zur Verfügung halten.«

»Was sagte er zu den Jetons in den Taschen seiner Frau?« Alma selbst hatte Kern gegenüber diese Information verschwiegen, deswegen interessierte es sie brennend, wie der

Stahlunternehmer diesbezüglich auf Fragen der Polizei reagiert hatte.

Ludwig Schiller zuckte mit den Achseln. »Er weiß von nichts und stellte die Vermutung an, dass der Mörder sie ihr zugesteckt haben könnte.«

»Aber Sie nehmen an, dass Kern möglicherweise Angst gehabt hatte, seine Frau verspiele das Geld der Firma?«, bohrte Alma nach. »Und das auch noch in einer Spelunke von Casino?«

»Angst vor dem wirtschaftlichen und sozialen Ruin«, entgegnete Schiller. »Das ist zumindest Kriminalrat Ketterers Meinung. Und Sie müssen zugeben, dass diese beiden Komponenten ein überzeugendes Motiv für einen Mord abgeben.«

Ja, das stimmte. Aber trotzdem war die Vorstellung, dass eine Dame aus guter Gesellschaft und mit einer einflussreichen Stellung ihre Abende und Nächte in illegalen Casinos verbracht haben sollte, äußerst eigentümlich. Alma würde darüber weiter nachdenken müssen. Noch in Gedanken, streifte ihr Blick erneut Schillers Schlips. Ohne es zu wollen, wanderten ihre Finger an dessen Hemdkragen und zogen am Stoff der Krawatte. Schiller schien kurz zu erstarren, dann lächelte er. Doch bevor seine Hände nach ihren greifen konnten, hatte Alma sich schon mit dem Hinweis auf das Ende ihrer Mittagspause verabschiedet.

Ihr Herz klopfte wie wild, als sie zurück zum Amt eilte. Sie fühlte sich wohl in Ludwig Schillers Gegenwart, er brachte sie aber auch immer ein wenig aus der Fassung. Dann kehrten ihre Gedanken zurück zu Margarete Kern und den Jetons in ihrer Tasche. Auf Anhieb wollte ihr nicht einfallen, wie sie es schaffen könnte, einem illegalen Casino einen Besuch abzustatten. Doch Halt, war nicht jemand in Emmis Bekanntschaft, der … Emmi kannte Gott und die Welt, und unter Umständen würde sie tatsächlich an eine Eintrittskarte in die Unterwelt kommen können.

Beflügelt von ihrer Idee, betrat Alma das Gebäude. Sie würde nicht bis zum Abend warten. Sie würde während ihrer Schicht unerlaubt bei der Blumenhandlung Baer anrufen und hoffen, dass ihre Freundin als Erste ans Telefon gehen würde. Emmi musste ihre Kontakte spielen lassen. Und so, wie sie ihre Freundin kannte, würde sie Feuer und Flamme für den Plan sein.

Da Emmi noch mit Vorbereitungen für eine Abendveranstaltung beschäftigt war und nicht wusste, wann sie nach Hause kommen würde, verabredeten sich die beiden Freundinnen nach Almas Schichtende in der Blumenhandlung.

Die vor dem Laden arrangierte Ware ließ Almas Herz auch heute höher schlagen. Farne in kleinen und großen Töpfen aus Terrakotta und Gusseisen standen neben ausladenden Hortensien, deren prächtige Dolden ihre Schönheit den Passanten praktisch entgegenschrien. Glockenblumen, Fuchsien und Begonien lockten ebenfalls in all ihrer Farbenpracht. Zwei Palmen in großen Kübeln flankierten die Eingangstür und verliehen der gesamten Straße ein exotisches Ambiente.

Als Alma eintrat, überfiel sie ein Potpourri von Düften, das von einem süßen Geruch dominiert wurde, der selbst beim geizigsten Kunden die Stimmung aufhellte und den Geldbeutel öffnete. Verglichen mit Almas Welt im Amt, die aus abgestandener Luft und den manchmal nicht gerade angenehmen Ausdünstungen weiblicher Körper bestand, breitete sich hier vor ihr das Paradies aus. Zwar klein und überschaubar, aber nichtsdestoweniger prächtig und durchdrungen von einer kaum spürbaren Feuchtigkeit, die einem sogleich die Lungen öffnete. Ein Paradies, in dem Wölkchen arbeiten durfte, was an so manchem Tag Almas Neid erwachen ließ.

Albert Baer, klein, mit Spitzbart und von eher rundlicher Statur, trug einen etwas weiter geschnittenen Anzug mit Krawatte, die heute ein florales Muster zierte. Da die Belegschaft der Blumenhandlung nie wusste, wann sie in die Kurhotels berufen wurde, hatte sie sich auch tagsüber einer ihrer mondänen Klientel angemessenen Kleidung verschrieben. Neben Emmi arbeiteten noch zwei weitere Mädchen bei Baer. Heidrun, ein wenig jünger als Emmi, meldete sich oft krank und schien auf den Verdienst nicht wirklich angewiesen zu sein, und Sieglinde hielt sich vorwiegend im Laden auf, um die dortige Kundschaft zu bedienen. Jetzt aber hielt der Besitzer allein die Stellung, sah auf und kräuselte missbilligend die Lippen. In wenigen Minuten würde das Geschäft schließen, weswegen er wohl nicht mehr mit Kundschaft rechnete. Das Messer, mit dem Albert Baer gerade die Stängel einer Blume gekürzt hatte, blieb zuerst anklagend in der Luft stehen, bevor er mit dem ihm üblichen Gewedel jedes Wort unterstrich. »So. Das Fräulein Täuber. Hören Sie, wenn Sie mein Wölkchen auch nur eine Minute länger als nötig aufhalten …«

»Keine Sorge!« Emmi kam hinter einem Vorhang hervor, der einen kleinen Lagerraum vom Rest des Ladens abtrennte. Alma musste zugeben, dass Emmis grünes Sommerkleid aus leichter Batistbaumwolle ganz hervorragend in dieses Ambiente passte. »Gehen Sie ruhig, Herr Baer«, zwitscherte Emmi. »Ich übernehme. Ich kann sauber arbeiten und gehaltvoll reden. Gleichzeitig.«

»Das behaupten alle Frauen«, brummte er. »Alle gleich lang! Die Stängel. Alle gleich.«

Alma konnte ein Grinsen nicht unterdrücken. Albert Baer verlangte Millimeterarbeit und eine vollendete Ausführung. Emmi hatte ihr einmal erzählt, dass ihr Chef, wenn er sich unbeobachtet fühlte, mit seinen Blumen zu sprechen pflegte und dabei seinen Spitzbart knetete. Alma glaubte ihr aufs Wort.

»Das weiß ich doch«, gab Emmi zurück und verdrehte dabei die Augen. »Vierzehn Zentimeter.«

Baer, der zwar immer noch neben ihr stand, aber nur die Blumen im Blick hatte, fuhr fort: »Die Maße der Schale stehen hier.« Mit dem Zeigefinger tippte er auf einen Notizzettel, der neben der Registrierkasse lag. »Weiß, gelb. Zwanzig Schalen. Nicht zu hoch. Die Gäste sollen noch sehen können, was auf dem Teller ihres Gegenübers liegt.«

»Mais oui, mon général«, flötete sie.

Das runde Gesicht des Chefs leuchtete kurz freudig auf. Sicherlich durfte nur Emmi so mit ihm reden, und Alma konnte Baer ansehen, wie er es genoss, dass seine hübsche Angestellte immer Retourkutschen für ihn bereithielt.

»Ranunkel, Matricaria, und ich dachte an einen Tupfer Grün? Lederfarn?«

»Keine Matricaria!« Baer pochte bei jeder Silbe mit dem Fingerknöchel auf die Theke. »Bei der Jungfrau und allen Engeln! Keine Matricaria! Da tränen der Gattin des Stadtrats immer die Augen, und dann gibt es wieder Beschwerden. Keine Matricaria, hören Sie, Wölkchen?« Nachdem er Emmis Nicken abgewartet hatte, rauschte Baer durch den Vorhang ab wie eine Diva nach einem erfolgreichen Theaterabend.

»Kommt er wieder und will für seine Darbietung einen Strauß Rosen?«, flüsterte Alma und kicherte.

»Du kennst ihn doch.« Emmi griff grinsend nach einer weißen Ranunkel und strich über die Blütenblätter. Dann senkte sie die Stimme. »Jetzt erzähl mal. Wann brauchen wir Hubsi?«

Hubsi. Der Name war schon während ihres Telefongesprächs gefallen. Alma hatte, während sie den Drachen im Auge behielt, in kurzen Sätzen das Gespräch mit Ludwig Schiller geschildert. Als sie auf die Jetons zu sprechen kam, war ihr Emmi ins Wort gefallen.

»Wir brauchen jemanden, der uns den Weg in so ein Casino ebnet.«

»Genau, Emmi. Also streng genommen vielleicht nicht ›wir‹, denn ...«

»Papperlapapp! Wir brauchen Hubsi«, hatte Emmi nur erwidert und aufgelegt.

»Wer ist denn dieser Hubsi?«, fragte Alma jetzt und reichte Emmi eine weiße Ranunkel.

»Och ... ich kenne ihn.«

»Davon gehe ich aus.«

Emmi legte die beschnittene Ranunkel zur Seite. »Er ist ein netter, umgänglicher junger Mann, der auf der Rennbahn arbeitet. Zwar etwas, wie soll ich sagen ...«, sie schaute nachdenklich zur Decke, »hilfsbedürftig Frauen gegenüber, aber ansonsten tadellos.« Sie sah ihre Freundin vieldeutig an. »Und er hat keinen leeren Ärmel oder ein leeres Hosenbein.«

»Und was tut dieser Hubsi so auf der Rennbahn?« Alma, die sich einen dürren Primaner im Jockeydress auf einem Pferd vorstellte, drückte ihrer Freundin die nächste Blume in die Hand.

»Er ist Buchmacher.«

Alma hielt in ihrer Bewegung inne, sah sich um, als ob plötzlich aus dem Nichts Kunden im Laden aufgetaucht wären. »Mit ... Kontakten zur ›Du weißt schon‹?«

»Die meisten Buchmacher haben Kontakte zur ›Du weißt schon‹. Und wenn Hubsi selbst doch niemanden kennt, dann kennt er sicher Leute, die Leute kennen, die wir kennenlernen wollen.« Mit einem beherzten Schnitt kürzte Emmi den nächsten Blumenstängel. »Ich stelle ihn dir vor. Das heißt, ich werde dich mitnehmen in die Welt, in der die Schönen und Reichen es ganz großartig finden, rennenden Pferdehinterteilen nachzuglotzen.«

Alma lachte.

»Ich habe Erzählungen aus zweiter Hand sowieso satt, Täubchen«, fuhr Emmi fort. »Auch wenn sie von dir kommen. Du weißt doch: ›Grau, teurer Freund, ist alle Theorie, und grün des Lebens goldner Baum.‹«

»Ach du jemine. Dass du einmal meine Großmutter zitieren würdest.«

Emmi drohte ihrer Freundin mit der Schere. »Wehe, du verpfeifst mich.«

»Fräulein Emmi Wolke!«, dröhnte es hinter dem Vorhang. »Gedenken Sie, heute noch mit den Schalen fertig zu werden?«

»Aber ja doch, mein Gebieter!«, rief Emmi über die Schulter.

Alma zwinkerte ihrer Freundin spitzbübisch zu und verließ eilig den Blumenladen. Hubsi. Na, auf den war sie ja mal gespannt.

12

Meine Güte, Fräulein Wolke! Dieser Lärm! Seit wann besitzen Sie ein Automobil?« Frau Meier, deren Kopf seit dem ersten Motorenknattern vor zehn Minuten aus dem Wohnzimmerfenster hing wie ein Kuckuck aus dem kaputten Uhrkasten, presste sich die Hände auf die Ohren.

»Dreißig Pferdestärken, Frau Meier!«, rief Emmi, die neben dem Wagen stand und stolz das Kinn reckte. »Ist das nicht ganz fabelhaft?«

Die Witwe schaute ihre Untermieterin ratlos an. »Gehört das jetzt Ihnen oder nicht?«

Es war Samstag. Renntag. Im doppelten Sinn. Und vor zehn Minuten hatte es auf der Straße eindringlich gehupt, Emmi hatte sich ihren Hut geschnappt und war aus der Wohnung gestürmt, Alma hatte das Fenster aufgerissen, und Willy, Wölkchens Verehrer aus dem Tanzcafé Riegel, war auf das Trittbrett eines cremefarbenen Wagens gestiegen, der im Sonnenlicht glänzte wie eine Schatulle voller geheimer Schätze.

»Ich habe gehört, die jungen Damen wünschen ein zeitgemäßes Fortbewegungsmittel?«, hatte er nach oben gerufen.

Emmi war einmal wieder vorangeprescht, ohne Alma darüber zu informieren. Wie es eben so ihre Art war. Willy, der sein Angebot einer Spritztour nicht rein zufällig heute einlösen würde, war somit der Dritte im Bunde auf der Rennbahn. Oder der Vierte, sofern der ominöse Hubsi mitzählte.

»Fräulein Wolke?« Ihre Wirtin erwartete offensichtlich noch immer eine Antwort auf ihre Frage. Obwohl sich eigentlich von selbst verstand, dass ein nagelneues, prachtvolles Automobil aus der Produktion der Opelwerke in Rüsselsheim für eine junge Frau wie Emmi unerschwinglich war, egal, wie viel Geld sie von ihrem Lohn zur Seite legte.

Auch Willy konnte sich so ein nobles Gefährt nicht leisten, aber er verfügte über die Erlaubnis seiner Werkstatt, den Wagen, wie er sagte, »einmal ordentlich durchzupusten«.

Jetzt trat Emmis Verehrer auf die Straße und schob mit einer souveränen Geste die Fahrerbrille aus dem Gesicht. Lausbubenhaft strahlte er die Wirtin an, die sich angesichts des bemerkenswert forschen Auftretens des jungen Mannes kurz in die Wangen zwickte, um ihnen eine gesunde Röte zu verleihen. Wobei es das gar nicht gebraucht hätte.

»Ich habe die Ehre mit Frau Meier, nehme ich an?«, sagte er und deutete einen Diener an.

Die Witwe konnte nur nicken.

»Mein Auto, meine Verantwortung.«

Willy wirkte auf Alma sehr viel selbstbewusster und kecker als während des Tanzabends. Offenbar schien ihn das nagelneue Automobil in eine Art Euphorie zu versetzen. Als ob der glänzende Lack, das Röhren des Motors und die Scheinwerfer, die wie zwei große Kinderaugen voller Neugier in die Welt schauten, ihn unter Strom setzten.

Schau mal an, dachte sie lächelnd. Emmi ist nicht seine einzige heiße Liebe. Alma war sich auch nicht sicher, wie ernst ihre Freundin die Sache mit Willy nahm, wenn sie an den Abend im Tanzcafé Riegel dachte, als er nur zweite Wahl gewesen war.

»Ich bringe die Damen heute Abend gesund und munter

zurück.« Nach diesen Worten legte Willy zwei Finger an die Schläfe, als ob er salutieren wolle. Alma verstand das als Aufforderung einzusteigen.

Das Verdeck war offen, die Sonne hatte die Sitzbank angewärmt, und als Alma sich langsam auf das Leder sinken ließ, hatte sie das Gefühl, mit diesem technischen Wunderwerk zu verschmelzen. Der kraftvolle Motor brummte, der ganze Wagen vibrierte, und sie verstand ein wenig, was in Willy vor sich ging.

»Siebzig Stundenkilometer«, rief Emmi, die auf dem Beifahrersitz Platz genommen hatte, begeistert nach hinten. »Und Willy kitzelt sicher noch ein wenig mehr raus. Halt deinen Kapotthut fest!«

Ein letztes Mal drückte Willy auf die Hupe, und dann ging die wilde Hatz los, und sie waren außer Sichtweite.

Alma war noch nie zuvor auf einer Rennbahn gewesen. Das Brummen des Automobilmotors klang noch in ihrem Körper nach, und jetzt kam noch der Lärmpegel der Rennbahn hinzu. In gewisser Weise schien er ihr vertraut, erinnerte er sie an die gemeinsamen Tanzabende mit Emmi, wenn man sich die trampelnden Pferdehufe als Schuhsohlen und die lauten Durchsagen als Zwischenrufe der Kapelle vorstellte. Stimmengewirr. Befreites Lachen. Die Präsentation der neuesten Mode, von Herren und Damen stolz getragen wie ... Alma konnte nur an das Wort »Preispferde« denken. Und Pferde, das war in der Tat neues Terrain für sie. Ihr Vater verabscheute Wetten, egal auf was, hielt es wie Alkoholismus für eine Schwäche, und Pferde waren in seinen Augen Instrumente des Militärs. Letzteres war erstaunlich, duldete er doch noch immer den Ölschinken über dem Esstisch. Wahrscheinlich Almas Mutter zuliebe.

Lächelnd beobachtete Alma Wölkchen, die aufgeregt neben Willy tänzelte wie ein Vollblut vor der Startlinie, bis sie sich an ein Tischchen am Rande der Rennbahn gestellt hatten. Ihr Begleiter allerdings schien sich mehr für das bevorstehende Rennen zu interessieren als für Emmi und hatte nur Augen für die Pferde, die nun auf der Rennbahn von ihren Jockeys präsentiert wurden.

»Alles in Ordnung?«, fragte Emmi ihren Galan und legte den Kopf schief. Sie trug einen cremefarbenen Hut mit breitem Rand, dessen Feder bei jedem Schritt wippte wie der Schweif eines Schimmels.

»Dein Getrippel und diese Feder machen mich nervös, um ehrlich zu sein. Es gibt schon genügend Pferde hier, du brauchst keins zu imitieren. Wirst du jetzt auch anfangen zu wiehern?«, fragte Willy.

»Jetzt werd mal nicht unverschämt!« Emmi runzelte die Stirn. »Sehe ich etwa aus wie ein alter Gaul?«

»Nein, nein, entschuldige.« Willy machte ein verzweifeltes Gesicht. »Aber ich will noch wetten und weiß nicht so recht …«

»Ich dachte, du wettest auf Emmi?« Alma lachte und hakte sich bei ihrer Freundin unter. »Was unser Kavalier hier nämlich sicher sagen wollte: Du bist eine Augenweide, Wölkchen.«

»Du aber auch«, sagte Emmi ein wenig abwesend. Sie schien sich immer noch über Willys Bemerkung zu ärgern.

Tatsächlich fühlte sich Alma in ihrem selbstgenähten dunkelblauen Sommerkleid wie eine Dame von Welt. Sie hatte es zur Silberhochzeit ihrer Eltern im letzten Jahr getragen, und auch wenn der Schnitt nicht mehr ganz aktuell war, so war er dennoch à la mode. Sie hatte damals die typisch fließende Silhouette gewählt, auf überlappende Schichten verzichtet und dafür als Hingucker kurz über dem schwingenden Volant am Saum florale Stickereien angebracht, die sie einige Abende gekostet hatten. Die weiß-roten Blüten erstreckten sich vom Knie bis zu den Hüften.

Das Wetter hielt. Die dunkle Wolke, die ihnen während der Fahrt einige Kilometer gefolgt war, hatte sich inzwischen verzogen, und die schon hoch am Himmel stehende Sonne strahlte. Ein perfekter Tag für ein perfektes Rennen. So lautete zumindest Willys Einschätzung, der sich jetzt endlich entschieden hatte und ein paar Mark auf den Favoriten Jubilee setzen wollte. Er murmelte eine Entschuldigung und war im nächsten Augenblick in der Menge verschwunden, um seine Wette zu platzieren.

»Ich habe keine Ahnung, was hier gerade vor sich geht«, raunte Alma Emmi zu, die dazu übergegangen war, die vorbeieilenden Männer auf dem Weg zum Wettschalter mit bösen Blicken zu bedenken. Willys treuloses Verhalten ließ sie alles andere als kalt.

Alma lehnte sich an die Absperrung zum Parcours und beobachtete den Aufgalopp, bei dem die Pferde von ihren Besitzern langsam an den Zuschauerreihen vorbeigeführt wurden. Ihre Erfahrungen mit Pferden beschränkten sich auf Droschken und Arbeitstiere. Im Vergleich zu den eleganten Vierbeinern mit dem schimmernden Fell, die wenige Meter vor ihr Staub aufwirbelten, erschienen ihr die schwerfälligen Mähren der Fuhrwerke wie plumpe Hummeln in einem Schwarm exotischer Schmetterlinge. »Meinst du, es wird deinem Buchmacher unangenehm aufstoßen, dass ich nicht weiß, wie das funktioniert mit dem Wetten?«, fragte sie ihre Freundin.

Emmi, sogleich wieder besserer Laune, gluckste. »Ich glaube,

Hubsi wird heute weniger Augen für die Pferde haben als üblich.« Sie zwinkerte vielsagend, und Almas Wangen wurden heiß. Inzwischen schob sich eine Menschentraube über eine Treppe zu den Rängen auf der Club-Tribüne. Nur noch wenige Besucher saßen abseits an den Tischchen, strebten stattdessen mit vielen anderen der Absperrung zur Rennbahn zu. Von der Tribüne aus behielten die Zuschauer jedoch alles im Blick, hatten freie Sicht über die Köpfe der untenstehenden Schaulustigen hinweg, freie Sicht über Hunderte von Mützen und Hüten. Aus diesem Grund war es nur natürlich, dass die beliebtesten Plätze erhöht lagen. Alma fragte sich kurz, ob bei der Masse an Zuschauern die Träger der Tribüne halten würden. Aber man hatte den Aufbau im letzten Jahr sicherlich gut überprüft, als die Rennbahn wieder eröffnet worden war. Denn auch die sensationsträchtigste Veranstaltung des Pferderennsports, der Große Preis von Baden, war durch den Krieg zu einem Stopp gezwungen worden.

Die Vorfreude, die Aufregung und der voller Ungeduld erwartete Start des Rennens lagen über dem Gelände. Auch Alma wurde von Minute zu Minute aufgeregter. Das Schnauben der ersten Pferde, die direkt hinter ihr zur Startbahn geführt wurden, das euphorische Klatschen der Zuschauer: Alma verstand, warum Willy dem Wettfieber verfallen war. Das dumpfe Klopfen von Pferdehufen auf dem Rasen entsprach in gewisser Weise dem Pochen eines Motors kurz vor der Beschleunigung.

Emmi berichtete jetzt, dass laut Hubsi die Buchmacher untereinander die maßgeblichen Kämpfe austrugen. Der heutige Tag versprach für ihren Bekannten ein einträgliches Geschäft zu werden. »Die meisten Wetten wurden aber schon abgegeben. Das siehst du daran, dass sich alle einen Platz suchen. Also müsste Hubsi eigentlich bald auftauchen. Vielleicht ist

Willy schon zu spät dran mit seinem Einsatz.« Emmi drehte sich suchend um.

»Hältst du nach deinem Mechaniker oder deinem Buchmacher Ausschau?«, wollte Alma wissen. »Oder sollen wir schon mal allein auf die Tribüne? Es geht doch bald los!«

»Es ist weder *mein* Mechaniker noch *mein* Buchmacher«, wies Emmi sie zurecht und fügte dann hinzu: »Ich habe mich noch nicht entschieden.«

»Zwischen Hubsi und Willy?«

»Hubsi? Ich bitte dich!« Emmi winkte mit gespitzten Lippen ab. »Ich spreche von Willy und Walter.«

Walter. Den hatte Alma fast vergessen. Inzwischen war ihr Cousin wieder in Heidelberg und saß in diesem Augenblick vermutlich zwischen Büchern und Abschriften in seinem Studentenzimmer, um für die nächste Prüfung zu pauken. »Interessant. Also Torero gegen Rennfahrer«, sagte sie.

Aus Emmis Mund kam ein spöttischer Laut, dann griff sie Alma am Unterarm und zog sie mit sich. Mit klopfendem Herzen versuchte Alma, mit ihrer Freundin Schritt zu halten, kam aber nur wenige Meter weit und wäre um ein Haar von einem jungen Mann umgerannt worden, der nach einem Geldschein haschte, den der Wind über den Rasen getrieben hatte. Alma wich ihm aus und riss Emmi mit sich, die gerade noch verhindern konnte, dem Mann ihren Schuh in die Seite zu stoßen.

»Na hören Sie mal!«, keuchte Alma.

Weitaus gefasster, aber mit missbilligender Miene zitierte Emmi: »Geld ist nichts, aber viel Geld ist etwas anderes.« Stirnrunzelnd ließ sie den Arm ihrer Freundin los und stemmte die Hände vorwurfsvoll in die Hüften. »Werfen Sie damit immer so um sich?« Wirkte die Witwe Meier in dieser Pose wie die Germania, so sah Emmi aus wie die kleine Mary Pickford, wenn sie dem um einen Kopf größeren Douglas Fairbanks erbost in einem ihrer Filme gerade eine Standpauke hielt. Als der junge Mann sie ansah, wich das Blitzen in Emmis Augen einer gewissen Neugier. Denn der Fremde war alles andere als ein unerfreulicher Anblick.

»Sie hätten uns beinahe zu Fall gebracht«, ergänzte Alma.

»Tut mir furchtbar leid.« Der junge Mann tippte kurz an seine Schiebermütze und ließ dabei um ein Haar wieder den Geldschein fallen. Seine hohen Wangenknochen waren gerötet, und seine Augen glänzten. »Ich bin spät dran.« Er stockte, schüttelte den Kopf und begann erneut. »Kapellenberg. Wettschalter.«

»Es gibt einen Wettschalter auf dem Kapellenberg?«, wollte Alma wissen.

Emmi legte interessiert den Kopf zur Seite.

»Nein. Aber dort warten meine Auftraggeber.« Der junge Mann deutete vage in Richtung des Kapellenbergs hinter sich, aber seine Augen blieben dabei auf Emmi gerichtet. »Nicht jeder kommt hier rein, müssen Sie wissen. Viele beobachten das Rennen vom Kapellenberg aus. Es gibt Picknick. Fahrende Händler. Ist 'n wenig wie auf dem Jahrmarkt, also insgesamt ...« Er unterbrach sich. »Wenn Sie verstehen, was ich mein'?«, murmelte er.

Alma beobachtete mit wachsendem Missfallen, wie Emmi ihn ansah. Eines war klar, sie fand ihn mächtig spannend und interessierte sich mit einem Mal für nichts anderes mehr. Wie konnte sie nur alles, was um sie herum vor sich ging, ignorieren? Die Umstehenden diskutierten angeregt über Einsätze, Gewinnquoten, Höchstgeschwindigkeiten. Begriffe wie »Stammbaum«, »Temperament« oder »Gestüt« schossen über den Rasen. Genau deshalb waren sie doch hier! Um mehr über

Wetten, Glücksspiel und illegale Casinos zu erfahren und so vielleicht einen Zusammenhang herzustellen, weshalb Margarete Kern hatte sterben müssen. Und ganz sicher nicht, um der Männersammlung ihrer Freundin ein weiteres Exemplar hinzuzufügen.

Inzwischen hatte Emmi ihren Hut abgenommen und fächelte sich damit Luft zu. Die Feder streifte dabei um Haaresbreite die Nase des jungen Mannes.

»Picknick? Jahrmarkt?« Emmi begann regelrecht zu strahlen. »Alma«, wandte sie sich ihrer Freundin zu. »Das klingt herrlich!«

»Müssen Sie sich denn nicht beeilen? Mit den Wetteinsätzen?«, erkundigte sich Alma bei dem jungen Mann, in der Hoffnung, sich möglichst schnell verabschieden zu können. Außerdem wurde die Zeit wirklich knapp, nicht nur für ihn, sondern auch für sie selbst. Sie wollte auf jeden Fall noch einen guten Platz auf der Tribüne erwischen, die voller und voller wurde.

»Hm?« Seine Augen ruhten noch immer auf Emmi, die ihren Hut inzwischen still hielt, aber mit der Feder spielte.

Alma runzelte die Stirn. »Wo bleibt denn nur Willy?«, fragte sie ein wenig zu laut.

Emmi sah ihre Freundin nicht einmal an. »Welcher Willy?«, fragte sie betont desinteressiert zurück.

Hier ging es also um Rache, dachte Alma resigniert. Unterdessen knetete der Mann mit strahlenden Augen seine Schiebermütze.

»Emmi, ich finde …«

Die Begeisterung des Wettboten kannte jetzt keine Grenzen mehr. »Die Stimmung dort! Prächtig! Man teilt sich das Essen, lässt die Flasche kreisen …«

Alma schnalzte abschätzig mit der Zunge. »Was Sie nicht sagen. Emmi, lass uns bitte …«

»Aber ja doch«, erwiderte der junge Mann. »Wie gesagt: 'ne Stimmung wie aufm Jahrmarkt. Quirlig. Nicht so … steif wie hier.«

»Steif?«, warf Alma mit einem Blick auf die Startlinie verärgert ein. Die Pferde tänzelten auf der Bahn, einige Herren waren hinzugetreten und hielten Zwiesprache mit den Jockeys: offensichtlich die Besitzer, die letzte Anweisungen gaben.

Emmi strich sich eine Locke aus dem Gesicht und setzte übertrieben langsam ihren Hut auf. »Alma, meine Blume, das ist doch alles gar kein Problem. Hubsi wird sicherlich gleich kommen, dann hast du Gesellschaft, und ich seh mir das Rennen vom Kapellenberg an. Und später kommst du dazu und bringst unseren Fahrer mit.«

»Er heißt Willy«, betonte Alma. »Und er ist *dein* Begleiter.«

Emmi winkte schmunzelnd ab. »Er wird das verschmerzen.«

Alma glaubte, sich verhört zu haben. »Emmi? Du kannst jetzt nicht einfach wegrennen! Wir haben eine Verabredung. Wir! Nicht ich allein!« Sie spähte zum Eingang des Nebengebäudes und streifte kurz mit den Augen suchend über die ersten Reihen der Holztribüne.

Emmi trat ungeduldig von einem Fuß auf den anderen, was Alma schon wieder an Pferdemetaphern erinnerte. Da tat sie plötzlich einen kleinen Hüpfer und deutete aufgeregt auf einen schlaksigen jungen Mann im Allerweltsanzug, der sich seinen Weg durch eine aufgeregte Schar von Menschen bahnte. Seine Bewegungen waren so ungelenk, dass Alma trotz ihres Ärgers ein Lachen unterdrücken musste. Allem Anschein nach handelte es sich bei dem hopsenden jungen Mann mit dem Schalk im Gesicht um Hubsi. Wofür auch immer diese Abkürzung stehen mochte, Alma fand sie schon jetzt immens passend.

Er war noch nicht bei ihnen angekommen, da sagte Emmi schnell: »Alma, das ist Hubert.« Sie hob ihre Stimme und rief über den Platz: »Hubsi, das ist meine Freundin Alma!« Ohne viel Federlesens packte sie den freudig überrascht guckenden Wettboten am Unterarm und verkündete: »Das wäre erledigt! Und wir gehen jetzt zum Jahrmarkt.«

Sprach's, drehte sich um und verschwand mit ihrem Begleiter im Pulk, bevor Alma auch nur den Mund aufmachen konnte, um zu widersprechen.

»Alma.« Freudestrahlend richtete sich Hubsi, nein Hubert, zu seiner vollen Größe auf. Die durchaus beachtlich war, wie Alma direkt auffiel. Nur seine Gliedmaßen schienen ihm – ähnlich wie bei Walter – ständig im Weg zu sein. »Emmi hat mir schon gesagt, dass du eine große Pferdeliebhaberin bist.«

Jetzt war sie also auf einmal eine Pferdeliebhaberin. Was hatte Emmi ihm nur erzählt! Alma zwang sich zu einem warmherzigen Lächeln. »Pferde, Rennbahnen, ja, das ist alles so aufregend!«, erwiderte sie und imitierte dabei Emmi, wenn sie einem ihrer Kavaliere schöne Augen machen wollte.

Es wirkte. Hubsi legte begeistert los. Erzählte ihr die Geschichte des Rennplatzes, der schon über sechzig Jahre alt war und einer der größten und natürlich *der* schönste und berühmteste der Welt, und gestikulierte dabei so wild, dass er einem vorübergehenden Herrn beinahe den Hut vom Kopf gefegt hätte. Alma kicherte, als der Mann sich indigniert umsah. Doch die hübsche Blondine an seinem Arm, deren Rocksaum etwas zu kurz geraten war, zog ihn schon weiter, und er blieb nicht stehen.

Dafür erstarrte Hubsi, der plötzlich ganz kleinlaut wirkte, als er dem Herrn und seiner Begleiterin mit großen Augen hinterherblickte. »Das war Graf Wernau«, flüsterte er ehrfürchtig. »Ihm gehört Emmi.«

»Was?«, rief Alma so laut, dass sich die Umstehenden zu ihr umdrehten. Emmi hatte ja so einige Geheimnisse, aber ...

»Das Pferd! Emmi, das Pferd!« Hubsis Verlegenheit äußerte sich erneut in wilden Gesten.

»Es gibt ein Pferd namens Emmi?« Das weckte Almas Neugier. Pferdeliebhaberin *dieser* Stute, das konnte sie sich eventuell vorstellen. Auch wenn sie Emmi ihr plötzliches Verschwinden nicht so einfach verzeihen würde. »Gehört es denn zu den Favoriten?«

»Nun ja ...«

»Dann läuft es gleich mit?« Für einen kurzen Moment überlegte Alma, ob sie noch schnell auf die Stute setzen sollte. Wenn das Rennpferd genauso ein Wirbelwind war wie seine Namensvetterin, dann konnten die Chancen nicht allzu schlecht stehen.

»Ob die Stute mitläuft, ist noch nicht abschließend geklärt. Deswegen habe ich mich auch verspätet. Das Pferd macht uns Sorgen.« Hubsi hatte die Augen zusammenkniffen und beobachtete den Grafen, der mittlerweile stehen geblieben war. Ein junger Bursche in Knickerbocker und Grasflecken an den Knien kam auf ihn zugelaufen und winkte aufgeregt.

Der Graf flüsterte seiner hübschen Begleitung etwas ins Ohr, die den Arm von ihm löste, provozierend das Dekolleté ihres mit roten Stickereien verzierten pechschwarzen Kleides richtete und mit wiegenden Schritten in die gegenläufige Richtung verschwand. Alma konnte nicht anders, als ihr hinterherzustarren. Viele Männer waren immer noch schockiert angesichts des neu gewonnenen Selbstbewusstseins mancher Frauen – so fernab vom Bild der Mutter, der Gemahlin. Aber selbst Alma musste zugeben, dass dieses Exemplar den Bogen überspannte. Alma konnte sich nichts anderes vorstellen, als dass der Graf für seine Begleitung ... nun ja, bezahlte.

Großmaman wäre entsetzt, absolut vom Schlag getroffen, würde sie einer solchen Person begegnen.

»Vielleicht hat ihr Zustand sich verschlimmert«, murmelte Hubsi, bevor er sich aus seiner Verlegenheitsstarre löste und Alma wieder schelmisch angrinste. »Wollen wir? Nur noch wenige Minuten trennen uns vom wichtigsten Ereignis des Jahres. Mit oder ohne Emmi, aber auf jeden Fall doch nicht ohne uns!«

Alma gab ihm recht, und während Hubsi ihnen einen Weg durch die Menschenmenge bahnte, sagte er: »Ich habe uns einen Platz auf der Tribüne reservieren lassen.«

Immer größer wurde das Menschengewühl, das sich vor der Tribüne und dem Teehaus staute. Die Männer spazierten mit ihren Stockschirmen, drei junge Frauen mit Glockenhüten posierten für ein Foto, und überall lachte und redete man durcheinander. Das Publikum auf den billigeren Rängen unten vor der Tribüne versuchte, sich den besten Platz zu sichern, es wurde gedrängelt und geschubst, und Alma konnte mehr als einmal den Einsatz eines Ellenbogens beobachten. Manche hatten kleine Hocker mitgebracht, auch wenn das laut Hubsi nicht erlaubt war, stiegen darauf und lehnten sich gefährlich weit über die Absperrung.

Schließlich schafften Alma und Hubsi es, sich hindurchzuzwängen. Sie gelangten über die Treppe zu den Sitzen, und schnaufend nahm der Buchmacher neben ihr Platz. Seiner Begeisterung hatte das Gedränge keinen Abbruch getan, der Trubel schien ihn nicht im mindesten zu stören.

»Seit dem Gründungsjahr des Rennplatzes gibt es schon die Große Woche«, nahm er den Faden seiner ursprünglichen Erläuterungen wieder auf. »Auch wenn die zu Anfang nur drei Tage dauerte. In diesem Jahr finden insgesamt dreißig Rennen innerhalb von vier Tagen statt.«

Dreißig Rennen. Eine beeindruckende Zahl, fand Alma. »Und Pferdewetten gibt es auch schon seit den Anfängen?«, fragte sie.

»Oh, aber sicher, Iffezheim geht auf die Initiative Edouard Bénazets zurück.«

Bénazet war Unternehmer und Betreiber der Spielbank gewesen, deren prunkvolle Säle einen großen Teil zur Attraktivität Badens beigetragen und die Stadt zu dem bekannten Kurort gemacht hatten, der er noch immer war.

»Nur, dass das Spielen seit vielen Jahren eben verboten ist«, sagte Alma nicht ohne Hintergedanken.

»Ja. Nun ...« Unruhig rutschte Hubsi auf seinem Platz hin und her. »Es geht los!«, rief er plötzlich.

Und tatsächlich. Alma hatte gar nicht mehr zur Rennbahn gesehen, hatte sie doch gehofft, dass Hubert noch etwas mehr über das klandestine Glücksspiel in Baden-Baden preisgeben würde als ein »Ja. Nun«.

Aber jetzt ging ein Raunen durch die Menge, und auch Alma konnte sich der Faszination nicht entziehen. Kurz stellte sie sich vor, wie Emmi auf dem Kapellenberg jubelte.

Die leichtgewichtigen Jockeys mit ihren Mützen saßen schon im Sattel und winkten ins Publikum. Das Schnauben der Tiere ging im allgemeinen Beifallssturm unter, überall klatschten und riefen die Menschen durcheinander.

»Jetzt!«, rief Hubsi und schnellte von seinem Sitz, als die Startfahne gehisst wurde.

Alma tat es ihm nach, und ihr Herz machte einen aufgeregten Satz, als die Fahne mit Schwung nach unten gerissen wurde. Die Jockeys, halb im Stehen auf den Pferden, spornten die Tiere an, und die trommelnden Hufe auf dem Rasen übertönten sogar den allgemeinen Lärm um sie herum. Die Tiere nahmen Tempo auf, wurden immer schneller und entfernten sich. Fasziniert von der mitreißenden Geschwindigkeit und gleichzeitigen Eleganz der Tiere, ließ sich Alma völlig von der hemmungslosen Begeisterung der anderen Zuschauer anstecken.

»Jubilee ist vorn, Jubilee!«, rief eine Frau neben Alma.

Dann kamen die ersten drei Pferde wieder in Sicht, näherten sich nach Runde Nummer eins erneut der Tribüne. Schnelle Schatten, die erstaunlich leichtfüßig über die Bahn galoppierten. Ein zweites Tier schob sich dicht an die erste Position heran, war gleichauf, überholte!

»Welches ist das?«, schrie Alma. War es Emmi? War die Stute die Erste?

»Das ist Alchemist!«, rief Hubsi zurück. »Was für ein Pferd!«

Alma folgte der schwarzen Sensation mit der schmalen weißen Blesse, die schon von weitem erkennbar war, mit den Augen. Dieses vollkommene Zusammenspiel von Mensch und Tier erfüllte sie mit Freude. Was für ein Drama!

Die letzte Runde. Die Pferde kamen erneut donnernd heran. Nun ging es ums Ganze: Die zurückliegenden Jockeys mussten den Führenden überholen und ausscheren, wobei sie sich auffächerten und ganz nah an die Absperrung herankamen, hinter denen die Zuschauer auf den Bänken und Stühlen hüpften, Hüte schwenkten und Regenschirme in die Luft reckten, um die Tiere auf ihrem Weg zur Ziellinie ein letztes Mal anzufeuern.

Plötzlich ein Schrei.

Etwas stürzte auf die Rennbahn, stürzte vor die galoppierenden Pferde. Nein, nicht etwas.

Jemand.

Die Zeit schien sich zu dehnen. Alma wurde kalt. Aber sie konnte nichts tun, niemand konnte etwas tun. Zu schnell ging alles, der Aufschrei, ein scheuendes Pferd, gefolgt von einem, das sich aufbäumte und den Jockey abwarf. Pferde stürzten, begruben einen menschlichen Körper unter sich ... Alma wagte nicht hinzusehen, tat es dann doch, musste es tun. Geistesabwesend drückte sie die Hand, die sich ihr auf die Schulter legte. Dann löste sie sich, schob Hubsi neben sich zur Seite und ging langsam die Tribüne hinunter. Sie beachtete die gestikulierenden Arme der Zuschauer nicht, schenkte ihrem Schreien keine Beachtung, überhörte auch Huberts Rufe, stieg über Spazierstöcke, Sonnenschirme, hatte nur ein Ziel. Die Rennbahn.

Was sie antrieb, die aufgescheucht herumlaufenden Menschen auf dem Rasen vor der umgekippten Absperrung zu ignorieren wie auch wohlmeinende Sätze wie »Fräulein, Sie sollten nicht näher herangehen!«, wusste sie nicht. Sie stieß fremde Hände fort, die nach ihrem Unterarm greifen wollten, zwängte sich an Männern vorbei, die sich ihr in den Weg stellten, es aber nicht wagten, sie festzuhalten. Sie wusste nur, sie hatte das kurze Kleid mit der roten Stickerei dort unten auf der Rennbahn schon einmal gesehen.

Sie war tot, die Frau im kurzen Kleid. Das wurde Alma bewusst, als niemand nach Hilfe rief, als trotz der Hektik, des Getümmels und der Schreie nur Köpfe geschüttelt und Mützen abgenommen wurden. Man führte die aufgeregten Pferde zur Seite. Einige Tiere bäumten sich auf, dasjenige, das die Frau überrannt hatte, lag schwer atmend auf der Seite, sein Jockey kniete neben ihm. Alma rührte sich nicht, konnte sich nicht rühren. Hubert stand jetzt neben ihr, die Haare klebten ihm an der Stirn, und er flüsterte ihr etwas zu. Wahrscheinlich etwas Beruhigendes oder eher eine Entschuldigung. Sie war seinetwegen hierhergekommen, wollte ihn kennenlernen, und seine Stimme war voller Selbstvorwürfe. Aber Alma hörte nicht wirklich, was er ihr sagte.

Der Körper der Frau lag seltsam verdreht, und ihr Kopf ... Trotz des Bluts, trotz der unnatürlichen Haltung konnte Alma dieses Mal ihre Augen nicht gleich abwenden. Die zweite Tote innerhalb so kurzer Zeit. Zuerst der Mord, nun ein Unfall, der Tod schien ihr auf Schritt und Tritt zu folgen.

Alma fröstelte. Trotz der Sonne, die immer noch herunterbrannte, als gäbe es keine Sorgen und wäre dort nicht gerade so etwas Schreckliches geschehen.

Plötzlich wurde Alma heftig zur Seite geschubst.

»Aus dem Weg!« Die schwarze Tasche wies den Mann, der sich mit Gewalt durch die Menge drängelte, als Arzt aus.

Alma hob den Kopf, wurde jetzt erst wieder der Menschen gewahr, die um sie herumstanden, hörte erst jetzt wieder die Rufe, das Geflüster. Es war, als wäre die Welt in den letzten Sekunden eingefroren und nun wieder aufgetaut.

Der Arzt kniete neben der Frau nieder. Die Erde war aufgewühlt, die Hufe hatten Fürchterliches angerichtet.

»Er wird nichts mehr tun können«, flüsterte Alma.

Hubsi schüttelte den Kopf. »Wir sollten ...« Verzweifelt reckte er den Hals.

»Die Polizei rufen.« Langsam kam Alma wieder in der Wirklichkeit an. Handeln war immer schon das gewesen, was ihr in schlimmen Situationen geholfen hatte. Das Geschrei und die Kopflosigkeit überließ sie gerne anderen, Alma konzentrierte sich aufs Wesentliche. »Dieser Teil der Strecke muss abgesperrt werden. Wenn sie gestürzt ist, kann das noch einmal geschehen.« Sie wusste nicht, ob das Rennen wiederholt werden würde. Aber auch wenn nicht, so würden heute noch andere Veranstaltungen auf der Bahn stattfinden. »Die Rennbahn muss besser abgesichert werden.« Sie drehte sich zu Hubert. »Wer ist hier der Verantwortliche? Du kennst doch jeden hier, wer hat das Sagen?«

»Ich ... also ...« Der Buchmacher war sichtlich überfordert von der Situation. »Ehrlich gesagt, Alma, das hier ist eine furchtbare Sache, aber ... Die Wetteinsätze ...«

Alma verstand. Die Buchmacher mussten die Wettquoten errechnen, die Gewinne auszahlen und natürlich alles schriftlich festhalten. Die Finanzbehörden hatten ohnehin ein wachsames Auge auf ihre Aktivitäten, da das Glücksspiel verboten war, nur umso mehr. Und jetzt war ein Rennen unterbrochen worden, die Leute wollten ihre Einsätze zurück. Alles musste mit rechten Dingen zugehen. Hubsi hatte andere Sorgen, als sich Gedanken um die Rennstrecke zu machen.

Eine Durchsage wies die Menschen an, sich zu den Ausgängen zu bewegen. Aber darauf hörten die Massen genauso wenig wie die Fahrgäste in einer Straßenbahn auf den Schaffner, wenn er sie dazu bewegen wollte, vom Trittbrett herunterzusteigen.

»Begleite mich einfach, Alma. Wir werden auf dem Weg

zum Wettschalter schon jemanden finden.« Erleichtert, dass er Alma helfen konnte, lächelte Hubsi schon wieder schüchtern.

Doch irgendwer war ihnen zuvorgekommen, der Mann, der mit dröhnender Stimme die Durchsagen gemacht hatte, oder vielleicht jemand mit einem Feldstecher: Vom Ausgang her kämpften sich zwei Uniformierte durch die Menge.

Richtig, Alma hatte bei der Herfahrt gesehen, dass berittene Polizei am Eingang der Rennbahn stand. Bei solch einer großen Veranstaltung konnte immer etwas passieren. Gut, dass sie jetzt so schnell hier waren. Gelassenen Schrittes kamen die beiden näher, sie ließen keine Eile erkennen. Sie hielten ihre Schlagstöcke gezückt, und Alma fragte sich, wozu sie die jetzt brauchten? Ihre Frage wurde jedoch schnell beantwortet, als sie einem Jungen, der in ihren Weg stolperte, hart auf den Arm schlugen. Er mochte kaum den kurzen Hosen entwachsen sein und schrie nun vor Schmerz laut auf, woraufhin ein großgewachsener Mann mit Schiebermütze die Polizisten wüst beschimpfte. Eine rote Nelke steckte im Knopfloch seiner grobgewebten Arbeiterjacke, und Alma sah sich erschrocken zu Hubert um. Nicht, dass dieser Streit noch eskalierte, der Hass zwischen Kommunisten und den Ordnungsbeamten flackerte auch in Baden immer wieder und immer häufiger auf.

Alma reckte beide Arme in die Höhe. »Hier entlang!«, schrie sie. »Der Unfall!«

Zum Glück ließen die Polizisten sich auf ihr Ablenkungsmanöver ein. Der Schiebermützenträger tauchte in der Menge unter, der Junge mit seinem schmerzenden Arm war längst in der Masse verschwunden.

»Sie sind Zeugen des Unfalls?«, fragte einer der beiden Uniformierten. Er war größer als sein Kollege, mit breiteren Schultern. Seine Mundwinkel hingen herunter, die Augenbrauen waren buschig, was ihm einen missgelaunten Ausdruck gab.

»Wir waren auf der Tribüne. Wir haben nur den Schrei gehört«, sagte Hubsi schnell.

Alma nickte. »Die Dame war in Begleitung des Grafen von Wernau auf der Rennbahn«, ergänzte sie.

»O mein Gott, du hast recht. Das ist ...« Hubsi hatte die Frau offensichtlich erst nicht erkannt. Er starrte Alma verwirrt an.

»Gräfin von Wernau?« Auch die Polizisten blieben nun stehen, und der Kleinere riss entsetzt seine hellblauen Augen auf.

»Oh. Die Gräfin. Nun ja. Sehen Sie ...« Hubsi kratzte sich verlegen hinter dem Ohr. »Wir sollten Sie jetzt wirklich zum Unfallort bringen«, sagte er dann und drehte sich zu Alma. »Wenn du, bitte ...? Ich weiß, es ist viel verlangt und ich mache das wieder gut, ich verspreche es dir, aber ...«

»Junger Mann, stottern Sie nicht rum, sondern weisen Sie uns den Weg«, blaffte der Beamte mit den buschigen Augenbrauen.

»Wenn Sie mir bitte folgen würden?« Alma sprang für Hubsi ein und schenkte dem Polizisten ein Lächeln. Hubert musste seine Arbeit tun, das verstand sie. Sie hatte hier ihre eigene, zumindest kam es Alma so vor.

In Huberts Augen stand tiefe Dankbarkeit, als er, fliegende Gliedmaßen voran, zurück zum Wettschalter stürmte.

Gräfin von Wernau. Alma hatte nicht gewusst, dass der Graf verheiratet war – aber seine Begleitung war jedenfalls alles andere als seine Ehefrau gewesen. Zwanzig Jahre jünger, leicht bekleidet, kokett. Eine Prostituierte, dachte Alma. Dieses Mal hat es tatsächlich eine dieser Damen erwischt. Seltsam.

Die Erkenntnis, dass die Frau dort auf der Rennbahn nicht

die Gräfin war, kam den beiden Polizisten auch, nachdem sie die Rasenfläche betreten hatten, auf der die Tote inmitten aufgewühlter Erde lag.

Sie sprachen mit dem Arzt, der mittlerweile abwartend, mit gefalteten Händen neben der Frau stand. Fünf Männer in Anzügen hatten sich neben ihm versammelt, rauchten und starrten finster vor sich hin. Alma nahm an, dass es sich bei ihnen um Offizielle der Rennbahn handelte. Sie waren also schon verständigt worden.

Im Flüsterton beratschlagten sich die Polizisten zunächst mit dem Arzt, dann untereinander, schließlich sprachen sie mit den Anzugträgern. Alma versuchte, mehr als nur ein paar Wortfetzen aufzuschnappen, aber die Uniformierten achteten darauf, dass sie nicht zu nahe kam.

Der Graf war nirgendwo zu sehen.

Emmi, durchfuhr es Alma plötzlich. War ihre Freundin immer noch auf dem Kapellenberg? Sie hoffte, ihr schöner Hermes kümmerte sich gut um sie und ließ sie nicht allein.

Schließlich räusperte sich der größere Polizist, steckte das Notizbuch ein und nickte den Offiziellen zu. »Sie können die Tote abtransportieren lassen«, sagte er nun lauter, so dass auch die Umstehenden es hören konnten. »Eine tragische Sache. Kein Verschulden von Seiten der Rennbahn. Die Strecke ist sicher.«

Er hatte sie nicht einmal angesehen. Alma wollte aufbegehren, da sprach er weiter: »Was in diesen jungen Dingern vor sich geht, dass sie so etwas tun …« Kopfschüttelnd wandte er sich ab.

Glaubte er, die Frau hatte Selbstmord begangen?

»Haben Sie Zeugen dafür?«, rief Alma. Hatten die beiden überhaupt mit den Zuschauern gesprochen? Oder nur mit den

Offiziellen, von denen wohlgemerkt keiner zum Zeitpunkt des Unfalls anwesend gewesen war?

Die Polizisten drehten sich zu ihr um. »Sie haben doch gesagt, Sie haben nichts beobachtet.«

Das hatte sie nicht getan, das war Hubsi gewesen. Es war unerheblich, dass sie selbst in diesem Fall wirklich nichts gesehen hatte. Sie hatten sie nicht einmal gefragt! Herausfordernd hob Alma ihr Kinn.

»Hysterische Weibsbilder, die auf sich aufmerksam machen wollen. Pferde, vor die man sich stürzen kann«, fuhr der Größere spöttisch fort, ganz offensichtlich in Anspielung auf Emily Davison, die sich in England während eines Rennens vor das königliche Pferd gestürzt hatte.

»Das ist fast zehn Jahre her!« Alma spürte, wie Wut in ihr aufstieg. Nichts sprach für einen politischen Zusammenhang! Mal abgesehen davon, dass bis heute niemand wusste, ob die Suffragette damals in England wahrhaftig Selbstmord begangen hatte, mit dem sie ein Zeichen setzen wollte, oder ob sie das Rennen nur hatte stören wollen und unglücklicherweise dabei schwer verletzt wurde, was wenige Tage später ihren Tod zur Folge gehabt hatte.

Die hellblauen Augen des kleineren Polizisten blickten sie forschend an. »Wenn Sie etwas zu Protokoll geben wollen ...?«, lud er sie ein. Freundlicher, als sie befürchtet hatte.

Aber sie schüttelte den Kopf. Man hätte mit den Menschen sprechen müssen, die sich in ihrer unmittelbaren Nähe befunden hatten. Ob sie ausgerutscht war. Ob das Geländer vielleicht nachgegeben hatte. Man müsste mit dem Grafen sprechen, ob seine Begleiterin heute in melancholischer Stimmung gewesen wäre. Aber Graf von Wernau würde nicht von der Polizei belästigt werden, nicht in solch einer Angelegenheit. Wozu auch? Es würde die Tote nicht wieder lebendig machen, und wie viel solche Frauen in den Augen der Polizei wert waren, wusste Alma.

Aufgewühlt sah sie den beiden Uniformierten hinterher, wie sie den Rasenplatz verließen, ohne einen weiteren Gedanken an den schrecklichen Unfall zu verschwenden.

War der Rennplatz wirklich sicher? Ohne einen Beweis würde sie nicht an diesen Selbstmord glauben. Sie drehte sich um. Zuerst würde sie einen Blick auf die Stelle werfen, an der Graf von Wernaus Begleiterin gestanden haben musste, bevor sie auf die Rennbahn gestürzt war. Und mit gespitzten Ohren den immer noch erschütterten Besuchern lauschen. Irgendjemand musste doch gesehen haben, was genau passiert war. Wenn die Polizei schon mit den Schultern zuckte, würde Alma eben für die Sicherheit der Zuschauer sorgen. Und anschließend musste sie Emmi und Willy finden.

»Was genau hat er gesagt?« Emmi stand rauchend am offenen Fenster. Der geschäftige Tagesverkehr hatte ausgehustet, Baden-Baden lag still da, eine angenehme kühle Brise drang in die kleine Wohnung und verscheuchte die stickige Luft.

Inzwischen waren Alma und Emmi zum Resümee des heutigen Tags übergegangen. Auf der Fahrt zurück in die Stadt hatte Willy die ganze Zeit über Wetteinsätze gefaselt, während die Frauen in sich versunken gewesen waren. Alma hatte die Landschaft nachdenklich an sich vorbeiziehen lassen, wirre Bilder im Kopf, aber ohne das Bedürfnis, sie zum Ausdruck zu bringen. Nach Willys Abschied – einem betont fröhlichen, als habe er damit die Ereignisse des Tages übertünchen wollen –, hatte die übliche Haushaltsroutine die beiden Freundinnen in

Beschlag genommen. Erst während des Abendessens war bei Alma der Damm gebrochen, und Emmi hatte zu den Erzählungen ihre Sichtweise beigesteuert.

»›Hysterische Weibsbilder, die auf sich aufmerksam machen wollen‹«, antwortete Alma jetzt auf die Frage ihrer Freundin. »Das waren seine Worte.« Sie hatte sich diesen Satz, der sie so empört hatte, genau gemerkt. Die Polizisten hatten sich unmöglich benommen, auch wenn ihre eigenen Nachforschungen nichts ergeben hatten. Das Geländer war an keiner Stelle lose gewesen, und aus den Gesprächen der Umstehenden hatte Alma herausbekommen, dass die Frau im kurzen Kleid offenbar auf einem der Hocker gestanden hatte, die nahe – viel zu nahe – an der Absperrung platziert gewesen waren. Was genau geschehen war, konnte keiner mehr sagen, aber ein Jubeln war durch die Besucher gegangen, als sich die Pferde näherten. Einige Zuschauer hüpften in die Höhe, so musste es dann auch passiert sein: Die junge Frau hatte sich nicht mehr halten können, und gerade als die Pferde auf der Zielgeraden ausscherten, war sie über die Absperrung gestürzt. Ein furchtbares Unglück, aber soweit Alma es beurteilen konnte, traf die Rennbahn und ihre Verantwortlichen keine Schuld. Allerdings musste man unbedingt konsequent durchsetzen, dass die Besucher nicht mehr direkt vor der Absperrung eine erhöhte Position einnahmen. Nicht auszudenken, wenn so etwas häufiger passierte!

»Hysterische Weibsbilder«, wiederholte Emmi verächtlich. »Was der sich einbildet!«

Almas Blick ging hinaus ins Freie. Einige Fenster in den gegenüberstehenden Häusern waren noch erhellt. In einem warf eine Schreibtischlampe einen grünen Kegel durchs Zimmer, aus einem anderen lehnte sich eine Frau und schloss – offenbar in der Angewohnheit jener Leute, die ständig Angst vor einer Erkältung hatten, sogar im Hochsommer – die Holzläden. Oder vielleicht spielte sich jetzt im Zimmer dahinter etwas äußerst Privates ab? »Willst du nicht vom Fenster weg?«, meinte Alma mit einem kritischen Blick auf Emmis transparentes, tief ausgeschnittenes Nachthemd mit den dünnen Trägern. Einem nächtlichen Spaziergänger würde sich ein unvergesslicher Anblick bieten: die Silhouette einer jungen schlanken Frau, Zigarette lässig im Mund, beide Arme auf das Fensterbrett gestützt. »Ich kann selbst von hier alles sehen. Und ich habe kein Gegenlicht, Wölkchen.«

»Dann mach die Lampe aus. Die Mücken können von mir aus sowieso draußen bleiben.«

»Ich konnte dem Polizisten nichts antworten, so wütend war ich«, berichtete Alma weiter und löschte das Licht. Nachdem sie sich an die plötzliche Dunkelheit gewöhnt hatte, setzte sie sich auf die Bettkante. »Was bilden sich Männer eigentlich manchmal ein?«

Die Zigarettenspitze glühte, als Emmi daran zog. »Du meinst wohl: Was nehmen sie sich ständig heraus?«

»Der Graf zeigt sich in aller Öffentlichkeit mit einer Prostituierten. Das kann doch nicht nur mir aufgefallen sein.«

»Offensichtlich hat er das nicht zum ersten Mal getan.«

»Du meinst, das nimmt die feine Gesellschaft einfach so hin?«

»Wäre ja nicht das erste Mal.«

Damit hatte Emmi recht. Die Kurgäste brachten allerlei Geschäft nach Baden-Baden, zum Leidwesen vieler nicht nur die vom Gesetz akzeptierten Kurtisanen und Mätressen: Prostitution war ein historisches Thema. Besonders in den Sommermonaten. Emmi zuckte mit den Schultern und drückte die

Zigarette auf dem Fensterbrett aus. »Sag ja nicht der Meier, dass ich das tue«, kommentierte sie ihr Tun.

»Wofür hältst du mich?«

»Es ist zwar recht dunkel, aber ich weiß ganz genau, dass du die Stirn runzelst.«

»Es gibt Aschenbecher.«

»Aber hier gerade nicht. Egal, zurück zum Grafen.« Sie drehte sich zu Alma und verschränkte die Arme vor der Brust. »Deine Großmutter würde dir erzählen können, dass in unserer Stadt ein paar berühmte Kurtisanen ansässig waren. Karoline Braun. Berliner Blumenmädchen. Begleiterin eines russischen Fürsten, der hier im Europäischen Hof eine nur für ihn reservierte Suite besaß.«

Allem Anschein nach brachte Emmis Arbeit auch eine gewisse historische Bildung mit sich, dachte Alma belustigt.

»Er war fünfzig Jahre älter als sie, fast täglich gingen sie Arm in Arm spazieren. Er hat seiner Karoline sogar ein Haus gekauft und sie als Besitzerin eintragen lassen.«

»Erstaunlich«, kommentierte Alma.

»Die feine Gesellschaft akzeptiert die seltsamsten Dinge, nur nicht, dass eine junge Frau ihre Berufstätigkeit nicht als Warteraum vor dem Ehestand sieht.«

»Unter anderem«, stimmte Alma zu.

Emmi schnalzte mit der Zunge und legte den Kopf schief. Dann deutete sie hinter sich ins Freie, wo sich das Häusergeschachtel der Kurstadt auftat. »Aber wir zwei, wir haben unsere Beschäftigung nur, weil es die feinen Herrschaften gibt.«

Alma schnaubte. »Der Mensch pflegt auch gerne zu telefonieren, ohne einen Titel oder eine Grafschaft zu besitzen.«

»Nun gut. Ich korrigiere: Meine Arbeit aber hängt von Titeln und Grafschaften ab.« Emmi streckte die Hand aus und reckte sich zur Wäscheleine, die quer durchs Zimmer gespannt war. Kurz betastete sie einen gewaschenen Kragen nach dem anderen, dann ließ sie mit einem Seufzen die Hand wieder sinken. »Hoffentlich ist mein Lieblingskragen bis morgen wieder trocken.«

»Wie kannst du jetzt an deinen Lieblingskragen denken? Eine Frau ist gestorben.«

»Es tut mir leid, meine Blume. Ich weiß, ich bin manchmal entsetzlich sprunghaft.« Emmi setzte sich auf das Fensterbrett und ließ die Beine baumeln. »Aber ich habe auf dem Kapellenberg nichts anderes mitbekommen außer allgemeinem Aufruhr und Entsetzensschreien, weil Jockeys samt Pferd gestürzt waren.« Sie brach ab. »Und dann ist mein Götterbote auch schon losgerannt, um das mit seinen Wetten in Ordnung zu bringen, und ich habe mich mit der Woge der restlichen Zuschauer zurück zum Eingang treiben lassen.«

Ein Streichholz flammte auf und erhellte Emmis Gesicht.

»Du rauchst zu viel«, kommentierte Alma, ohne zu erwarten, dass ihre Freundin darauf einging. Was sie auch nicht tat.

»Willy«, sagte Emmi stattdessen undeutlich, da die Zigarette zwischen ihren Lippen steckte. »Das ist natürlich ein Netter und so. Aber weißt du ...«, sie nahm einen tiefen Zug. »Mein Wettbote ist nicht ohne.«

»Du wirst ihn doch nicht wiedersehen?«

Emmi pflückte sich die Zigarette aus dem Mund. »Hm«, machte sie.

»Emmi!«

»Ja? Was ist denn?«

Alma schüttelte nur den Kopf. Wie so oft dachte sie darüber nach, wie Wölkchen von Männern sprach und was sie von ihnen erwartete. Sie sollten sie mit Eleganz umschwirren, das

Portemonnaie griffbereit, ihr ein Bad voller Komplimente einlassen. Oder ihr mit einer Mischung aus Verwegenheit und Abenteuerlust begegnen. Am besten alles zusammen. Alma hingegen verlangte nichts dergleichen, sie wollte einfach jemanden, der sie aufrichtig liebte und den sie genauso aufrichtig zurücklieben konnte.

»Auf der anderen Seite: Willy geht bald nach Berlin. Sein Bruder hat dort eine große Werkstatt eröffnet und braucht die Hilfe eines versierten Motorenfummlers.« Emmi betonte den zweiten Teil ihres erfundenen Begriffs frivol und kicherte kurz. »Ich könnte mitgehen. Und die Badener Eierschalen loswerden.«

»Um in Berlin zu schlüpfen?« Die Vorstellung, mit einem ihrer Verehrer in die Stadt der Städte zu gehen, hegte Emmi nicht zum ersten Mal, und Alma hatte inzwischen beschlossen, solche Überlegungen nicht mehr allzu ernst zu nehmen.

»Um mich in Berlin zu einem Schmetterling zu entfalten.«

»Oh, Wölkchen, aus Eiern schlüpfen höchstens Hennen. Wie du immer daherredest.«

»Jeder zweite Mann hier hat einen leeren Ärmel!«

»Nicht das schon wieder! Willy hat keinen. Hubsi hat keinen, Walter übrigens auch nicht.« Und Ludwig Schiller auch nicht, ergänzte Alma im Stillen.

»Ich will das vergessen.«

»Du meinst, die Berliner Männer waren nicht im Krieg?«

»Alma, du weißt, was ich damit sagen will. Ich will das ausblenden, mit Musik, Tanz, Kultur.«

»Haben wir hier auch«, meinte Alma, obwohl sie genau wusste, worauf Wölkchen hinauswollte. Es war, als ob sie verzweifelt versuchte, einem Fisch beizubringen, dass es am Strand sehr viel angenehmer sei als im Wasser.

Gedankenversunken betrachtete sie die glimmende Zigarettenspitze, die wie ein Glühwürmchen vor dem geöffneten Fenster schwebte. Dahinter gab eine träge Wolke allmählich einen matten Mond frei, der das gegiebelte Gewimmel anfunzelte.

»Eine tote Industriellengattin. Ein furchtbarer Unfall auf der Rennbahn. An Aufregung mangelt es hier gerade nicht. Wolltest du nicht mein Watson sein?«, fragte Alma ihre Freundin.

»Du hast wie immer recht, meine Blume.« Emmi hüpfte vom Fensterbrett. »Wir haben ja noch was zu tun. Und ein illegales Casino – Hubsi bekommt das schon geregelt –, na, wenn das nicht schon wie die berühmte Berliner Luft ist.« Mit einem kecken Lachen drückte sie die zweite Zigarette langsam neben der ersten aus. »Wenn wir irgendwann mal ausziehen, wird sich die dumme Pute von unten aber ganz schön ärgern müssen.«

»Da sprichst du ein wahres Wort gelassen aus. So brave Mieterinnen wie uns wird sie nie mehr bekommen.« Und plötzlich verspürte Alma das Verlangen, diesem traurigen Tag ein freudiges Ende zu bereiten. »Sollen wir das Grammophon anschmeißen?«

Emmi nickte begeistert. »Das Fenster lassen wir aber offen, oder?«

13

Es hatte heute endlich erneut geregnet. Die Luft war klar und frisch, und Alma hatte das Gefühl, wieder richtig durchatmen zu können. Es hatte sie auf dem Weg vom Amt nach Hause erwischt. Ihr nasses Kleid störte sie nicht, sie hatte ihren leichten Sommerschal um die Haare gewickelt, damit sie sie nicht gleich wieder waschen musste. Bei ihrer Länge war das eine Prozedur, die sie an ihrem kleinen Waschtisch lieber nicht allzu häufig auf sich nahm. Außerdem benutzte sie dazu am liebsten heißes Wasser, und der Sparherd in der Küche war noch nicht beheizt, das Wasserschiff leer.

Wenn es ihre Zeit zuließ, ging Alma einmal in der Woche in eine der Badeanstalten. Kastenbad, Sprudelbad, Kohlensäurebad, elektrisches Lichtbad – solche Sperenzchen überließ sie lieber den Kurgästen. Ein simples Wannenbad tat es für sie. Ein Badetuch brachte sie immer selbst mit, um Geld zu sparen, und nur einmal hatte sie sich ein Luxusdampfbad geleistet, das viermal so viel kostete wie ein Bad in der Wanne.

Alma wickelte sich vorsichtig aus dem leichten Baumwollstoff und hängte ihn über die Wäscheleine für Notfälle: für Blusenkragen, die häufiger gewaschen werden mussten – und für Unterwäsche, die Alma nicht zu ihrer Mutter mitnehmen wollte. Dann trocknete sie die Haarspitzen, die unter dem Schal hervorgelugt hatten, notdürftig mit einem Handtuch. Amüsiert musste sie daran denken, dass Kaiserin Sisi ihre

Haare angeblich drei Tage hatte trocknen müssen, wenn sie sie wusch.

Alma zog ihr Kleid aus, hängte es ebenfalls über die Leine und blieb wie erstarrt im Zimmer stehen, als es plötzlich an die Tür klopfte. Leise, vorsichtig, so dass sie es über das Prasseln der Regentropfen an die Fensterscheiben beinahe überhört hätte.

Das war doch ... konnte das ...? »Moment!« Wie ein aufgescheuchtes Huhn – einen schmeichelhafteren Begriff konnte sie wirklich nicht finden – raste Alma in ihre Stube, um sich schnell etwas überziehen.

Sie knöpfte gerade noch den obersten Knopf ihrer Bluse zu, als sie die Tür öffnete, um Kriminalkommissar Schiller hineinzulassen. Ein Mann, allein in ihrer Wohnung. Sie hatte keine Zeit mehr gehabt, um einen prüfenden Blick in den Spiegel zu werfen, aber wahrscheinlich war das auch besser so: Die Haarspitzen immer noch feucht, die Haut gerötet von Wind und Regen, sah sie sicher alles andere als »gesellschaftsfein« aus. Aber dafür war jetzt keine Zeit.

»Entschuldigen Sie bitte vielmals«, stotterte Schiller. Er war ebenfalls in den Regen gekommen, auf dem Stoff seines dunklen Mantels glänzte es hell, etwas Wasser tropfte von seinen Schuhen auf die Türschwelle. Unwillkürlich musste Alma lächeln, sie konnte gar nicht verhindern, dass es sich auf ihrem Gesicht ausbreitete, die Freude darüber, den Kommissar zu sehen, stellte die Frage, weshalb er überhaupt hier war, weit hinten an.

»Wie haben Sie denn das Kunststück vollbracht, unerkannt am Besen aus dem unteren Stockwerk hier hochzuschleichen?«, fragte Alma erstaunt. Das hatte bisher noch keiner geschafft.

Täuschte sie sich, oder wurde Schiller rot? Er nahm seinen Hut ab und musste sich beim Eintreten etwas bücken. Die Tür der Dachstube war gerade groß genug für Alma und Emmi. Schiller, der Alma um etwas mehr als einen halben Kopf überragte, hatte mehr Schwierigkeiten.

Bevor Alma die Tür hinter ihm schloss, spähte sie die Treppe hinunter. Aber tatsächlich, es war nichts zu sehen von der Witwe Meier.

»Ich weiß, dass mein Besuch, meine Art des Besuchs etwas … ungewöhnlich ist.« Er straffte sich. »Aber in Anbetracht meines Berufs habe ich es nach allen Abwägungen als das geringere Übel befunden.« Immer wenn er durcheinander war, stotterte er oder sprach, als habe er ein Wörterbuch verschluckt. Die Mitte schien ihm in diesen Situationen verlorenzugehen.

»Das geringere Übel, soso.« Alma lächelte verschmitzt. »Das hat bis jetzt noch niemand über einen Besuch bei mir gesagt.« Dennoch war sie ihm dankbar für die Heimlichtuerei. Wenn die Meier schon bei unerlaubtem Herrenbesuch mit Rausschmiss drohte – bei einem Besuch durch die Polizei bliebe Alma sicher nicht einmal mehr Zeit, das Grammophon einzupacken, bis sie auf der Straße stand.

»Es geht um Herrn Kern.« Schiller deutete auf den kleinen Esstisch mit den beiden Stühlen unter dem Dachfenster, und Alma nickte. Sollte sie ihn bitten, den Mantel auszuziehen? Ihm etwas zu trinken anbieten? Zu essen? Gar Musik auflegen?

Stattdessen setzte sie sich Schiller gegenüber und sah ihn aufmerksam an. Es musste ernst sein, wenn er mit ihr darüber sprechen wollte.

»Die Firma gehörte seiner Frau.«

Alma zog zweifelnd die Augenbrauen zusammen. »Eine Frau kann keine …«

»Ihrer Familie«, korrigierte Schiller. »Kerns Schwiegervater Jacob Bahre lebt noch. Er ist zu alt, um das von ihm aufgebaute Unternehmen zu leiten, aber offiziell untersteht ihm die Firma noch. Und offenbar vertraute er seiner Tochter in der Geschäftsführung mehr als seinem Schwiegersohn. Er hat alles gegengezeichnet, was sie ihm vorlegte.«

»Gustav Kern ist eine ... Marionette?« Das großspurige Gehabe war nur Schauspiel gewesen? »Dann würde er vom Tod seiner Frau also profitieren.«

»So könnte man es sagen. Cui bono? Wem nützt Margarete Kerns Tod?«

»Polizistensprache.« Alma lächelte.

»Ein Fachterminus aus der Jurisprudenz. Ich wollte ...« Schiller schüttelte leicht den Kopf. »Das tut nichts zur Sache.«

»Sie haben studiert«, schlussfolgerte Alma. »Aber der Krieg kam dazwischen.«

Der Ausdruck in seinen Augen war wehmütig, als er wiederholte: »Wie gesagt, das tut nichts zur Sache. Wir hatten schon einmal von Kern gesprochen. Sie sagten damals, Sie trauen ihm einen Mord nicht zu. Offenherzig, so haben Sie ihn genannt. Wie würden Sie ihn weiter beschreiben?«

Das Thema schien ihm unangenehm zu sein, und Alma ging auf den Kurswechsel ein. »Gustav Kern? Freundlich, oberflächlich, spendierfreudig, aber auch jähzornig. Reizbar. Jemand, der das Leben genießen will – zur Not auf Kosten anderer. Und wenn man ihn in seiner Ehre kränkt ... vielleicht fähig, einen Mord zu begehen.« Das war es doch, was er wissen wollte? »Aber einen Auftragsmörder sucht man nicht im Zorn. Nein, ich weiß, was ich gehört habe am Telefon.« Darüber hatte Alma seit ihrem letzten Gespräch nachgedacht. »Wenn Kern den Mord wirklich beauftragt hat – denn er selbst kann es nicht gewesen sein –, dann muss der Anruf damit in einem Zusammenhang stehen. Und der kam von einem öffentlichen Apparat in Baden, und zwar verbunden mit einem weiteren öffentlichen Apparat in Baden.« Das hatte Alma trotz – oder gerade wegen – der unangenehmen Stimme genau nachgesehen. »In Baden, nicht in Hamburg«, betonte sie. »Kern kann es nicht gewesen sein. Der Auftraggeber kommt hier aus der Region.«

»Hm.« Schiller blickte aus dem Fenster, wo sich vor der untergehenden Sonne nun ein Regenbogen bildete. »Er könnte einen Mittelsmann eingeschaltet haben.«

»Damit es noch einen Mitwisser gibt?« Entschieden schüttelte Alma den Kopf, dann hielt sie inne. »Wir führen dieses Gespräch doch nicht ohne Grund«, sagte sie stirnrunzelnd. »Was haben Sie außerdem in Erfahrung gebracht?«

»Ihr Kombinationsvermögen.« Schiller lächelte erneut. »Sie wären eine hervorragende Polizistin.«

»Gott bewahre!« Jetzt musste Alma laut lachen. »Das würde mir meine Mutter nie verzeihen. Aber vielleicht komme ich noch einmal als Sekretärin auf ein Amt.«

»Was für eine Verschwendung.« Schiller seufzte. »Deshalb bin ich hergekommen, Fräulein Täuber. Ich schätze Ihre Meinung, Ihre Menschenkenntnis sehr. Und ich wollte wissen, was Sie von Gustav Kern halten. Die Firma Bahre war in Schwierigkeiten.«

»Ach.«

»Margarete Kern, die laut dem Prokuristen, mit dem ich telefoniert habe, immer sehr gute Entscheidungen getroffen hat, hat im letzten Jahr viel Geld auf veraltete Maschinen vergeudet, die in der modernen Stahlproduktion kaum noch verwendet werden können. Sie sagten, Gustav Kern sei privat spendierfreudig? Geld ist ihm also wichtig.«

Geld war ihm in der Tat wichtig. Aber wichtig genug, um seine Frau eiskalt ermorden zu lassen? Aufgrund einer einzigen wirtschaftlichen Fehlentscheidung in einer langen Kette von richtigen Entschlüssen?

»Ich denke …«, begann Alma langsam, aber bevor sie ihren Satz zu Ende sprechen konnte, wurde die Tür ihrer Dachstube aufgerissen und kollidierte krachend mit der Wand.

»Auf, auf, mein Täubchen, die Blume deines Lebens ist wieder zu Hause!«, trällerte Emmi und schwebte in den Raum. Sie trug ihren rosafarbenen Mantel und hatte sich eine Kamillenblüte in die Haare gesteckt. Nachdem sie eine elegante Drehung vollführt hatte, bei der ihr Mantel um sie herumschwebte wie der Kelch eines Alpenveilchens und die Blüte hinunterfiel, blieb sie wie erstarrt stehen. Es dauerte keine zwei Sekunden, da hatte sie sich wieder gefangen: »Oh, là, là«, hauchte sie. »Ich hoffe, Sie kommen öfter zu Besuch. Haben Sie die Tigerin von Eschnapur aus dem Erdgeschoss besiegen können? Verraten Sie uns das Geheimnis? Wirklich, wer ihren Reißzähnen entkommt, den kann nichts im Leben aufhalten. Ein wahrer Tausendsassa.« Sie hob die Blüte auf und zwinkerte Schiller zu, als sie die Kamille wieder in ihr Haar steckte.

In Almas Brust zuckte etwas, ein Gefühl, das sie in Bezug auf Emmi noch nie gespürt hatte. »Emmi!«, rief sie und sprang auf. »Kriminalkommissar Schiller hatte ein paar Fragen.« Es klang steif, viel zu steif, und Emmi warf ihr einen überraschten Blick zu. Ihre Augen schienen regelrecht überzuquellen vor Neugier: auf den Kommissar, auf den Grund seines Besuchs und leider Gottes auch, weshalb Alma sich so steif gab.

»Herr Kommissar, das ist meine Freundin Emmi Wolke. Wir teilen uns die Wohnung.« Schon wieder so steif. Alma verfluchte sich.

»Kriminalkommissarsanwärter«, korrigierte Schiller und stand auf, um Emmi die Hand zu geben. »Ich gehe jetzt besser.«

»Bleiben Sie! Ich störe auch nicht weiter.« Emmis Lächeln konnte man beim besten Willen nicht anders als anzüglich beschreiben, und nun war es Alma, die mit ihrem Blick Emmi zu sagen versuchte: *Untersteh dich!*

»Nein, nein, ich habe ohnehin schon viel zu lange ... ich will Ihnen Ihren Abend nicht verderben.« Schiller deutete eine Verbeugung an, ein Lächeln, dann ging er zur Tür.

Alma folgte ihm, um ihn zu verabschieden.

»Sollte ich besser meine Schuhe auf der Treppe ausziehen?«, fragte er mit einem schalkhaften Grinsen.

»Ich weiß nicht, haben Sie schon einmal gegen Tiger gekämpft?«

»Bedaure, nur Giftschlangen und Lindwürmer im Repertoire. Mein Schwert habe ich aber auf dem Revier vergessen.« Er zuckte entschuldigend mit den Schultern. »Aber vielleicht würde ich es Ihnen zuliebe mit bloßen Händen versuchen.«

Beinahe hätte Alma laut aufgelacht. Sie hielt sich kurz die Hand vor den Mund: Nicht dass es noch sie selbst war, die die Wirtin auf ihn aufmerksam machte. »Lassen Sie die zweite Stufe von unten im Erdgeschoss aus. Die knarzt«, flüsterte sie.

Als sie ihm hinterhersah, wie er mit vorsichtigen Schritten die Treppe hinunterschlich, breitete sich wieder dieses warme, glückliche Gefühl in ihrer Magengegend aus, das sie mittlerweile mit Schiller assoziierte. Sie hinterfragte es nicht mehr.

Sie genoss es.

Am darauffolgenden Tag hatte Ida erneut Lektüre mitgebracht, die die Fräulein aufgekratzt kommentierten. Diesmal war es jedoch keine Illustrierte, sondern Margarete Böhmes beliebter Roman *Tagebuch einer Verlorenen.*

»Stellt euch das vor«, wisperte Friederike. »Prostitution!« Ihre Augen blitzten in einer Mischung aus Sensationslust und Faszination.

»Aber sie hat es doch nicht freiwillig getan!«, begehrte Marianne auf. Es war das erste Mal, dass die Neue etwas zu ihren Gesprächen beitrug, und sofort stieg ihr die Röte in die Wangen. »Die arme Thymian!«, murmelte sie und setzte sich schnell ihre Kopfhörer auf, um sich ihrem nächsten Anruf zu widmen und das Gesicht zur Seite drehen zu können.

Ida jedoch kam gerade erst in Fahrt. »Ich glaube übrigens, man verdient nicht schlecht damit. Also mit der Prostitution. Und die Bordelle sollen ja inzwischen auch ganz sauber sein.« Sie lehnte sich zurück und blickte herausfordernd in die Runde.

»Stellungswechsel, Ida?«, fragte Alma mit einem Augenzwinkern. Ihre Kolleginnen brachen in gackerndes Gelächter aus.

»Alma!«, keuchte Ida und legte gespielt schockiert die Hand auf die Brust. »Wie mehrdeutig!«

Alma zuckte amüsiert mit den Schultern. Vielleicht verbrachte sie zu viel Zeit mit Emmi, dachte sie kurz. Wie ihre Kolleginnen, so hatte auch sie den Roman von Margarete Böhme gelesen, in dem die Heldin durch die Unbilden des Lebens in die Prostitution getrieben wurde. Das tragische Leben der jungen Apothekertochter namens Thymian hatte sie heimlich verfolgt. Noch vor dem Großen Krieg war Alma mit dem Buch aus der Bibliothek ihres Vaters ins Gartenhäuschen verschwunden und hatte es dort deponiert. Vor vier Jahren war die Schriftstellerin wieder in aller Munde gewesen, wurde die Verfilmung des Romans doch mit einem Jugendverbot belegt und während des Krieges sogar komplett verboten.

Eigenartig, dass Ida gerade heute das *Tagebuch einer Verlorenen* mitgebracht hatte. Wie passend zu den Ereignissen, dachte Alma bitter. Der furchtbare Unfall auf der Rennbahn war nicht der Aufmacher der Badischen Presse gewesen – vielleicht hatte die Schlagzeile jemand aus dem Umkreis des Grafen von Wernau verhindert –, aber auf der dritten Seite war ein kleiner Artikel gewesen: mit einer Fotografie der umgestoßenen Absperrung und der von Hufen aufgewühlten Stelle, an der die Frau zu Tode gekommen war.

»Habt ihr eigentlich den Artikel in der Badischen gelesen?«, fragte Ida plötzlich. Vielleicht war er also doch kein Zufall gewesen, der Roman in ihrer Tasche.

Friederike schüttelte ungläubig den Kopf. »Eine schlimme Geschichte. Selbstmord sagen sie. Auf so eine Weise!«

»Selbstmord? Pah! Ich glaube ...« Ida unterbrach sich handwedelnd und stöpselte schnell einen Anrufer um. »Ich verbinde!«, teilte sie ihm laut mit. Dann wandte sie sich wieder ihren Kolleginnen zu. »Diese Selbstmordthese ist doch Unsinn.«

Dem konnte sogar Friederike zustimmen, die normalerweise alles ablehnte, was aus Idas Mund kam. »Genau. Diese Menschenmengen. Gedränge. Geschubse. Da ist man sich seines Lebens nicht mehr sicher. Genauso im Verkehr. Habt ihr euch schon einmal gefragt, wie viel Menschen in Baden allein durch Autos ums Leben kommen?«

Sie sprach wie Almas Großmutter. Die zwei ergänzten sich hervorragend.

»Nein, meine Liebe, habe ich nicht, denn ich fahre gern in einem Auto«, antwortete Ida.

»Aber die werden immer schneller, Ida!«

»Natürlich! Geschwindigkeit ist doch das, was zählt!«

»Offenes Verdeck. Fliegende Haare …«, ergänzte Alma.

»Die zitternde Nadel des Tachometers …« Ida lachte anzüglich.

»Obacht«, zischte Friederike, die Fräulein Klinger die ganze Zeit über im Blick behalten hatte. Nun sah sich auch Alma verstohlen um, der Drache war im Anmarsch. Als die Aufsicht Idas Buch entdeckte, öffnete sie schon den Mund, um loszudonnern, wahrscheinlich war das einer Abmahnung würdig, doch plötzlich wurde ihr Gesicht weich.

»Was für eine passende Lektüre, meine Damen, in Bezug auf diese schlimme Geschichte in Iffezheim«, murmelte sie mit feuchten Augen. Auch Fräulein Klinger las offenbar nicht nur gerne die Tageszeitung, und nach einem Seitenblick auf die heute etwas träge blinkenden Schaltschränke ließ sie sich von Ida tatsächlich in ein Gespräch über die Heftromane von Hedwig Courts-Mahler verwickeln.

»*Griseldis*«, hauchte Marianne zu Almas rechter Seite. Das Mädchen schien ebenfalls eine romantische Ader zu haben.

Alma musste schmunzeln. Als Griseldis, die Hauptheldin des Romans gleichen Namens, fühlte sie sich gerade auch: dunkle Gänge erforschen und schließlich einen Mörder enttarnen. Natürlich gab es bei ihr keine Liebesgeschichte, schon gar nicht zum Mordverdächtigen. Das Bild eines gewissen Kriminalkommissars, das sich unwillkürlich vor ihre Augen schob, ignorierte sie geflissentlich.

Gustav Kern … Nein, der Mann war alles andere als ein tugendhafter Charakter. Dennoch konnte Alma das Gefühl immer noch nicht abschütteln, dass er nichts mit dem Tod seiner Frau zu tun hatte. Nachdenklich fuhr Alma sich mit der

Zungenspitze über die Lippen, als sie das nächste Gespräch annahm und die Verbindung herstellte. Schiller hatte stichhaltige Argumente angeführt. Sie würde Emmi bitten, im Badischen Hof ein Auge auf Gustav Kern zu werfen.

Und nun würde sie ... Ein weiterer Blick zu Ida und der Klinger zeigte ihr, dass die Aufsicht sich gerade ans andere Ende des Raums zu ihrem Schreibtisch zurückzog. Sie würde nicht bemerken, wenn Alma zwei schnelle Sätze mehr als üblich sprach. Alma schielte zu Marianne, doch die war hochkonzentriert mit in Falten gelegter Stirn damit beschäftigt, Kabel zu stecken.

Hastig wählte Alma die 22, die Nummer vom Krokodil in der Mühlengasse, in dem laut Emmi die »seriösen« Buchmacher und Wettpaten verkehrten, um bei ein, zwei bayerischen Weißbieren – der Spezialität des Hauses – die Große Woche und andere Rennen fachmännisch Revue passieren zu lassen. Alma hoffte, sie hatte Glück. Sie musste einfach Glück haben und Hubert sprechen, und zwar noch heute Nachmittag nach Dienstschluss. Das Gespräch mit Ludwig Schiller hatte ihr die Dringlichkeit des Unterfangens deutlich gemacht: Wenn sie nichts unternahm, würde Ketterer unter Umständen den Falschen festnehmen.

Alma atmete einmal tief durch, bevor sie in die schmale Mühlengasse einbog und durch eins der Fenster des Gasthauses spähte, das sich wie ein Riegel in den Durchgang zur Langen Straße schob. Das Krokodil schien zu dieser Tageszeit bis auf den letzten Platz mit fast nur männlichem Publikum besetzt. Einige Vereine wie die Liedertafel trafen sich hier zum Stammtisch. Kein Wunder, dachte Alma, lud die Reklame fürs Krokodil, die der bekannte Puppenspieler und Graphiker Ivo Puhonny entworfen hatte, doch dazu ein, sich einer schaumbekrönten Mass zu widmen. Sie schulterte ihre Handtasche, beschloss, sämtliche schräge Seitenblicke zu ignorieren, und ging an weiß eingedeckten Tischen vorbei. Die Luft war zigarrenschwer und ein wenig abgestanden, und der Geruch von Fleisch und Fett hing in der Luft. Am Fenster neben dem Eingang, durch das kaum Licht hereinkam, saßen vier beleibte Herren und unterhielten sich gestikulierend über Pferde, Bahnbeschaffenheit und Jockeys. An einer großen Tafel stimmte eine Gruppe älterer Männer einen musikalischen Trinkspruch an. Unter dem wahrscheinlich ebenfalls von Puhonny gezeichneten Wahrzeichen des Restaurants, einem grünen Krokodil, saß eins der wenigen Paare eng beieinander und widmete sich dem Essen, und eine weitere Vierergruppe von noch recht jungen Burschen stand in der Ecke neben dem matt glänzenden Ofen. Sie trugen alle Hosenträger und Schiebermützen, die sie selbst im Innenraum der Gaststätte nicht abgenommen hatten. Als sie Alma sahen, verstummte ihre Unterhaltung. Einer grinste breit.

»Hallo, schöne Frau.« Er riss sich die Schiebermütze vom Kopf. Angespornt vom Lachen seiner Freunde kam er auf Alma zu.

Glücklicherweise trat ein anderer Mann, der Wirt offenbar, denn er trug eine Schürze vor dem Bauch, in diesem Moment zwischen Alma und den Mützenträger. »Lass gut sein, Heinz«, fuhr er den jungen Mann an. »Kann ich Ihnen helfen, Fräulein?«

»Ich hatte angerufen. Sie sagten mir, Hubert Bergemann sei heute am frühen Abend bei Ihnen anzutreffen.«

Der Wirt nickte und deutete zum Eingang. »Hubsi ist im

ersten Stock. Eine Treppe führt dort nach oben. Dann die dritte Tür rechts. Geht seinen kaufmännischen Unternehmungen nach.« Er hob zwei buschige Augenbrauen. »Ich habe nichts dagegen, dass er und seinesgleichen die Räumlichkeiten über meinem Wirtshaus zu Büros umfunktionieren, denn ich will nicht, dass Geldscheine in aller Öffentlichkeit ihre Besitzer wechseln.«

»Außer sie wechseln zu Ihnen.«

Der Wirt lachte. »So ist es, Fräulein. Das beste Münchner Bier – gibt es nur bei mir«, skandierte er. »Und während der Großen Woche kann ich Hubert hier gut gebrauchen«, fügte er verschwörerisch hinzu.

Alma bedankte sich und machte sich auf den Weg, Hubsi im oberen Stockwerk zu suchen. Der Rauch war hier erstaunlicherweise noch stärker als in der Wirtschaft, und was sie für heimliche Hintertürgeschäfte gehalten hatte, entpuppte sich als lebhafte Bürogemeinschaft. Rechts und links gingen offene Türen ab, Telefone klingelten, Gesprächsfetzen drangen in den Flur. Alma steckte den Kopf in die erste Tür links. Kein Hubsi, sondern zwei ihr unbekannte Männer, rauchend, von denen keiner sie wahrnahm. Ein Dialog über Aktien, dann der Themenwechsel zu Frauen, die ... Schnell trat Alma zurück in den Flur und drehte sich nach rechts.

Auch dieses kleine Büro stand offen. Hubsi saß mit dem Rücken zum Fenster an einem äußerst überschaubaren Schreibtisch und hatte den Kopf tief über einen Brief gebeugt. Alma klopfte an den Türrahmen, und als der Buchmacher aufblickte, trat sie ein.

»Alma?«

Der Wirt schien ihm nichts von ihrem Anruf gesagt zu haben: Vor Überraschung sprang Hubert zu hastig auf, so dass er zunächst mit den Knien an den Schreibtisch stieß und dann mit dem Kopf an die weit herunterhängende Deckenlampe. Er stieß einen Schmerzenslaut aus, die Lampe schaukelte quietschend, und Alma musste sich zusammenreißen, um nicht zu lachen. Auch wenn sie Mitleid mit dem armen Kerl hatte, als er sich den schmerzenden Scheitel rieb, seine ungelenken, viel zu schlaksigen Bewegungen waren einfach zu komisch.

»Was machst du denn hier?«, fragte Hubsi schließlich, als er es ohne weitere Verletzungen geschafft hatte, hinter seinem Schreibtisch hervorzutreten. Er grinste schon wieder von einem Ohr zum anderen, während Alma sein kleines Reich betrachtete. Die Möbel waren einfach, aber funktional, neben dem kleinen Schreibtisch gab es einen Stuhl, wohl für Besucher, und ein schmales Regal, in dem Ordner und Bücher standen. Kurz fragte Alma sich, wie das wohl wäre, allein zu arbeiten, in einem Büro. Für eine Frau kam das nicht in Frage, schon gar nicht in ihrer Stellung. Alma unterdrückte ein Seufzen und konzentrierte sich auf ihr eigentliches Anliegen.

»Wir sind am Samstag gar nicht mehr dazu gekommen, miteinander zu sprechen«, begann sie und setzte sich in den Besuchersessel. Hubsi zog den Stuhl, der an seinem Schreibtisch stand, näher heran und nahm ihr gegenüber Platz.

»Woher wusstest du, dass ich hier arbeite?« Den Buchmacher trieb offenbar immer noch um, wie sie ihn gefunden hatte.

Alma schmunzelte. »Das Telefonbuch«, sagte sie einfach. »Ich bin die Frau an der Quelle.« Dann wurde sie ernst. Sie nahm ihren Hut ab und legte ihn in den Schoß. »Hubert, ich muss ein illegales Casino besuchen.« Ihre Finger strichen über das breite, weiche Hutband.

Hubsi verschluckte sich und musste husten. »Du musst was? Warum, um Himmels willen?«

Emmi hatte ihm offenbar nicht viel verraten, als sie ihn nach dem Treffen auf der Rennbahn gefragt hatte.

»Es geht um die Tote unter den Kolonnaden.« Alma erzählte ihm von dem Telefonanruf, von den Jetons in den Taschen der Frau und davon, dass die Polizei in die falsche Richtung zu ermitteln schien. »Ich weiß, dass du einer ehrlichen Arbeit nachgehst«, kam sie Hubert zuvor, als der gerade den Mund aufmachte. »Aber kennst du nicht vielleicht jemanden, der jemanden kennt, der ... mir helfen könnte?«, endete sie schließlich.

Ihr Misstrauen gegenüber der Polizei bezweifelte der junge Buchmacher anscheinend nicht im mindesten, und Alma musste an die beiden uniformierten Männer auf der Rennbahn denken.

»Illegale Casinos ...« Nervös fuhr er sich über die glatt am Kopf anliegenden Haare. »Das ist kein Kinderspiel, Alma.«

»Ich weiß.«

»Wenn es eine Razzia gibt, wenn die Polizei dich erwischt ... Das kann schlimme Konsequenzen haben.«

Alma hatte Gerüchte gehört, was auf dem Revier mit Frauen geschah, die man für Prostituierte hielt. Dennoch nickte sie.

»Und allein die Gegend ... verstehst du?«

Sie dachte an Ludwig Schiller. »Ich weiß mir zu helfen«, sagte sie ruhig und hoffte, dass das stimmte.

»Alma, ich kann nicht ...«, begann Hubsi.

Sie hob ihr Kinn, so schnell würde sie nicht aufgeben. »Ich werde eine illegale Spielrunde finden«, sagte sie fest. »Ob mit deiner Hilfe oder ohne sie.« Ob das den Tatsachen entsprach, da war sie sich nicht ganz sicher, aber fest entschlossen war sie allemal.

Der Buchmacher seufzte unglücklich. Erneut sprang er auf, diesmal, um die Tür seines Büros zu schließen.

»Emmi wird mich umbringen«, murmelte er mehr zu sich selbst. »Und wenn dir was geschieht, zu Recht!« Er setzte sich wieder, diesmal rückte er seinen Stuhl noch näher. Die nächsten Worte flossen schnell, im Flüsterton aus ihm heraus. »Hör mir zu. Du brauchst Otto. Ich habe mit den Illegalen nichts zu tun. Wir Buchmacher stehen ohnehin unter scharfer Beobachtung. Wenn ich einmal mit der falschen Person rede, sitze ich ein. Georg, das ist der Wirt hier ... Er ist mir gegenüber sehr großzügig. Otto hingegen, Otto ist Tipster. Otto käme Georg niemals ins Krokodil.«

Tipster analysierten die Wettchancen unabhängiger als Buchmacher, die die Preise festlegten. Sie gaben den Spielern gegen Geld »Tipps«, auf welches Pferd sie setzen sollten, woher dieser nur wenig respektable Beruf seinen Namen hatte. So arbeiteten die Tipster gleichzeitig gegen als auch mit den Buchmachern, die natürlich auf ihre Art von den Tipstern profitierten. Alma hatte den Fall des Berliner Tipsters Max Klante noch gut im Kopf, der es auf den dortigen Rennbahnen, vor allem dank der zahlungskräftigen Klientel des Hoppegarten, selbst zu einem beträchtlichen Vermögen gebracht und schließlich reichsweit mit seinem »genialen, unfehlbaren System« gearbeitet hatte. Doch die Finanzen der Klante GmbH waren im letzten Jahr zusammengefallen wie ein Kartenhaus, der Tipster hatte sich verzockt und alles verloren. Die Männer bewegten sich ohnehin in einer Grauzone zwischen Legalität und dem Milieu, einige von ihnen lebten ganz gut auch von kriminellen Machenschaften.

Alma lächelte Hubert an. »Dann möchte ich Otto gerne kennenlernen.«

14

Hubsi hatte alle Hebel in Bewegung gesetzt. So wie er Alma gestern Abend im Krokodil besorgt angesehen hatte und mit seinem Stuhl immer näher an sie herangerückt war, wurde aus Almas Vermutung, dass der junge Buchmacher weit mehr für sie empfand als Freundschaft, allmählich eine Tatsache. Mit dem Versprechen, dass er ihr am Donnerstag Otto vorstellen würde, der sie zu einem kleinen »Tippspiel unter Freunden« mitnehmen wollte, hatte sie sich von ihm verabschiedet.

Donnerstag war schon morgen. Und schon beim bloßen Gedanken an das nächtliche Abenteuer wurde Alma ganz blümerant.

Heute jedoch würde sie noch einmal Zeit zum Durchschnaufen haben, zumindest hoffte sie das. Sie hatte Emmi versprochen, sie zu der Garage zu begleiten, in der Willy während seiner Zeit in Baden gearbeitet hatte: dem großen Autohaus in der Eichstraße. Schon morgen würde der Automechaniker abreisen, und aus diesem Grund hatte er die beiden jungen Frauen zu einer Besichtigung des Last- und Luxusautomobilspezialgeschäfts eingeladen, in der er Kapplers Rennwagen während der letzten Tage einer ausführlichen Inspektion unterzogen hatte, schließlich würde der rasende Charlie in knapp einem Monat in Pforzheim beim Bergrennen an den Start gehen.

Alma verstand die Faszination, die das Internationale Automobil-Turnier auf die Badener ausübte.

Vor allem der Blumenkorso durch die Lichtentaler Allee war für sie und ihre Familie eine willkommene Abwechslung vom doch oft so mühsamen Alltag nach den Entbehrungen des Krieges gewesen, die an allen Ecken und Enden immer noch lauerten. Flachrennen, Bergrennen, Geschicklichkeitsturniere im Kurgarten und Concours d'élégance sollten in Baden-Baden wieder das internationale Publikum anlocken, das während des Krieges und auch in den darauffolgenden Jahren ausgeblieben war. Das Überfahren der Ziellinie von donnernden Fahrzeugen zu verfolgen, inmitten der unzähligen den Straßenrand säumenden Zuschauer zu stehen, die neuesten Rennmodelle der führenden Automobilhersteller unter die Lupe zu nehmen, da war nicht nur Almas Vater ganz aus dem Häuschen gewesen. Selbst ihre Mutter war mit mädchenhaften Juchzern aus sich herausgegangen und hatte es sich nicht nehmen lassen, einigen übermüdeten Fahrern in ihren blumengeschmückten Siegerautos bei Konfettiregen vor dem Stadttheater die Hand zu schütteln.

Willys Abschied von Baden-Baden betrachtete Alma aus mehreren Gründen als betrüblich. Emmis Verehrer war ein angenehmer Zeitgenosse und als Chauffeur auch nicht zu verachten, aber bei Emmi war eben keine Beziehung von Dauer. Alma hatte gehofft, Willy könne auf Emmi eine Art bodenständigen Einfluss ausüben. Emmi aber war offenbar mehr von der Tatsache fasziniert, dass ihr Galan für einen berühmten Rennfahrer an Motoren schraubte, Reifen wechselte, Muttern anzog und Charlie Kappler jetzt nach Berlin folgte. Die Wertschätzung von dem, was Almas Vater als »ehrliche Arbeit« zu bezeichnen pflegte, hielt sich bei ihr in Grenzen.

»Seit letztem Jahr beim Patentamt angemeldet«, sagte Willy gerade und zeigte stolz wie Oskar auf die Plakette an der

Motorhaube eines anderen Wagens. Das Auto stand in einer Reihe von vielen im großen Schauraum des Spezialgeschäftes, gleich einem Soldaten in Gardeuniform mit blankpolierten Schuhen vor der Inspektion durch den Feldmarschall. »Modell 28/95.«

»Ein Mercedes«, stellte Alma fest.

»Genau, aber nicht Charlies Modell, der ist im Juli mit einem Benz Gaggenau, Typ Prinz Heinrich angetreten: Sechstausendfünfhundert Kubikzentimeter Hubraum, acht Zylinder, bis zu fünfundachtzig PS bei zweitausendzweihundert Umdrehungen pro Minute. Einhundertzwanzig Kilometer pro Stunde Höchstgeschwindigkeit. Kein schlechter Wagen, aber Baujahr 1909 und somit schon ein wenig aus der Mode. Aber die hier ...« Willy strahlte übers ganze Gesicht und fuhr zärtlich mit dem Finger über den Autolack. »Ist sie nicht eine Schönheit?«

»*Sie?*« Emmi zog die Stirn in Falten.

»Mercédès. Die elegante kleine Tochter eines wichtigen Autohändlers als Namensgeberin für einen eleganten Wagen. Stimmt doch alles«, sagte Alma, die die Begeisterung des jungen Mannes nachvollziehen konnte. Das Verdeck des Autos war heruntergeklappt und gab das exklusive Innenleben frei.

»Wird seit acht Jahren produziert. Leistungsstark. Spitzkühler, außenliegende Auspuffrohre. Ein elegantes Sportmodell.«

»Willst du nicht als Verkäufer hierbleiben?«, scherzte Alma, aber Willy, der in seinem Element war, schien es gar nicht zu hören.

»Motor mit obenliegender Nockenwelle und v-förmig angeordneten Ventilen. Vorbild für den 7,2-Liter-Sechszylinder ist der Flugmotor DF 80.«

»Ach?«, spottete Emmi und schlenderte reichlich desinteressiert um den Wagen herum.

Willy ließ sich nicht beirren. »Das Sportmodell, das ihr hier seht, hat einen dreihundertfünf Millimeter kürzeren Radstand und Vierradbremsen und wurde mit dieser Ausstattung erst letztes Jahr angeboten. Ein Automobil in Serie mit Vorderradbremsen!«

Alma, die sich eingestehen musste, nur noch Bahnhof zu verstehen, brachte belustigt einen Laut der Überraschung zustande.

»Seht euch nur um.« Willy deutete mit einer ausladenden Handbewegung in den Raum. »Ich bin gleich wieder da.« Sprach's und verschwand im Laufschritt.

»So hatte ich mir den Abschied nicht vorgestellt«, maulte Emmi. »Das ist ja wie ein Vortrag an der Technischen Hochschule.«

»Du musst zugeben, es ist ein schönes Auto.«

»Ausschlaggebend ist, wer am Steuer sitzt, mein Täubchen«, erwiderte Emmi keck. »Und ob unter der Haube ein Sieben-Komma-Was-weiß-ich-Sechszylinder sitzt, ist mir ziemlich egal.«

Alma lachte. »Siehst du. Du hast es dir fast merken können!«

»Ist ja auch zu absonderlich.«

Außer ihnen und zwei Verkäufern flanierten einige erstklassig angezogene Herren durch die weitläufige Halle, denen Emmi in den letzten Minuten mehr Aufmerksamkeit geschenkt hatte als ihrem Verehrer, der nun nach Berlin weiterreisen würde. Als ein junger Mann mit einer Geste der Bewunderung an den Rand seines Huts tippte, zog Alma ihre Freundin zum nächsten Wagen, bevor diese noch auf törichte Ideen kommen konnte.

»Erzähl mir von Kern«, bat sie Emmi. Jetzt, da Willy nicht

mehr da war, bot sich die Gelegenheit, den neuesten Flurfunk auszutauschen.

Das Stichwort für Emmi. Ihre Augen weiteten sich. »Das war gar nicht so einfach, das kannst du mir glauben.«

»Aber du hast was rausbekommen?«

»Um Ecken. Von der Weißhaupt.«

»Die vom Hotel de Hollande?« Alma stand die hochgewachsene Hausdame mit der stocksteifen Haltung und der altmodischen Frisur sofort vor Augen, die sie an dem Morgen, als der Kater Emmi ans Bett gefesselt hatte, mit einer Lektion über Blütenkelche erfreut hatte.

»In persona.«

»Und?«

»Die Weißhaupt trifft sich regelmäßig mit der Gruber ...«

»Das ist die vom Brenners?«

»Exakt. Und die wiederum wohnt im gleichen Mietshaus wie die Sarah.«

»Und die arbeitet im Badischen Hof«, schlussfolgerte Alma.

»Als Zimmermädchen.«

»Direkt an der Quelle.«

»Du sagst es.« Emmi strich über die funkelnde Kühlerhaube eines Opels, und Alma konnte gerade noch verhindern, dass sie sich daraufsetzte, was ihre Freundin mit einem empörten »Ist doch ein Gebrauchsgegenstand!« kommentierte.

»Lass deinen Allerwertesten, wo er ist, bevor einen der Verkäufer der Schlagfluss trifft, und erzähl mir, was Sarah gesehen hat. Sie hat doch was gesehen?«

»In welcher Reihenfolge willst du's hören? Ein junges Mädchen auf Strümpfen des Nachts im Hotelflur? Abendgesellschaften im Zimmer? Horrende Rechnungen?«

Alma öffnete den Mund, schloss ihn aber gleich wieder. Sie war sich nicht sicher, ob Emmi sie aufs Kreuz legen wollte.

»Du musst mich nicht so ansehen, Täubchen.«

»War das dein Ernst?«

»Der bittere.«

»Was für eine ist diese Sarah?« Wenn das Zimmermädchen zu Übertreibungen neigte oder sich aufspielen wollte …

»Ein junges Mädchen, wie so viele«, antwortete Emmi. »Aber wenn auch nur halb so viel von ihren Erzählungen der Wahrheit entspricht, ist es immer noch genug. Gustav Kern lässt im Brenners 'ne Menge Geld liegen und …«

»Das seiner Frau«, unterbrach Alma sie.

Emmi spitzte die Lippen. »Wird ja immer besser.«

»Er kam mir so …«, Alma suchte nach dem passenden Begriff, »… aufgewühlt vor. Ehrlich betroffen.«

»Hat sich schnell wieder in den Griff bekommen«, lautete Wölkchens lakonischer Kommentar.

In diesem Moment hallten rasche Schritte durch den Ausstellungsraum. Willy tauchte hinter einer langen Limousine auf, seine Miene changierte zwischen freudiger Erregtheit und Trauer.

»Meine liebe Emmi«, hob er an, als er vor den beiden Frauen stand. Dann griff er in seine Jackentasche und holte eine kleine schwarze Schatulle hervor. »Ich werde nur vorausgehen. Wenn du das willst.«

Almas Herzschlag beschleunigte sich. Sie hatte mit allem gerechnet – einer abschließenden Spritztour, einem riesigen Blumenstrauß, Konfekt –, aber nicht damit.

Zum ersten Mal in ihrem Leben war Emmi sprachlos. Mit zitternden Fingern nahm sie das Schmuckkästchen und öffnete es. Selbst als ihr der Ring entgegenblitzte, sagte sie nichts.

»Willy«, fing Alma an und hoffte, der junge Mann möge jetzt nicht zwischen all den Alfa Romeos und Opels auf die Knie fallen. »Das ist ...«

»Unerwartet«, beendete Emmi flüsternd den Satz.

»Ich gehe vor«, wiederholte Willy. »Richte mich ein. Du denkst darüber nach. Ich gebe dir so viel Zeit, wie du brauchst. Ich habe eine sichere Stellung, ein gutes Einkommen, Entwicklungsmöglichkeiten. Wir reisen zu Rennen nach Italien, begleiten Fahrer, ich kann dir vieles bieten in ...«

»Berlin«, hauchte Wölkchen, und Alma wurde schwer ums Herz.

»In Berlin«, wiederholte Willy und nahm Emmi in die Arme.

Am darauffolgenden Nachmittag beschloss Alma, nicht sofort am Leopoldsplatz einzusteigen, sondern ihren Kopf bei einem kleinen Spaziergang um den Sonnenplatz im Herzen der Altstadt auszulüften und während dieser gemächlichen Runde einmal gründlich nachzudenken. Oder noch besser – gar nicht zu denken. Tags zuvor hatte sie das Autohaus vor Emmi verlassen und wie bestellt und nicht abgeholt vor dem Eingang gestanden. Sie hatte nicht mitanhören wollen, wie Willy in höchsten Tönen von einem neuen Leben in Berlin schwärmte, wohl wissend, dass er bei Wölkchen nicht auf taube Ohren stoßen würde. Am Abend war zwischen den beiden Freundinnen kein Wort zum Thema gefallen. Stattdessen hatte Emmi mehrmals davon erzählt, dass August Baer ein Buch über Gift- und Heilpflanzen erstanden hatte, das sich seine Floristinnen zu Gemüte führen sollten. Offenbar ertrugen einige Hotelgäste gewisse Düfte nicht, was den Blumenhändler dazu gebracht hatte, den Dingen botanisch fundiert nachzugehen. Alma hatte Interesse gezeigt, war aber nicht vollends bei der Sache gewesen.

Die Arbeit im Amt hatte sie von Emmis offenbar bevorstehender Hochzeit – zumindest befürchtete Alma, dass Emmi sich dazu entschließen könnte, Willys Antrag anzunehmen – ein wenig abgelenkt, aber ein Spaziergang würde ihr hoffentlich die restliche Ausgeglichenheit geben, die Alma normalerweise zu eigen war. Normalerweise ... Denn die letzten Wochen hatten wieder einmal gezeigt, dass auch ein beschauliches Leben plötzlich Wellen schlagen konnte wie ein stiller See, in den man einen Kieselstein schleuderte.

Sie warf einen kurzen Blick in die karge Auslage eines Antiquitätengeschäfts, schlenderte die Sophienstraße entlang, schenkte den entgegenkommenden Passanten ein freundliches Lächeln, genoss die Nachmittagssonne auf ihrem Gesicht und war fest entschlossen, nicht an das zu denken, was ihren stillen See zum Wogen gebracht hatte. Sie wollte einen Fuß vor den anderen setzen, die Kleider der Frauen, Anzüge der Herren nach Anzeichen einer neuen Modeschnurrpfeiferei absuchen, die jüngsten Farbkombinationen in sich aufsaugen und fremden Sprachen lauschen, von denen sie nicht alle einem bestimmten Land zuordnen konnte.

Sie sah auf ihre Armbanduhr, ein wenig Zeit blieb ihr noch bis zur Abfahrt der Straßenbahn. Sie ließ das Postgebäude und den Leopoldsplatz hinter sich und machte kurz darauf neben einem klassizistischen Prachtbau halt, ohne gleich zu begreifen, warum sie es tat. Dann lächelte sie in sich hinein. Die Erzählungen ihrer Großmutter schienen weit fester in ihr verankert zu sein, als Alma es zugeben wollte. Das vom Architekten Weinbrenner vor mehr als hundert Jahren erbaute Palais Hamilton tauchte in Großmamans »Legenden« – so bezeichnete

Walter diese Berichte zumindest immer, und wer wusste schon, wie viele Körner Wahrheit diese Erzählungen in sich trugen – ebenso oft auf wie die Schüsse auf den Kronprinzen, deren Anzahl und Lautstärke jedes Mal variierten.

Das Palais Hamilton war vom Großherzoglichen Landphysikus Doktor Maier erbaut worden, als die kleine Stadt Baden noch eng in einen mittelalterlichen Mauerring gepresst war. Außerhalb befanden sich dünn bebaute Vorstädte, Häuser aus Lehm und Fachwerk, die Almas Großmutter freilich zu der Zeit nicht mit eigenen Augen gesehen haben konnte. Der Großherzogliche Baudirektor Weinbrenner errichtete für den Großherzoglichen Landphysikus einen Palast, der sich von den anderen Gebäuden abgehoben haben musste wie ein Pfau von einer Schar zerfledderter Tauben. Der Bau war kostspielig, aber der geschäftstüchtige Doktor Maier vermietete, und zwar an Fürsten und niederen Adel, die sich im immer mehr in Mode kommenden Badeort im Oostal wohl fühlten und eine luxuriöse Unterkunft suchten. Und plötzlich schickte sich der Markgraf Leopold von Baden an, das Palais zu erwerben. Auch das hatte weit vor der Geburt Almas Großmutter stattgefunden, die dennoch hoch und heilig beteuerte, es von ihrer eigenen Mutter »ganz genau und folgerecht zu wissen«. Aus diesem Grund meinte sie auch mitteilen zu können, dass es sich um 50 000 Gulden gehandelt hatte – eine Summe, die nach viel klang, die Alma aber nicht umrechnen konnte. Und zusätzlich ließ der Markgraf das Gebäude standesgemäß umbauen und die Gartenfront verändern. In die Betrachtung des Palais versunken, stellte Alma sich vor, wie dessen Bewohner im Laufe der Jahrzehnte ein- und ausgezogen waren, wie das Bauwerk seine wechselnden Besitzer willkommen geheißen und verabschiedet hatte. Die jüngste Tochter der Großherzogin Stephanie, die laut

Almas Großmutter 60 000 Gulden für das Haus bezahlt hatte, gab dem Palais schließlich seinen Namen: Sie heiratete nämlich den Herzog von Hamilton und Brandon. Und als der Palast vor etwas über zwanzig Jahren in die Hände der Stadtgemeinde übergegangen war, ließ die sich den Handel 205 000 Goldmark kosten. Sie konnte sich noch gut daran erinnern, wie ihre Großmutter bei dieser Zahl erbleicht war wie junger Gouda.

Alma versuchte nun, hinter den Fenstern des Palais etwas zu erspähen. Nicht nur das Puhonny-Marionettentheater war jetzt hier untergebracht, auch das Büttenquellen-Emanatorium, das mit einer Rohrleitung von der Büttenquelle gespeist wurde, befand sich im Gebäude. Angeblich war es gesundheitsfördernd, die Radiumstrahlung der Quelle einzuatmen. Walter betrachtete das als kompletten Humbug, und um der Wahrheit die Ehre zu geben: Das Interesse der Kurgäste an dieser Art des Heilverfahrens hielt sich in Grenzen.

Wo sich heute also Theatergäste und Menschen aufhielten, die sich Gesundung versprachen, waren früher Bälle veranstaltet worden, dachte Alma. Und das war noch gar nicht so lange her. Wieder kam ihr eine »Legende« in den Sinn. Und nun handelte es sich um eine, die ihr mitten durch den Bauch fuhr. Denn auf einem dieser Bälle hatte der Kaiser einst die Gräfin Kessler getroffen, laut Almas Großmutter eine Frau von großer Schönheit und Grazie, also wie gemacht für Wilhelm I., den Verehrer eleganter Frauen. Alma stellte sich vor, wie sie sich im Tanzsaal begegneten. Die kapriziöse Gräfin mit dem kunstvoll gesteckten Haar, einer Kette aus schwarzen Perlen, dazu passende Ohrringe. Das perfekte Gesicht, für den Kaiser nur im Profil zu sehen, bis der sie ansprach und wissen wollte, welch ausgefallenes Accessoire sie denn im Haar trüge.

»Einen Dolch, Majestät!«, antwortete die Gräfin unbedacht

und tastete nach dem Schmuckstück, der mit Brillanten besetzten Stichwaffe.

»Na, na! Soll der etwa dazu dienen, mich umzubringen?«, soll der Kaiser laut Almas Großmutter gefragt haben. Diesen Satz pflegte sie stets mit theatralisch tiefer Stimme auszustoßen, dem ein kurzes dröhnendes Lachen folgte, das Almas Vater immer dazu verleitete, die Augen wie zum stillen Erlösungsgebet zur Decke zu richten, und Almas Mutter erschaudern ließ. Hatte doch nur wenige Monate nach der Begegnung mit der Gräfin Kessler in Berlin ein gewisser Karl Eduard Nobiling auf den Kaiser geschossen und ihn durch über dreißig Schrotkugeln schwer verletzt.

Nach diesem Bericht hob Almas Großmutter mit der Präzision eines Schweizer Uhrwerks regelmäßig zu den Anfangszeilen von Theodor Fontanes Gedicht auf das misslungene Attentat an, dem Egon Täuber nach den ersten Versen – *Das war nicht nobel, Nobiling! Du nahmst die Sache zu gering. Man schießt mit ein paar Körnern Schrot nicht einen deutschen Kaiser tot!* – immer ein rüdes Ende bereitete.

Heute kam Alma die allem Anschein nach verbürgte Begebenheit im Palais Hamilton genauso gespenstisch vor wie ihrer Mutter. Aber aus anderen Gründen. Dreimal war ein Attentat auf den Kaiser verübt worden, letztes Jahr war der ehemalige Reichsminister einem politischen Anschlag zum Opfer gefallen, jetzt waren zwei Frauen tot. In dieser Stadt. Die Übereinstimmung der Zahlen war bedeutungslos, es war lächerlich, sich darüber den Kopf zu zerbrechen, das eine war Politik in einer krisengebeutelten Zeit, das andere … was auch immer, aber trotzdem wurde Alma das Ziehen in der Magengegend nicht los. Erst als etwas an ihre Schuhe stieß, ein Ball, den ein kleines Mädchen verloren hatte und der Alma hell auflachen ließ, fand sie wieder zurück in die Gegenwart. Sie lächelte das Mädchen an, das jetzt mit ausgestreckten Händen auf sie zugerannt kam und ihr Spielzeug mit einem unbeholfenen Knicks entgegennahm, sah auf ihre Armbanduhr, erschrak angesichts der fortgeschrittenen Uhrzeit und kehrte um.

Am Leopoldsplatz stieg Alma in die einfahrende Straßenbahn ein, einen mit Brillanten besetzten Dolch vor Augen, der im Hals von Margarete Kern steckte. So viel dazu, an nichts zu denken, ging es ihr durch den Kopf. Dabei wollte sie doch Abstand bekommen von alldem. Auch weil sich heute Abend eine weitere aufwühlende Welle ankündigte: Hubsi würde sie zum illegalen Spielcasino begleiten.

Alma starrte aus dem Waggonfenster, und ihr Herz wurde endlich leichter, als ihr das kleine Mädchen mit dem Ball fröhlich vom Bürgersteig aus zuwinkte.

Wenige Stunden später stürmte Emmi durch Almas Kammer. »Alarmbereitschaft! Hast du mein altes Bustier gesehen? Das mit dem Loch an der rechten Seite?«

Alma, die gerade ihre eigene Wäsche durchging, hob nur kurz den Kopf. Was, verflixt noch eins, zog man an, wenn man den Abend in der Unterwelt verbringen wollte?

»In deiner Kommode, nehme ich an«, sagte sie geistesabwesend.

»Würde ich dich fragen, wenn es in meiner Kommode läge?«

Alma seufzte und blickte nun doch auf. Nur notdürftig bekleidet, mit roten Wangen und wild aufgetürmten Locken, stand Emmi im Türrahmen. Das innerliche Chaos, in das Willys Heiratsantrag sie gestürzt hatte, schien sich auch äußerlich zu manifestieren. Noch vor ein paar Minuten hatte Emmi sich in bedrückendem Liedgut geübt und die Melodie von *Alle Tage ist kein Sonntag* gesummt. In Gedanken war Alma dem Text gefolgt:

Alle Tage ist kein Sonntag.
Alle Tage gibt's kein'n Wein.
Aber du sollst alle Tage
recht lieb zu mir sein.
Und wenn ich einst tot bin,
sollst du denken an mich,
auch am Abend eh du einschläfst.
Aber weinen darfst du nicht.

Weg mit den trüben Gedanken, her mit der Unterwäsche. Alma legte die Bluse zurück, die sie in der Hand gehabt hatte, und schob sich sanft an Emmi vorbei. In der Kammer ihrer Freundin öffnete sie die oberste Schublade der Kommode und hielt keine zehn Sekunden später das gesuchte Bustier in die Höhe.

»Wölkchen, vielleicht sollten wir dich zum Augenarzt schicken.«

»Eine Brille? Um Himmels willen! Und diese schönen Augen verstecken?«

»Sie machen jetzt neuerdings welche aus Glas. Da kann man durchsehen. In beide Richtungen.«

»Quatsch keine Opern, ich und eine Brille«, murmelte Emmi, während sie misstrauisch das Bustier untersuchte. »Aber da ist ja gar kein Loch mehr!«, rief sie anklagend.

»Und wem darfst du dafür danken?«

»Du hast es gestopft?« Entsetzt starrte Emmi sie an.

»Ich dachte, du freust dich.« Verwirrt strich Alma sich eine Haarsträhne hinters Ohr. Sie hatte neulich abends Zeit gehabt, selbst zwei Socken gestopft, und Emmis Bustier hatte über der Wäscheleine gehangen.

Alma musste ein unglückliches Gesicht gemacht haben, denn jetzt lächelte Emmi und drückte ihren Arm. »Ach, meine Blume, mein unschuldiges Röslein«, sagte sie. »Aber was ziehe ich denn dann heute Abend an? Der junge Hermes, unser Wettbote von der Rennbahn, will mich ausführen, und ach, Alma, jetzt, wo Willy ... Da kann ich mich doch nicht verführen lassen! Ach, ich hab's! Wo ist dein Nähkasten?«

»Das Loch ist schon gestopft.«

»Richtig, aber du wirst ja wohl auch eine Schere dort drin haben.« Mit diesen Worten drängte sie sich an der verdutzten Alma vorbei in ihr Wohnzimmer, wo Alma im Schrank unter dem Grammophon ihren Nähkasten aufbewahrte.

»Emmi!« Alma stemmte ihre Hände in die Hüften. »Du willst doch nicht ein perfekt gestopftes Mieder absichtlich kaputt machen?«

Ihre Freundin schüttelte den Kopf. »Natürlich nicht, ich weiß deinen Fleiß zu würdigen. Nur ein paar Fädchen hier, ein paar dort ...« Konzentriert arbeitete sie daran, Almas mühevolles Werk wieder aufzudröseln. »Hier! Wie neu, das Loch!« Sie strahlte übers ganze Gesicht, als sie das nun leicht eingerissene Bustier an ihre Brust hielt. »Das wäre mir schön unangenehm, wenn ein Mann solche Wäsche zu Gesicht bekäme«, sagte sie zufrieden. »Da kann heute Abend nichts passieren.«

»Oh, Wölkchen«, murmelte Alma kopfschüttelnd und verkniff es sich, ihre Freundin darauf hinzuweisen, dass ihr Götterbote, wenn er vor einer Emmi im Mieder stand, sicher keine Augen für irgendwelche losen Fädchen hatte. Aber es war unklug, Emmis ohnehin schon wilde Gedankenwelt noch weiter anzufeuern, egal in welche Richtung.

»Berlin«, seufzte sie jetzt nämlich und tänzelte, das Mieder fest an den Oberkörper gedrückt, durchs Zimmer.

Ja, Berlin. Alles hinter sich lassen, Baden-Baden, den Krieg und ihre beste Freundin, dachte Alma bitter.

»Weißt du, er gefällt mir ja.« Emmi blieb stehen. »Man kann Spaß haben mit ihm. Die Abstinenten kann ich nicht leiden, Willy genießt das Leben! Aber was, wenn noch ein anderer käme?«

Das war immer schon Emmis Angst, ihre größte Sorge: Was, wenn sie etwas Besseres verpasste, nur weil sie sich gerade mit etwas Gutem vergnügte? Und sei es nur das Tanzlokal, in dem heute Abend eine feurigere Kapelle aufspielte.

Alma seufzte. »Irgendwann wirst du dich entscheiden müssen«, sagte sie, und es klang womöglich unbarmherziger, als es gemeint war. »Aber heute Abend, Wölkchen, da denkst du nicht an später«, schob sie deshalb hinterher. »Heute musst du dich nicht entscheiden. Heute hast du Spaß mit deinem Wettboten.« Und merkst dann hoffentlich, dass Baden-Baden dir Angenehmes zu bieten hat, dachte sie für sich selbst.

»Aber nicht zu viel!«, antwortete Emmi lachend mit Blick auf das Bustier. »Ach, Alma, was würde ich ohne dich tun?«

»Ganz offensichtlich mit löchriger Unterwäsche herumlaufen.«

»Oder ganz ohne.« Emmi kicherte. »Weil ich sie nicht einmal finden würde.« Mit diesen Worten tanzte sie zurück in ihr Zimmer. Wenige Sekunden später steckte sie ihren Kopf erneut durch den Türrahmen. »Sag einmal, mein Täubchen, was hast du denn heute Abend vor?«

»Sie gehen aus, Fräulein Täuber? An einem Donnerstag?«

Was für ein Glück, dass Alma sich nach langen Überlegungen für eine unauffällige Kombination entschieden hatte, statt sich Emmis rotes Kleid zu borgen. So konnte sie auf die neugierige Frage der Witwe Meier lächelnd antworten: »Heute spielen sie Schubert in der Konzertmuschel.«

Dann nahm sie die letzte Treppenstufe, winkte der jetzt hinter den Gardinen auftauchenden Silhouette der Alten noch einmal zu und trat nach draußen in die laue Abendluft.

Gelogen hatte sie nicht einmal: Den ersten Satz, das Adagio molto, konnte sie noch vollständig hören, während sie unter einer Kastanie im Kurgarten stehend auf Hubsi wartete. Der Buchmacher verspätete sich. Frauen in altmodischen Kleidern, Männer in Anzügen und mit Spazierstöcken flanierten durch den Kurgarten, blieben stehen, um zu lauschen, oder liefen tief ins Gespräch vertieft weiter, ohne den Mollklängen der »Tragischen« Beachtung zu schenken. Immer wieder vernahm Alma die für ihre Ohren hart klingenden Silben der russischen Sprache, aber auch englische Satzfetzen, sogar Französisch konnte sie vernehmen. Hier war das Baden-Baden, das die Touristen so liebten und Menschen aus aller Welt anzog.

Das Orchester pausierte, die Bögen der Streichinstrumente in die Höhe gehalten. Das leise Rascheln, als sie umblätterten, dann die ersten Klänge im Pianissimo. Die Oboe setzte ein, und auf Almas Armen bildete sich eine leichte Gänsehaut.

Direkt hinter ihr lag das Kurhaus, in dessen fürstlich herausgeputzten Sälen bis vor wenigen Jahrzehnten das Glücksspiel floriert hatte. Eine Mischung aus Aufregung und Besorgnis breitete sich in ihr aus, und – sie konnte sich nicht selbst belügen – so etwas wie ... Vorfreude. Alma Täuber, das Fräulein vom Amt, freute sich auf einen Abend in Gesellschaft notorischer Spieler? Die Verruchtheit, die dem Ganzen anhaftete, hätte Ekel in ihr auslösen sollen, würde ihn ganz bestimmt bei ihrer Mutter oder Großmutter auslösen. Aber ein Teil von Alma, der Teil, der so ganz anders als ihre Mutter war, der konnte sich plötzlich in Margarete Kern einfühlen.

Hastige Schritte näherten sich, und Alma drehte sich um.

»Hubsi!«

»Entschuldige bitte meine Unpünktlichkeit!« Er war nicht nur zu spät: Als er nun endlich auftauchte, blickte der Buchmacher sich seltsam besorgt um. Inzwischen senkte sich die Sonne herab, und die einsetzende Dämmerung schien ihm bei ihrem Vorhaben zusätzliches Unbehagen zu bereiten.

»Die Polizei ist noch nicht hinter uns her«, versuchte Alma amüsiert, ihn zu beruhigen. »Sie kommen erst, nachdem man ein Verbrechen begangen hat.«

Aber statt zu lachen, drehte Hubert sich nur erneut um – diesmal, um erschrocken nachzusehen, ob jemand sie gehört hatte.

Bevor der junge Mann noch vollends die Nerven verlor, hakte Alma sich bei ihm unter und zog ihn weiter. Gemeinsam schlenderten sie die Kaiserallee an der Oos entlang.

»Du hattest gesagt, wir müssen zu den Burgstaffeln?«, fragte sie und wechselte dann das Thema zum Großen Preis von Baden. »Träumer hat gewonnen, habe ich in der Zeitung gelesen«, sagte sie in der Hoffnung, dass ihr Begleiter sich bei dem vertrauten Thema entspannte.

Und tatsächlich ließ er sich auf ihr Ablenkungsmanöver ein: Träumer gehörte dem Duisburger Unternehmer Richard Haniel, sein Vater war der Hengst Dark Ronald, ein prächtiges englisches Vollblut, und bis Hubsi ihr die ganze Abstammungsgeschichte runtergeleiert hatte, waren sie auch schon am

Zähringer Hof angekommen und standen kurz danach vor dem schmalen unteren Einstieg der Staffeln.

»Wollen wir?« Hubert sah Alma fragend an.

Mittlerweile war die Sonne vollständig untergegangen. Dunkel, unheimlich und eng schmiegten sich die unbeleuchteten Staffeln zuerst an eine kleine Häuserzeile, dann an die ehemalige Stadtmauer, die den ältesten Teil Baden-Badens begrenzte. Alma kannte diesen Weg gut. Eine Abzweigung diente als Abkürzung hinunter zum Marktplatz, die eigentlichen Staffeln führten weiter hoch zum Neuen Schloss. Allerdings war Alma die bisher nur bei Tageslicht gegangen. Touristen, die einen Blick auf Großherzogin Luise erhaschen wollten, fand man zu dieser Uhrzeit keine mehr, stattdessen taumelte ihnen ein Betrunkener in der Dunkelheit entgegen. Vor dem Krieg war das Haus mit der Nummer 3, das gleich am Anfang der Burgstaffeln stand, die Arbeitsstätte von »zweifelhaften Frauenzimmern« gewesen, wie es Almas Großmutter auf ihre unnachahmliche Art ausdrücken würde. Es war kein Geheimnis, dass dort, im Bordell der Stadt, bis vor ungefähr zwanzig Jahren Dirnen ihre Dienste angeboten hatten. Es hatte immer wieder Beschwerden von Anwohnern gegeben, und Alma war erstaunt darüber, dass selbst Emmi – die üblicherweise über alles und jeden Bescheid wusste – noch niemals die Existenz eines illegalen Casinos erwähnt hatte, denn Alma stellte sich vor, dass es auch in so einem Etablissement nicht immer ruhig und gesittet zuging.

»Dort vorn ist es.« Hubsis Nervosität war verschwunden.

»Wir müssen noch weiter hoch?« Alma hielt den Atem an. »Da kommt doch gar kein Haus mehr.«

Hubsi nickte. »Doch, eines noch, ist nicht weit. Man sieht auch noch ganz ordentlich, wo man hintritt.«

Alma sah gar nichts, außer einem dunkel ansteigenden steinernen Schlauch. Trotzdem äußerte sie einen Laut der Zustimmung, drückte sich ein wenig enger an Hubert, und gemeinsam tasteten sie sich Schritt für Schritt die steile Treppe empor. Während ihres kurzen Anstiegs sprachen sie nicht viel, Hubert erwähnte nur einmal den Namen eines Pferds, Hundred Steps, und die Tatsache, dass sein Besitzer es so getauft hatte, nachdem er während seines Baden-Baden-Besuchs die Burgstaffeln erklommen hatte. Aber die meiste Zeit hörte Alma nichts als ihren eigenen Atem und Huberts Schnaufen neben ihr. Ein paarmal gerieten die beiden aus dem Tritt, einmal blieb Hubert stehen und schien zu horchen. Alma schluckte ihre Beunruhigung herunter.

Nach zehn weiteren Stufen machte Hubsi vor einer unscheinbaren Haustür halt, löste behutsam Almas Arm von seinem und klopfte zunächst viermal lang, dann viermal kurz und zuletzt noch zweimal lang an das Holz.

Alma meinte, ihr Herz im Takt schlagen zu spüren. Plötzlich wollte sie nur noch weg. Nach Hause, in ihre Dachkammer, zurück zur Konzertmuschel, in die Sicherheit des Bekannten und Gewohnten.

Und dann wurde die Tür geöffnet. Hubsi, der schlaksige, ungeschickte, linkische Bursche, griff Alma fest am Handgelenk und zerrte sie in einer schnellen Bewegung in den Hausflur. Hier war es kaum heller als draußen.

Sie unterdrückte einen Schrei, da ließ er sie auch schon los.

»Wir sind mit Otto verabredet«, sagte er dann an den Mann gerichtet, der ihnen die Tür geöffnet hatte, ein bulliger Kerl, dessen Augen in seinem massigen Gesicht viel zu klein wirkten. Er nickte und verschwand im Dunkeln des Korridors hinter ihm.

»Hör mir zu, Alma.« Hubert sprach schnell, aber bestimmt. »Ich muss gehen.«

»Aber …?«, begann Alma entsetzt, doch Hubert ließ sie nicht ausreden.

»Wenn die Polizei mich erwischt, ist nicht nur meine Existenz bedroht. Sie trauen uns Buchmachern nicht. Otto wird auf dich achtgeben, das habe ich dir versprochen. Falls du dich unwohl fühlst, falls du gehen möchtest: Otto wird dir helfen. Und jetzt wünsche ich dir viel Glück bei deinem Vorhaben.«

Alma setzte ein weiteres Mal an, wollte etwas erwidern, etwas fragen, doch im gleichen Moment, in dem Hubsi die Tür öffnete und nach draußen verschwand, ging das Licht im Flur an, und an dessen anderen Ende schälte sich eine Gestalt aus der Dunkelheit.

Alma hatte ein gewisses Bild davon gehabt, was sie erwarten würde. Das nächtliche Erklimmen der schmalen Burgstaffeln war dem schon recht nah gekommen. Auch das Klopfzeichen, ein Geheimzeichen der Zugehörigkeit passte dazu. Es war die wortlose Zustimmung, eine ungesetzliche Welt zu betreten und deren Regeln zu akzeptieren. Die Person, die ihr jetzt die Hand entgegenstreckte, fiel jedoch komplett aus Almas Vorstellungsrahmen.

Otto, der Tipster, war eine – Frau. Unverkennbar. Trotz Anzug, Krawatte, Uhrenkette und Kurzhaarfrisur. Mit einem zweideutigen Grinsen nahm sie Almas entgleiste Miene zur Kenntnis.

»Schönes Fräulein. Willkommen.« Ihr Händedruck war gerade richtig. Nicht zu fest, nicht zu schlaff.

Alma erwiderte ihn mit dem gleichen Druck. »Otto«, sagte sie und bemühte sich, gelassen zu klingen. »Angenehm, Ihre Bekanntschaft zu machen.«

»Ein Zugeständnis, dem guten Hubert zuliebe.«

Der gute Hubert, so dachte Alma, hätte ruhig etwas sagen können.

»Wie darf ich dich nennen?«

»Pola«, antwortete Alma spontan.

Otto lachte. »Guter Name. Und eine gewisse Ähnlichkeit mit der Negri ist vorhanden, obwohl ich auch einen Anteil Elisabeth Bergner sehe.« Sie betrachtete Alma mit derart offener Entdeckerfreude, dass diese sich wünschte, der Erdboden würde sich öffnen und sie gnädig verschlucken. Solche Blicke war sie von Frauen nicht gewohnt. Sie schwor sich, Hubsi ordentlich die Leviten zu lesen.

»Warum Otto?«, fragte sie, als sie neben der Frau im Anzug eine Treppe hinunterging, die offensichtlich in den Keller führte.

Otto zuckte mit den Schultern. »Mein richtiger Name ist auch ein Palindrom.«

Alma lagen tausend Fragen auf der Zunge – von denen sie wusste, dass sie an diesem Abend keine einzige würde stellen können. Falscher Ort. Falsche Zeit. Vor allem wollte sie wissen, ob Otto auch tagsüber Otto war. Oder eher Anna oder wie auch immer sie hieß. Und ob das Tragen einer Hose für sie mehr bedeutete als die Lust am Spiel.

Der männliche Alleinanspruch auf die Hose hatte Alma schon immer gestört. Erst letztes Jahr hatten Sportlerinnen aus fünf Nationen auf sich aufmerksam gemacht, die in Monte Carlo in Männerkleidung auch Männersportarten betrieben. Nicht nur Tennis, Bogenschießen, Eiskunstlaufen oder Golf, sondern Kugelstoßen und allerlei Disziplinen in der Leichtathletik. In Hosen. Keine Frauen in hübschen Kleidern, die männlichen Siegern den Lorbeerkranz aufdrückten, sondern

Frauen, die Meilensteine setzen wollten. Almas Großmutter hatte beim Betrachten der Fotos beinahe einen Ohnmachtsanfall erlitten. Frauen, die rannten! Frisuren, die in Unordnung kamen! Wippende Brüste! Kurze Hosen, die nackte Haut entblößten! Der Untergang des Abendlandes, la fin de la décence!

Alma folgte Otto bis zum Ende der Treppe und weiter einen kurzen Gang hinunter, der an einem von einem Türsteher bewachten Eingang endete. Der bullige Mann entsprach wie die Type, die ihnen eben geöffnet hatte, schon eher Almas Schubladenvorstellung von Unterwelt. Er hatte eine blankpolierte Glatze und verkörperte die Phrase »breit wie ein Schrank« gelungen.

»Otto«, grunzte er zur Begrüßung.

»Hans«, erwiderte Otto freundlich.

Hans öffnete die Tür.

Dahinter ... ein Reich aus Farben und Geräuschen. Jetons und Münzen klimperten, Kugeln rollten, fanden klackernd in sich drehenden Rädern Halt. Jubel, faites vos jeux, Mesdames et Messieurs, enttäuschte Klagen, no more bets, Ladies and Gentlemen, Lachen. Tiefhängende Lampen mit Stoffvolants, dunkelgrüne Roulettetische, cremefarbene bodenlange Abendkleider neben blau oder rosa schillernden Stoffen, reich bestickt mit Perlen. Ausschnitte, die tief blicken ließen, breite Stirnbänder, drapierte Schals.

Otto ging voraus. Alma folgte zuerst ein wenig verunsichert, gewann aber mit jedem Schritt an Selbstvertrauen. Niemand machte den Eindruck, als wäre sie in ihrem schlichten Kleid hier fehl am Platz. Tatsächlich trugen einige männliche Besucher auch Knickerbocker und nicht nur Anzug mit Fliege, neben Abendroben schälte sich Dutzendware aus dem Kaufhaus heraus. Hier schienen sich alle Schichten gemeinsam ausgezeichnet zu vergnügen.

»Wir haben ein Elektrifizierungsproblem«, erklärte Otto und erhob dabei die Stimme, denn eben hatte eine Roulettekugel ihren Platz im Kessel gefunden, und der Tisch, an dem sie vorbeigingen, brach in Hurrageschrei aus. Almas zuvor fragender Blick angesichts der vielen im Raum verteilten Kerzenständer war Otto allem Anschein nicht entgangen. »Immer wieder Ausfälle.«

Tagsüber war Alma das durchaus bekannt. Emmi schimpfte häufig über Stromausfälle in den Hotels, flackernde und dann erlöschende Flurbeleuchtung, plötzliche Dunkelheit während Abendveranstaltungen.

»Hat weniger mit Überlastung als mit nachlässiger Wartung zu tun«, bemerkte Otto schulterzuckend, und Alma verstand. Auch wenn sich die inoffiziellen Räumlichkeiten hinter verschlossenen Türen im Untergeschoss befanden: Dieses Haus sollten so wenig Außenstehende wie möglich betreten.

»Roulette, Baccara, Poker, oder erst einmal was zum Trinken?«, fragte Otto. Tatsächlich war Alma die ausladende Bar am Ende des langen Raums bis jetzt noch gar nicht aufgefallen. »Was du willst, Pola«, fuhr Otto lächelnd fort. »Der Abend gehört dir.« Sprach's und verabreichte einem vorbeischwingenden Hinterteil einen Klaps, worauf die Dame, die zum Allerwertesten gehörte, in Kichern ausbrach. Dann drehte sich Otto um und steuerte einen Roulettetisch an, an dem ein älterer Herr mit Kaiser-Wilhelm-Schnauzer aufgeregt winkte.

Alma bestellte sich einen Manhattan, an dem sie sich den ganzen Abend lang festhalten wollte. Sie musste einen klaren Kopf behalten, es würde reichen, zum Schein ab und an ein wenig an der Wermut-Whisky-Mischung zu nippen. Kess knabberte sie an der Cocktailkirsche, an der sie sich jedoch beinahe verschluckte, als der Mann hinter der Theke ihren Tausendmarkschein mit der flachen Hand übers polierte Holz gleiten und dann verschwinden ließ. Bemüht, diesen Schock zu überwinden, schlenderte sie zum Roulettetisch, der ihr am nächsten stand. Sie würde nicht setzen, schwor sie sich. Emmi konnte sich heute Abend von ihrem Wettboten aushalten lassen, sie selbst hingegen musste aufpassen, dass sie die nächsten Stunden nicht in den Ruin trieben.

Mit dem Glas in der Hand stellte Alma sich hinter zwei elegant gekleidete Damen, die ihre lockigen Köpfe, einer blond, der andere dunkel, zusammensteckten. In der Mitte des Tisches drehte sich das Rouletterad, auf den Tableaus rechts und links davon stapelten sich verschiedenfarbige Jetons. Alma, die nicht viel Ahnung von diesem Spiel hatte, beobachtete die Umsitzenden. Zähne knabberten an Unterlippen, Finger fuhren nervös durch Haarsträhnen, Nägel gruben sich in Unterarme. Ohne selbst beteiligt zu sein, hielt auch Alma den Atem an. Die Kugel rollte in das Fach der roten 5, Stöhnen brach aus: Offenbar hatte niemand Glück gehabt. Schwungvoll verkündete der Croupier Nummer und Farbe der Gewinnzahl und zog dann die Einsätze mit geübten Handbewegungen ein.

Alma wollte eben zum Nebentisch weiterziehen, da sagte die Blondgelockte vor ihr: »Unsere Glücksbringerin fehlt.«

»Es ist schon seltsam«, stimmte ihr die Dunkle zu, »seit dieser tragischen Sache läuft an diesem Tisch gar nichts mehr.«

»Es war ihr Tisch«, betonte die Blonde.

»Als ob er jetzt verhext wäre.«

Alma wusste, von wem sie sprachen. Oder hoffte es. Doch bevor sie sich noch überlegen konnte, wie sie ein unverfängliches Gespräch mit den beiden beginnen sollte, rief der Croupier: »Die Damen!« Er warf den Frauen einen tadelnden Blick zu. »Das ist doch kein Gesprächsstoff während eines Spiels. Faites vos jeux!«

Eingeschnappt sammelte die Blonde ihre Jetons ein, ließ sie in die geöffnete Handtasche gleiten, warf ihr Haar zurück und tippte ihrer Begleiterin mit den Fingerspitzen auffordernd auf die Schulter. »Nicht unser Abend. Lass uns gehen«, sagte sie mehr in Richtung des Croupiers als zu der Dunkelhaarigen. Dessen finsterer Blick hielt Alma davon ab, den Frauen zu folgen. Beflissentlich hatte er die letzte Bemerkung überhört und bedeutete Alma nun mit einer herrischen Handbewegung, sich auf einen der frei gewordenen Stühle zu setzen. »Machen Sie Ihr Spiel«, forderte er sie auf.

»Ich möchte erst einmal zuschauen«, stotterte Alma komplett überrollt und schob ein »Wenn es recht ist« hinterher. Inzwischen hatten die beiden Lockigen den Ausgang erreicht, und der Schrank, der Alma hereingelassen hatte, deutete einen Diener an, als er die Frauen hinauskomplimentierte. Alma war von der Situation derart überrumpelt, dass sie einfach wie paralysiert stehen blieb. Jetzt war es zu spät, den beiden hinterherzulaufen. Sie könnte sich ohrfeigen! Denn es war offensichtlich, dass die Frauen von Margarete Kern gesprochen hatten. Wen könnten sie sonst gemeint haben?

Nun. Dann also der Croupier. Während Jetons ihren Platz fanden und die Kugel zu rollen begann, überlegte Alma, wie sie vorgehen sollte. Die Umsitzenden sprachen von einfachen und mehrfachen Chancen, Strategien wurden erörtert. Transversale pleine. Transversale simple. Les trois premiers. Gerade als Alma beschlossen hatte, das Gespräch auf Margarete Kern zu bringen, beendete der Croupier das Spiel, bedankte sich, strich das eine und andere Trinkgeld ein und verließ den Tisch, um ihn einem seiner Kollegen zu überlassen. Augenscheinlich war die Theke sein nächstes Ziel.

Alma beschloss, es ebenfalls zu ihrem zu machen. Der Croupier war den Frauen derart forsch in die Parade gefahren, dass es auf Alma äußerst verdächtig gewirkt hatte. Da die Rückkehr an die Theke mit einem vollen Glas jedoch zu auffällig gewesen wäre, stürzte sie den Manhattan hinunter, stand auf, bestellte schnell einen neuen und setzte sich in angemessenem Abstand neben dem Croupier an eins der kleinen Tischchen vor der Bar. Der Inhalt ihres Portemonnaies würde diesen zweiten Manhattan gerade noch so überstehen, ebenso ihr Kreislauf, aber dann galt es unbedingt, die Notbremse zu ziehen.

Der Croupier hatte ein Bein über das andere geschlagen und leerte seinen bestellten Drink in einem Zug. Anschließend entnahm er einem glänzenden Etui auf dem Tisch eine Zigarette, steckte sie sich zwischen die Lippen und klopfte mit verwirrter Miene seine Jacketttaschen ab. Verärgert stand er auf, sicher mit dem Ziel, den Barkeeper um Feuer zu bitten, doch Alma, die wegen Emmi ständig Zündhölzer in der Tasche hatte, war schneller. Der Mann hatte noch nicht einmal den ersten Schritt getan, da flammte ein Stäbchen direkt vor seiner Nase auf. Überrascht zuckte er kurz zurück, sah dann aber direkt in Almas Augen, umgriff ihr Handgelenk und führte die Flamme an die Spitze seiner Zigarette.

»Das Fräulein von Tisch 5«, nuschelte er, nahm einen tiefen Zug und blies den Rauch aus, ohne die Zigarette aus dem Mund zu nehmen. »Wie freundlich.« Er ließ sich in den Stuhl fallen und deutete auf den freien daneben. »Wollen Sie?«

Alma wollte nicht, aber sie musste. Also tat sie es.

»Neu?«

Alma tat unbeteiligt. »Bin Ihnen wahrscheinlich nur noch nie aufgefallen.«

»Sie haben nicht gesetzt.«

»Tue ich nie.«

»Verstehe ich nicht.« Er straffte den Rücken und schnipste, ohne zum Barkeeper zu sehen, mit den Fingern. »Frank! Noch einen.« Er sah sie an. »Nein. Mach zwei draus.« Sein Grinsen hatte etwas Schmieriges.

Alma hatte Mühe, sitzen zu bleiben und sich abgebrüht zu geben. »Ist das denn so selten?«

»Was?« Er sah ihr direkt in die Augen.

»Zu beobachten.«

»Das tun Sie gern? Beobachten? Interessant.« Er steckte sich eine neue Zigarette an der alten an und schnipste erneut. »Frank! Ascher! Der ist voll!«

»Man kann auch mit den anderen mitfiebern.«

»Kann man«, erwiderte er, während der Barkeeper zwei neue Drinks vor ihnen abstellte und den Aschenbecher mitnahm, um ihn zu leeren. »Muss man aber nicht.« Hinter ihnen brach Jubel aus, und sein Blick löste sich kurz von Alma. »Da hat jemand wohl Schwein gehabt«, kommentierte er das Geschehen.

»Kam an Ihrem Tisch nicht so oft vor.«

»Hm?«

»Vom Pech verfolgt, scheint mir. Die Glücksfee fehlte offenbar.«

Ruckartig beugte er sich vor und umgriff Almas Handgelenk, bevor sie es wegziehen konnte. Ihr Magen verkrampfte sich. »Wollen Sie mir damit etwas sagen, Fräulein von Tisch 5?«, zischte er. Sein spitzer Ellenbogen bohrte sich in die Tischplatte. Finger gruben sich schmerzhaft in Almas Haut.

»Sie tun mir weh.«

»Das Gequatsche zweier dummer Puten muss man nicht für bare Münze nehmen, Fräulein. Ein Spiel ist ein Spiel. Weiter nichts.«

Alma versuchte, nicht zu schnell zu atmen. Sie wollte nur noch weg, konnte es aber nicht. Sie würde nicht ohne Informationen gehen. Würde sie nicht! »Kannten Sie sie gut?«, wagte sie sich schließlich vor.

»Wen?«

»Die Tote von den Kolonnaden.«

Mit einem lauten Knall stellte der Barkeeper den Aschenbecher vor ihnen ab und warf dem Croupier einen warnenden Blick zu. Der nahm die Zigarette aus dem Mund und drehte die Spitze langsam aus. »Keine Ahnung, von was Sie sprechen.«

»Das glaube ich Ihnen nicht.« Alma wunderte sich über ihre eigene Kaltschnäuzigkeit. Hatte sie das eben wirklich gesagt?

»Glauben Sie, was Sie wollen, Fräulein.« Er stand auf und strich den Anzug glatt. »Einen schönen Abend noch.«

»Margarete Kern«, blieb Alma hartnäckig. »Wie nannte Sie sich hier?«

Und dann schien alles gleichzeitig zu passieren. Der Blick des Mannes wurde schneidend, dann flackerte das Licht der Hängelampen, und es wurde mit einem Schlag dunkel. Alma spürte erneut die Schraubzwinge um ihr Handgelenk, sie wurde vom Stuhl gerissen, keuchend fiel sie nach vorn, schlug auf den Knien auf, ihr Arm in der Zwinge wurde hochgerissen, der Stuhl polterte mit einem lauten Knall auf den Boden. Menschen schrien: »Licht! Otto, Licht!« Viele lachten, einige Frauen kreischten in gespieltem Entsetzen. Fiebrig. Ausgelassen. Er packte noch stärker zu, während Alma versuchte, ihren Arm aus der Schraubzwinge des Croupiers zu winden. Geschah das alles wirklich? Schiere, panische Angst erfasste ihren ganzen

Körper, kroch ihr bis in die Fingerspitzen. Mit der freien Hand tastete sie nach der Tischplatte über ihrem Kopf, bekam sie zu fassen, zog sich daran hoch. Ihr Widersacher spürte ihre Bewegung, schien zu begreifen, was sie vorhatte, packte Almas Hüfte mit der anderen Hand, und gerade als er sie zu sich heranziehen wollte, trat Alma mit aller Kraft in die Richtung, in der sie seine Beine vermutete.

Widerstand und ein dumpfes Stöhnen verkündeten ihr, dass sie getroffen hatte. Sein fester Griff lockerte sich, ließ sie los, in diesem Moment flammten die ersten Kerzen auf, und diese Gelegenheit ließ Alma nicht verstreichen. Im schummrigen Licht stieß sie den Croupier, der sich jammernd vor ihr zusammengekrümmt hatte, von sich, schnappte ihre Handtasche, stieg über den umgefallenen Stuhl und eilte vorbei an mit sich selbst beschäftigten Casinobesuchern zum Ausgang, wo ihr der Schrank freundlich die Tür aufhielt.

An der Art, wie er ihr einen »schönen Abend« wünschte, merkte sie, dass er nichts von dem Vorfall mitbekommen hatte. Ihre glühenden Wangen schien er der allgemeinen Aufregung des Abends zuzuschreiben, die Art und Weise, wie sie die Handtasche umklammert hielt, kannte er sicher von Damen, die ihr Glück im Spiel verbergen wollten.

Alma stolperte die Treppe hinauf, zwang sich, ruhiger zu gehen, als sie sich Hans, dem Bullen vor der Eingangstür näherte, und schaffte es sogar noch, sein »Bis zum nächsten Mal« mit einem Lächeln zu erwidern. So schnell, wie es ihr in der Dunkelheit möglich war, lief sie die Burgstaffeln hinab und hörte, endlich unten angekommen, erst auf zu rennen, als sie schon längst die Hälfte der Langen Straße hinter sich gelassen hatte.

15

Das ist aber nicht Thema des Frauenverbands, Fräulein Engler!« Fräulein Klinger hatte Stimme und rechten Zeigefinger erhoben. Dem Drachen war zu Ohren gekommen, dass Ida im »Verband Deutscher Reichs-Post- und Telegraphenbeamtinnen« ein Problem angesprochen hatte, das vielen jungen weiblichen Angestellten auf der Seele brannte, und vor einigen Minuten hatte sie Almas Kollegin ins Visier genommen. »Wenn eine Ihrer Kolleginnen, Fräulein Engler, oder Sie selbst heiraten, dann müssen Sie selbstverständlich aus dem Dienst ausscheiden!«

Ida war wenig überraschend nicht willens, der Aufsicht das letzte Wort zu überlassen. »Lassen Sie mich eins klarstellen, Fräulein Klinger«, begann sie, kam aber nicht weiter.

»Ich bin noch nicht fertig«, schleuderte ihr der Drache in einer Lautstärke entgegen, die Almas Schläfen pochen ließen. Sie hatte wenig geschlafen, sich dafür im Bett hin und her gewälzt, nicht mehr mit Emmi sprechen können und fühlte sich rundum schrecklich. »Gleichstellung am Arbeitsplatz«, wetterte die Aufsicht jetzt weiter. »Ja. Verbesserung der Berufshygiene. Ja. Obwohl ich hier vieles für übertrieben halte.«

Fast hätte sich Alma ein empörtes Aufschnaufen nicht verkneifen können. Nicht nur, dass sie sich manchmal weniger als Mensch, sondern mehr als Teil einer maschinellen Vorrichtung, als lebendiges Relais fühlte, auch zeigten gerade Kolleginnen wie Marianne, dass Nervenleiden und immer häufiger auftretende Weinkrämpfe die Auswirkungen waren, ständig mit all diesen Lichtern und steigenden Anforderungen klarkommen zu müssen.

Die Hände vor dem Brustkorb verschränkt, schwieg auch Ida. Allem Anschein nach hatte sie begriffen, dass Argumente bei der Aufsicht nichts ausrichten konnten. Außerdem hatte die Klinger in einer Hinsicht leider recht: Das erzwungene Ausscheiden von verheirateten oder heiratswilligen Beamtinnen wurde vom rein mit Frauen besetzten VRPT nicht im mindesten in Frage gestellt.

»Berufshygiene«, murmelte Friederike, nachdem sich der Drache auf dem Absatz umgedreht hatte und zu seinem Schreibtisch zurückgepoltert war. »Gehört dazu auch, von Lustmolchen in der Leitung beschimpft zu werden?«

»Ich fürchte schon.« Auch Alma war schon mehr als einmal schwer beleidigt worden. Nur wenige der männlichen Anrufer betrachteten sie und ihre Kolleginnen als Expertinnen auf ihrem Gebiet. Das weibliche Geschlecht bestimmte ihre Eignung, und die lag natürlich nicht im technischen Bereich. Da konnten noch so viele Lise Meitners, Ada Lovelaces oder Marie Curies den Erdboden bevölkern.

Alma warf Ida einen mitfühlenden Blick zu. Ihre Kollegin engagierte sich in einem Frauenverband, der es sich auf die Fahnen geschrieben hatte, die Situation der Geschlechtsgenossinnen im Beruf zu verbessern – der aber nicht zuließ, dass einige der Frauen weiterdachten, und sich stattdessen in Teilen einer männlichen Sichtweise bediente.

»Pass auf, dass du den Drachen nicht komplett gegen dich aufbringst«, flüsterte Alma ihr zu. »Du brauchst die Arbeit genauso wie wir.«

Ida presste die Lippen zusammen und verband ihren nächsten Anrufer.

»Hier Amt.« Auch Alma versuchte, zur üblichen Routine zurückzukehren. »Ich verbinde.« Fast hätte sie den falschen Stecker eingestöpselt. Ihre Konzentration ließ heute schwer zu wünschen übrig. Nicht unbedingt überraschend. Und so wie der Drache momentan gestrickt war, konnte Alma sich nicht den kleinsten Fehler erlauben.

Eher schlecht als recht quälte sie sich durch den Arbeitstag und stand kurz vor siebzehn Uhr übermüdet und mit leichten Kopfschmerzen vor dem Postamt, um den Weg zum Polizeirevier einzuschlagen.

Dieses Mal zögerte sie nicht. Noch etwas außer Atem vom steilen Anstieg der Vincentistraße nahm sie zielstrebig die Stufen, öffnete die Tür und ging am Tresen vorbei, ohne den Beamten mit den nach oben gedrehten Bartspitzen – es war derselbe wie letztes Mal – auch nur eines Blickes zu würdigen. Erstens verspürte Alma nicht die geringste Lust, sich von ihm erneut herabsetzen zu lassen, und zweitens kannte sie sich inzwischen aus. Sie wusste, wo sie hinwollte: zweiter Stock, Büro am Korridorende. Zimmer 5.

Niemand hielt sie auf, zwei Frauen, denen sie auf der Treppe begegnete, nickten freundlich. Die eine hielt einen Stapel Akten an die Brust gedrückt, der ihr fast bis zum Kinn reichte, und Alma fragte sich, wie es wohl wäre, bei der Polizei als Schreibfräulein zu arbeiten. Würde auch hier das meiste schon nach kurzer Zeit zur Gewohnheit werden?

Am Ende des Korridors, dessen Beleuchtung während der zurückliegenden Tage offenkundig nicht durch neue Glühbirnen verbessert worden war, blieb Alma kurz stehen und ging im Geist – sicherlich das vierte Mal heute – ihr Anliegen durch. Aber sie war sich immer noch nicht sicher, wie viel sie Ludwig Schiller berichten sollte. Dann klopfte sie an.

»Ja?«

Nicht Schillers Stimme.

Alma hatte die Tür kaum zehn Zentimeter geöffnet, da waberte ihr auch schon die abgestandene Luft ins Gesicht, die sie bereits das letzte Mal den Atem hatte anhalten lassen.

»Guten Tag, Herr Franck.«

Auch heute strichen seine Finger über den penibel aufgeräumten Tisch. Der Dienstgrad von Ludwig Schillers Kollegen war noch nie erwähnt worden, und Alma hoffte, Franck würde ihr den Fauxpas verzeihen.

Er tat es. »Ah!« Ein Ausdruck des Wiedererkennens glitt über das runde Gesicht. »Das Fräulein ...«, Franck machte hilfesuchend eine Pause, »... vom Amt«, erklärte er dann beinahe feierlich.

»Täuber«, ergänzte Alma.

»Richtig«, erwiderte Franck. »Womit kann ich dienen?«

Überraschenderweise schien er sich weder an der Tatsache zu stören, dass sie plötzlich im Büro auftauchte, noch daran, dass sie überhaupt auftauchte. Bei ihrem letzten Besuch hatte Alma den Eindruck gewonnen, Franck sei permanent dabei, sich als menschlicher Steigbügelhalter zu profilieren. Gegenüber Kriminalrat Ketterer hatte er sich wie ein Stiefellecker benommen. Da sein Chef aber in diesem Augenblick nicht anwesend war, zumindest nicht sichtbar, schien Franck er selbst zu sein, ein Zustand, der so bleiben konnte. Darüber hinaus hatte Alma nicht die geringste Lust, sich heute mit dem Kriminalrat auseinanderzusetzen. Sie wollte Schiller sprechen.

»Oh. Ludwig.« Ein dicker Zeigefinger zeigte auf den gegenüberliegenden verwaisten Schreibtisch. »Nicht da. Die anderen auch nicht. Niemand da. Man hat mich allein gelassen.« Er stieß eine Art Pferdewiehern aus. »Wollen Sie auf ihn warten?«

Alma wollte.

Franck griff nach einem halbvollen Kaffeebecher und stellte ihn ungefragt vor ihr ab, nachdem sie sich einen Stuhl herangezogen und Platz genommen hatte. Am weißen Porzellanrand hatte sich ein umgehender brauner Strich gebildet – nur der Kaffeemagnat Johann Jacobs allein wusste wahrscheinlich, wie lange die dunkle Brühe schon im Becher schwamm. Dann zog sich Schillers Kollege wieder an seinen eigenen Schreibtisch hinter Almas Rücken zurück, wo er sich unter Schnaufen und Grunzen seinem Papierkram widmete.

Minuten vergingen, eine halbe Stunde. Alma wollte schon aufgeben, da flog die Tür auf. Ludwig Schiller, der noch keinen Fuß in das Büro gesetzt hatte, blieb verdattert im Rahmen stehen, warf einen Blick auf den emsig arbeitenden und dabei schnaubenden Zimmerkollegen und bedeutete Alma anschließend, ihm in den Korridor zu folgen. Die sah sich ihrerseits verwirrt zu Franck um, der offensichtlich nicht mitbekommen hatte, dass sie nun zu dritt waren, verabschiedete sich von ihm, was Schillers Kollege mit einem knappen Aufsehen und einem »Bis dann, Fräulein …« quittierte. Ihr Name ging in einem Brei aus kehligen Geräuschen unter.

»Die Bronchien, Herr Kriminalkommissar?«, erkundigte sich Alma, als sie mit Schiller im Flur stand. *Oder Ketterers Anisschwaden?*, verkniff sie sich.

»Eher das Gewicht, vermute ich.«

»Könnte auch am Kaffee liegen.«

»Er hat Ihnen doch nicht etwa diesen grauenhaft abgestandenen ...«, begann Schiller.

»Nicht wichtig.« Alma winkte ab. »Wir müssen uns unterhalten.«

Schillers Augenbrauen schossen nach oben. »Haben Sie wieder was im Alleingang angestellt?«

Alma schwieg.

»Haben Sie?«

»Ich gehe davon aus, dass dies nicht vorwurfsvoll, sondern eher interessiert gemeint ist«, meinte sie schließlich ausweichend.

»Eher das eine als das andere.«

So ganz gelang es Alma nicht, den Unterton zu ignorieren. »Ich habe Dinge erfahren«, fuhr sie vage fort.

»Ja, dazu neigen Sie«, bestätigte Schiller und sah dabei ganz und gar nicht erfreut aus. »Ich wette, Sie neigen auch dazu, sich in Gefahr zu bringen, Fräulein Täuber.«

Wie recht er doch hatte. »Und ich habe geglaubt, Sie würden meine Urteilskraft schätzen!« Alma schaffte es gerade noch, ihre Stimme im Zaum zu halten.

»Urteilskraft, natürlich. Ermittlungen gehören aber nicht in Ihr Repertoire. Das ist es doch, was Sie mir mit ›Ich habe etwas erfahren‹ sagen wollten.«

»Was ...?« Für eine Sekunde hätte Alma ihn am liebsten an der Krawatte gepackt und geschüttelt. Er war zu ihr gekommen. Abends. Er. Zu ihr. Hatte sie um Rat gebeten! Kurz schloss sie die Augen. Zählte bis drei. Etwas, was ihr Vater immer tat, wenn ihm seine Schwiegermutter den letzten Nerv raubte. Als sie die Augen wieder öffnete, sah sie in ein besorgtes Gesicht. Und begriff, dass er ... wirklich besorgt um sie war.

»Ich will nicht, dass Ihnen etwas passiert, Alma.«

Alma.

»Gibt es einen Ort, wo die Wände keine Horcher haben?« Alma deutete auf die Bürotür. Die Chance, dass Franck dahinter lauerte und ein Ohr ans Türblatt presste, war zwar überschaubar, aber sie wollte nichts riskieren. Womöglich nahm ihn doch wieder Ketterer in Beschlag, und als dessen Hofschranze würde er ihm brühwarm alles berichten.

Schiller sah auf die Armbanduhr. »Schaffen Sie den kleinen Anstieg zur Synagoge? Dann haben Sie es nicht mehr weit zum Leopoldspatz.«

Der jüdische Sakralbau an der Ecke der Scheibenstraße war erst entstanden, nachdem alle anderen Konfessionen in der Stadt ihre eigenen Gotteshäuser erhalten hatten. Die Stadt hatte die Ansiedlung der Juden schon immer systematisch zu verhindern gewusst. Trotz ihrer Weltoffenheit den Kurgästen gegenüber hielt sich ihre Aufgeschlossenheit gegenüber dem jüdischen Glauben in Grenzen, was sich auch an der Architektur ablesen ließ: Die Synagoge war nicht im maurischen »jüdischen« Stil, sondern im neoromanischen errichtet worden. Von außen war sie kaum von einer christlichen Kirche zu unterscheiden, um das vorwiegend konservative Publikum der Kurstadt nicht vor den Kopf zu stoßen. Alma hatte keine direkten Kontakte zur jüdischen Gemeinde, aber Emmi hatte einmal erwähnt, dass einige Hotelgäste jüdischen Glaubens mit dem Aussehen der Synagoge überraschenderweise durchaus zufrieden waren.

Alma hatte den ganzen Weg über geschwiegen, doch jetzt blieb sie vor dem Sandsteingebäude stehen, hinter dem sich die dunkle Silhouette des Schwarzwalds erhob, über den weiße

Wolken dahinzogen. Sie drehte sich Ludwig Schiller zu. »Gestern«, begann sie. »Gestern Abend.« Sie stockte, wusste nicht gleich, wie sie weitermachen sollte. »Ich habe mich gefragt, ob es Ihnen möglich ist, die Tätigkeiten einer bestimmten Person zu durchleuchten.«

Schiller setzte sich auf das kleine Mäuerchen neben der breiten Treppe, die zum Eingang der Synagoge führte. »Will heißen ›illegale Tätigkeiten‹?« Er hatte den Hut abgenommen und neben sich gelegt.

»Eintragungen in Polizeiakten. Vorwürfe. Verhaftungen.« Sie beschloss, sich zu ihm zu setzen. Der Hut diente als Barriere, was ihr in diesem Moment ganz recht war. Ihre Bitte war schon aufdringlich genug.

»Um wen geht es?« Offenkundig hatte sich Ludwig Schiller vorgenommen, erst einmal mitzuspielen.

»Den Namen des Mannes kenne ich nicht ...«

»Mit Kristallkugeln haben wir auf dem Revier eher weniger zu tun«, fiel er ihr ins Wort.

»Aber er arbeitet bei den Burgstaffeln als Croupier«, beendete sie ihren Satz.

Noch niemals zuvor hatte sie ihn so alarmiert gesehen.

»Was um alles in der Welt ...«, begann er.

»Er ist ungefähr so groß wie Sie«, fuhr sie hastig fort, »schmales Gesicht, kantiges Kinn, drahtig, arbeitet an Tisch Nummer 5, trinkt gerne Whisky und ist extrem unfreundlich.«

»Extrem unfreundlich«, wiederholte er fassungslos. Sein Kiefer mahlte. »Hat er Ihnen weh getan?«

»Ich wusste mir zu helfen.«

»Sicher, Alma?«

Sie nickte. »Es geht mir gut«, log sie.

»Aber Sie müssen los«, sagte sie dann, hob eine Hand an

ihren Hut und stand auf. Wenn sie nebeneinander hergingen, würde es ihm schwerer fallen, in ihrem Gesicht ihre Gefühle zu lesen. Beinahe erleichtert schlug sie den Weg hinunter zum Leopoldsplatz ein, zu dem Schiller sie offensichtlich begleiten wollte, denn er machte keinerlei Anstalten, sich zu verabschieden.

»Bei den Burgstaffeln«, wiederholte er stattdessen nachdenklich. »Wir könnten eine Razzia …«

»Nein!«, unterbrach Alma ihn heftig. »Er weiß etwas. Zwei Frauen, die an seinem Tisch gespielt haben, wussten möglicherweise ebenfalls etwas. Mit einer Razzia verlieren wir jede Spur.«

»Und was schlagen Sie vor, Alma? Dass ich ein ähnliches Manöver probiere wie Sie? Welches war das noch gleich?«

Aber Alma tappte nicht in seine Falle. »Nein, natürlich nicht, ich dachte …« Bevor sie ihren Satz jedoch weiter fortführen oder überhaupt darüber nachdenken konnte, was sie sich eigentlich vorgestellt hatte, wie er den Croupier finden sollte, unterbrach sie sich. »Ist das nicht Ihr Vorgesetzter?« Dort vorne auf dem Trottoir, der Bauch, der Haarkranz um eine beginnende Glatze, und jetzt, als sie näher kamen, meinte sie auch, den leichten Geruch nach parfümierten Zigaretten wahrzunehmen.

»Kriminalrat Ketterer«, grüßte Schiller mit einem Kopfnicken.

»Schiller.« Der ältere Polizist blieb stehen. »Ist denn schon Dienstschluss?« Seine Mundwinkel zuckten, als er Alma ansah. »Und das Fräulein Täuber. Immer noch auf der Suche nach einem Korn, nicht? Na, dann picken Sie mal schön weiter.« Ohne ein weiteres Wort wandte er sich zum Gehen.

Alma war sprachlos, Schiller jedoch ergriff das Wort. »Außenstehende können den Blickwinkel nicht selten neu ausrichten, finden Sie nicht auch?«

Ketterer drehte sich noch einmal um und schürzte die Lippen. »Ach wirklich? Nun, mein Blickwinkel ist vortrefflich eingestellt, Schiller.«

»Ich muss zugeben, Sie sehen zufrieden aus«, erwiderte der Kriminalkommissarsanwärter. »Ist etwas passiert?«

Alma sah Schiller verdutzt an, richtete ihren Blick dann erneut auf Ketterer. Nein, diese Ausgeburt von Unhöflichkeit sah immer noch schlechtgelaunt, missmutig und alles andere als glücklich aus mit seinen herabhängenden Mundwinkeln, den Tränensäcken unter den Augen und einer steilen Falte auf der Nasenwurzel.

»Äußerst zufrieden«, bestätigte er dann jedoch Schillers Bemerkung. »Ich habe soeben eine Festnahme im Fall der ermordeten Margarete Kern veranlasst.«

»Sie haben *was*?« Nun war Alma endgültig und komplett durcheinander.

Schiller sog hörbar Luft durch die Zähne ein. »Kern? Weshalb war ich nicht dabei?«, fragte er. Offenbar waren die Ermittlungen weit vorangeschritten.

»Es galt, keine Zeit zu verlieren. Der Mann wollte bald abreisen. Wir konnten nichts riskieren. Mit den neuen Informationen musste ich handeln.«

»Welche Informationen?«

Ohne die Antwort abzuwarten, warf Alma ein: »Und was ist mit dem Anruf? Nein, er kann es nicht gewesen sein.«

»Mein gutes Fräulein.« Ketterer grinste süffisant. »Zweifellos verrichten Sie eine wertvolle Arbeit, aber auch eine Telefonistin weiß nicht alles. Im Gegenteil. Das vermeintliche Allwissen verblendet Ihren Blick für die Details. Ihr Blickwinkel, Teuerste, ist ein wenig zu weit gestellt.«

»Wie bitte?«

Ganz offensichtlich schien der Kriminalrat ein Problem mit ihr, mit ihrem Berufsstand, ihrem Geschlecht oder allen dreien zu haben.

»Die Informationen«, verlangte Schiller nun erneut von seinem Vorgesetzten.

»Richtig, richtig.« Nun wirkte Ketterer tatsächlich deutlich zufrieden. »Ihre Anfrage an die Kollegen, Schiller, da hatten Sie den richtigen Riecher, die Bahre Stahlverarbeitung noch einmal genauer unter die Lupe zu nehmen. Gut gemacht!« Er zog eine seiner schrecklichen Zigaretten aus dem Etui, das in seiner ausgefransten Westentasche steckte, und zündete sie an. »Margarete Kerns Entscheidung, die stahlverarbeitenden Maschinen anzuschaffen, sind nicht mit mangelndem Sachverstand oder Unkenntnis der wirtschaftlichen Lage zu erklären. Sie hat die Firma im Alleingang mit unternehmerischem Geschick, einem kühlen Kopf und Instinkt fürs Geschäft durch die Kriegsjahre gebracht. Prokurist, technischer Leiter, Vorarbeiter, alle voll des Lobes für den wirtschaftlichen Sachverstand der Frau.«

Also doch kein Vorurteil gegenüber ihrem Geschlecht, schloss Alma, er zeigte durchaus Anerkennung für Margarete Kern. Offenbar lag es wirklich an ihr selbst. Oder ihrem Beruf?

Sie mussten warten, bis er an seiner Zigarette gezogen und den Rauch langsam, in Kringeln ausgestoßen hatte, bevor er endlich weitersprach. »Diese Firma, der es so lange gut ging, die in den letzten Jahren immer mehr Gewinn abwarf, immer größer und wichtiger wurde, und jetzt … fährt Margarete Kern alles an die Wand mit völligen Fehlentscheidungen. Niemand kann sich den Grund dafür erklären, auch nicht ihr Mann. Aber er hat rechtzeitig die Reißleine gezogen. Margarete Kern hätte die Bahre Stahlverarbeitung in den Ruin getrieben.« Triumphierend blickte er sie beide an.

Rechtzeitig die Reißleine gezogen? »Sie meinen damit, er hat sie ermordet? Hat Kern gestanden?«, fragte Alma.

Ein Kiefermuskel in Ketterers Gesicht zuckte. Dann winkte er ab. »Reine Formsache. Schiller, Sie kümmern sich darum. Und Sie, mein junges Fräulein«, er zeigte mit den Fingern, die die Zigarette hielten, auf Alma, »gehen wieder brav zu Ihren Schalttafeln.«

»Das werde ich tun«, sagte Alma mit einem ironischen Unterton. »Wenn die Polizei *ihrer* Arbeit nachgeht, kann ich das mit *meiner* ebenfalls tun.«

»Gut, gut.« Ketterer nickte gleichmütig.

Am Blick, den Ludwig Schiller ihr zuwarf, erkannte sie jedoch, dass die Doppeldeutigkeit ihrer Aussage zumindest an ihm nicht vorübergegangen war.

»Ich begleite Fräulein Täuber noch zur Straßenbahn«, sagte er an seinen Vorgesetzten gewandt.

Ketterer nickte erneut und setzte seinen massigen Körper dann in Bewegung, zurück Richtung Amtsgericht. Franck hielt sicher schon einen Kaffee bereit, in einer frisch gespülten Tasse ohne braunen Rand.

»Kern kann es nicht gewesen sein«, flüsterte Alma, sobald der Kriminalrat außer Hörweite war.

»Alma, es gibt eindeutige Hinweise, die ...«

»Der Anruf galt nicht ihm.«

Die nächsten Sekunden schwieg Schiller. Schließlich sagte er vorsichtig: »Vielleicht müssen wir uns eingestehen, dass der Anruf nichts zu bedeuten hatte. Dass er ein Zufall war. Oder es einen Mittelsmann gab.«

Sie waren am Leopoldsplatz angekommen, eine Straßenbahn bimmelte, und ein Zeitungsjunge bot das Abendblatt an. Alma meinte, den Burschen zu erkennen, der ihr damals die

Badische Presse mit dem Artikel über den Mord unter den Kolonnaden verkauft hatte.

»Werden Sie den Croupier suchen?«, fragte sie.

Schiller seufzte. »Ich glaube nicht, dass …«

»Bitte, Ludwig.«

Er sah sie an. Ihre Bahn fuhr ein, und Alma deutete mit einer Kopfbewegung an, dass sie gehen musste.

»Ich werde den Croupier ausfindig machen«, sagte Schiller zum Abschied und drückte ihre Hand. »So schnell wie möglich.«

Das Rattern und Klappern der Bahn versetzte Alma in eine Art tranceähnlichen Zustand. Hatte sie das Gespräch mit Ludwig Schiller noch aufmerksam gemeistert, so machten sich die Aufregungen der letzten Nacht und der fehlende Schlaf nun in einer bleiernen Müdigkeit bemerkbar. Es hätte ein Wanderzirkus einsteigen, Affen mit der Schaffnermütze hantieren, Jongleure Damenhüte in die Luft werfen können – sie hätte es nur am Rande registriert. In Lichtental angekommen, erhob sie sich steif und drängte ins Freie. Mechanisch setzte sie einen Fuß vor den anderen, jeder Schritt schien schwerfälliger, es war, als würde das Straßenpflaster nach ihren Beinen greifen und sie festhalten wollen.

Erschöpft öffnete Alma die Haustür und sah direkt in das vorwurfsvolle Gesicht der Witwe, die stramm vor ihrer Wohnungstür im Erdgeschoss Wache gehalten hatte. Sie musste am Fensterbrett gehangen und auf die Rückkehr ihrer Mieterin gelauert haben. Einmal, nur einmal, dachte Alma ermattet. Ich will einfach nur nach Hause kommen können, bitte, nur ein einziges Mal!

»Im ganzen Haus riecht es nach Kuchen, Fräulein Täuber!«, zeterte die Meier, kaum dass Alma den ersten Schritt über die Schwelle getan hatte. »Kuchen! Am helllichten Werktag! Zu dieser Uhrzeit!«

Zwei Stockwerke weiter oben fiel eine Tür ins Schloss, und bevor Alma sich eine Antwort überlegen konnte – die Wahrheit war, sie hatte keine –, tönte Wölkchens helle Stimme durchs Treppenhaus. »Wir bekommen Besuch, werte Frau Meier!«

»Bitte?« Entrüstet schob sich die Witwe an Alma vorbei und legte den Kopf in den Nacken. »Unter der Woche?«, brüllte sie nach oben. »Doch nicht von einem Herrn! Sie wissen, was ich von Herren in diesem Haus halte.«

»Von Fräulein Täubers Cousin!«, blaffte Emmi zurück.

Alma stutzte und wurde für den Bruchteil einer Sekunde wacher: Walter?

Einen Moment lang schien auch die Witwe zu überlegen. Ließ offenkundig den Nachmittag Revue passieren, als Walter in ihrem Wohnzimmer vor ihren Porzellanmöpsen auf dem durchgesessenen Canapé gekauert hatte wie ein gescholtener Pennäler im Schulkabuff. »An einem Wochentag?«, schrie sie dann. Anschließend drehte sie sich zu Alma und hob entgeistert die Achseln. »Das ist wohl der Zug der Zeit, nehme ich an.«

»Tja«, murmelte Alma, ohne nachzudenken. »Dann springen Sie mal schnell auf, bevor er ohne Sie weiterfährt.« Sie wartete die entrüstete Antwort ihrer Wirtin auf diesen schnippischen und respektlosen Kommentar nicht ab, bevor sie mit einer Hand das Treppengeländer umgriff und sich wie eine Kriegsversehrte Stufe für Stufe zur kleinen Dachwohnung emporschleppte.

Walter. Ausgerechnet heute. Nun gut, dachte sie daraufhin, im ersten Stockwerk angekommen. Ablenkung konnte wirklich nicht schaden. Schon eine Winzigkeit flotter nahm sie das letzte Stockwerk in Angriff. Walter. In Ordnung. Das würde schon werden. Dann aber übernahm die Müdigkeit in ihr wieder die Herrschaft. Nein, sie konnte nicht. Würde alles verderben. Walter würde ein andermal kommen müssen.

Oben angekommen, drang gedämpfte Musik ins Treppenhaus. Alma erkannte den Refrain wieder. »Lolo, Dodo, Joujou Clocio, Margot, Froufrou«. Emmi trällerte wie üblich mit, ihr Sopran drang bis hinaus vor die Wohnungstür, die sich öffnete, bevor Alma den Schlüssel ins Schloss stecken konnte.

»Froufrou, ma chère!«, begrüßte Wölkchen ihre Freundin. Ein Küchenhandtuch hing über ihrer Schulter. Sie zog Alma in den schmalen Flur und eilte dann zurück zum Backofen. »Stellst du mal die Teller raus?« Die Grammophonnadel kratzte dazu über die Franz-Léhar-Operette.

Alles stürmte zugleich auf Alma ein. »Wann wolltest du mir denn sagen, dass wir Besuch bekommen?« Sie folgte Wölkchen in die Küche, stand unschlüssig da, als hätte sie sich in der Tür geirrt. Als ob es nicht ihre gemeinsame Wohnung wäre. Als würde sie die junge Frau mit den blonden Locken nicht kennen, die sich gutgelaunt am Ofen zu schaffen machte. Als ob sie sich selbst nicht mehr kennen würde.

»Hast du den Zettel nicht gesehen?«

»Welchen Zettel?«

»Habe ich dir auf die Ablage gelegt.« Emmi hantierte mit den Topflappen. »Heute Morgen. Bin vor dir los. Viel Arbeit im Hirsch. Wann bist du überhaupt nach Hause gekommen? Bist du unartig gewesen? Hoffentlich!«

Alma fragte sich, von welcher Ablage die Rede war.

»Die Kommode«, präzisierte Wölkchen, als ob sie die Gedanken ihrer Freundin lesen könnte. »Die wackelige.« Sie öffnete die Backofentür und wedelte den Dampf mit den Topflappen fort.

»Im Flur? Da war nichts.«

»Muss runtergefallen sein.«

»Muss vielleicht gar nicht dort gelegen haben.«

Scheppernd setzte Emmi das Küchenblech auf dem Herd ab. »Was soll das heißen, bitte?« Mit den Augen einer angriffslustigen Tigerin fixierte sie ihre Freundin.

»Ach, ich ...« Alma zog einen Stuhl zu sich und ließ sich daraufsinken. »Nichts.«

»Aha.« Wölkchen hielt die Topflappen immer noch in der Hand. Über ihrem Kopf schwebten jetzt zusätzlich Gewitterwolken. »Schlechte Laune, das Fräulein Täuber?«

Alma wollte antworten, dass ihre Nacht kurz und ihr Tag lang gewesen waren, außerdem ihr Nervenkostüm knapp vor dem Zerreißen stand. Dass sie Ruhe brauchte, wirkliche Ruhe, komplette Stille, absolute Lautlosigkeit, um sich über so vieles klarzuwerden – da klopfte es ungestüm an der Tür.

»Kein Wunder, wenn man so viel tut, dass man am Abend gerne ruht. Und sich bei Nacht, was man so nennt, Erholung nach der Arbeit gönnt!«, begleitete eine volle Tenorstimme aus dem Flur schwungvoll die Schallplattenmelodie.

Walter.

Und spätestens in diesem Augenblick wurde Alma klar, dass es mit einem gemütlichen Abend wirklich und wahrhaftig nichts werden würde. Seufzend stand sie auf, zog ihren Mantel aus, ging in ihre Kammer, legte den Hut auf das Bett und setzte sich kurz auf die Tagesdecke, nur um Sekunden später wieder aufzustehen, bevor sie hintenüberkippen und einfach liegen bleiben würde.

Lachen aus dem Flur. Ein tiefes. Ein hohes. Gemurmel. Weiteres Lachen. Dann Emmis Stimme: »Täubchen! Dein feuriger Cousin ist da!«

»Komme«, murmelte Alma. Sie warf einen Blick in den kleinen Spiegel gegenüber vom Bett, kniff sich zweimal in die Wangen und versuchte zu lächeln. Oje. Das sollte sie heute Abend lieber bleiben lassen. Dann atmete sie tief durch und ging vor, um Walter zu begrüßen.

»Und dann hat Paul, du weißt schon, Page Nummer drei, also Paul hat Earl Asquith verloren.«

»Moment mal, Emmi, nicht flunkern!«, ermahnte Walter Emmi mit spielerisch erhobenem Zeigefinger. »Asquith? Nein, nicht Asquith!« Er lachte.

Alma verfolgte die Konversation der beiden seit einigen Minuten nur mit halbem Ohr. Mit der Gabel stocherte sie im inzwischen abgekühlten Marmorkuchen herum, der den Nachtisch ersetzte. Davor hatte Emmi eine Käseplatte, Brot und Butter aufgetischt. Zumindest hatte Alma mitbekommen, dass der Käse von einem Buffet beim Hirsch übrig geblieben war.

»... nicht wahr, Alma?«, beendete Walter gerade einen Satz.

Wie ertappt zuckte sie zusammen. »Asquith? Der Premier?«

»Du kannst dir vorstellen«, plapperte Emmi weiter, als habe sie ihre Freundin überhört, »wie Lady Lambert auf Paul losgegangen ist. In dieser typisch britischen Art: überhöflich, mit viel Unterton, und übertrieben artikuliert.«

Ein hustender Walter, der sich an seinem Tee verschluckt hatte, weil Emmi die letzten Worte in einem exaltierten englischen Akzent deklamiert hatte, stellte seine Tasse ab. Dann japste er: »Gnade!«

»Wer?«, wollte Alma wissen, die sich jetzt vorgenommen

hatte, aufmerksamer zu sein und weniger ihren Gedanken nachzuhängen.

»Lady Lambert!«, empörte sich Emmi. »Sag mal, hörst du eigentlich zu?«

»Der andere«, meinte Alma.

»Paul?«, half Walter aus.

Emmi beugte sich zu ihrer Freundin, nahm sie bei den Schultern und schüttelte sie sanft. »Fräulein Täuber? Hier spielt die Musik!«

»Der Premier. Der britische Premier ist in Baden-Baden?«, fragte Alma komplett verwirrt.

Walter hustete erneut. »Ich glaube, es geht um einen Hund, liebes Cousinchen.«

»Einen *Hund*?«

»Earl Asquith ist der Hund von Lady Lambert. Und der ist Paul entwischt, seines Zeichens Page Nummer drei vom Hotel Stephanie.« Emmi hielt immer noch Almas Schultern umfasst. »Kommst du jetzt mit?«

»Ich bin wohl nicht so recht bei der Sache«, gab Alma zu und schenkte Wölkchen einen entschuldigenden Blick. »Ich gelobe Besserung.«

Emmi löste ihre Hände von Almas Schultern. »Was ist los? So müde kann man gar nicht sein. Sind wir jetzt wieder an dem Punkt, wo ich dir alles aus der Nase ziehen muss?«

»Richtig«, stimmte Walter zu. »Ich möchte auch gerne auf dem Laufenden gehalten werden.« Er warf Emmi einen Handkuss zu. »Nicht, dass das die Priorität meines Besuches in eurer schönen Kurstadt wäre, aber ...«

»... aber«, ergänzte Emmi und fing den von ihm über den Tisch geschickten Kuss mit einer Hand auf, die sie dann zur Faust schloss. »Sherlock«, sagte sie dann und deutete mit der anderen Hand auf Alma, »Watson«, sie deutete auf sich, »und ... hmm.« Ihr Finger blieb ratlos in der Luft hängen.

»Der arme Junge aus der Baker Street, der sich gerne bei seiner reichen Kurstadtverwandtschaft durchfrisst«, ergänzte Walter und deutete auf sich.

»Richtig«, lachte Wölkchen, öffnete die Faust und blies den Luftkuss Richtung feurigem Cousin zurück.

»Also?« Walter legte die Kuchengabel auf den Teller und sah seine Cousine wissbegierig von der Seite an. »Was haben Ihre Ermittlungen ergeben, o große Meisterdetektivin? Denn das schießt dir doch gerade durch den Kopf. Stimmt's?«

»Ich war gestern Nacht in einem illegalen Casino, habe mein Monatsgehalt für zwei Manhattans ausgegeben, wurde tätlich von einem Croupier angegriffen, hatte Angst um mein Leben und musste schließlich im Stockdunkeln über die Burgstaffeln fliehen«, ratterte Alma tonlos herunter, während sie auf ihren Teller stierte.

»Haha! Sehr gut!« Emmi betupfte sich die Lippen mit ihrer Serviette. »Willst du noch Kuchen, Walter?«

Ihr Cousin aber starrte Alma mit offenem Mund an. »Das war gerade dein Ernst, oder?«, fragte er dann leise.

Wölkchens Kopf flog in Richtung ihrer Freundin. »Was?«

Während Alma von der letzten Nacht berichtete, sank Emmi in ihren Stuhl zurück und wurde merklich kleiner. Ihre Miene wechselte von Schock über Neugier bis zu Bestürzung. Auch als ihre Freundin geendet hatte, war ihr kein Ton zu entlocken, wie betäubt hing sie am Tisch, so als habe man ihr den Lebenswillen gestohlen.

Walter nahm die Hand seiner Cousine und drückte sie sanft. »Alle Wetter«, murmelte er. »Das soll dir mal jemand nachmachen.«

»Die Sache ist die«, sagte Alma und zwang sich zu einem Lächeln. »Ich bin ein wenig über mich selbst entsetzt. Versteht ihr?«

»Nein.« Das kam von Emmi, die wohl wieder zu sich gefunden hatte. »Tue ich nicht.«

»Sie meint wahrscheinlich, dass sie sich niemals zugetraut hätte, so furchtlos in die Höhle des Löwen zu marschieren«, half Walter aus.

Alma hatte in der Straßenbahn viel nachgedacht. In sich gehorcht, überlegt, Dinge Revue passieren lassen, ihre Gefühlswelt ausgelotet. Der Mord an Margarete Kern hatte sie geschockt. Wie schnell und mühelos man das Leben eines anderen Menschen zerstören, ja beenden konnte, war ihr bis ins Mark gekrochen. Zuerst hatte sie sich nur verantwortlich gefühlt, Licht ins Dunkel der Ermittlungen zu bringen. Verantwortlich gegenüber der Toten. Sie hatte es als ihre Pflicht angesehen, da sie den geheimnisvollen Anrufer selbst gehört hatte. Und diese Pflicht in die Tat umzusetzen, war ihr zu Beginn nicht leichtgefallen, ihr deswegen zunächst wie eine Bürde erschienen. In der Bahn aber hatte Alma allmählich erkannt, dass sich ihre eigenen Beweggründe inzwischen geändert hatten. Komplett. Als ob der Rhythmus der Räder, die über die Schwellen der Schienen gerappelt waren, ihre Gedanken plötzlich wie Puzzleteile neu zusammengefügt hätte. Ihre Gefühlswelt war ihr mit einem Mal in einem anderen Licht erschienen. Und dieser Prozess hatte sie derart ausgezehrt, dass sie geglaubt hatte, den Abend in Gesellschaft nicht zu überstehen.

»Cousinchen?«, hakte Walter vorsichtig nach.

Alma räusperte sich. »Das ist es nicht, Walter.«

»Was ist es dann?«, wollte Emmi wissen.

»Ich habe daran Gefallen gefunden. Ich genieße es. Ich will

mehr. Ich will alles. Ich will Aufklärung. Ich will darin verwickelt sein.« Sie sah ihre Freundin an. »Nicht als Räuber und Gendarm, oder von mir aus Sherlock-Watson-Spiel, Emmi. Sondern richtig. Koste es, was es wolle.«

Zunächst sagten weder Emmi noch Walter etwas. Ihr Cousin hielt immer noch Almas Hand umgriffen, seine Miene schien undurchschaubar.

»Und?« Sie zog ihre Hand weg und war kurz davor, mit der Faust auf den Tisch zu hämmern. »Jetzt sagt doch was!« Sie sah von ihrer Freundin zu ihrem Cousin. »Sagt mir, dass ich es nach dem, was gestern Nacht passiert ist, lassen soll. Sagt mir, dass ich dazu nicht geschaffen bin. Sagt mir ... irgendwas!«

Emmi nahm die Kuchenschaufel und tat Walter mit einem Ausdruck der völligen Gelassenheit ein weiteres Stück Kuchen auf. Dann sich. Dann Alma, die angesichts der Beherrschung, die ihre Freundin ausstrahlte, schier hätte schreien können. Anschließend begutachtete Emmi ebenso ruhig die drei Tassen, schenkte ein, wo nichts mehr drin war, stellte die Kanne zurück. Dann griff sie zu ihrer Teetasse und reckte sie in die Höhe. Endlich machte sie den Mund auf.

»Wir geloben hiermit, Alma zu unterstützen, ihr beizustehen, in guten wie in schlechten Tagen.«

»Moment!«, unterbrach Walter sie. »Das haben wir schon immer.«

»Scht!«, machte Emmi. Dann fuhr sie fort: »Sie nicht auszuhorchen, sie nicht zu drängen, sie nicht zu maßregeln. Denn ab heute ist sie nicht nur einfach das Fräulein vom Amt. Sie ist das Fräulein vom Amt, das für Recht und Ordnung ...«

»Emmi, was soll ...«

»Moment. Ich bin noch nicht fertig, Täubchen! Ab heute ist Alma Täuber, in Wohngemeinschaft residierend mit Emmi

Wolke, nicht nur das Fräulein vom Amt, sondern ... Privatermittlerin.«

Walter schlug mit der flachen Hand beipflichtend auf den Tisch, dass die Tassen schepperten. »Meine Damen, das gefällt mir! Lasst uns überlegen. Ermittlungen ...« Er betrachtete die Decke wie auf der Suche nach einer Eingebung. »Der Telefonbucheintrag lautet folgendermaßen ...«

»Welches Telefon?«, kicherte Emmi.

»Pst! Eintrag: *In allen Kriminalsachen, Zivil- u. Strafprozessen mit nachweisbar stetem Erfolg.*« Walter hielt inne, sah die beiden Freundinnen an. »So weit gut?«

»Bestens.« Emmi nickte. »Weiter! Entschleierung. Das Wort muss unbedingt auch rein.«

Alma gluckste. »Macht ihr euch gerade über mich lustig?«

»Nicht doch!« Walter hob abwehrend die Hände. »Passt auf: Entschleierung aller geheimnisvollen Vorgänge ... im Privaten wie im Geschäftsleben eines jeden Mitmenschen.«

»Beobachtung und Überwachung in jedem Gesellschaftskreis durch geschultes Personal«, ergänzte Alma jetzt. »Streng diskret!«

Emmi klatschte in die Hände. »Ha, das ist gut! Diskret! Und reell. Diskret und reell!«

»Ihr seid unmöglich, ihr beiden«, sagte Alma. Insgeheim aber empfand sie eine tiefe Rührung, denn in den Augen ihrer Freunde konnte sie sowohl Begeisterung als auch Stolz ablesen.

16

Der Montagmorgen brachte nach einer Woche brütender Hitze endlich wieder Regen, wenn auch warm und sommerlich, so dass die Natur immer noch zu dürsten schien. Alma verzichtete auf einen Schirm, setzte nur den breitkrempigsten ihrer drei Hüte auf und freute sich über die Luft, die wunderbar klar roch. Doch der Herbst war nicht mehr weit, das war mit jedem Atemzug zu spüren.

Der Wind hatte in der Nacht Kastanienblätter auf die Straßen gefegt, und auch Almas Rock wurde immer wieder von kleineren Böen aufgewirbelt.

Bald würden die Tage länger werden, die Touristen abreisen und nichts mehr von der Mondänität Baden-Badens übrig bleiben. Für sechs Monate würde die Stadt in trübes Licht getaucht. Keine Kurkonzerte, keine Tanzcafés, keine ... Emmi?

In der Geschäftigkeit der letzten Tage hatte Alma noch keine Zeit gehabt, darüber nachzudenken, was passieren würde. Vielleicht hatte sie es auch absichtlich vermieden, darüber nachzudenken, denn ein Leben ohne Emmi in ihrer Dachkammer, das konnte sie sich beim besten Willen nicht anders vorstellen als eintönig, dröge und ... einsam.

Abrupt wurde Alma aus ihren Gedanken gerissen. Ein Mann, schlank und groß, einen Schirm in der Hand, stand mit dem Rücken zu ihr vor dem Amt.

»Alma!« Er schien ihre Schritte gehört zu haben, denn augenblicklich drehte er sich um. »Ich habe Ihnen … Vorsicht. Sie werden ja ganz nass.«

Ludwig zog sie zu sich heran, unter seinen Schirm, und für wenige Sekunden blieb sie einfach da stehen, seine warme Hand in ihrem Rücken, das Geräusch des Regens, der leicht auf den Schirm über ihnen trommelte. Sie vergaß, dass sie eigentlich hatte zur Arbeit gehen wollen, sie vergaß auch ihre Gedanken an Emmi, die sie vielleicht verlassen würde, den Herbst und den Winter, die mit einem Mal ihren Trübsinn verloren hatten. Ludwig Schiller bewegte sich nicht, machte keinerlei Anstalten, seine Hand wieder dort wegzunehmen, wo sie lag. Stattdessen sah er sie an. Sein Gesicht war so nah an ihrem, sie müsste sich nur Millimeter vorwärts bewegen, um …

»Was machen Sie denn hier?«, flüsterte Alma, und der Moment war vorbei.

»Natürlich, ich habe … Warten Sie.« Er drückte ihr seinen Schirm in die Hand und öffnete die Aktentasche, die er bei sich trug. »Schmales Gesicht, kantiges Kinn, drahtig. Arbeitet illegal als Croupier«, wiederholte er ihre Beschreibung vom Vortag und zog verschiedene Papiere hervor. Eine Akte! Die Akte eines Verdächtigen!

Almas Augen weiteten sich. »Sagen Sie nicht, Sie haben hochoffizielles Beweismaterial aus der Polizeiwache entnommen!«, sagte sie belustigt.

»Nicht entnommen. Ent*liehen*.« Er hielt ihr das Polizeifoto eines Verdächtigen hin. »Ist er es?«

Eine Fotografie im Porträt, eine im Profil. Darüber die Größenangaben, darunter weitere Daten wie die Haarfarbe. Die Schrift war undeutlich, verschmiert, als hätte der Beamte es als Zeitverschwendung empfunden. Oder als hätte er sich beeilen müssen, weil noch weitere Formulare auf ihn warteten.

»Wie viele Menschen werden bei einer Razzia üblicherweise festgenommen?«, fragte sie interessiert.

»Alma!«

»Ja, er ist es.« Sie nickte. »Kein Zweifel. Der Croupier von Tisch 5. Alfred Nochum.« Fasziniert besah sie sich den Steckbrief. »Es ist wirklich alles enthalten«, murmelte sie. Einmal polizeibekannt, wusste man dort alles. Der Gedanke sollte vielleicht beruhigend sein, bewirkte in ihr aber eher das Gegenteil. So viele Informationen in so wenigen Händen, dachte sie.

»Zwanzig, dreißig, manchmal mehr.«

»Wie bitte?«

»Festnahmen bei einer Razzia.« Jetzt war es an ihm, sie selbstgefällig anzugrinsen. »Die meisten müssen wir wieder laufen lassen. Aber einige tauchen mehr als einmal auf, und dann ...« Er beendete seinen Satz nicht, steckte jedoch das Blatt Papier zurück in die Aktentasche.

»Was machen wir jetzt?«, fragte Alma.

»*Wir?*«

»Sie wollen doch nicht etwa ohne mich gehen?«, fragte sie entrüstet.

»Alma, Sie haben ...«

»Nein«, sagte sie bestimmt. »Ich kenne ihn, ich habe mit ihm gesprochen. Wenn er lügt, werde ich es erkennen.«

Schiller zögerte. Sein Blick folgte einem Pferdefuhrwerk, unter dessen Plane Kohlen transportiert wurden. Der Winter, dachte Alma erneut. Er kommt.

Ludwig wandte sich ihr wieder zu, sie konnte sehen, dass er immer noch nicht überzeugt war. »Also gut«, gab er sich schließlich einen Ruck. »Wann haben Sie frei?«

»Etwas früher. Um vier.«

»Gut. Wir treffen uns bei Kleins Laden in der Stephanienstraße. Kennen Sie den?«

Alma schüttelte den Kopf. Die Stephanienstraße war ihr natürlich bekannt, sie führte an der Synagoge vorbei, den Laden jedoch kannte sie nicht.

»Nummer 32. Das einzige Haus mit Balkon liegt direkt gegenüber.«

»Klingt, als ob es einfach zu finden wäre«, sagte Alma lächelnd. Dann blickte sie sich gespielt auffällig um, bevor sie ihm wieder in die Augen sah und hinzufügte: »Und nun sollten Sie schnell Ihre Akten zurückbringen, bevor jemandem auffällt, dass Sie sie entnommen haben.«

»Ent*liehen*.«

»Natürlich.« Sie lächelte ihn an, in ihrem Bauch diese Mischung aus Neugier, Vorfreude und noch etwas anderem, das sie seit einiger Zeit mit Ludwig Schiller verband. Er lächelte ebenfalls, und wieder wurde Alma bewusst, wie nah sie nebeneinanderstanden. Er machte keinerlei Anstalten zu gehen, sie selbst ...

»Fräulein Täuber«, bellte der Drache in diesem Augenblick von oben. Alma zuckte zusammen, als sie das Gesicht der Klinger im offenen Fenster des ersten Stocks erkennen konnte. »Das wird Ihnen alles von der Mittagspause abgezogen!«

Das Ladengeschäft von Joseph Philipp Klein wurde mittlerweile von seinem Sohn Franz Klein geführt, und Alma fand es ohne Schwierigkeiten. Sie hatte im Telefonbuch nachgeschlagen und sich, als sie die Nummer 767 las, entfernt daran erinnert, an Herrn Klein schon ein paar Anrufe durchgestellt zu haben. Da die Nummer 32 nicht allzu weit vom Leopoldsplatz entfernt lag, ging Alma zu Fuß. Es hatte sich aufgeklart, der Wind wehte zwar immer noch in frischen Böen, und nicht wenige Passanten hatten ihre Hüte tief ins Gesicht gezogen, aber der Himmel lachte blau und freundlich.

Das Haus mit Balkon war nicht zu übersehen, war es doch tatsächlich das einzige seiner Art in der gesamten Straße. Als es nur noch wenige Meter vor ihr lag, hörte Alma schnelle Schritte hinter sich.

»Herr Kriminalkommissar«, sagte sie, ohne sich umzudrehen. »Auch auf der Suche nach Kaffee, der nach was schmeckt?«

»Gut erkannt. Meinem Kollegen eine Freude machen.« Schiller lachte, als er zu ihr aufschloss. »Trinken Sie eigentlich lieber Kaffee oder Tee? «

»Tee, stark mit einem Schuss Milch.« Alma lächelte, als sie die Straße überquerten. »Alfred Nochum. Tagsüber arbeitet er also hier?«

»Überraschend, nicht wahr?«

Das war es in der Tat. »Ich hätte gedacht, das Milieu wirft Geld genug ab.«

»Vielleicht wollte Alfred seine Eltern nicht enttäuschen. Nach Ihnen?« Schiller öffnete die Tür des Ladens.

Hinter der Theke nickte ihnen ein älterer Herr mit imposantem weißem Schnauzer zu, als sie eintraten. Er trug einen Anzug mit Fliege und stand mit so geradem Rücken da, dass Alma vermutete, er habe sich einen Besenstiel zwischen Weste und Hemd gesteckt. Das musste Franz Klein, der Inhaber sein.

Hoch türmten sich die Regale an den Wänden auf, die Waren erstreckten sich von Zigaretten über Reis bis zu exotischen Gewürzen. Überall hingen Werbeplakate, besonders die prominente Platzierung von Kathreiners Malzkaffee sprang Alma ins

Auge. Großmaman trank ihn gern, und Emmi schauderte jedes Mal sichtlich, wenn Alma ihn zubereitete.

»Polizei Baden«, stellte Schiller sich dem Herrn mit Schnurrbart vor, der immer noch stocksteif, doch nicht unfreundlich hinter seiner reichverzierten Registrierkasse stand. Nach dieser Ankündigung wahrte Franz Klein die Haltung perfekt, doch Alma konnte sehen, wie sein Blick für einen Moment unsicher zur Seite huschte.

Als Schiller nach Alfred Nochum fragte, nickte er in Richtung einer kleinen Tür, die zum Bereich hinter dem Laden führte.

»Im Lager«, sagte er förmlich und öffnete den Thekenverschlag, so dass sie hindurchkonnten.

Er wollte weder wissen, weshalb sie seinen Angestellten sprechen wollten, noch welche Rolle Alma spielte.

Alma folgte Schiller durch die Tür in den Bereich hinter dem Laden, wo sich Kiste um Kiste mit Ware stapelte. Die Güter wurden mit großen Schiffen zu den Häfen transportiert, und Alma musste kurz an Gustav Kern aus Hamburg denken. Vom dortigen Hamburger Hafen wurden sie überallhin ins Land verschickt, so dass man heutzutage mit wenigen Schritten Tabak aus Afrika oder Nelken aus Indochina kaufen konnte. Wie die Welt zusammenrückte!

Von Nochum oder überhaupt von jemandem war jedoch nichts zu sehen.

»Bin ich Ihr Schreibfräulein?«, flüsterte sie Schiller zu. »Ich kann ein bisschen stenographieren.« Friederike, die eigentlich Sekretärin hatte werden wollen, hatte ihr die Kurzschrift in den Pausen beigebracht.

»Ein bisschen?«

»Einen Schreibwettbewerb werde ich nicht gewinnen. Aber einen Croupier könnte ich überzeugen.«

Es war staubig, Papiere lagen auf den Kisten, und eine Treppe führte hinunter in einen Keller. Alma wollte schon darauf zugehen, da hielt Schiller sie zurück. Stattdessen wandte er sich forsch nach rechts den Flur hinunter, und nun spürte Alma es auch: einen Luftzug. Hier musste es noch eine Tür geben.

Und richtig, sie stand einen Spalt offen, und beim Näherkommen wurde der scharfe Geruch nach verbranntem Tabak stärker. Alfred Nochum machte eine kleine Pause.

Schiller drückte die Tür auf, und da stand er in einem kleinen Hinterhof, der Croupier von Tisch Nummer 5, und blies Rauchkringel in die Luft. Hager, drahtig, und dieser durchdringende Blick ... Reiß dich zusammen, herrschte sie sich selbst an. Du wolltest schließlich hierherkommen.

Beim Geräusch der knarzenden Tür sah der Mann auf, und als er Alma erkannte, Schiller neben ihr, schien er den Braten zu riechen. Abrupt warf er die Zigarette zur Seite und drehte sich herum, als wolle er über den Hof flüchten. Doch Schiller war mit drei Schritten bei ihm und stellte sich ihm in den Weg. Alma folgte ihm.

»Alfred Nochum?«

»Wer will das wissen?« Dass dies eine rein rhetorische Frage war, merkte Alma an der Art, wie er dastand, die Schultern angespannt, jederzeit zur Flucht bereit. Jemand wie er erkannte genau, wenn »die Polente« vor ihm stand, das war wahrscheinlich reiner Instinkt. Überlebensinstinkt.

»Können wir uns einen Augenblick unterhalten?«, fragte Schiller anstelle einer Antwort.

Der Croupier kniff die Augen zusammen, nickte dann kaum merklich. Aber bevor Alma überhaupt registrieren konnte, was als Nächstes passierte, war er verschwunden, und die Tür, durch die sie gerade erst gekommen waren, fiel hinter ihm mit einem Rums ins Schloss.

»Was ...?« Vor Überraschung zuckte Alma zusammen, Schiller aber reagierte reflexartig. Mit einer fließenden Bewegung riss er die Tür auf und eilte Nochum hinterher, der durch den Flur rannte. Der Croupier warf einen Blick über die Schulter, und seine Miene nahm einen verkniffenen Zug an, als er den schnell aufholenden Kommissar sah. Mit dem Arm riss Nochum einen Stapel Kisten um, den er gerade passierte, Schiller jedoch konnte geschickt ausweichen und rannte ungehindert weiter.

Alma kletterte eben über umgestürzte Kisten, als sie einen überraschten Schrei hörte: wahrscheinlich Franz Klein. Dann lautes Geklirre, Gepolter und entrüstetes Aufheulen des Ladenbesitzers. Es schien, als sei Nochum über die Theke gehechtet und hätte eventuell schon das Weite gesucht.

Doch Ludwig war jünger und schneller: Als Alma den Laden betrat, sprang auch er – zum Entsetzen von Herrn Klein, der sich in eine Ecke zurückgezogen hatte und fahrig an seinem Schnurrbart zupfte – über die Theke und stürmte durch die noch offene Tür auf die Straße.

Nochum hatte gerade den gegenüberliegenden Bürgersteig erreicht, da schloss Schiller zu ihm auf. Er riss den Mann an der Schulter herum und schleuderte ihn mit voller Wucht gegen die Hauswand. Keuchend drehte er Nochum die Hände auf den Rücken.

Alma stand immer noch hinter der Theke, wo das reinste Chaos herrschte. Flaschen waren zersprungen, der Inhalt diverser Dosen lag auf dem Boden verstreut. Franz Klein versuchte inzwischen schnaufend und mit hochrotem Kopf, die schwere Registrierkasse wieder hinaufzuwuchten. Nicht einmal die war verschont geblieben.

»Entschuldigen Sie.« Verlegen hob Alma eine Zigarettenschachtel auf und legte sie vorsichtig auf den Ladentisch, dann verschwand sie, so schnell sie konnte, aus dem Geschäft.

»So, und wir unterhalten uns jetzt ein bisschen.« Als Alma zu den beiden Männern aufschloss, klopfte Schiller dem wütend dreinblickenden Croupier kräftig auf die Schulter und packte ihn am Oberarm. Passanten wechselten irritiert die Straßenseite. Einige spähten neugierig in Kleins Laden, der daraufhin resolut die Eingangstür schloss.

»Ich habe Ihnen nichts zu sagen.« Nochum rieb sich das Handgelenk, offenbar hatte Schiller etwas zu fest zugedrückt. Der Croupier sah ihn feindselig an.

»Wir würden gern etwas über Ihre nächtlichen Aktivitäten erfahren«, sagte Schiller, als habe er Nochums Einwurf nicht gehört. »Genauer gesagt, Ihre Tätigkeiten in den Burgstaffeln. Nummer 5 war es?«

Nochum presste die Zähne fest aufeinander, seine Kiefermuskeln traten hervor. Alma, die die kurze Verfolgungsjagd der beiden Männer mit einer gewissen Faszination beobachtet hatte, wurde sich erst jetzt richtig darüber klar, dass sie gegenüber diesem Mann zerbrechlich wie ein Streichholz war. Er hätte sie im Casino ohne weiteres töten können, wenn das Licht nicht im richtigen Augenblick ausgefallen wäre.

»Ich hatte zwar gesagt, wir wollen uns nur kurz unterhalten, aber wir können das Ganze auch auf morgen früh verlegen, nachdem Sie die Nacht in der Zelle verbracht haben«, sagte Schiller.

Nochum lachte verbittert auf. »Was legen Sie mir zur Last?«

»Fluchtversuch vor dem Arm des Gesetzes. Warum, wenn Sie doch nichts auf dem Kerbholz haben?«

»Ich kenne euch Pappenheimer«, murmelte der Croupier unwirsch.

»Herr Nochum, es geht uns um Margarete Kern«, mischte Alma sich nun mit ruhiger Stimme ein. Die beiden Männer waren sich ganz offensichtlich spinnefeind, und Alma konnte sich des Eindrucks nicht erwehren, dass Ludwig den Croupier vielleicht etwas weniger hart angefasst hätte, wenn sie ihm nicht von ihrer Begegnung mit dem Mann erzählt hätte. Was Nochum selbst anging: Als Mitglied des sogenannten »Milieus« fühlte er wahrscheinlich von Grund auf Misstrauen und Hass gegen jeden Gesetzeshüter.

»Wir möchten nur herauskriegen, was mit ihr passiert ist«, fügte Alma hinzu, als Nochum sie ebenso feindselig anstarrte wie Schiller. Ein leichter Nieselregen hatte wieder eingesetzt, und sie strich sich eine Haarsträhne zurück hinter das Ohr, die sich durch die Feuchtigkeit vorwitzig an ihrer Schläfe kringelte.

»Was bringt Sie dazu zu glauben, ich könnte irgendetwas wissen? Margarete Kern? Nie gehört.«

»O doch, Sie kennen sie. In den Burgstaffeln haben Sie mich davor gewarnt, weiter herumzufragen.«

Jetzt sah Nochum zu Ludwig, der ihn immer noch am Oberarm festhielt, und grinste süffisant. »Ich glaube, die Dame verwechselt mich. Ich habe sie nie zuvor gesehen.«

»Donnerstagnacht. Im Casino in den Burgstaffeln. Sie waren der Croupier an Tisch Nummer 5.«

»Sehen Sie?« Nochum zuckte mit den Schultern, soweit seine eingeschränkte Bewegungsfreiheit das zuließ. »Vor drei Tagen, nachts? Da habe ich geschlafen.« Aus seinen Augen sprach der Hohn. »Sie etwa nicht?«

»Deshalb sind Sie auch zu spät zur Arbeit gekommen, nicht wahr? Weil Sie zu gut geschlafen haben. Nicht etwa, weil Sie nachts zu wenig geschlafen hätten.« Nicht nur Nochum sah Schiller verwundert an, auch Alma fragte sich, woher er diese Information hatte.

»Am Eingang zum Lager. Die Liste dieser Woche hing aus, wer zu spät gestempelt hat. Ich würde wetten, Alfred Nochum passiert es häufiger, dass er verschläft. Sollen wir bei Ihrem Chef mal nachfragen, an welchen Tagen das bisher vorkam? Und wie diese Tage mit den Burgstaffeln zusammenhängen?« Schillers Ton klang freundlich, als plaudere er wirklich nur mit einem alten Bekannten, während Nochum immer verbissener wirkte. »Ihre Taschenuhr scheint aus echtem Gold zu sein. Ein Lagerarbeiter kann sich so etwas doch sicher nicht leisten von seinem Gehalt.«

Beeindruckt folgte Alma Schillers Blick zu der Goldkette, die aus Nochums Hosentasche ragte. Der Kommissar erfasste Details und zog blitzschnell die richtigen Schlüsse. Nicht, dass sie das Gegenteil angenommen hätte, aber seine Auffassungsgabe trotz all dem Tohuwabohu der letzten zehn Minuten imponierte ihr. Er übte seinen Beruf zu Recht aus, dachte sie.

»Also?«, hakte Schiller bei Nochum nach.

»Nachts mal was trinken zu gehen ist wohl nicht verboten.«

»Margarete Kern«, erinnerte Alma ihn an den Grund ihres Besuchs.

Der Croupier kniff lauernd die Augen zusammen. »Margarete Kern«, sagte er. »Mehr nicht?«

Schiller nickte.

»Sie können mich loslassen. Ich hau schon nicht ab.« In einer unwilligen Bewegung drehte er seinen Arm aus Schillers Griff, der es diesmal zuließ und einen kleinen Schritt zur Seite trat.

Nochum schien freier atmen zu können. »Haben Sie vielleicht eine Zigarette?«

Weder Schiller noch Alma antworteten ihm.

»Die Kern. Zu hübsch. Zu jung, um tot zu sein.« Nochum schien mehr mit sich selbst zu sprechen als mit seinen beiden Besuchern. »Sie war immer recht großzügig mit ihren Gewinnen, hat sie gern mal geteilt. Vor allem mit den Kellnerinnen.« Er machte eine kleine Pause vor dem letzten Wort. »Wenn Sie wissen, was ich meine.«

Alma wusste es nicht, aber Schiller nickte.

»Sie kam jeden Sommer. Ich weiß nicht, was ihr wichtiger war, das Spiel oder das ... Ambiente.« Eine erneute Pause vor dem letzten Wort. »Hat immer ehrlich gespielt, auch eine Menge Geld dagelassen. War beliebt.«

»Und dann?«, hakte Schiller nach, als Nochum nicht mehr weitersprach.

»Letztes Jahr hat sich schon mal einer für sie interessiert. Im Sommer.« Jetzt sah er Alma in die Augen. »Neugierige Fragen gestellt, wie das Fräulein hier.«

»Ihnen?«

Achselzucken. »Mir, den Gästen, den Kollegen. Kein Stammgast, sonst hätte ich ihn erkannt. Ein bisschen heruntergekommen, er hatte Geldsorgen.« Die Arroganz, die er im Casino zur Schau gestellt hatte, blitzte wieder durch. »Das Roulette zieht sie an. Sie wissen, wie es ist, Geld zu haben, aber es ist ihnen abhandengekommen. Eine ganz bestimmte Sorte Mensch. Die besten Kunden.«

»Wann war das?«

»Vor ungefähr einem Jahr. Ich habe ihn danach nie wieder gesehen.«

»Haben Sie eine Vorstellung, was er wollte?«, fragte Schiller.

Nochum fuhr sich mit der Zunge über die Zähne, was ein

schmatzendes Geräusch verursachte. »Ich glaube, er hat sie erpresst.«

»Wie kommen Sie darauf?«, fragte Alma erstaunt. Nur weil jemand Fragen stellte?

»Ich hab sie im Gang gesehen, als ich pissen musste.« Mit Absicht nutzte er das vulgäre Wort, das Grinsen, mit dem er Alma bedachte, war mehr ein Zähneblecken. »Sie hat ihm Geld geben wollen. Aber darum ging es ihm nicht. Er wollte was anderes. Was Größeres. Es ging ihm ums Geschäft. Investitionen.« Er neigte leicht den Kopf. »Hätte er mal in meine Karten investiert.«

Konnte das ... Vor einem Jahr ungefähr hatte Margarete Kern plötzlich begonnen, in geschäftlicher Hinsicht völlig danebenzuliegen. Ob es hier einen Zusammenhang gab? »Woher kam der Mann?«, fragte Alma. »Haben Sie seinen Namen?« Sie drehte sich zu Schiller. »Diese Investitionen, die Margarete Kern gegen jede Vernunft getätigt hat ...«, sagte sie, aber Schiller hatte schon verstanden.

»Keine Ahnung.« Nochum schüttelte den Kopf, und es war deutlich, dass er mit ihren Andeutungen nichts anfangen konnte. Wie ärgerlich, dachte Alma, auch wenn sie eine starke Vermutung hatte, wer der Erpresser gewesen war. Einen Beweis dafür besaßen sie nun nicht und würden ihn auch nicht mehr bekommen. Margarete Kern, die einzige Zeugin, war tot.

»Sie ist nach der Sache mit dem Mann im Gang eine ganze Weile nicht mehr da gewesen«, fuhr Nochum fort. »Otto dachte schon, er hätte sie abgeschreckt.«

»Otto wusste davon?«

Für einen Augenblick wirkte Nochum erbost, offensichtlich hatte er sich hier verplappert. Doch dann ignorierte er ihre Frage und fuhr fort, als hätte sie nichts gesagt: »Vielleicht hat sie sich auch abschrecken lassen wollen. Hatte das Spiel aufgeben wollen. Aber der Sog war stärker gewesen.«

»Das Ambiente«, wiederholte Schiller Nochums Worte. »Mit wem stand Margarete Kern in engerem Kontakt?«

Der Croupier schüttelte den Kopf.

»Otto?«

Erneutes Kopfschütteln, unwilliger diesmal.

»Wir stehen zu unserem Wort«, sagte Alma und hoffte, dass Schiller es genauso sehen würde. »Es geht uns nicht um das ... Etablissement. Nur um Margarete Kern.«

Aber Nochum stieß nur einen leisen Zischlaut aus.

»Wer?«, fragte Schiller noch einmal. »Wer hat sie gekannt?«

»Ich hab alles gesagt, was ich weiß.«

»Einen Namen«, drängte Schiller.

»Wenn Sie mich nicht in Ruhe lassen, sage ich alles, was ich weiß, und damit meine ich *alles*.« Nochum lachte verächtlich. »Jeder von uns hat etwas zu verbergen. Und auch bei der Polizei gibt es gewisse Dinge, die besser nicht ans Licht kommen sollten, hm? Lassen Sie mich mit dieser Sache in Ruhe, damit ich nicht mit einer anderen komme.«

Schillers Gesichtszüge erstarrten. »Wollen Sie mich erpressen?«

»Ich sage nur Ketterer. Fragen Sie doch seinen Sohn.«

Schiller nickte langsam. »Wir wollten nur etwas zu Margarete Kern«, sagte er dann.

»Und das haben Sie bekommen«, antwortete Nochum scharf.

»Aber ...«, begann Alma, doch der Croupier stellte sich dicht vor sie.

»Überlegen Sie sich gut, wohin Sie Ihre Füße noch einmal setzen«, sagte er drohend.

Alma fuhr zurück, im gleichen Moment riss Schiller den Mann zu sich herum.

Der Croupier lachte keckernd. »Lasst mich in Ruhe«, fauchte er. »Alle beide.«

Er drehte sich um und stapfte zurück zum Laden. Schiller ließ ihn gehen, betrachtete den hageren Rücken des Croupiers und wandte den Blick auch nicht ab, als er schon im Gebäude verschwunden war.

»Er wollte uns helfen«, sagte er schließlich.

»Bitte?«, fragte Alma empört. »Alle relevanten Informationen hat er unterschlagen!«

»Er hat uns von der Erpressung erzählt.«

»Nur davon!«

»Seine Drohung.« Ludwig drehte sich zu ihr und sah sie an. »Warum erst am Schluss? Er hätte gleich zu Anfang mit Ketterers Namen kommen können.«

Wieder hatte Schiller schneller kombiniert als sie selbst. Zu sehr war sie gefangen gewesen in dem Gefühl, dass der Croupier in den Burgstaffeln in ihr ausgelöst hatte. Die Angst, das lähmende Gefühl, sich nicht rühren, sich nicht verteidigen zu können, in der Falle zu sitzen. Sie musste lernen, auch in diesen Situationen schneller zu denken, schalt sie sich.

»Sie würden einen Verbrecher laufen lassen, um den guten Ruf Ihres Vorgesetzten zu schützen?«, fragte Alma ungläubig. »Und den Ruf seines toten Sohns?«

»Zumindest dachte er, er hätte uns damit in der Hand. Jetzt hat er uns alles gesagt, was er zu sagen bereit ist.«

»Aber …«

»Nochum ist kein Verbrecher, Alma, nur ein Zeuge. Solange ich ihn nicht auf frischer Tat ertappe, habe ich nichts gegen ihn in der Hand. Und nein, es geht nicht um Ketterer«, sagte er langsam. »Sondern um Vertrauen in die Polizei, in die Kriminalpolizei. Unsere Abteilung ist noch so jung, Skandale können wir uns nicht erlauben.«

Alma gefiel diese Aussage nicht, aber es war nicht an ihr, hier nachzuhaken. Wichtig waren im Moment andere Dinge. Und er hatte schon recht: Was könnte Schiller dem Croupier zur Last legen? »Nochum will uns also tatsächlich helfen herauszufinden, was mit Margarete Kern geschehen ist«, sagte sie verwundert. So hatte sie den Mann nicht eingeschätzt. »Aber weshalb hat er uns nicht mehr verraten?« Doch diese Frage brauchte Schiller ihr nicht zu beantworten: Er vertraute ihnen nicht. Schlicht und einfach. Die Unterwelt und die Polizei, Nochum hätte niemals freiwillig mit ihnen gesprochen, er brauchte die Drohung, den Druck durch Schiller, um sein Gewissen zu erleichtern und von Margarete Kerns Erpressung sprechen zu können. Aber seine Kumpane möglicherweise verraten? Das war ihm nicht möglich.

Für einen Augenblick verfluchte Alma sich, dass sie gleich mit Schiller gesprochen hatte. Unter Umständen hätte sie mehr erfahren können, wenn sie es noch einmal auf eigene Faust versucht hätte. Unter Umständen wäre ihr dann jedoch etwas zugestoßen ... Etwas wie Margarete Kern? Aufgewühlt knetete Alma ihre Hände.

»Sie zittern ja. Ist Ihnen kalt?«, fragte Schiller besorgt und zog schon seine Jacke aus, um sie ihr über die Schultern zu legen.

Dankbar sah Alma ihn an. »Lassen Sie uns gehen«, sagte sie und zwang sich dann zu einem Lächeln. »Und vergessen Sie Ihren Hut nicht.« Sie deutete auf den Bürgersteig vor Kleins Geschäft. »Den haben Sie bei Ihrem behänden Manöver verloren.«

Schiller begleitete sie zum Leopoldsplatz. Seine Jacke lag immer noch um ihre Schultern, wie selbstverständlich hatte sie sich bei ihm untergehakt. Eine Taube gurrte über ihnen in einer Baumkrone, nebenan schimpfte eine Handvoll Spatzen.

»Es ging sicher um die Investitionen«, murmelte Schiller in Gedanken versunken. »Die Fehlkäufe, die Margarete Kern als kundige Geschäftsfrau getätigt hat. Das kann kein Zufall sein.«

»Das war es nicht«, stimmte Alma ihm zu. »Die Frage ist nur, was der Unbekannte von Margarete Kern wollte. Nach Nochums Beschreibung könnte er ein Unternehmer gewesen sein, dem die harten Zeiten zugesetzt haben. Die Investitionen sprechen dafür, wenn Nochum das Wort tatsächlich gehört hat. Wollte der Erpresser sie also zu den Investitionen in seiner glücklosen Firma bewegen? Hat er sie mit ihrer Spielleidenschaft konfrontiert?«

»Sie bestand darauf, weiterhin stahlverarbeitende Maschinen anzuschaffen. Nach Aussagen des Prokuristen wirtschaftlicher Irrsinn«, erklärte Schiller. »Gustav Kern sowie sein Schwiegervater waren völlig aus dem Häuschen, als sie die Zahlen und Geldflüsse gesehen haben.«

»Dann ist davon auszugehen, dass unser Unbekannter …«

»… ein Hersteller ist, und zwar von stahlverarbeitenden Maschinen«, unterbrach Alma den Kommissar.

»Der daran interessiert ist, wirtschaftlich nicht ins Hintertreffen zu geraten und sich Margarete Kerns Laster zunutze gemacht hat. Ganz genau.«

»Da hatte Margarete alle Hände voll zu tun. Musste mehrere Bälle gleichzeitig in der Luft halten: Sie geht auf die Erpressung ein, versucht aber unterdessen, die eigene Firma dennoch nicht ins Hintertreffen geraten zu lassen, und tut alles dafür, damit ihr eigenes Geheimnis nicht ans Licht kommt. Eine spielsüchtige Industriellengattin. Das hätte dem Ansehen der Firma deutlich geschadet.«

Schiller überlegte. »Wenn ihr Ansehen in den Dreck gezogen worden wäre, dann hätte ihr Mann womöglich die Leitung der Firma übernommen. Er hätte sie übernehmen *müssen*. Nicht einmal sein Schwiegervater hätte dann etwas dagegen gehabt.«

»Das wollte sie offenbar vermeiden. Deswegen hat sie klein beigegeben und die Fehlinvestitionen getätigt. Ganz zu schweigen natürlich von dem Skandal, den es gegeben hätte.« Alma schauderte. Als unverheiratetes Fräulein war es noch einmal eine andere Sache. Auch wenn sie kaum Geld hatten, so besaßen Emmi und sie doch eine gewisse Freiheit. Eine Frau wie Margarete Kern hingegen? »Und was hatte Nochum noch andeuten wollen? Mit seinem Gerede über das Ambiente?« Der Croupier hatte das Wort jedes Mal genüsslich betont, als ginge es um etwas gehörig Anstößiges.

Eine junge Frau kam ihnen entgegen, zwei kleine Kinder an der Hand. Ihre Schürze war schon mehrfach geflickt, die Schuhe abgelaufen. Eine Frau wie Margarete Kern, dachte Alma, wie tief konnte sie aus ihrer gesellschaftlichen Stellung fallen? Besitz gab es für verheiratete Frauen nicht. Die Vermögen besaßen der Vater, der Ehemann ...

»Sie hätte ziemlich sicher Schwierigkeiten bekommen«, fuhr Schiller fort, ohne auf Almas Frage einzugehen, die er allem Anschein nach gar nicht gehört hatte. »Und ich kann mir gut vorstellen, dass ihr Mann von der Erpressungsgeschichte ebenfalls nicht begeistert gewesen wäre, wenn er sie herausgefunden hätte. Falls er sie herausgefunden hat ...« Er beendete seinen Satz nicht.

Bei dem Gedanken daran, dass Gustav Kern in vielerlei Hinsicht von dem Tod seiner Frau profitierte, blieb Alma stehen. »Hat unser Erpresser womöglich anonym Gustav Kern kontaktiert?« Konnte das sein? Es wäre ungeheuerlich!

Auch Schiller hielt inne. »Ich muss nachforschen, wann die letzte Investition von ihr getätigt wurde. Möglicherweise hat sie seinen Forderungen nicht mehr entsprochen, und als Rache oder Warnung hat der Erpresser ihren Mann kontaktiert. Das wäre durchaus denkbar. Und wie ich schon sagte, wenn ihr Mann wirklich davon gewusst hat, hätte er den doppelten Betrug seiner Frau sicher nicht einfach so hingenommen«, sagte er. »Ketterer hatte wohl doch den richtigen Riecher«, fügte er nachdenklich hinzu.

Zum ersten Mal, seit sie sich mit dem Mord an Margarete Kern beschäftigte, zog auch Alma diese Möglichkeit ernsthaft in Betracht. Kerns Motiv war über den bloßen Anreiz, die Firma endlich übernehmen zu können, hinausgewachsen, und allein dieses Motiv hatte einem Kriminalrat schon für seine Verhaftung genügt. Dennoch blieb immer noch die Frage: Was war mit dem Anrufer? Dem Gesprächspartner in Baden-Baden? Nur ein Zufall? Alma fuhr sich über die Stirn.

»Ich werde noch einmal mit Kern sprechen«, sagte Schiller entschlossen. »Und ihn mit dem, was wir heute erfahren haben, konfrontieren. Vielleicht bringt ihn das dazu, ein Geständnis abzulegen.«

Alma nickte. Das konnte nicht schaden. Und sie … sie würde nachdenken.

Alma hatte Emmi am selben Abend noch von den Entwicklungen in Sachen Margarete Kern berichtet, worauf ihre Freundin begeistert in die Hände geklatscht hatte. »Du bist eine famose

Privatdetektivin«, hatte sie gerufen. »Das muss gefeiert werden!«

»Der Mord an einer Frau muss gefeiert werden?« Alma hatte skeptisch die Augenbrauen hochgezogen.

»Dass es jetzt an der Zeit ist, sich endlich wieder den ausgelassenen Dingen des Lebens zu widmen«, war Emmis Kommentar in typischer Wölkchen-Manier gewesen. Vor allem, nachdem Gustav Kern ihrer Meinung nach mit einem Bein vor seiner endgültigen Verurteilung stand. »Ich hab's doch gleich gewusst!«, hatte sie ausgerufen. »Versteckte Eskapaden im Hotel, dort mit Geld um sich werfen, jedem Rock hinterherscharwenzeln, aber gleichzeitig nach außen hin den Trauerflor anziehen und seinen breiten Hintern schon im Chefsessel des geerbten Unternehmens sehen! Dieser Mann ist schuldig!«

In Alma hingegen kämpften immer noch der Fakt – Kerns raketenartiger Aufstieg in der Firma nach dem Tod seiner Frau – mit ihrem Bauchgefühl. Den ominösen Anruf auf dem Amt konnte sie nicht einfach so unter den Teppich kehren. Ludwig Schiller aber hatte ihr, bevor sie in die Straßenbahn gestiegen war, noch zugerufen, dass es sich dabei sicher um eine völlig andere Sache handelte. Und ... ja, sie musste zugeben, dass ihr diese Vermutung inzwischen auch nicht mehr so abwegig erschien. Zwei verschiedene Dinge, die sich eben gleichzeitig ereignet, aber nichts miteinander zu tun hatten.

Zudem hatte Wölkchen natürlich nicht unrecht: Ein wenig Vergnügen konnte nach all den turbulenten Vorfällen nun wirklich nicht schaden. Sie mussten wieder durchatmen. Deswegen hatte sich Alma heute nach der Arbeit in ein leichtes Sommerkleid geworfen, den Hut auf der Kommode liegen lassen und trat nun vom Hausflur auf den Bürgersteig, wo Emmi schon auf sie wartete. Deren Rat, sich »bequem zu kleiden«, war der einzige Hinweis gewesen, und Alma wusste nicht, wohin es gehen sollte. Daher sog sie beim Anblick der zwei Damenräder, die mit gefüllten Picknickkörben an der Hauswand lehnten, verblüfft die Luft ein. Offenbar stand Emmis Vorstellung davon, sich mit »ausgelassenen Dingen« zu verlustieren, dieses Mal in keinem Zusammenhang mit beschwingter Musik und Perlenketten, die am Hals junger Damen hüpften.

»Wo hast du die her?« Almas eigenes Fahrrad stand im elterlichen Keller, da die Witwe keine »unsauberen Fortbewegungsmittel« – womöglich bezog sie in diesen Sammelbegriff auch Kinderwagen mit ein – in ihrem Hausflur duldete.

»Geliehen. Aber beide Räder vollbepackt hierherzubekommen, das hat mich schon einiges an Organisationskunst gekostet, das kannst du mir glauben.«

Alma nahm an, dass Wölkchen wieder einmal ihre Beziehungen hatte spielen lassen. »Meine Zauberin!«, sagte sie schmunzelnd und deutete einen Knicks an.

»Ich hätte uns auch zwei Fahrräder mit Hilfsmotoren besorgen können, mit Zweitaktern, glaube ich.« Emmi legte die Stirn in Falten. »Was auch immer das bedeutet. Aber ich dachte, Geknatter zerstört die ganze Idylle. Auch wenn wir angesichts dieser grauenhaften Berg- und Talfahrerei ziemlich außer Puste kommen werden.« Sie betätigte einige Male ausgelassen die Fahrradklingel.

»Wohin geht's denn?«, fragte Alma, die angesichts der prall gefüllten Fresskörbe an den Lenkern voller Vorfreude war, gleichzeitig aber befürchtete, die Meier würde wegen des Gebimmels vorwurfsvoll den Kopf aus dem Fenster stecken. Und auf die Verhörtechnik ihrer Wirtin wollte Alma an diesem strahlenden Mittag gerne verzichten.

»Nicht weit«, verkündete Emmi geheimnisvoll. »Aber angesichts unserer wertvollen und schweren Fracht«, sie deutete auf die Körbe, in denen Alma übrig gebliebene Leckereien vermutete, derer Wölkchen auf ihre eigene Art ebenfalls habhaft geworden war, »wollte ich auf unseren Einsatz als Packesel verzichten.«

Sie stiegen auf, und nach den ersten Metern wackeliger Fahrt gewann Alma zunehmend an Sicherheit. Fahrradfahren verlernte man nie, und sie war, als sie noch bei ihren Eltern gewohnt hatte, tagaus, tagein mit dem Rad unterwegs gewesen.

Als sie die Ausläufer der Kurstadt erreichten und Emmi den Weg zur Trinkhalle einschlug, ahnte Alma, wo es hingehen sollte. Der einst als Wasserreservoir erbaute Solmsee, der früher Bäder und Brunnen speiste und immer noch Ziel zahlreicher Spaziergänger war, lag inmitten von Wald und Wiesen nur unweit von der Trinkhalle entfernt und bot sich als idealer Platz für ein Picknick an. Das einzig Beschwerliche wäre der Anstieg. Danach aber würden sie mit einem herrlichen Blick über die Stadt belohnt.

Sie überquerten die Oos über einen der zahlreichen Stege und durchfuhren den Bereich vor der Trinkhalle in einem gemächlichen Tempo, da sie es nicht eilig hatten und immer wieder Flaneuren ausweichen mussten. Dann, hinter dem Kurhaus, wurde der Weg steiler. Emmi gab schon nach wenigen Metern auf, Alma hielt ein kleines bisschen länger durch, aber recht bald musste auch sie absteigen und schieben. Alma genoss den leichten Wind in ihren Haaren und die Natur, die im Park von Menschenhand gezähmt und geordnet worden war und durch die vielen kleinen, gewundenen Spazierpfade eine Symbiose mit der Stadt einging. Und nun endlich folgte auch der bezaubernde Blick vom Michaelsberg auf die Stadt, in deren Mitte der Turm der Stiftskirche herausragte. Rundum begrenzt von Grün. Alma liebte die exotischen Riesenbäume, die aus Übersee stammten, die Fülle kostbarer Pflanzen, und sie konnte sich nicht sattsehen.

»Das sollten wir viel öfter tun.«

»Ich bin die Letzte, die dir widerspricht«, meinte Emmi. »Am besten, ich rede mit Baer und du mit deinem Drachen. Wir brauchen mehr Urlaub und weniger Arbeitszeit.«

Alma schmunzelte. »Hört sich nach einem Klacks an.«

»Eine absolute Kleinigkeit. Könnte nur eventuell unsere Kündigung nach sich ziehen.« Emmi blieb stehen. »Meine Güte.« Sie fuhr sich mit den Handrücken über die Stirn. »Ich hatte nicht mehr im Kopf, wie steil das ist. Wenn ich noch mehr schwitze, gerät alles an mir durcheinander.«

»Deine Haare sind perfekt, Wölkchen, und wir sind auch gleich da.«

»Gott sei Dank habe ich mit dem Wangenrot gespart«, murmelte Emmi und schob das Rad weiter.

Oben angekommen, fanden sie auf der Wiese direkt neben dem kleinen See ein schattiges Plätzchen unter einer großen Eiche, an die sie die Fahrräder lehnten. Unweit davon ragte der Turm von Schloss Solms in die Höhe.

Die Wärme des Tages hatte den Rasen längst wieder getrocknet, Alma sah auf das sonnenbeschienene Wasser, das glitzerte wie ein gigantischer grüner Edelstein, und war glücklich. In diesem Moment hatte sie das seltsame Gefühl, dass sich daran niemals etwas ändern würde.

Sie packten die Picknickkörbe aus, es schien, als habe Emmi ein gesamtes Buffet eingestrichen.

»Ich hoffe, das hast du nicht heimlich mitgehen lassen«, bemerkte Alma und betrachtete die belegten Brote, Tafeltrauben, Stachelbeeren und zwei Stücke Apfelkuchen. Sogar Erdbeeren gab es, deren strahlendes Rot perfekt zu Almas lindgrünem

Kleid passten. Sie nahm das Körbchen und hielt es vor die Hüften, das Gewicht leicht auf ein Bein verlagernd. »Koche auf Vorrat!«, deklamierte sie. »Nur original Weck!«

»Leichte Handhabung!«, ergänzte Emmi lachend im selben Tonfall. »Tadelloses Funktionieren!«

»Diese Erdbeeren einzumachen wäre eine echte Schande«, sagte Alma ganz undamenhaft mit vollem Mund und setzte sich auf die ausgebreitete Tischdecke, die Emmi ganz unten aus einem der Körbe hervorgezaubert hatte.

»Apropos Reklame.« Emmi setzte sich zu ihr und inspizierte die Sandwiches. »Ich finde, wir sollten ein neues Reklameschild haben.«

»Sprichst du vom Blumenhandel?« Alma hatte auch schon gedacht, dass die Illustration der Frau, die auf dem aktuellen Schild im Schaufenster von Albert Baer abgebildet war, dem Hausdrachen des Hotel de Hollande ähnelte, dem sie vor zwei Wochen begegnet war, als sie Emmi dort vertreten hatte. Hager. Altmodisch. Trocken.

»Was Frisches«, fuhr Emmi fort. »Junges. Zeitgemäßes.« Sie bot Alma ein Sandwich dar, als ob es sich um den Reichsapfel handeln würde. »Oh, meine Freundin, steht dir der Sinn nach dieser Exklusivität?«

»Was ist denn drauf?«

Emmi hob die obere Scheibe. »Sieht nach Sardelle und Essiggürkchen aus«, antwortete sie.

Alma verzog angewidert das Gesicht. »Grässlich!«

»Stammt vom Fünf-Uhr-Tee von Lady Lambert. Von gestern, muss ich zugeben.«

»Die mit dem Premier an der Leine?«

»Genau.« Emmi biss in das belegte Brot und kaute mit forschendem Blick.

»Von gestern, Emmi!«, rief Alma entsetzt. »Sardellen von gestern!«

»Jetzt mach mal halblang, Täubchen. Glaubst du, die lagen seitdem in der Küche auf dem sonnigen Fensterbrett? Hm. Gar nicht so übel«, meinte Emmi undeutlich, bevor sie den Bissen hinunterschluckte. »Aber zurück zur Reklame. Wie ich schon sagte: Wir brauchen was Frisches. Modernes.«

»So was wie du natürlich«, erwiderte Alma immer noch ein wenig entgeistert. »Füge ›frisch und modern‹ noch ›unerschrocken‹ hinzu.«

Emmi grinste. »Genau. So was wie mich. Die Leute sollen ja wiedererkennen, was sie gesehen haben. Heidrun ist selten im Laden, und Sieglindes Nase wird nicht auf das Schild passen. Bleibe also nur ich übrig.« Eine theatralische Pause folgte, in der Emmi Luft holte. »Ich also zum Chef: Ich habe eine Idee für ein neues Schild. Er: Gefällt mir nicht. Ich: Sie wissen doch noch gar nicht, um was es geht! Er: Muss ich nicht.«

Wölkchens bühnenreife Schilderung brachte Alma zum Lachen. »Dein Herr Baer braucht eventuell einen beherzten Tritt in die Weichteile, also metaphorisch gesehen«, schlug sie vor, nachdem sie wieder Atem geschöpft hatte.

»Und wie soll das aussehen? Metaphorisch? Was ist das überhaupt? Wenn es um seine Blumen geht, kann ihm nichts schnell genug passieren. Aber bei Reklame ... Ich meine, stell dir vor, wir würden mal eine schöne Anzeige in der Badischen schalten?« Emmi verdrehte verzückt die Augen. Mit dem Finger malte sie Buchstaben in die Luft. »*Baer Blumenhandel. Schöne Blumen aus schöner Hand*. Oder: *Frische Blumen und ein freundliches Lächeln*.«

»Und daneben selbstverständlich dein Bild.«

Emmi warf neckisch den Kopf zurück. »Exakt.«

»Er lernt das schon noch.«

»Dein Wort in Gottes Gehörgang. Der Mann ist in der Beziehung die letzte Tranfunzel. Und steinhart. So Fünfundzwanzig-Minuten-Ei-steinhart, verstehst du?«

Alma nahm sich ein Schinkenbrot und inspizierte es genau, bevor sie hineinbiss. »Habt ihr denn momentan zu wenig zu tun?«

Emmis plötzliche Tatkraft in Sachen Kundenfang kam nun doch überraschend. Alma war immer der Meinung gewesen, Baers Laden würde brummen. Zumindest eilte Wölkchen ständig von einem Hotel zum anderen. Die Häuser lobten die stilvollen Arrangements, die Emmi den Wünschen ihrer Auftraggeber perfekt anpasste und damit das Niveau des Hotels unterstrich. Das Lächeln am Empfang, saubere Zimmer, die durchdachte Bedienung der Gäste, liebevolle Details und frische Blumen auf jeder Kommode und jedem Tisch. All das musste wie aus einem Guss sein und auch die Gestecke dem hohen ästhetischen Empfinden der Gäste gerecht werden. Und Wölkchen beherrschte ihr Metier aus dem Effeff.

»Nein. Das nicht. Aber das Atlantic eröffnet demnächst. Das sollten wir uns nicht durch die Lappen gehen lassen!«

»Lasst doch auch noch was für die Konkurrenz übrig.«

»Und wenn die meine Idee klauen? Weißt du, ich mache mir schon so meine Gedanken. Ich will mehr mit Draht arbeiten, will die Blume in ihrer Schönheit vollkommen zur Geltung bringen. Ich experimentiere seit einiger Zeit mit unterschiedlichen Stiellängen. Stelle große Blüten neben kleine, gestalte andere Formen aus ihnen. Die Gäste lieben das! Du kannst dir aber lebhaft vorstellen, dass der gute Baer insgeheim noch diesen kleinen Gebinden nachtrauert, in denen man die Blüten mit der Lupe suchen muss.«

»Kann dir das nicht egal sein, wenn du jetzt nach Berlin gehst?« Alma konnte sich diesen plötzlichen Themenwechsel nicht verkneifen. Seit Willy Emmi den Antrag gemacht hatte, war ihre Freundin nicht ein einziges Mal darauf zu sprechen gekommen, wie sie sich zu entscheiden gedachte.

Wölkchen antwortete nicht.

»Nun?«, hakte Alma nach. Jetzt, da sie die Angelegenheit angeschnitten hatte, wollte sie auch eine Antwort auf ihre Frage.

Nach einer gefühlten Ewigkeit sagte Emmi: »Ich bleibe.«

»Du bleibst?« Fast hätte Alma diesen Satz nicht herausgebracht, so überrascht war sie. »Du ... Aber, Berlin. Die Stadt deiner Sehnsüchte. Hast du eine plötzliche Sardellenvergiftung?«

Emmi verschränkte die Finger im Schoß und betrachtete den Rasen so eingehend, als zähle sie jeden Grashalm. »Du hattest recht.«

Ich habe recht, dachte Alma mit einem Mal amüsiert. Dass sie das noch erleben durfte.

»Nachtleben ist nicht alles«, fuhr Emmi schulmeisterlich fort. »Es gibt auch andere Dinge.«

»Hm«, machte Alma. »Wie Freunde? Familie? Anstellung? Unabhängigkeit? Das selbstverdiente Geld?«

»Unter anderem.« Emmi pflückte wie beiläufig ein Gänseblümchen, rückte ein wenig näher an Alma heran und steckte ihr die Blume hinters Ohr. »Obwohl ihr alle ja nicht so wichtig seid.«

»Natürlich nicht«, kicherte Alma.

»Du am allerwenigsten.«

»Absolut verständlich. Du bleibst nur hier, damit ich die Miete nicht allein zahlen muss.«

»Genau. Stell dir vor, du müsstest sonst wieder bei deinen Eltern einziehen!«

»Gott bewahre!« Alma schlug theatralisch die Hände vor den Mund.

»Dann wäre das jetzt ja geklärt«, verkündete Emmi wie beiläufig. »Noch ein Sandwich? Edamer mit ... Kann-ich-momentan-nicht-erkennen?«

»Petersilie«, sagte Alma glücklich. Sie hätte jetzt auch freiwillig die einen Tag alten Sardellen gegessen. Emmi würde bleiben. Mit dem Brot in der Hand betrachtete Alma erneut die Wasseroberfläche des Sees, und in diesem Augenblick war ihre Welt Harmonie und Wohlgefallen.

Alma und Emmi aßen und schwiegen. Ein schönes Schweigen, ein gutes Schweigen. Nichts Unnatürliches, sondern so, als würden sie gemeinsam auf einer Ozeanwelle dahingleiten. Als sie beim Apfelkuchen angelangt waren, gab Emmi zum großen Vergnügen Almas den neuesten Hotelfunk zum Besten: ein versehentlich zu sehr gestärktes Hemd, das an seinem Besitzer abgestanden hatte wie ein Lampenschirm, der Pudel eines französischen Gasts, der sein Geschäft im Hotelzimmer zu verrichten pflegte, und die Ernährungsgewohnheiten eines Schweizers aus Ascona, der auf tierische Kost verzichtete und seine Gäste nackt empfing.

Dann sah Emmi auf ihre Armbanduhr. »Du meine Güte!«, rief sie aus. »Wann triffst du dich noch gleich mit deinem Kommissar?« Sie stand auf und strich ihren Rock glatt.

»Es ist nicht *mein* Kommissar«, sagte Alma schnell und warf einen Blick auf ihre eigene Uhr. Das Verhör von Gustav Kern war entweder noch in vollem Gang, oder Ludwig Schiller hatte von ihm schon in Erfahrung gebracht, was er vermutet hatte. »Wir haben noch Zeit.« Zu schnell war dieser Nachmittag vergangen. Sie wollte hierbleiben, die Wasseroberfläche beobachten und sich einreden, dass die Welt immer so bleiben würde.

In Eintracht und ohne Streit oder gar Verbrechen. Trotz der Tatsache, dass sie gespannt war zu hören, was der Kommissar ihr über Kern berichten würde.

»Nur noch eine Stunde! Wenn wir in einer Stunde nicht zu Hause sind, wird dein Kriminalkommissar wieder gehen. Der wartet ja auch nicht ewig. Zumindest nicht, wenn die Meier alle fünf Minuten ihren ondulierten Kopf aus dem Fenster streckt. Womöglich zeigt sie ihn dann noch an: wegen Herumlungerns oder Hausierens.« Emmi fing an, die benutzten Teller in den Korb zu packen. »Ludwig Schiller ist übrigens noch ein Grund.«

Alma verstand nicht. »Für was?«

»Für mein Hierbleiben.«

»Ludwig Schiller ist für dich ein Grund hierzubleiben?«, hakte Alma misstrauisch nach. Die Eifersucht kroch in ihr hoch. Wie an dem Abend, als Emmi hereingeplatzt war, den Kommissar am Küchentisch vorgefunden und mit ihm geflirtet hatte.

»Natürlich. Wenn er dich unglücklich macht, muss ich ihm die Finger brechen. Oder was man eben sonst so tut in Verbrecherkreisen. Dazu muss ich vor Ort sein.« Emmi nahm die Gabel, die sie eben in den Korb gelegt hatte, wieder heraus und hielt sie Alma wie eine Pistole an die Schläfe. »Oder soll ich ihn besser erschießen?«

Alma schob die Gabel vorsichtig zur Seite. »Sehr nett von dir. Aber das kannst du dir in den Schornstein schreiben.«

»Warum?«

Alma bemühte sich um eine rechtschaffene Miene. »Weil da nichts ist zwischen uns.«

Für ein paar Sekunden betrachtete Emmi ihre Freundin aufmerksam wie ein Naturforscher ein Insekt, dann brach sie in lautes Gelächter aus. »Du bist witzig«, japste sie zwischen zwei tiefen Atemzügen. »Das kannst du deiner Großmaman erzählen!«

»Nein, wirklich!«

»Komm schon! Wie er dich angesehen hat an dem Abend! Ich bitte dich!«

»Er mag mich«, gab Alma zu. »Aber ...«

»Aber was?« Emmi scheuchte ihre Freundin von der ausgebreiteten Tischdecke und bedeutete ihr, beim Zusammenlegen zu helfen. »Soweit ich informiert bin, kannst du es nicht leiden, wenn Männer in diesen Dingen mit der Tür ins Haus fallen.«

»Nun ja.« Alma wand sich. Normalerweise. Emmi hatte recht. »Ein bisschen mehr Initiative ...«, begann sie.

»Dann musst *du* eben aktiv werden.« Für Emmi war die Sache wieder sehr einfach.

Alma schüttelte den Kopf.

»O doch. Dieser Mann scheint ein schüchternes Exemplar zu sein.«

Oder einer, der sich eben streng an die Etikette hält, dachte Alma.

»Du musst da vorpreschen.«

»Kann nicht.«

Emmi hob ihren Zeigefinger und brachte ihn so nahe an Almas Gesicht, dass er fast ihre Nasenspitze berührte.

»Versprich mir, dass du es tust!«

»Wie denn?«

Emmi nahm Almas Gesicht in beide Hände und näherte ihren Mund dem von Alma. Kurz bevor sich ihre Lippen berührten, hielt sie in der Bewegung inne und betrachtete grinsend das konsternierte Gesicht ihrer Freundin. »So in der Richtung geht das.« Sie nahm die Tischdecke und stopfte sie in den Picknickkorb. »Jetzt guck nicht so, als ob es dir die Petersilie verhagelt hätte.«

»Wie man küsst, weiß ich auch«, meinte Alma. Bei dem Gedanken, *Ludwig* zu küssen, wurden ihre Wangen heiß. »Manchmal glaube ich wirklich, du hältst mich für eine vertrocknete Biedermeiergans«, murmelte sie.

»Täubchen!« Emmi warf die Hände in die Luft. »Natürlich nicht. Aber du musst ihn überraschen. So wie ich dich eben. Du warst doch überrascht,, oder?«

Das musste Alma zugeben.

»Was zu beweisen war«, erwiderte Emmi triumphierend. »Erstaune ihn! Überrasche deinen Ludwig Schiller. Und zwar bald.«

In Gedanken versunken wickelte Alma die Überreste der Sandwiches in ein Küchentuch. Überrasche deinen Ludwig Schiller. Ja, dachte sie. Warum eigentlich nicht?

»Sie haben ja doch gewartet!«

Natürlich hatte es länger gedauert: Emmis Kette war bei der halsbrecherischen Fahrt den Michaelsberg hinunter vom Blatt gesprungen, und nachdem sie ausgiebig geflucht hatte, weil kein junger Mann in unmittelbarer Nähe bereitstand, um ihr beizustehen, mussten sie ihre Räder nach Hause zurückschieben. Gott sei Dank war es von der Trinkhalle nicht allzu weit nach Lichtental. Es hatte sie trotzdem einiges an Zeit gekostet, dennoch wartete Ludwig Schiller geduldig auf dem Gehsteig vor der Haustür.

»Glauben Sie mir, Ihr Zerberus hat es mir nicht leicht gemacht«, wisperte er mit Blick auf das Fenster der Witwe Meier, hinter dem sich die Gardinen leicht bewegten.

Alma schüttelte belustigt den Kopf. Hatten sie es doch geahnt!

»Tapfer«, lobte Emmi. »Ein Soldat stellt sich jedem Scharmützel.«

Es war nur eine winzige Bewegung, ein leichtes Zucken seines Mundwinkels, als verspüre er Schmerz. Aber Alma registrierte es. Und sie registrierte auch, wie wenig sie noch über Ludwig Schiller wusste. Dann dachte sie daran, wie viel sie gern von ihm wissen wollte.

Instinktiv hatte sie das Thema Krieg immer vermieden, offenbar gespürt, wie viel Kummer es ihm bereitete. Seine Einberufung war während der ersten Semester eines Jurastudiums erfolgt, so viel hatte sie erfahren. Nun war er Kriminalkommissar – Kriminalkommissarsanwärter –, und die neue Laufbahn schien immer noch ein wenig Zwang zu enthalten, etwas Unwohlsein, dem Umstand geschuldet, dass die Berufswahl nicht freiwillig erfolgt war. Und dennoch – oder gerade deswegen? – hielt Alma ihn für einen guten Polizisten.

»Wollen wir ein Stückchen gehen?«, fragte sie ihn. Heute bestand nicht mehr die Chance, ihn an Frau Meier vorbei in ihre Dachkammer zu schleusen, und obwohl Alma sich mittlerweile sicher war, dass sie selbst und auch Emmi bei der Witwe einen Stein im Brett hatten, so wollte sie es doch nicht riskieren, hinausgeworfen zu werden. Schon gar nicht an dem Abend, an dem Emmi beschlossen hatte, weiterhin in Baden-Baden zu bleiben.

»Ich helfe Ihnen mit den Rädern«, bot Schiller an, doch Emmi winkte ab.

»Das ist auf meinem Mist gewachsen, das biege ich auch wieder gerade«, sagte sie mit einem strahlenden Lächeln.

Alma zögerte – nur weil sie mit Herrenbesuch ihren Mietvertrag nicht riskieren wollte, bedeutete das nicht, dass Emmi es ihr gleichtat –, aber dann blickte sie in Schillers warme

Augen. Galant bot er ihr seinen Arm an, und sie hakte sich unter. Das inzwischen vertraute Glücksgefühl machte sich in ihr breit. Emmi schaffte das schon!

Während sie schweigend nebeneinander hergingen, sog Alma die abendlichen Geräusche der Stadt tief in sich ein. Alles erschien ihr ruhiger, gedämpfter, die Zeit erholte sich vom hektischen Betrieb des Tages, von knatternden Motorrädern, spuckenden Auspuffen und von Fahrradgeklingel. Selbst die Gespräche der Menschen drangen leiser zu ihr herüber.

Sie wusste nicht, wie sie die Unterhaltung beginnen sollte. Aber seine Reaktion auf Emmis Bemerkung hatte ihre Neugierde geweckt.

»Sie haben im Krieg Schreckliches erlebt«, sagte sie leise.

Er schluckte merklich. »Das sind keine Geschichten für junge Frauen wie Sie«, antwortete er dann rau.

»Ich weiß, was der Krieg aus den Menschen macht.« Sie blickte zum Himmel, der jetzt orangefarben leuchtete. »Leider nichts Gutes.«

»Und die Frage ist immer: Wofür?« Ein Schnauben. Der Schmerz in seiner Stimme war hörbar, als er weitersprach: »Ich wollte immer Gerechtigkeit. Gerechtigkeit für die Menschen, die Guten wie die Schlechten. Verbrecher bestrafen, Gutes belohnen. Naiv, nicht wahr?«

»Ganz und gar nicht. Deshalb haben Sie Rechtswissenschaften studiert. Weil Sie die Gerechtigkeit gesucht haben.«

»Genau. Und was habe ich gefunden? Viel zu junge Männer, fast noch Kinder, verstümmelt, getötet, mit entsetzlichen Wunden sind sie elendig ...« Er unterbrach sich.

»Krieg ist nie gerecht«, sagte Alma leise. »Ungerecht für die Männer an der Front, die keine Zukunft haben, und ungerecht für die Frauen daheim, die um ihre Liebsten bangen müssen.«

»Und sie verlieren.«

»Haben Sie …?«

»Mein Bruder. Er war zwei Jahre jünger als ich.«

Wieder einmal wurde Alma bewusst, mit wie viel Glück ihre eigene Familie durch die Kriegsjahre gekommen war. Sein jüngerer Bruder. Alle Worte klangen hohl in ihrem Kopf, alle Beileidsbekundungen leer, und so drückte sie nur fest seine Hand.

»Seitdem ist es schwer geworden, an Gerechtigkeit zu glauben«, sagte er schließlich.

»Aber Sie suchen sie immer noch. Deshalb sind Sie Kommissar geworden. Und ich glaube, Sie werden sie auch finden.«

»Kommissars… Ach, Alma!« Er seufzte, doch seine Augen lächelten, als er sie anblickte. »Sie kennen mich schon ziemlich gut«, sagte er, und der schwere Moment war vorbei. Er blieb stehen und zog sie etwas zu sich heran.

Überrasch ihn, dachte Alma, stellte sich auf die Zehenspitzen und gab ihm einen Kuss auf die Wange. Bevor sie darüber nachdenken konnte, was sie da getan hatte, sagte sie: »Ich weiß, dass Sie nicht eher Ruhe geben werden, bis Sie den Mord an Margarete Kern aufgeklärt haben.«

Aufs Schillers Gesicht lag ein Ausdruck völliger Überraschung. »Ja«, sagte er perplex. »Darüber wollte ich mit Ihnen sprechen.« Er blinzelte zweimal, wie um sich aus einer Trance zu befreien, dann umfasste er Almas Taille. »Sie sind wirklich … etwas Besonderes«, murmelte er, die Lippen ganz nah an ihren.

Hatte sie vorhin einfach aus einer spontanen Idee heraus gehandelt, wurde ihr nun bewusst, was gerade passierte. Ihr Herz schlug so schnell und laut, Alma war sich sicher, dass Ludwig es hören konnte. Sie schloss die Augen, ihre Lider flatterten vor Aufregung, und dann spürte sie seine Lippen auf ihren.

Er zog sie fest an sich heran, sie öffnete leicht ihren Mund und fühlte sich Ludwig so nah wie noch keinem Menschen je zuvor. Ihr wurde schwindlig.

Als sie sich voneinander lösten, waren Almas Wangen gerötet; sie spürte die Wärme, und mit der Zunge fuhr sie sich über die Lippen.

Ludwig strich mit der rechten Hand über ihre Wange. Er lächelte sie an, und sie konnte nicht anders, als es zu erwidern. Mein Gott, was war sie glücklich! Dass ein einfacher Kuss so etwas auslösen konnte!

Wie lange sie so dastanden und sich nur ansahen, konnte sie nicht sagen. Sie merkte bloß, wie sich ihr Herzschlag langsam beruhigte und sie dafür von einer immensen Freude erfasst wurde, der Art, die sich gern der ganzen Welt mitgeteilt hätte.

Eine Gruppe älterer Männer musste ihnen auf dem Trottoir ausweichen, einer stieß einen langen Pfiff aus, einer machte eine Bemerkung, die Alma nicht verstand, da sie im Gelächter der anderen unterging.

Peinlich berührt fasste sie nach Ludwigs Arm und nahm ihren Spaziergang wieder auf.

Mit wahrscheinlich immer noch hochroten Wangen sah sie geradeaus und atmete tief die frische Abendluft ein.

»Wie gut, dass ich mich vom Zerberus nicht habe abschrecken lassen.« Ludwigs Stimme war weich und rau zugleich, eine Mischung, die Almas Magen erneut hüpfen ließ.

»Wie gut, dass du gewartet hast«, stimmte sie lächelnd zu, das neue und noch fremde »Du« ausprobierend. »Aber du hattest doch einen anderen Grund?«

»Keinen schöneren.« Er drückte ihre Hand. Offenbar war er noch unwillig, die Stimmung zwischen ihnen zu zerstören und mit Gustav Kerns Vernehmung zu beginnen. Aber nun war Almas Neugier geweckt.

»Was hast du herausbekommen?«, fragte sie.

»Die Zeit, die er bei uns in der Zelle verbracht hat, hat ihn kleinlaut werden lassen.«

Das konnte Alma sich vorstellen. Wenn sie daran dachte, wie einsam man sich dort fühlen musste. Wie verloren und auch wie gefangen …

»Dennoch war er nicht besonders zuvorkommend. Er bestreitet natürlich, von einer Erpressung gewusst zu haben. Ganz zu schweigen vom Doppelleben seiner Frau hier in Baden-Baden. Nein, Margarete Kern war eine Unternehmergattin mit tadellosem Benehmen und Leumund, niemals hätte sie sich aufs Glücksspiel eingelassen.«

»Glaubst du ihm das?«

»Er hat sich verraten. Bei der Erwähnung der Firma Nölle mit Sitz in Bremen, in deren Maschinen Margarete Kern aus unersichtlichen Gründen fehlinvestiert hatte, ist er deutlich zusammengezuckt.« Jetzt hatte Ludwig zu seiner üblichen Professionalität zurückgefunden. »Wir müssen mit Nölle sprechen, ich habe die Kollegen in Bremen kontaktiert. Sie müssen ihn unter Druck setzen, aber ich bin sicher, er wird zugeben, Gustav Kern über das Treiben seiner Ehefrau in Kenntnis gesetzt zu haben.« Erneut blieb er stehen und sah Alma direkt an. »Die Käufe hatten alle in einem zweimonatigen Rhythmus stattgefunden. Seit Herbst 1921. Oktober, Dezember, Februar, April, und dann … nichts.«

»Seine Erpressung hat nicht mehr gefruchtet?«

»Margarete Kern muss sich geweigert haben. Aus welchen Gründen, kann ich nicht sagen. Vielleicht hatte sie keine Angst mehr davor, dass ihr Geheimnis gelüftet wird.«

»Vielleicht ...« Alma überlegte. »Vielleicht wäre sie aber auch froh gewesen, wenn es ans Licht gekommen wäre?« Vielleicht hatte sie genug gehabt von den Versteckspielen, vom Verbotenen, und wollte, dass alles ein Ende hatte?

»Möglich ist auch das«, stimmte Ludwig ihr zu. »Ich weiß es nicht. Ich weiß nur, dass Gustav Kern lügt. Er wusste vom Doppelleben seiner Frau. Und damit wusste er auch, dass sie eine Bürde war. Ihr Tod war das Beste, was ihm passieren konnte.«

»Du glaubst ...?«

»Ja«, antwortete er bestimmt und lächelte leicht. »Ich habe dir gesagt, der Kriminalrat war einmal ein hervorragender Polizist. Offenbar sehen wir hier seinen alten Spürsinn, seine Intuition hervorblitzen. Er hat von Anfang an recht gehabt: Gustav Kern hat seine Ehefrau ermorden lassen.«

Alma kniff die Augen zusammen. Überzeugte sie das? Ludwigs Argumente waren stichhaltig. Und sie wusste, wenn er eine Lüge bei Gustav Kern zu erkennen geglaubt hatte, dann log Gustav Kern, so weit vertraute sie seinen kriminalistischen Instinkten blind. Aber sie hatte gedacht, dass mehr mit ihr passieren würde, wenn sie die Wahrheit erfuhr. Der sprichwörtliche Blitz sie durchfahren würde, die Erkenntnis, dass es genauso und nicht anders gewesen sein musste. Aber vielleicht war das eben so, wenn man ermittelte: Die Wahrheit war schäbig und klein und wenig zufriedenstellend.

»Ich gratuliere euch herzlich zu diesem Erfolg«, sagte sie dennoch. »Ludwig Schiller, Kriminalkommissarsanwärter: Du hast Gerechtigkeit gesucht – und im Fall von Gustav Kern auch gefunden.«

17

Ein junger Mann im englischen Anzug lüpfte galant den Hut und lächelte unbeholfen, als Alma am darauffolgenden Tag aus der Straßenbahn stieg. Seine kantigen Züge und die hohe Stirn nahm sie an diesem Morgen mit der Prägnanz einer Detektivin wahr. Sie sah ihm forschend, aber nicht unfreundlich ins Gesicht und überlegte, wo er wohl hinfahren, was er wohl tun würde, ob er Familie hatte und ob sich das alles aus Benehmen und Kleidung ablesen ließ. Und die Frau neben ihm im hochgeschlossenen Kleid: Versteckte sie eine Narbe unter dem Kragen, der ihr fast bis ans Kinn reichte? Was war mit dem Herrn, der sich auf einen Spazierstock stützte: Ging von ihm nicht ein feiner Alkoholgeruch aus, den er versuchte, mit blumig-herbem Altherrenduft zu kaschieren?

Als sie auf das große Postgebäude mit seiner Kuppelhaube zuging, empfand Alma es zum allerersten Mal bedrückend und schwer. Warum war es ihr bis jetzt nicht aufgefallen, dass die so korrekt angeordneten Fensterbänder auf Betrachter ermüdend wirkten? Die barocken Fassadenelemente vermochten nicht, sie aufzulockern. Fast hätte sie gelacht, denn in gewisser Weise passte es vorbildlich zu dem, was sich im Inneren des Gebäudes abspielte: ermüdende, immer gleiche Tätigkeiten.

Wenige Minuten später nahm sie ihren Arbeitsmantel vom Haken, fuhr über den Stoff, wie um zu ergründen, woher er kam. England? Zu grob. Auch der weiße Spitzenkragen, der dem Mantel vermutlich eine Note von Weiblichkeit verleihen sollte, fühlte sich noch steifer an als sonst.

Es war Schichtwechsel, die Garderobe voll erschöpfter Kolleginnen, deren Lebensumstände und Namen Alma nicht immer kannte. Würde man ihnen die Mühsal der zurückliegenden Stunden ansehen, wenn sie auf die Straße traten, oder machten sie gute Miene zum bösen Spiel, lächelten, hielten das Kinn hoch, schritten fest aus? Wie wirkte sie selbst nach einem langen Arbeitstag auf andere?

»... was habe ich falsch gemacht, frage ich mich? Alma, ist das normal?«

Alma fuhr herum. Offenbar sprach Marianne schon länger mit ihr. »Entschuldige, ich ...«

»Sprechunterricht«, wiederholte die jüngere Kollegin. »Ich hatte heute Morgen schon sprechtechnischen Unterricht«, sie senkte die Stimme, »beim Drachen.« Ihre Finger nestelten nervös an den großen Knöpfen ihres Mantels.

»Das diente sicherlich der Schonung deiner Stimme«, versuchte Alma, sie zu beruhigen, während sie in ihre eigene Arbeitskleidung schlüpfte. »Sprechunterricht haben wir nicht nur wegen der Aussprache, weißt du.«

Marianne sah zu Boden. »So hat sich das aber nicht angefühlt.« Sie hob den Blick. »Spreche ich undeutlich?«

»Natürlich nicht.« Alma legte kurz die Hand auf Mariannes Unterarm. »Du bist noch nicht lange dabei, das ist alles. Mach dir keine Sorgen.«

»Ich brauche diese Arbeit. Jeden Tag, wenn ich in die Zeitung schaue, wird mir angst und bange. Deutschland kann die Reparationszahlungen nicht begleichen, Frankreich stellt sich immer noch quer ... Was, wenn das schlimm ausgeht?«

Dass Marianne sich mit der aktuellen wirtschaftlichen Lage

auseinandersetzte, wunderte Alma, denn so hatte sie die Kollegin nicht eingeschätzt. Auf der anderen Seite konnte niemand den dramatischen Meldungen entkommen. Eine Wirtschaftskatastrophe kündigte sich mit lauten Vorzeichen an, kulturelle Einrichtungen oder Zoos mussten wegen gestiegener Preise ihre Angebote einschränken oder ganz schließen, und Reichskanzler Wirth hatte schon vor einem Monat die Reparationsverhandlungen, die einfach nicht vorankamen, als eine Katastrophe bezeichnet.

Alma lächelte aufmunternd. »Das wird schon.«

»Aber wenn …«, begann Marianne.

»Jetzt quatsch keinen Kohl, Mädchen«, mischte sich in dem Moment Ida ein, die sich mit dem Arbeitsmantel über dem Arm anschickte, ihren Platz vor der Schalttafel in wenigen Minuten einzunehmen, allerdings nicht wie vorgeschrieben gekleidet. Allem Anschein nach hatte sie auch heute vor, Fräulein Klinger auf die Palme zu bringen. »Es kommt, wie es kommt. Lest lieber die Mode- und Klatschspalten.«

Mariannes Augen wurden kurz groß, dann nickte sie. »Ja, du hast recht. Mode- und Klatschspalten. Und den Fortsetzungsroman.« Ihr Gesicht hellte sich auf.

»*Das ewige Feuer* von diesem Richter in der Badischen Presse etwa?« Ida schürzte die Lippen. »Öde. Öde. Öde.« Plötzlich drehte sie sich um, eilte zur Garderobe und versenkte die Hand in die Tasche ihres Sommermantels. Wild mit einem Taschenbuch wedelnd kehrte sie zu Alma und Marianne zurück. »Hier, meine Liebe.« Ida drückte dem Mädchen ein Buch in die Hand, das es sofort neugierig ansah.

»*La Garçonne*«, las Marianne und ließ die Seiten durch die Finger gleiten. »Das ist auf Französisch, Ida!«

»Das weiß ich auch, kam direkt aus Paris über ein paar Umwege zu mir. Streng dich an. Es lohnt sich. Freie Liebe, Opium und eine Frau, die sich kleidet und benimmt wie ein Mann.« Ida zwinkerte Marianne neckisch zu, drückte das Kreuz durch und tat, als klemme sie die Daumen unter unsichtbare Hosenträger.

Alma dachte an Otto und konnte sich ein breites Grinsen nicht verkneifen. Wenn Ida wüsste ...

Nur drei Stunden später war Alma der Humor schon längst wieder vergangen. Die immer gleichen Arbeitsabläufe ließen ihren Kopf schwer werden, ihre Schläfen begannen zu pochen. Sie sehnte sich nach frischer Luft und Bewegung. Ihr Rücken schmerzte.

Vor lauter Abscheu den blinden Gewohnheiten gegenüber variierte sie beim nächsten Anrufer die Standardphrase. »Hier Amt, einen wunderschönen guten Tag, was kann ich heute für Sie tun?«

»Ich möchte mit einer öffentlichen Telefonzelle verbunden werden.« Die Stimme klang anders. Irgendwie gepresst und unnatürlich. Alma wunderte sich nur den Bruchteil einer Sekunde darüber, dann übernahm die Routine wieder die Oberhand, als der Anrufer fortfuhr: »Mit der 932«.

»Einen Augenblick.« Alma griff sachkundig nach einem ihrer Stecker und stellte die Verbindung her. »Sprechen Sie, bitte.« Dann klinkte sie sich aus dem Gespräch aus.

Sie lehnte sich zurück, ließ einige Wirbel knacken und wollte eben einen anderen Anrufer durchstellen, da fuhr es ihr wie ein Blitz durch den ganzen Körper.

Vorsichtig spähte sie zu Fräulein Klinger, die an ihrem Tisch saß und den Kopf über ein Schriftstück gebeugt hielt. Ein paar Sekunden behielt Alma den Drachen im Blick, dann schaltete sie sich behutsam in das Gespräch zwischen Bahnhof und der 932. Und was sie hörte, ließ ihr Herz für einen Moment stolpern. Denn die gepresste Stimme, die vor wenigen Sekunden zwar verfremdet geklungen hatte, in ihr aber erst im Nachhinein sämtliche Alarmglocken hatte schrillen lassen, sprach nun unverstellt. Und sie war Alma nur allzu gut bekannt. Die Stimme klang, als wenn man Nägel über eine Schiefertafel zog.

932. Das war die Nummer einer öffentlichen Telefonzelle. In Baden-Baden hatten die meisten noch keinen Anschluss in den eigenen vier Wänden, da behalfen sich die Leute mit den öffentlichen Apparaten. 932 stand direkt zwischen den Burgstaffeln und der Schlossstraße. Und beim Thema Burgstaffeln warfen sich Almas innere Sirenen erneut ins Zeug.

Auf ihrer Schalttafel war der Teufel los. Lämpchen gaben unübersehbare Zeichen. Anrufer wollten verbunden werden. Aber Alma ignorierte das Leuchten und Blinken und lauschte stattdessen mit angehaltenem Atem, was der Anrufer dem Empfänger an Apparat 932 zu sagen hatte.

»Eine Begegnung wäre vonnöten«, sagte der Schiefertafelmann. Bei der Aussprache jedes Vokals rutschte seine Stimme in die Alma so bekannte, unangenehme Tonlage.

Sie umklammerte ihren Kopfhörer derart fest, dass ihre Hand anfing zu zittern.

932 antwortete nichts.

»Ich schlage 2 und 5 und 2 und 6 vor«, sagte die Schiefertafelstimme.

Sein Gesprächspartner schwieg weiterhin.

»Das ist ein Treffpunkt, von dem man nur träumen kann, nicht wahr?«, sagte der Schiefertafelmann eindringlich. »Zwei fünf zwei sechs. Ich bin da, wenn Sie da sind.«

Immer noch Schweigen am anderen Ende der Leitung.

Alma wollte den Teilnehmer in der Telefonzelle 932 am liebsten anschreien, er solle doch endlich etwas erwidern. Den Treffpunkt bestätigen, eine Uhrzeit nennen, einen konkreten Ort. Was sollten diese Zahlen bedeuten? Hinweise, sie brauchte konkrete Hinweise! Wo, bitte schön, sollte das Treffen stattfinden? Alma dachte aufgewühlt über die Sätze und die Zahlenkombination nach, die sie eben gehört hatte. Zwei fünf zwei sechs. Auf keinen Fall eine Hausnummer. Eine Telefonnummer? In Baden-Baden hatte aber kein Haus diesen Anschluss. Alle vierstelligen Nummern in der Kurstadt begannen mit einer 1. Womöglich sollte das Treffen in einer anderen Stadt sein? Ludwig Schillers Einwand, der erste Anruf, den sie erhalten hatte, hätte nichts mit dem Mord an Margarete Kern zu tun gehabt, erschien ihr mit einem Mal komplett unglaubwürdig. Der Schiefertafelmann war wieder da. Er gab Hinweise! Das konnte doch kein Zufall sein!

Sagt mir, wo die Besprechung stattfinden soll, dachte sie eindringlich. Wo und wann! Jetzt macht schon!

»In drei Tagen. Punkt zwanzig Uhr«, sagte die Schiefertafelstimme indessen nur – und dann war die Verbindung tot.

Wie paralysiert saß Alma vor ihrer Schalttafel, Marianne warf einen konsternierten Blick in ihre Richtung. Aber erst als Ida ihr beherzt einen Tritt vors Schienbein gab, kehrte Alma ins Hier und Jetzt zurück. »Augen auf!«, zischte ihre Kollegin. »Bei dir explodiert gleich alles!« Sie deutete mit dem Kinn auf die Schalttafel.

Aber Alma hatte keine Zeit, sich darum zu kümmern. Der öffentliche Fernsprecher! Vielleicht konnte sie den Mörder noch erwischen!

»Kannst du die Klinger ablenken, falls sie herüberschauen sollte?«, fragte sie Ida schnell.

»Was? Wie soll …?«

»Darin bist du doch erstklassig, Ida. Bitte. Ich brauch nur fünf Minuten.«

»Fünf Minuten für was? Alma, bei dir hängen zig Anrufer in der Leitung!«

»Ich mache das.« Kaum hatte Marianne ihren Satz beendet, rutschte sie auch schon näher zu Alma und tätigte die ersten Verbindungen. »Hier Amt, was beliebt?«

Noch niemals zuvor hatte Alma Marianne derart selbstbewusst und energisch erlebt. Inzwischen nahm Ida von der anderen Seite aus ebenfalls ein paar von Almas Anrufen an. Ihr Blick huschte von ihrer eigenen Schalttafel zu der von Alma und dann zum Schreibtisch des Drachens. »Höchstens drei Minuten, Alma«, stellte sie eindringlich klar.

»Ihr seid meine Engel!«, erwiderte Alma dankbar, überzeugte sich ebenfalls, dass Fräulein Klinger nichts mitbekam, und stellte sich anschließend selbst zur 1196 durch.

Heb ab, Ludwig. Bitte heb den Hörer ab!

»Kriminalpolizei Vincentistraße, Kriminalwachtmeister Franck am Apparat.«

Alma schloss in stiller Verzweiflung kurz die Augen. Dann atmete sie tief durch. »Herr Kriminalwachtmeister, ich grüße Sie. Ist der Kriminalkommissarsanwärter Schiller zu sprechen?«

Nichts geschah. Sie wollte ihren Satz schon wiederholen, da sagte Franck: »Sind Sie das, Fräulein Täuber?«

So viel also zum Vorhaben, anonym bleiben zu wollen, dachte Alma. Sie hatte nicht vor, Franck in aller Länge und Breite zu erklären, was sie von seinem Kollegen wollte. Die Zeit lief ihnen davon! Ein Blick auf die Uhr zeigte ihr, dass mittlerweile fast zwei Minuten vergangen waren. »Ihre Ermittlungskunst ist ausgesprochen beeindruckend, Herr Kriminalwachtmeister«, sagte sie und bemühte sich um einen unbeschwerten Tonfall.

»Ludwig ist nicht da«, stellte Franck fest. Alma konnte sich nahezu vorstellen, wie er mit einem dicken Zeigefinger dunkle Kaffeetassenabdrücke auf seiner Schreibtischplatte nachfuhr. »Kann ich was ausrichten?«

Almas Eifer sank in sich zusammen. Drei Minuten. Wenn Schiller jetzt loslief, würde er noch einmal knappe fünf Minuten brauchen. Acht Minuten, so lange würde der Täter nicht neben dem Fernsprecher warten. Es war eine Schnapsidee gewesen, und sie ärgerte sich über sich selbst.

»Wann erwarten Sie ihn denn zurück?«, fragte sie. Wenn es keine Möglichkeit mehr gab, den Mörder zu erwischen, so konnte Schiller ihr vielleicht wenigstens bei der verschlüsselten Nachricht helfen.

»Och. Nun ja. Hat er nicht wirklich gesagt. Wissen Sie, Fräulein, auch wenn es etwas Privates ist, können Sie mir ruhig auch vertrauen, denn ich bin äußerst …« Aus heiterem Himmel erklang jetzt Francks Pferdewiehern. »Na, wenn man vom Teufel spricht.« Dann folgte Stille.

Alma legte die Stirn in Falten. »Herr Franck?« Sie überprüfte die Verbindung, er hatte nicht aufgelegt. »Herr Kriminalwachtmeister?«, versuchte sie es noch mal.

»Ist jetzt aufgestanden, um Kaffee zu machen«, erwiderte Ludwig gutgelaunt, und vor Erleichterung hätte Alma schier aufgeseufzt. »Du weißt schon. Dieses braune Gebräu, fast durchsichtig und stets von meinem Kollegen in einer speckigen Tasse serviert. Die dieses seltsame verwaschene Muster hat …«

»Spritzdekor.«

»Sicherlich vom Kollegen absichtlich gewählt, damit man die Flecken nicht so sieht.«

Alma hätte gerne gelacht, konnte aber ihre Anspannung nicht abschütteln. »Ich habe nicht viel Zeit, brauche aber unbedingt deinen Rat.«

»Ach ja?« Ludwig Schiller schien sofort ganz Ohr.

»Militärische Chiffres«, sagte Alma kurz angebunden. »Wie setzen die sich zusammen?«

»Nun«, falls Schiller irritiert war, so zeigte er es nicht. »Das sind nach einem bestimmten System verschlüsselte Nachrichten.«

»Auch mit Zahlenkombinationen?«

»Das ist möglich.«

Alma nickte, dann fiel ihr ein, dass Ludwig Schiller das nicht sehen konnte. »Gut. Richtig.«

»Ehrlich gesagt gibt es da so viele ... für das Wetter, Verkehr, den Handel, diplomatische Codes, für Abfahrt oder Ankunft, für ...«

»Zwei fünf zwei sechs.«

»Zwei fünf zwei sechs?« Ludwig Schiller klang nun doch verwirrt. »Wie kommst du auf diese Zahl?«

»Kennst du sie etwa?«

»Nein. Denn das ist nicht so einfach, Alma. Es kommt darauf an, welche Chiffre man wählt. Oder welches Codebuch. Verstehst du?«

»Oh.« Alma begann zu begreifen. Ihre Überlegung, bei der Nummer handelte es sich um einen militärischen Code, den jeder Soldat, der im Großen Krieg gedient hatte, verstehen könnte, kam ihr jetzt einfältig vor. »Natürlich. Wie dumm von mir. Es gibt unzählige Möglichkeiten.«

»Die gibt es. Aber willst du mir nicht sagen, was ...«

In diesem Moment stieß Ida – die immer noch gemeinsam mit Marianne Almas Anrufe entgegennahm und gleichzeitig die eigene Schalttafel nicht aus den Augen zu verlieren versuchte – ein pfeifendes Geräusch aus, dem ein gezischtes »Alarm!« folgte.

Alma wagte es den Kopf um wenige Zentimeter zu drehen. Fräulein Klinger war aufgestanden, ging mit festen Schritten um ihren Schreibtisch herum und steuerte direkt auf die Reihe der drei Frauen zu. »Vielen Dank«, sagte Alma knapp und kappte die Verbindung. Gerade noch rechtzeitig, um den nächsten Anrufer anzunehmen und die übliche Geschäftigkeit vorzutäuschen. Als der Drache direkt hinter ihr stand, stieß Alma ihr »Hier Amt, was beliebt?« derart laut hervor, dass die Klinger ihr beschwichtigend die Hand auf die Schulter legte.

»Na, na, Fräulein Täuber, zügeln Sie sich«, flüsterte sie Alma mit Nachdruck ins Ohr. »Der Anrufer wird doch nicht etwa schwerhörig sein?« Dann nahm sie Marianne ins Visier, fand jedoch nichts, was sie an deren Verhalten aussetzen könnte, wandte sich Ida zu. Doch auch bei ihr stellte der Drache lediglich fest, dass auch an diesem Platz alles mit rechten Dingen zuging, daher schritt Fräulein Klinger zu ihrem Posten zurück. Sichtlich vergrämt darüber, dass ihre Mädchen das taten, was sie tun sollten, und nichtsahnend, dass einer ihrer Schützlinge sich immer noch das Hirn darüber zermarterte, was es mit der Zahlenkombination zwei fünf zwei sechs auf sich haben könnte.

Wie in Trance stieg Alma nach ihrer Schicht in die Elektrische. Das Gefühl, etwas Einschneidendes und Wichtiges sei passiert, nahm in ihr überhand. Während der letzten Stunden war ihre feste Überzeugung zurückgekehrt, dass die geheimnisvollen Telefonate und der Tod der Industriellengattin in einem Zusammenhang stehen mussten. Der charmante Ludwig hatte Almas Intuition in dieser Hinsicht kurz aus dem Tritt gebracht, aber das war auch kaum verwunderlich. Das Band zwischen ihnen wurde stärker, das war kaum zu ignorieren. Am liebsten würde sie es ausblenden, um sich voll und ganz auf den Mord zu konzentrieren, brachte es aber nicht fertig. Ein Teil von ihr beschäftigte sich mit Margarete Kern, der andere mit dem Kriminalkommissar, und so war es ein Glück, dass ihr Oberstübchen die alltäglichen Aufgaben nicht vergaß.

In der Straßenbahn schien die Luft an diesem Abend mit Pessimismus getränkt. Zusammengesunkene Menschen mit sorgenvollen Gesichtern. Es war, als ob sich alle einsam, verlassen und überflüssig vorkämen, alle Miesepetrigkeit einatmeten, die im Abteil hing wie ein übelriechendes Parfüm. Bis jetzt war es Alma immer gelungen, Grübeleien zumindest während der Schicht zu vermeiden, die Arbeit bildete immer noch das beste Gegengift. Aber seit Margarete Kerns Tod nahm sie diese Grübeleien überallhin mit.

Alma versuchte bewusst, an etwas anderes zu denken. Zu Hause würde das Veilchenkleid auf sie warten. Der zartlilafarbene Stoff lag schon lange zugeschnitten in der Kommode. Sie würde die Nähmaschine auf den Küchentisch wuchten und einfach anfangen. Emmi würde sie beraten, eine zusätzliche Naht hier, eine Falte dort – Wölkchen hatte ein gutes Auge für Harmonie und Formen. Ablenkung. Frische Farben. Optimismus.

Aber da war die zwei fünf zwei sechs. Und wie zu erwarten war, bekam Alma die Zahlenkombination einfach nicht aus dem Kopf. Und so stieg sie nicht an ihrer üblichen Haltestelle aus, sondern hüpfte, kurz nachdem sie zugestiegen war, aus der Bahn, bog in die Hirschstraße ein und erreichte ein Gebäudeensemble, an dem Balkone mit verspielten schmiedeeisernen Geländern hingen wie zartes Spinngewebe. Der Hirsch, eines der ältesten Etablissements der Stadt, war vor dreihundert Jahren als Gasthof gegründet worden und hatte sich durch geschickte Führung zu einem Hotel gemausert, das mit allem Komfort – inklusive einer eigenen Badeanstalt – ausgestattet war.

Alma nahm den Hintereingang, durchquerte verschiedene Gänge, tauschte Grußformeln mit dem Personal und stieß im Foyer fast mit der Hausdame zusammen, der Alma schon einmal begegnet war, als sie Emmi hier aufgesucht hatte. Die modisch gekleidete Frau schien Alma wiederzuerkennen, denn sie geleitete sie ins Restaurant, durch dessen bodentiefe Rundbogenfenster das Abendlicht freundlich hereinfiel.

Emmi stand inmitten eines hellen Sonnenkegels und arrangierte eine Schale mit gelben Sommerblumen. Überrascht sah sie auf. »Du hier? Ist was passiert?«

Da sich die Hausdame inzwischen entfernt hatte, wagte es Alma, einen der penibel angeordneten Stühle zu sich zu ziehen und sich daraufsinken zu lassen. »Wir müssen reden.«

Emmi hielt inne. »Oh. Klingt dringend.« Auf ihrer Stirn bildete sich eine kleine Sorgenfalte.

»Ist es. Irgendwie.«

»Du weißt, ich plaudere gerne mit dir, meine Taube, aber lange sollten wir es nicht tun.« Emmi hatte die Stimme gesenkt. »Der Küchenchef ist so zugänglich wie Jack the Ripper und drangsaliert mich. Anscheinend arrangiere ich derart ›voluminös‹«, sie imitierte eine quäkende Stimme, »dass seine blöden Servierplatten nicht mehr hinpassen.«

»Fräulein Wolke!«, rief da auch schon jemand. Ein für einen Koch erstaunlich hagerer Mann stand in der Tür. Sein ausgeprägter Adamsapfel hüpfte vor Aufregung. »Was habe ich gesagt?«

»Ich halte mich zurück«, entgegnete Emmi schnippisch. »Habe die Stiele schon gekürzt. Es wird alles kleiner.« Sie senkte den Blick und murmelte ein »lachhaft klein« in die Tischdecke. »Sie können gerne näher treten und sich überzeugen«, fügte sie dann in normaler Lautstärke hinzu. »Diese Arrangements werden den Namen ›Je suis invisible‹ tragen.«

»Ich hatte schon einmal bemerkt, dass ich mich mit Ihren Manieren schwertue«, erwiderte der Mann verschnupft. »Mir ist es unbegreiflich, warum Ihr Unternehmen so floriert.« Er machte auf dem Absatz kehrt und verschwand wieder.

»*Floriert,* hoho. Ein Wortspiel. Er kann Wortspiele«, murmelte Emmi und kräuselte die Lippen. »So, Täubchen. Er ist weg. Du bist endlich dran.«

Nach dieser Aufforderung hielt sich Alma nicht mit langen Vorreden auf, sondern berichtete in knappen Sätzen von dem Anruf, den sie heute belauscht hatte. »Ich saß in der Bahn und habe überlegt. Roulette. Glücksspiel. Die Zahl muss etwas damit zu tun haben«, beendete sie ihre Schilderung.

»Und darauf kommst du wegen der Lage der Telefonzelle?« Emmi, die sich inzwischen ebenfalls gesetzt hatte, sah ihre Freundin aufmerksam an.

Alma nickte. »Ich will noch mal Otto im Casino aufsuchen. Noch mal nach Margarete Kern fragen. Nach der Verbindung suchen. Zwischen den Anrufern und der Industriellengattin.«

»Otto. Der ist ... wer?«

»Wirst du schon sehen«, antwortete Alma geheimnisvoll.

Als Floristin benötigte man zwar keine tiefschürfende Schulausbildung, aber Emmi war alles andere als auf den Kopf gefallen. »Du meinst, ich soll mit? Wann?«

»Nachher. Bald. Heute noch.« Alma überlegte. »Jetzt.«

»Jetzt?« Wölkchen riss die Augen auf. Ihre Fassungslosigkeit war nicht gespielt. »Dein illegales Casino, ja, das ist reizvoll, keine Frage. Aber du hast eben Jack the Ripper gesehen, oder etwa nicht? Er hasst mich. Es sind noch einige Tische zu richten, und das schaffe ich nicht ... jetzt.«

Alma stellte resolut ihre Handtasche auf den Tisch und stand auf. »Ich möchte im Casino sein, bevor der Laden brummt. Und ein weiteres Augenpaar kann nicht schaden. Ludwig glaubt immer noch an Kerns Schuld, er wäre der Falsche für mein Vorhaben.« Dass sie außerdem seelische Unterstützung benötigte, nach dem, was während ihres letzten Besuchs dort passiert war, verschwieg sie. Wölkchen durfte nicht besorgt darüber nachdenken, was zu tun wäre, würde man sie dort belästigen oder angreifen. Emmis Neugier musste derart geweckt werden, dass sie, ohne zu zögern, einwilligen würde.

Emmi verstand. »Es ist ja nicht so, dass ich nicht mitkommen will. Aber ...« Sie deutete auf die Blumenschale vor sich, schien zu überlegen. »Und dieser Otto kann uns dort helfen?«

Jetzt spielte Alma ihren Trumpf aus. Wölkchen würde der Versuchung nicht widerstehen können, Otto persönlich kennenlernen zu wollen. »Otto ist eine Frau in Männerkleidung«, sagte sie wie beiläufig und registrierte amüsiert, dass Emmi die Kinnlade herunterfiel. »Hat Einblick, kennt sich aus, scheint das Casino fast zu führen, wird dort zumindest von allen respektiert und ...«

»Wie in dem Roman? Eine *Garçonne*? Überzeugt!« Begeistert riss ihre Freundin die Arme hoch. Dann deutete sie auf eine Schale. »Hier müssen die Stiele noch gekürzt werden. Im Korb dort drüben sind die restlichen Blumen, weitere Schalen stehen auf dem Tisch da hinten. Jetzt aber hopp, hopp, Fräulein Täuber, damit Jack the Ripper Augen macht!«

Schon eine knappe halbe Stunde später waren die Gestecke fertig angeordnet, und trotz der kleinen Proportionen reckten die Blumen ihre Köpfchen keck und einladend aus den Schalen. Die Freundinnen räumten auf, rückten rasch die Stühle zurecht, und erst als sie die Lange Straße Richtung Burgstaffeln entlanggingen, sagte Emmi: »Ich bin nicht richtig angezogen.« Ein Satz, den Alma schon sehr viel früher erwartet hatte.

Sie lächelte. »Du bist perfekt. Wir sind beide perfekt. Mach dir keine Sorgen.«

»Aber ... eine Garçonne, ein Casino!«

»Wir kommen nicht als Gäste.«

»Trotzdem wäre es nicht schlecht, wenn wir uns ... angepasst hätten«, beharrte Emmi. »Mit dem Milieu verschmelzen. Verstehst du?«

»Möglicherweise stellst du dir etwas anderes darunter vor. Außerdem wird um die Uhrzeit dort noch kaum jemand sein. Es dämmert noch nicht einmal.« Im Stillen hoffte Alma, dass ihnen überhaupt jemand die Tür öffnen würde.

Der düster ansteigende Schlauch hatte sich im Tageslicht zu einer romantischen Idylle gewandelt. Noch vor einer Woche war Alma, eng an Hubsi geschmiegt, mit klopfendem Herzen die steilen Staffeln hinaufgestiegen, völlig ahnungslos, was sie erwartete. Heute nahm sie um einiges selbstsicherer eine Stufe nach der anderen und rief sich dabei das Klopfzeichen in Erinnerung. Viermal lang, viermal kurz, zweimal lang? 442. Auch eine Zahlenkombination, leider die falsche.

Seit sie in die Burgstaffeln eingebogen waren, schwieg Emmi. Erst als sie vor ihrem Ziel haltmachten, öffnete sie den Mund. »Musst du mich vorstellen?«

Alma, die schon den Fingerknöchel an der Tür hatte, deren abgeplatzte Lackierung ihr vor einer Woche ebenso wenig aufgefallen war wie die Risse in der Fassade des Hauses, hielt inne. »Vorstellen?«

»Nun ja. Nehmen wir unsere richtigen Namen?«

Plötzlich fiel Alma ein, dass Otto sie nicht unter ihrem richtigen Namen kannte. »Meine Güte, du hast recht. Ich habe fast vergessen, dass ich mich damals mit Hubsi als Pola vorgestellt hatte.«

»Wie Pola Negri? Hm.« Emmi schien zu überlegen. Dann strich sie mit den Händen provozierend über ihre Hüften. »Gestatten, Mae.« Sie schürzte die Lippen und setzte einen Schmachtblick auf.

Alma betrachtete Wölkchens zu einem Herz geschminkten Mund, ihre blonden Locken und die leicht schräg stehenden Augenbrauen. Dazu kamen umflorte Augen, die Emmi noch stärker wie Mae Murray – den amerikanischen Filmstar – aussehen ließen. Emmi war in Hochform, und Alma würde sie zügeln müssen. Es konnte jetzt nicht darum gehen, Einzelheiten aus dem Leben einer Garçonne zu erfahren.

Alma sah ihre Freundin an und versuchte, Entschlossenheit in ihren Blick zu legen. »Bereit?«

Emmis stürmisches Nicken signalisierte überdeutlich, dass die Aufforderung, sich zurückzuhalten, bei ihr nicht angekommen war.

»Ich stelle die Fragen«, stellte Alma klar.

»Ja. Schon. Aber darf ich nicht …«

»Wenn es passt«, gestand Alma ihr zu, nur um gleich hinzuzufügen: »Aber nur kurz!«

Ein flüchtiges Schmollen. Dann zuckte Wölkchen ergeben mit den Achseln.

Alma hieb den Fingerknöchel gegen das Türblatt. Viermal lang, viermal kurz, zweimal lang.

Nichts geschah.

Hatte sie das Zeichen falsch im Gedächtnis?

Zweimal lang, viermal lang, viermal lang.

Nichts im Haus rührte sich.

Gerade wollte Alma eine weitere Kombination versuchen, da drehte sich geräuschvoll ein Schlüssel, die Tür öffnete sich einen Spaltbreit, und das Gesicht einer jungen Frau erschien. Erst als sie den Mund aufmachte, erkannte Alma Otto wieder: dieses Mal ungeschminkt und in einem schlichten geblümten Sommerkleid.

»Ja, bitte?«

»Anna«, versuchte es Alma, da sie sich daran erinnerte, dass Ottos eigentlicher Vorname ebenfalls ein Palindrom war – und da gab es nun mal nicht viele Möglichkeiten. »Kennen Sie mich noch?«

Die Miene der Frau wurde hart. »Nein. Tut mir leid.« Sie wollte die Tür schließen, doch Alma stellte ihren Fuß auf die Schwelle, was sogar Emmi vor Überraschung aufjapsen ließ. Diese Ungehörigkeit hatte sie ihrer Freundin nicht zugetraut – Alma konnte es ihr nicht verdenken: sie sich selbst ebenso wenig.

»Ich weiß, der Abend, an dem wir uns kennenlernten, verlief nicht zu unserer vollsten Zufriedenheit«, begann Alma. Das umschrieb den Sachverhalt vor einer Woche – ihr überstürzter

Abgang und die Tatsache, dass sie Alfred Nochum in dessen edle Teile getreten hatte – zweifellos nur unzureichend. »Aber ich habe noch ein, zwei Fragen. Es ist dringend. Bitte. Anna.« Alma zögerte. Sie musste hier das nötige Fingerspitzengefühl zeigen, sie wollte die junge Frau nicht vergrätzen. »Oder Otto.«

»Otto bin ich nur nachts«, kam es sofort von der Tür. »Tagsüber bin ich Anna.«

Sich während des Tages mit dem zufriedengeben zu müssen, was einem die Gesellschaft auferlegte, leuchtete Alma ein. Baden-Baden war eine Kurstadt, keine Millionenmetropole.

»Wenn Sie erlauben, Anna?« Alma deutete mit einer Kopfbewegung an, dass sie gerne mit Emmi hineingehen würde, und tatsächlich öffnete Anna die Tür etwas weiter. Doch als die beiden Freundinnen Anstalten machten einzutreten, schüttelte sie den Kopf. »Nicht drinnen.«

Alma nickte. Offensichtlich legte Otto am Tag nicht nur den Namen, sondern auch den Charme ab. »Gut. Hier spricht es sich ja auch ganz angenehm.«

»Ich habe zu tun.«

»Es dauert nicht lange. Ich suche jemanden, der Margarete Kern besser kannte.«

»Wer soll diese Frau sein?«

»Margarete Kern, sie war jeden Sommer hier.« Das zumindest nahm Alma an. »Ließ viel Geld liegen.« Auch das nur eine Vermutung.

»Das trifft auf die meisten unserer Gäste zu.«

»Die Tote!«, schaltete sich Emmi jetzt ungeduldig ein. »Die ermordete Frau.« Anna warf Wölkchen einen scharfen Blick zu, unter dem sie sichtlich litt. »Wir wollen Ihnen nichts in die Schuhe schieben«, lenkte Emmi daraufhin schnell ein. »Wir wollen nur wissen, mit wem Margarete Kern hier Umgang hatte.«

»Hier in Baden-Baden?«

»Hier in Ihrem Etablissement«, spezifizierte Alma.

»Sind Sie von der Polizei?« Anna wirkte plötzlich angespannt, nicht nur verärgert.

Diese Frage warf Alma fast um. Vor ihr stand eine junge Frau, die sie allen Ernstes fragte, ob sie bei der Polizei arbeitete? Sie? Eine Frau? Die Ermittlungen anstellte? »Nun, es ist so ...«, begann sie.

»Privatermittlung«, kam ihr Wölkchen zuvor. »Es gibt bestimmte Personen, die Interesse an Frau Kerns Freizeitvergnügen hatten.«

»Wie ihr Mann?«, fragte Anna.

Das war nun ebenfalls überraschend. »Kennen Sie Gustav Kern?«

Anna winkte ab. »Nicht persönlich. Vor der Zeichnung, die in der Badischen abgedruckt worden war, wusste hier niemand, dass sich hinter Lotte eine Industriellengattin versteckte. Wir wissen generell nichts vom bürgerlichen Leben unserer Kunden. Dass Lottes beziehungsweise Margaretes Mann Ihr Auftraggeber sein könnte, war nur ein Schuss ins Blaue.«

Die Konfrontation mit dem »bürgerlichen Leben« schien Emmi zu gefallen. »Margarete Kern nannte sich hier also Lotte?«, fragte sie.

Anna nickte. »Lotte und Lizzy.« Der Satz schwebte eigentümlich in der Luft, als warte sie auf eine ganz bestimmte Reaktion.

Alma aber nahm die Schwingungen nur am Rande wahr. »Wenn Lotte oder Lizzy, oder wie sich Margarete Kern auch immer genannt haben mag, zu Ihnen ins Casino kam ...«, begann Alma. Ungeduldig wurde sie von Anna unterbrochen.

»Sie haben mich falsch verstanden. Es handelt sich um zwei Frauen. Frau Kern war Lotte. Und Lizzy …« Ihr Gesichtsausdruck verschloss sich für einen Moment, bevor sie fortfuhr: »Lotte und Lizzy waren zusammen.«

Emmis Augenbrauen schossen angesichts dieser unheilschwangeren Atmosphäre zwischen Intimität, Heimlichtuerei und Skandal bewundernd in die Höhe. »Zusammen wie in …?«

»Beziehung«, ergänzte Anna knapp. »Die beiden liebten sich.«

Für einen Moment herrschte Stille. Emmis Augen schienen von Sekunde zu Sekunde größer zu werden, und Alma brauchte eine Weile, um zu verstehen, was sie eben gehört hatte. Margarete Kern hatte in Baden eine heimliche Geliebte gehabt. Konnte es sein, dass der Erpresser hier genauso den Hebel angesetzt hatte? Das war es also gewesen, was Nochum mit dem »Ambiente« angedeutet hatte!

Anna entging offensichtlich nicht, dass sich in ihren beiden Besucherinnen augenblicklich ein vielfältiges Potpourri an Gefühlen und Überlegungen abspielte. »Da Ihnen diese Information offenbar neu ist«, sagte sie süffisant, »nehme ich an, Sie würden gern mehr über Lizzy erfahren?«

»Das ist richtig.« Alma war gespannt darauf, was Anna jetzt ans Licht bringen würde. Handelte es sich bei Lizzy um einen Kurgast, der ebenfalls regelmäßig nach Baden kam?

Wölkchen machte den Eindruck, als ob sie vor Anspannung in den nächsten Sekunden platzen wollte. Sie fragte sich offenkundig gleichermaßen, ob sie die Frau kannte, deren bürgerlichen Namen Otto alias Anna gleich enthüllen würde. Aber wie sich herausstellte, war Lizzy nur Lizzy. Von Beruf Kellnerin in einem Tanzlokal mit dem vielsagenden Namen »Der Abgrund«

nur unweit des Marktplatzes. Und nach dieser Information ließ Anna die Tür zuschnappen, und Alma hörte, wie sich der Schlüssel erneut im Schloss drehte.

Auf dem Weg zum Abgrund plapperte Emmi wie aufgezogen. Über die Engstirnigkeit der Kurstadt, darüber, dass man als Frau allen nur erdenklichen Konventionen unterworfen war, die an Borniertheit und Ungerechtigkeit nicht zu überbieten waren. Ihr Redefluss schwenkte vom Philistertum der Baden-Badener zur Kleinkariertheit der Hotelbesitzer, die so taten, als duldeten sie alle Eskapaden ihrer Gäste mit einer gehörigen Portion Weltoffenheit, aber hinter vorgehaltener Hand den Untergang des Abendlandes predigten. Alma hätte ihr gerne in allem zugestimmt, ihre Gedanken aber waren woanders, und sie folgte Wölkchens Redefluss nur sprunghaft.

Anna alias Otto hatte nicht erwähnt, ob das Lokal schon geöffnet hatte, aber überraschenderweise wurden die beiden Freundinnen hereingebeten, nachdem sie an die Tür eines zweigeschossigen Wohnhauses geklopft hatten. Der schmale Jüngling, der sie einließ, nahm direkt hinter der Tür wieder Platz. Seinem Haar hatte er sich offenbar nur nachlässig gewidmet, und die schwermütige Strähne, die ihm in die Stirn fiel, strich er mit einer Handbewegung an ihren angestammten Platz zurück.

»Sie wünschen?«, fragte er.

»Zu Lizzy, bitte«, antwortete Emmi forsch.

»Was dort liegenlassen?« Bei dieser Frage schien der Jüngling sogar zu vergessen, dass ihm die Strähne wieder ins Gesicht gefallen war.

»Ist es denn noch zu früh für …«, Alma überlegte. Wie sollten sie vorgehen?

Der Jüngling kam ihr galant zur Hilfe. »Wir haben heute *Die tanzenden Marionetten* zu Gast. Die Herren proben noch, aber es würde nichts dagegensprechen, wenn Sie sich schon jetzt einen Tisch suchen. Sie sind nicht die Ersten.«

Alma lauschte angespannt, konnte aber keine Musik hören. Handelte es sich bei den »Marionetten« etwa um eine dieser modernen Theatergruppen? Um Haaresbreite hätte sie gekichert, fiel ihr doch die Beschwerde ihrer Großmutter wieder ein, dass verzerrte Fratzen doch eine Zumutung seien. Ein andermal hatte Großmaman im Zuschauerrang eines kleinen Theaters, in das Alma sie geschleppt hatte, nach Luft geschnappt, nachdem ein Darsteller deklamiert hatte: »Es waren entsetzliche Stunden.« Dann hatte sie lauthals auf die Bühne gerufen: »Dem kann ich nur zustimmen!«

»Warum nicht? Das klingt vielversprechend«, antwortete Alma auf die Frage des jungen Mannes und zog das Portemonnaie aus der Handtasche. »Wie viel?«

Nur fünfzehn Minuten, nachdem die beiden von einer reizvollen Dame in einen großen Kellerraum geführt worden waren und sich an eines der circa fünfzehn Tischchen gesetzt hatten, packte ein Saxophonist auf der Bühne sein Instrument aus und begann es zu malträtieren. Unmelodiöses Getöse, von dem Alma bezweifelte, dass man es so auf einem Notenblatt jemals festhalten könnte, schoss durch den Raum wie unsichtbare Feuerwerksraketen. Das musste wohl der heiße New-Orleans-Jazz sein, bei dem gemeinsam nach Lust und Laune gespielt wurde. Eine Musik, die man in Baden sonst noch nirgendwo entdecken konnte, zumindest nicht, soweit Alma wusste. Nach nur wenigen Sekunden begann ihr Körper jedoch zu prickeln, als drangen die Töne unter ihre Haut. Emmi hatte die Beine übereinandergeschlagen und ließ sie mit geschlossenen Augen wippen, als stünde sie unter Strom. Die Musik war von einer ungewohnten Lebendigkeit erfüllt, sie zwickte Alma in die Hüften und kitzelte sie an den Sohlen.

Die Zeit verging, die Freundinnen lauschten, und nach und nach füllte sich der Kellerraum. Sie sprachen nicht, saugten stattdessen alles auf, was sich ihnen darbot. Das Licht auf der Bühne schlug in mattes Rot um. An Alma schien alles vorbeizusausen, ihre Gedanken davonzuschwimmen. Eine Art Rausch – und das ganz ohne Alkohol.

»Sollten wir nicht mal nach Lizzy fragen?« Emmi hatte ihren Mund nah an Almas Ohr gebracht, um die Combo auf der Bühne übertönen zu können. »Ich sehe hier nur Ober, aber keine Kellnerinnen.«

Alma winkte eine der Bedienungen zu sich, einen hochgewachsenen Mann mit Haar schwarz wie Tusche, das glänzte, als sei es frisch von der Witwe Meier persönlich gebohnert. Sie bestellte für sie beide einen kleinen Cognac, um nicht aufzufallen, und fragte anschließend, ob seine Kollegin heute nicht hier sei.

»Greta oder Lisbeth?«

»Lisbeth«, antwortete Alma instinktiv.

»Tut mir leid, nein. Wünschen die Damen vielleicht stattdessen einen Eintänzer? Ich könnte einen reservieren.«

Ein Eintänzer? In diesem Etablissement? Alma vermutete, dass es sich dabei um eine Umschreibung handelte – nur für was, das wusste sie nicht und war sich auch nicht sicher, ob sie es wissen wollte. »Das ist sehr freundlich, aber …«, begann sie.

»Smoking selbstverständlich«, fügte der gebohnerte Kellner

hinzu und fasste dabei leicht despektierlich Almas unkompliziertes Kleid ins Auge.

Der Saal war jetzt gerappelt voll. Männer klebten an Damen, Damen klebten an Damen, Männer klebten an Männern. Wie verhext zuckten Leiber, wanden sich Körper. Junge Burschen mit schreienden Krawatten drehten sich, ihr mit billiger Pomade geglättetes Haar glänzte, Zigarettendunst überall. Geschniegelte Herren und Frauen aller Altersklassen. Die Marionetten krümmten sich über ihren Instrumenten und krampften im Takt, blickten dabei fast gelangweilt über die hüpfenden Paare vor der Bühne.

»Unsereins braucht keine Männer.« Emmi hatte sich berappelt und klopfte dem Ober, der immer noch heruntergebeugt auf eine Antwort gewartet hatte, auf die Schulter.

»Gewiss, meine Dame.« Der Kellner zwinkerte ihr zu. »Lizzys Wohnung ist im zweiten Stock. Aber das wissen Sie ja sicher. Ein Kommen und Gehen dort.« Seine Augen wanderten zur Decke. »Wollen Sie den Cognac trotzdem? Noch etwas zu essen? Ein guter Tanz macht mager.« Ein weiteres Zwinkern, dieses Mal umso vieldeutiger. »Und das, was danach kommt, erst recht.«

Alma, der die breite Palette an Eindrücken inzwischen die Sinne komplett durcheinanderzuwirbeln drohte, wandte sich, nachdem der Ober zum nächsten Tisch weitergewandert war, an ihre Freundin. »Ich sehe nach Lizzy. Bleib doch du noch hier«, schlug sie vor.

»Was?« Emmi war alles andere als begeistert. »Damit mir das Beste entgeht?«

»Woher willst du das wissen? Außerdem …«, Alma wollte eben nach einer überzeugenden Begründung suchen, da entdeckte sie Otto neben zwei Damen, von denen die eine ein silbernes Kleid wie eine Art Ritterrüstung zur Schau stellte und der anderen die Halskette zurechtrückte. »Außerdem dachte ich, du möchtest dich vielleicht mit Otto unterhalten.« Alma deutete auf Anna alias Otto, die die Daumen selbstsicher in die Taschen ihrer Anzugweste gehakt hatte und keck den Blick schweifen ließ. Als sie Alma und Emmi entdeckte, hob sie die Hand, winkte und steuerte auf den Tisch der beiden zu.

»Als Otto ist sie aber weitaus freundlicher«, bemerkte Emmi erstaunt.

»Ist mir auch schon aufgefallen.«

Otto war inzwischen an ihrem Tisch angekommen, griff nach Emmis Fingern und deutete galant einen Handkuss an. »Gestatten?«, fragte sie.

Emmis Wangen glühten. »Ich glaube, du kannst gehen, meine Taube«, sagte sie, ohne Alma dabei anzusehen.

»Sicher?« Alma, die ihre Freundin noch niemals zuvor schamrot erlebt hatte, nahm sich vor, dieses Ereignis in ihre persönlichen Annalen einzutragen.

»Das Beste findet definitiv hier statt.«

»So sehe ich das auch«, bestätigte Otto, nahm Emmis Hand, und mit einem berlinerten »Rin ins Vajniejen« zog sie Wölkchen mit sich auf die Tanzfläche.

Wenige Minuten später stand Alma unschlüssig vor Lizzys Wohnungstür im zweiten Stockwerk. Der schmale Jüngling mit der schwermütigen Strähne hatte sie nach oben geführt, kein Wort gesagt und war dann mit eigentümlich zerknautschter Miene die Stufen wieder hinabgeeilt.

Alma fuhr sich mit den Fingern durchs Haar und öffnete dann ihre Handtasche, um nach der kleinen Niveadose zu suchen. Als sie den Deckel abnahm, zitterten ihre Finger so sehr, dass ihr die Dose schier entglitten wäre. Sie versenkte die Spitze des kleinen Fingers kurz in der Creme und fuhr dann über die Augenbrauen, um ihnen einen frischen Glanz zu verleihen. So gestärkt steckte sie das Döschen ruhig zurück in ihre Tasche. Anschließend klopfte sie an die Tür.

Die Frau, die öffnete, hatte nichts mit dem Bild der Lizzy gemein, das sich Alma ausgemalt hatte. Sie war groß, sehr groß, ungeschminkt, hatte das lange Haar lose hochgesteckt, so dass ihr einige vergessene Strähnen über die Schulter fielen, und steckte in einer Kittelschürze, die an mehreren Stellen mit Farbe bekleckert war. In einer Hand hielt sie einen Pinsel, die andere schwebte ratlos in der Luft.

»Kann ich helfen?« Noch bevor Alma etwas antworten konnte, begriff die Frau. »Ah. Ist wegen Lizzy. Sie sind nicht die Erste. Na, dann kommen Se mal rein.«

Die Lizzy in Almas Kopf nahm wieder Gestalt an. Eine Lizzy, der man ihre Profession auf den ersten Blick ansah. Wie der jungen Frau, die Alma in der Straßenbahn getroffen hatte. Die zarte, unterernährte Person mit den Wangen wie Vogelschwingen und den dunklen Augen, die von den anderen Mitfahrenden beschimpft worden war.

»Woll'n Se etwa hier draußen Wurzeln schlagen?«, fragte die Frau im Künstlerkittel und legte die Stirn in Falten.

Alma trat ein.

Lizzys großgewachsene Mitbewohnerin führte Alma über einen kleinen Vorraum in das Wohnzimmer und deutete auf ein modernes Sofa, das so gar nichts mit dem zu tun hatte, was bei Familie Täuber unter dem Schlachtengemälde stand, und absolut nichts mit Almas Vorstellung vom Mobiliar einer Frau mit Lizzys Hauptbeschäftigung. Nachdem Alma einige Schallplatten beiseitegeräumt und sich gesetzt hatte, blieb die Frau erwartungsvoll vor ihr stehen, steckte den Pinselstiel in den Mund und kaute nachdenklich darauf herum.

»Schon mal Modell gesessen?«, nuschelte sie.

Alma, verblüfft von dieser Frage, kniff die Augen zusammen. »Ähm. Nein.«

»Was dagegen, nackt zu sitzen?«

»Jetzt?«, stieß Alma atemlos aus. Eigentlich hatte sie »Nein!« rufen wollen, doch irgendwie schien ihre Zunge nicht richtig zu funktionieren.

Die hochgewachsene Frau nahm den Pinselstiel aus dem Mund. »Wann es Ihnen recht ist.« Dann stieß sie plötzlich einen kleinen Laut der Heiterkeit aus. »Ich seh' schon. Das ist nicht Ihr's, oder?«

Nachdem Alma erleichtert den Kopf geschüttelt hatte, fuhr die Frau fort: »Dann hatten Sie früher auch sicher keinen Termin mit Lizzy.«

Alma antwortete nicht gleich. Sie fragte sich, wie sie jetzt weiter vorgehen sollte, da sie nun in der Wohnung war. Die überraschende Einladung, als Aktmodell in Erscheinung zu treten, hatte sie nicht weiter darüber nachdenken lassen. Zugegeben; sie war recht blauäugig davon ausgegangen, beim Anblick von Lizzy würden sich die richtigen Fragen schon ergeben. Aber nun war Margarete Kerns Geliebte nicht hier. Auf der anderen Seite schien deren Mitbewohnerin vergleichsweise entkrampft im Umgang mit unbekannten Besucherinnen zu sein. Was, überlegte Alma, wenn sie sich einfach nur umsehen würde? Ein Zimmer allein sagte schon eine Menge aus. Und dieser Wohnraum sprach Bände. Eine auf Hochglanz polierte Kommode mit geschwungenen Formen in dunklem Holz. Das Sofa war mit einem smaragdgrünen Stoff bezogen, neben

Alma lag ein Zierkissen mit schimmernden Pailletten, der Sessel, in den sich Lizzys Freundin nun sinken ließ, strahlte in einem tiefen Blau. Die Vorhänge waren zugezogen, zwei Stehlampen sandten punktuelles Licht aus. Alles geschmackvoll, modern und gewiss nicht preiswert. Die Künstlerin schien ihre Bilder gut verkaufen zu können.

»Nein«, gab Alma schließlich zu. »Ich hatte nicht das Vergnügen.« Gott, was redest du da, fragte sie sich. *Nicht das Vergnügen?* »Ich wollte nur etwas für eine Freundin abholen. Einen Schal, den sie vergessen hat.«

Zu Almas Freude geschah nun genau das, was sie sich erhofft hatte: Sie wurde in Lizzys Schlafzimmer geführt. Und nicht nur das, Lizzys Mitbewohnerin hob vielsagend eine Augenbraue, flüsterte ein »Fühlen Sie sich wie zu Hause« und ließ Alma dann allein. Kurz danach hörte Alma sie in einem Nebenraum pfeifen, und etwas schrammte über das Parkett, als ob Mobiliar zurechtgerückt werden würde. Allem Anschein nach hatte sich die Künstlerin in ihr Atelier zurückgezogen. Im Wohnzimmer hatte Alma keine Staffelei und andere Malutensilien entdeckt. Kurze Zeit später quäkte ein Grammophon.

Das Mobiliar im Schlafzimmer entsprach stilistisch nicht im Geringsten dem, was im Wohnzimmer stand. Alma betrachtete das fragil aussehende Bett, auf dem eine vielfach gestopfte und mit Schmetterlingen geschmückte Tagesdecke lag, und sah sich dann im Raum nach etwas um, das in ihr eine Vermutung, ein Bauchgefühl, eine Idee auslösen könnte. Sie fand nichts dergleichen. Schließlich drehte sie den Schlüssel des Kleiderschrankes, und dessen Tür öffnete sich quietschend.

Das also war Lizzy. Almas inneres Bild der Frau unterschied

sich in der Tat nicht sehr von der Wirklichkeit. Zumindest nicht, was die Kleidung anging. Vier einfache Kleider, eins davon ziemlich abgetragen, drei davon erschreckend kurz. Ein fadenscheiniger Kimono mit weiten Ärmeln hing neben einem schwarzen Abendkleid, benäht mit unzähligen glitzernden Steinchen, von denen die meisten schon lose an den Fäden hingen. Dann folgte eine flaschengrüne Stola. Auf einer Schachtel auf dem oberen Regalbrett lag ein mit einer großen Feder geschmückter blauer Sommerhut mit breiter Krempe, erstaunlich en vogue, daneben weitere Hüte, deren modischer Höhepunkt schon etliche Jahre zurücklag. Alma streckte ihre Hand aus, um die Marabufedern eines Umhangs, der sehr teuer gewesen sein musste – vielleicht ein Geschenk?, fuhr es ihr durch den Kopf –, durch die Finger gleiten zu lassen, da fiel ihr Blick zurück auf das Regal mit den Hutschachteln. Der blaue Sommerhut mit der großen Feder. Alma nahm ihn von der Schachtel, drehte ihn behutsam in den Händen.

Schritte vor der Tür erinnerten sie daran, dass sie nicht allein war. Hastig legte sie den Hut zurück und schloss den Schrank, gerade noch rechtzeitig, bevor der Kopf von Lizzys Mitbewohnerin erschien.

»Gefunden, was Se gesucht haben?«

»Leider nicht.« Das war nicht einmal gelogen.

»Na ja. Es sind so viele Leute ein- und ausgegangen, seit Lizzy nicht mehr hier wohnt. Glauben Se nicht, wie sich die Leute benehmen. Sogar Möbel haben se mitgenommen. Dabei war das schäbiges Zeug, ich habe mich nach meinem Einzug komplett neu eingerichtet. Und ich such noch ’ne Mitbewohnerin. Haben Se Bedarf?«

Alma hatte schon nach dem zweiten Satz nicht mehr richtig zugehört. »Lizzy wohnt gar nicht mehr hier?«, fragte sie erstaunt. Da war der schwermütige Strähnenträger wohl nicht auf dem Laufenden gewesen, genauso wenig wie der schwarz getuschte Ober. Oder sie hatten ihr diese Tatsache verheimlicht. Oder sie alle hatten aneinander vorbeigeredet.

Die Frau schob sich ins Zimmer. »Da war doch die Sache mit der Rennbahn.«

»Ja?« Almas innere Alarmsirenen begannen wieder zu schrillen. »Der Unfall. Ich weiß.«

Das Schweigen der Frau, von der Alma angenommen hatte, es handele sich um Lizzys Mitbewohnerin, die sich jetzt aber als Nachmieterin herausgestellt hatte, wurde vielsagend. Und Alma verstand. Ihre Knie begannen zu zittern, sie taumelte ein paar Schritte zurück und setzte sich auf die Bettkante. Sofort war die Frau bei ihr.

»Du meine Güte!«, stammelte sie. »Sie wussten es nicht?«

Alma schüttelte den Kopf.

»Wollen Se was trinken? Was Starkes?«

Alma verneinte wieder, stand langsam auf. »Ich gehe jetzt lieber. Danke, dass Sie mich reingelassen haben.«

Wie aufgezogen verließ sie das Schlafzimmer mit dem wackeligen Bett, der schäbigen Decke und dem quietschenden Kleiderschrank. Ihre Gedanken waren außer Kontrolle. Lizzy war die Tote auf der Rennbahn. Margarete Kern war ebenfalls tot. Zwei Frauen, die einander geliebt hatten. Jemandem hatte das ganz und gar nicht gefallen. War doch Gustav Kern der Täter? Nicht nur die Sorge um einen Skandal hätte ihn antreiben können, auch seine Eifersucht auf eine junge Prostituierte, die seine Frau glücklicher gemacht hatte als er. Es war einfach unvorstellbar.

Wie geprügelt schlich Alma aus Lizzys ehemaliger Wohnung, nahm die Stufen nach unten und blieb im ersten Stockwerk stehen. Dann setzte sie sich auf den untersten Treppenabsatz und versuchte, ihre turbulente Gefühlswelt zu ordnen.

Alma hörte Schritte. »Ach, da bist du!«, rief Emmi und sprang die letzten Stufen der Treppe hinauf. Die Wangen gerötet, an den Schläfen klebten einige feucht gewordene Haarsträhnen, strahlte Emmi über das ganze Gesicht. Alma versuchte ein Lächeln, sie wusste, wie gern ihre Freundin tanzte. Doch der Versuch schien nicht zu glücken, Emmis Ausdruck wechselte zu besorgt. »Aber was ist denn los, mein Täubchen?«

»Lizzy ist tot.« Schwerfällig, als ob ihre Knochen sie nach unten ziehen wollten, stand Alma auf. »Sie war die Frau von der Rennbahn.«

»Grundgütiger.« Bestürzt hielt Emmi sich die Hand vor den Mund. »Das hast du nicht wissen können«, murmelte sie.

»Nein, natürlich nicht«, erwiderte Alma fahrig. Und plötzlich hielt sie es hier nicht mehr aus, in der Enge des Treppenhauses, in der Nähe des Casinos und von Lizzys Wohnung, wo so viele schreckliche Dinge zusammenliefen.

Emmi sagte nichts, nahm nur Almas Hand, drückte sie, und beide gingen sie schweigend hinaus zurück in die Stadt, über die inzwischen die Dunkelheit hereingebrochen war.

»Sie sind beide ermordet worden.« Es war beinahe ein Flüstern, aber Emmi hörte es doch.

»Es passieren immer wieder Unfälle, Alma! Solche Rennen sind nicht ungefährlich, und weißt du noch, in England, als …«

»Sie hat sich nicht umgebracht«, schnitt Alma ihrer Freundin das Wort ab. »Du warst meiner Meinung!«

Emmi blieb für einige Augenblicke still. Dann seufzte sie

laut auf. »Im Lichte der neuen Erkenntnisse«, begann sie geschwollen, drehte sich zu Alma, die wie automatisch einen Schritt vor den anderen setzte, und legte dann beide Hände auf die Brust. »Vielleicht war es ja wie bei *Romeo und Julia*? Sie konnte ohne die Geliebte nicht leben.«

»Nein.«

»Niemand durfte von ihrer Liebe wissen.« Erneut ein theatralischer Seufzer. Emmi ging in der Melodramatik von Lizzys und Margaretes Beziehung offenbar voll auf.

»Sie hat sich nicht umgebracht«, beharrte Alma. »Eine Frau wie Lizzy? Das ist keine dreizehnjährige Julia. Natürlich wird es schrecklich gewesen sein, Margarete zu verlieren. Und dann auch noch so. Sie wird vielleicht außer sich gewesen sein vor Trauer. Aber sich deshalb vor die Pferde stürzen? Nein.« Sie dachte wieder an die Frau mit den hohen Wangenknochen, die man aus der Straßenbahn getrieben hatte wie einen räudigen Hund. Wer auf der Straße arbeitete, musste mit vielem fertigwerden, und Lizzy war nicht dem Kokain verfallen gewesen, um den Schmerz der Erniedrigung zu töten. Sie hatte ausgesehen wie das blühende Leben, und nichts in ihrer Wohnung hatte auf ein Leben mit Drogen hingedeutet. »Sie wirkte auf der Rennbahn auf mich wie eine lebenslustige Person. Also hatte sie sich wie viele andere ihres Berufstands einen inneren Panzer zugelegt«, fuhr Alma fort. »Und ihr Leben einfach gelebt.«

»Ich verstehe, was du sagen willst. Sie wusste, mit Schicksalsschlägen umzugehen.«

»Genau.«

Emmi legte den Kopf schräg. »Du hast recht«, sagte sie schließlich.

»Um ehrlich zu sein: Ich hatte die ganze Zeit schon ein seltsames Gefühl bei der Sache. Sie stand wie einige andere Zuschauer auf einem Hocker vor der Brüstung. Dass sie ausrutscht, vielleicht. Aber dass sie dabei gleich über die Absperrung auf die Rennstrecke fällt?«

»Wurde das so gesagt? Das hast du mir gar nicht erzählt?«

»Ich hab's irgendwie ... vergessen.« Unzufrieden mit sich selbst begann Alma etwas schneller zu gehen. »Ich habe all meine Wut, mein Misstrauen und mein Bauchgefühl auf die untätige Polizei gerichtet und nicht weiter nachgeforscht, ob es sich bei der Toten von der Rennbahn ebenfalls um einen Mord hätte handeln können. Zwei Frauen! Beide ungewöhnlich groß, attraktiv – auf ihre ganz eigene Art – und blond. Wie habe ich nur so blind sein können? Es hätte mir gleich auffallen müssen, dass da etwas nicht mit rechten Dingen zuging!«

»Alma!« Emmi zog sie am Ärmel. »Du hast genug zu tun gehabt mit Margarete Kern. Du kannst dich doch jetzt nicht verantwortlich fühlen für jedes Verbrechen, das in Baden geschieht!«

Damit hatte Emmi natürlich recht. Es änderte nichts daran, dass Alma viel zu viel Zeit vergeudet hatte, indem sie den Ereignissen auf der Rennbahn keine weitere Bedeutung beigemessen hatte. »Ich muss mit Ludwig sprechen«, sagte sie. »Er muss noch einmal auf die Rennbahn. Zeugen ausfindig machen!« War das nach dieser langen Zeit überhaupt möglich? Ach, was für ein blödes Rindvieh du doch bist, Alma, dachte sie wütend.

»Jetzt hör aber mal auf«, rief Emmi entrüstet, die offenbar Gedanken lesen konnte. Wölkchen blieb stehen, verschränkte die Arme vor der Brust und sah Alma tadelnd an. »Du, mein Täubchen, hast bisher mehr herausgefunden als alle Gockel der Baden-Badener Kriminalpolizei zusammen«, sagte sie mit Nachdruck in der Stimme.

»Na ja. Das sind ja nur ein paar Hansel. Aber du hast recht«, sagte Alma. »Ich sollte mich auf das konzentrieren, was vor mir liegt. Und da stellt sich nun die Frage, wer ein Interesse daran haben könnte, Margarete Kern und ihre Geliebte zu ermorden?« Sie setzte sich wieder in Bewegung, langsamer diesmal, entspannter, aber dennoch zielstrebig.

»Gustav Kern?« Emmi zog ihre Nase kraus. »Ich kann mir nicht vorstellen, dass er glücklich war mit Margaretes Geliebter.«

Das hatte Alma sich ebenfalls schon gefragt. Wieder waren sie beim Ehemann gelandet. Beim Ehemann, von dessen Schuld die Polizei so überzeugt war, den Alma jedoch ganz anders eingeschätzt hätte. Nachdenklich fuhr sie mit der Zungenspitze über ihre Schneidezähne. »Fangen wir mal ganz von vorne an«, sagte sie. »Noch wissen wir nichts mit Sicherheit. Wir glauben es, wir haben eine Vermutung, das ist aber auch schon alles. Und ich habe nichts in der Hand, womit ich die Polizei überzeugen kann.«

»Gibt es also Ähnlichkeiten bei den beiden Tathergängen – oder wie nennt ihr Privatdetektive das, Miss Sherlock?«, fragte Emmi.

»Nein.« Alma seufzte. Das war ja das Frustrierende. Würde es Ähnlichkeiten geben, wäre ihr der Zusammenhang ja schon viel früher aufgefallen. »Margarete Kern wurde ermordet, bei Lizzy hat jemand dafür gesorgt, dass es wie ein Unfall aussieht. Oder ein Selbstmord«, fügte sie bitter hinzu.

»Hm.« Emmi klang nicht überzeugt.

»Ja bitte, Watson? Haben Sie eine Theorie?«

»Oh, mein kriminalistischer Instinkt ist bei weitem nicht so ausgeprägt wie der Ihre, Madam Sherlock!«

Jetzt war sie also schon eine Madam.

»Aber ...«

»Wusste ich es doch, dass dir etwas auf der Seele liegt!« Alma grinste.

»Aber ist nicht in beiden Todesfällen das gleiche Problem aufgetreten?«

»Welches?«

»Mich dünkt, Watson ist etwas aufgefallen, was Madam Sherlock übersehen hat.« Emmi grinste höchst selbstzufrieden und genoss es sichtlich, Alma für einige Augenblicke auf die Folter zu spannen.

»Nun sag schon!«, knickte Alma schließlich ein.

»Die Gemeinsamkeit bei den beiden Morden ist, dass die Polizei weder beim einen noch beim anderen etwas unternommen hat.« Triumphierend hob Emmi eine Augenbraue.

»Aber das ist doch nur die Unfähigkeit zu erkennen, dass ein Mord stattgefunden hat. Das habe ja sogar ich übersehen!« Alma runzelte die Stirn. »Und bei Margarete Kern haben sie nur nicht viel getan, weil es ihnen egal war, dass eine Prostituierte ermordet wurde.«

»Eben«, flötete Emmi.

»Es sind doch zwei völlig unterschiedliche Situationen!«, widersprach Alma. »Augenblick«, korrigierte sie sich dann und schüttelte langsam den Kopf, wie um ihre Gedanken zu ordnen. »Doch«, sagte sie langsam. »Du hast recht.«

»Sag ich doch.«

»Die Gemeinsamkeit ist, dass die Polizei sich für beide Todesfälle nicht sonderlich interessiert hat. Richtig. Du liebe Zeit! Und dass die Polizei sich kaum einen Deut darum schert, was mit Prostituierten passiert, das hat er gewusst! Und ausgenutzt!« Die Ungeheuerlichkeit dieser Erkenntnis machte sich in Alma breit.

»Weshalb dachte die Polizei eigentlich, Frau Kern sei ein Mädchen von der Straße?«, fragte sie neugierig.

»Die Jetons …«, begann Alma und dachte an ihren Besuch im Casino, bei dem ihr einige Damen der Gesellschaft untergekommen waren. Sie dachte daran, was sie selbst getragen hatte, und dass sie vorher noch überlegt hatte, sich Emmis rotes Kleid zu leihen. Alma kramte in ihrem Gedächtnis nach dem Besuch im Leichenschauhaus. Was hatte Dr. Weber gesagt? Die Kleidung Margarete Kerns hatte er an die Polizei übergeben. Die Kleidung … Was fiel ihr zu Kleidung ein? Lizzys Kleidung, ihr grelles Auftreten auf der Rennbahn, der Hut mit der großen Feder in ihrem Schrank, der viel zu elegant, viel zu teuer war. Der eher zu einer Frau wie einer Industriellengattin passte. Modisch, neu, den sie in den Händen hin und her gedreht, den sie zu kennen geglaubt hatte. »Es war *Margaretes* Hut«, sagte Alma langsam und sah Emmi an, die verständnislos zurückblickte. »Ich wollte dein Kleid anziehen zum Casino! O Gott, Emmi, wenn ich dich nicht hätte! Du hast das Rätsel gelöst!«

»Was hat das jetzt mit meinem Kleid zu tun?« Das freudestrahlende Lächeln, das Almas Worte ausgelöst hatten, wich völliger Verwirrung.

Alma versuchte, ihre Gedanken so zu ordnen, dass sie sie in vernünftigen Sätzen herausbrachte. »In Lizzys Schrank befand sich ein Sommerhut mit breiter Krempe. Aus einem blauen Stoff … kein gewöhnliches Blau. Ich habe ihn aus dem Regal genommen, hatte ihn in der Hand, aber ich kam einfach nicht drauf, wo ich ihn schon einmal gesehen hatte. Jetzt weiß ich es: Exakt diesen Hut mit der Feder trug Margarete Kern, als ich sie damals bei der Kurmuschel gesehen habe.«

»Beim Konzert?«

»Genau. Lizzy hat ihn sich von ihrer Geliebten geliehen, so

wie ich mir dein Kleid leihen wollte. Aber wenn Lizzy sich etwas von Margarete geliehen hat, dann …«

»… hat Margarete sich vielleicht auch etwas von Lizzy geliehen«, ergänzte Emmi ehrfürchtig flüsternd. »So wie ich deinen guten Schal.«

»Den suche ich seit Tagen!«

Emmi winkte ab. »Sei froh, dass ich ihn habe, er hat dir deinen Fall gelöst.«

»Das hat er. Trotzdem liegt er morgen gewaschen und gefaltet in meiner Kammer«, sagte Alma abwesend. Sie war sich sicher, dass es so gewesen war, dass die beiden Frauen ihre Kleidung getauscht hatten. Deshalb hatte die Polizei ihre Theorie über die ermordete Prostituierte nicht in Frage gestellt, bis Alma das Gegenteil bewiesen hatte. Denn Margarete Kern hatte Lizzys Kleider getragen, als sie bei den Kolonnaden ermordet worden war. Sie musste unbedingt Ludwig fragen, um ganz sicherzugehen, aber sie war überzeugt davon, dass sie recht hatte. Und was folgte daraus? Waren die beiden Frauen verwechselt worden? Hatte der Mörder eigentlich von Anfang an Lizzy töten wollen und sein Werk auf der Rennbahn vollendet?

»Wir sind es falsch angegangen«, flüsterte Alma. »Ich glaube, wir suchen nicht den Mörder von Margarete Kern. Wir suchen den Mörder der Prostituierten Lizzy Jakob.«

18

Alma erwachte, als der Regen an die Scheibe trommelte. Sie war bereit aufzustehen, den Kaffee aufzubrühen und Emmis Morgenzigarette bereitzulegen. Aber draußen war es noch dunkel. Stockdüstere Nacht. Im Haus gegenüber machte jemand Licht, offenbar ebenfalls vom Regen aus dem Schlaf gerissen. Alma drehte sich auf die andere Seite und stöhnte. Ihr Kopf fühlte sich an, als ob ihr jemand das Gehirn entnommen und stattdessen Watte hineingestopft hätte. Zudem drehte sich alles. Nur keine schnellen Bewegungen, dachte sie. Langsam. Langsam. Sie schloss die Augen, aber das verstärkte das Schwindelgefühl nur, also öffnete sie sie schnell wieder. Danach krümmte sie die Zehen, um ihren Kreislauf in Schwung zu bringen und so das Schwindelgefühl zu vertreiben, hielt aber nach wenigen Sekunden verwirrt irre, als sie einen ungewohnten Widerstand unter der Bettdecke spürte. Strümpfe. Jetzt fiel ihr ein, dass sie sich vollkommen angekleidet auf ihr Bett hatte fallen lassen. Offenbar war sie danach gleich eingeschlafen, und jetzt – mitten in der Nacht – aufgewacht.

Sie hielt die Augen offen und versuchte, die vielen Gedanken, die ihr im Kopf herumspukten, einfach vorbeiziehen zu lassen. Langsam ließ der Regen nach, und als die ersten Strahlen der Morgensonne durch das kleine Dachfenster auf ihr Bett schienen, lag Alma immer noch angezogen und wach unter ihrer Decke.

Nach einer gefühlten Unendlichkeit glitt sie schließlich in den Schlaf.

»Täubchen.« Eine sanfte Stimme. Eine bekannte Stimme.

»Alma!« Dieses Mal schon nicht mehr so sanft.

Etwas brachte Almas Körper zum Schwingen. Sie riss verwirrt die Augen auf. Wölkchens Nasenspitze war dicht vor ihrer. Emmis Hand rüttelte Almas Schulter.

»Meine Güte, das hat aber gedauert«, diagnostizierte ihre Freundin und setzte sich gerade hin.

Alma fuhr hoch, stellte fest, dass der Schwindel weg war, fragte sich kurz bestürzt, ob der Drache sie schon vermisste, doch dann besann sie sich und sank wieder zurück in die Kissen. »Lass mich. Spätschicht«, murmelte sie.

Emmi stand von der Bettkante auf. »Das weiß ich, du Glückliche. Ich wollte dir nur sagen, dass ich jetzt los muss.«

Alma blinzelte verwirrt. Normalerweise würde Emmi ihr das über einen ihrer legendären Kommodenzettel mitteilen.

»Und das Frühstück fertig ist«, fügte ihre Freundin hinzu.

»Dafür weckst du mich? Ich habe nicht gerade geschlafen wie ein Murmeltier. Lag ewig wach.«

Emmi ließ ihre Augen über Almas Arm gleiten, der unter der Bettdecke hervorschaute und immer noch im Kleid steckte. »Für mich sieht es aus, als ob du es gerade noch in dein Zimmer geschafft hättest, bevor dir die Lichter ausgegangen wären.«

»Die blieben aber nicht lange aus«, brummte Alma gereizt, bekam dennoch ein schlechtes Gewissen, als sie Emmis besorgte Miene sah. »Aber ich hole das jetzt nach«, fügte sie hinzu und wollte sich eben umdrehen, um ihren Worten Taten folgen zu lassen, als sich Emmis Gesichtsausdruck von mütterlich zu verschmitzt wandelte.

»O nein.« Alma richtete sich erneut mit aufgestützten Ellenbogen im Bett auf. »Was hast du angestellt?«

Wölkchen spitzte die Lippen und sah zur Decke.

»Mach das nicht«, meinte Alma alarmiert. »Das verheißt nichts Gutes.«

»Da sitzt jemand in unserer Küche.«

Eine Explosion hätte Alma nicht wacher werden lassen. Flugs stieg sie aus dem Bett, strich ihr Kleid glatt, fuhr sich mit den Händen durch die Haare, stellte sich kurz vor den Spiegel und steckte lose Klammern neu fest. Währenddessen sah sie aus den Augenwinkeln, wie Emmi sich einen Schal um den Hals legte – Almas Schal, so viel zu gewaschen und gefaltet! – und die Handtasche nahm. Mit einem Handkuss in Richtung ihrer Freundin verabschiedete sich Wölkchen, öffnete die Tür und verschwand im Hausflur. Die Wohnungstür fiel krachend ins Schloss. Witwe Meier machte jetzt bestimmt ein Kreuz auf einer ihrer Listen.

Alma hatte aber keine Zeit, weiter über den Tatbestand nachzudenken, dass ihre Wirtin Buch über das Verhalten ihrer Dachgeschossbewohnerinnen führte. Denn es bestand kein Zweifel darüber, wer in der Küche dieser Dachgeschosswohnung saß. Aber Almas Augen wurden groß, als sie nicht Ludwig am Tisch sitzen sah, sondern Walter. Die oberen Knöpfe seines Hemds standen offen, Krawatte und Jackett hingen über der Stuhllehne, und auch ein paar verirrte Haarsträhnen verliehen ihrem Cousin etwas Derangiertes.

Als sie hereinkam, sprang er auf. »Oh! Alma! Du bist wach.«

»Du offenbar auch. Und siehst etwas vom Gleis abgekommen aus«, stellte sie fest, nachdem sie sich wieder gefasst hatte.

»Ja, also, ja. Ähm ...« Er griff nach seiner Krawatte und legte sie sich um den Hals. Ungeschickt nestelte er sie unter den Kragen, vergaß aber die Hemdknöpfe und griff dergestalt unfertig gekleidet zur Tasse. »Apropos Gleis«, sagte er dann. »Mein Zug kam gestern Abend zum ersten Mal pünktlich an.«

»Aha. Sehr erfreulich. Es lebe die deutsche Gewissenhaftigkeit.« Alma ließ sich auf den Stuhl gegenüber sinken und schenkte sich Kaffee ein. »Und was bedeutet das?« Emmi und sie waren nach Mitternacht nach Hause gekommen. Walter musste also ebenfalls mitten in der Nacht in ihrer Wohnung aufgetaucht sein. Wann? Und wie? Hatte er sich überhaupt angekündigt? Hatte sie nicht daran gedacht, vor lauter Ermittlungen? »Habe ich vergessen, dass du kommen wolltest?«

»Nein.« Walter biss in sein Marmeladenbrot.

»Hat Emmi mir vergessen zu sagen, dass du kommen wolltest? Mama? Großmutter?«

Ihr Cousin kaute genüsslich. »Nein«, sagte er undeutlich.

»Soso.« Alma betrachtete die Jacke, die über Walters Stuhl hing. Die Hose, die er trug. »Feines Stöffchen. Im Sonntagsstaat mitten in der Nacht angedampft.«

»Mein liebes Cousinchen, ich wollte mich hübsch machen.«

»Ist dir gelungen. Hat Emmi überhaupt geschlafen?«

»Seit fünf Uhr nicht mehr. Aber du. Wie ein Murmeltier. Bist nicht wach geworden, als ich an die Wohnungstür geklopft habe.«

»Wie bist du überhaupt reingekommen?« Die Witwe schloss jeden Abend Punkt zehn die Haustüre ab, da konnte kommen, was wollte. Diese Regel war eine der ersten von vielen gewesen, die Frau Meier ihnen schneidig wie ein Feldwebel vorgetragen hatte. Dann fiel Alma ein, dass Herr Schulze vom ersten Stock im frühen Morgengrauen das Haus zu verlassen pflegte. »Der Schulze«, sagte sie. »Arbeitet bei der Post.«

»Kam gerade raus, als ich vor dem Haus stand. Praktisch, nicht?«

»Und dass, ohne es zu ahnen«, murmelte Alma skeptisch. Sie hatte ihre erste Tasse leer getrunken und verspürte das dringende Bedürfnis nach einer zweiten. »Wenn der gute Schulze als Nachtportier arbeiten würde, dann ...«

»... hätte ich eben etliche Runden durch eure bezaubernde Kurstadt gedreht, bis diese vollständig erwacht gewesen wäre, um dann offiziell über euren Zerberus Einlass zu erzwingen.« Er schenkte sich ebenfalls nach. »Ach, Alma. Ich hatte solch ein Baden-Weh. Es hat mich plötzlich überfallen.«

»Baden-Weh.« Alma musste lachen. Walter war Emmi offenbar doch mit Haut und Haaren verfallen. »Ja, so kann man das auch nennen.«

»Hältst du mich für einen widerlichen Frechmops? Mein Verhalten für ordinäre Lümmelei?« Er imitierte die vorwurfsvolle Stimme von Almas Großmutter.

»Nein, mein feuriger Cousin mit den Augen voller Süden. Ich bin froh, dass du da bist.«

»Ehrlich?«

»Ehrlich. Du weißt aber schon, dass das Wort ›Hemmungen‹ in Emmis Sprachgebrauch nicht existiert.«

Walter sah an sich herunter. »Erkennbar an meinem entgleisten Zustand, wie du das so treffend nanntest. Nichts, was mich stört.«

»Gut. Ich möchte nur, dass du gewappnet bist.«

»Sehr aufmerksam von dir. Ich weiß, mit wem ich es zu tun habe.«

Das bezweifelte Alma, aber Walter war kein kleines Kind

mehr. Außerdem war ihr während der letzten Minuten noch etwas anderes in den Sinn gekommen: Walters Anwesenheit war perfekt, denn sie hatte Fragen, die nur er beantworten konnte.

»Da du schon mal hier bist«, begann sie, »kann ich deine medizinischen Kenntnisse in Anspruch nehmen?«

Walter sah sie beunruhigt an. »Du bist doch nicht etwa krank?«

»Mir geht es gut«, winkte Alma ab. Eine Notlüge, wie sie feststellte, zumindest was ihren seelischen Zustand anging, denn in ihr purzelte alles über- und durcheinander. »Ich wollte wissen, ob es möglich ist, bei einer Leiche festzustellen, ob die verstorbene Person womöglich durch einen Sturz zu Tode kam.«

Walter horchte auf. »Ah. ›In allen Kriminalsachen, Zivil- und Strafprozessen mit nachweisbar stetem Erfolg‹«, zitierte er. Allem Anschein nach war ihm der Text der Anzeige, den er gemeinsam mit Emmi ersonnen hatte, schon in Fleisch und Blut übergegangen. »Meinst du einen Sturz aus großer Höhe?«

»Nein. Und Lizzys Körper wies an vielen Stellen Verletzungen auf.« Alma schilderte in kurzen Sätzen den Vorfall auf der Rennbahn. »Wenn jemand sie geschubst hätte, könnte man das im Nachhinein feststellen?«

»Meine Güte. Was für ein Tod.« Walter schüttelte bekümmert den Kopf. »Im Nachhinein feststellen kann man das nicht. Nicht, wenn man sie dabei nicht grob behandelt hat. Heftig am Arm gepackt oder dergleichen.«

»Es muss schnell gegangen sein. Ein kurzer, aber kräftiger Stoß in den Rücken zum Beispiel.«

»Wenn er hart genug war, ist vielleicht ein blauer Fleck zurückgeblieben. Aber am Rücken ist das eher unwahrscheinlich. Nein, ich denke, da haben wir keine Chance, das zu beweisen.

Aber ...«, er hielt kurz inne. »Falls sie ausgerutscht ist, weil ihr zum Beispiel durch bestimmte Substanzen schwindelig wurde ...«

»Du meinst, wie wenn man betrunken stolpert?«

»Exakt.«

»Man könnte ihr etwas verabreicht haben?«

»Möglich. Und einige fremde Substanzen im Körper lassen sich nachweisen.« Walter klopfte nachdenklich mit dem Löffel an den Rand seiner Tasse. »Aber in diesem Fall kommt die Überlegung natürlich zu spät«, seufzte er dann.

Walter hatte recht. Niemand hatte diesen Verdacht geäußert, insofern waren entsprechende Untersuchungen nicht getätigt worden. Da die Polizei der Meinung war, dass Lizzy entweder unglücklich auf die Rennbahn gestürzt war oder sich absichtlich das Leben genommen hatte, hatte kein Grund bestanden, nach anderen Ursachen für ihren Tod zu suchen. Mal ganz abgesehen davon, dass ihr Ableben bei den Beamten eben keine Alarmglocken hatte läuten lassen.

Eine Weile schwiegen sie beide. Erst als sie wie geistesabwesend gleichzeitig zum Marmeladenglas griffen, fragte Walter: »Was hast du jetzt vor?«

Diese Frage genügte, um Alma plötzlich vor Augen zu führen, was als Nächstes kommen musste. »Ich werde dem Grafen von Wernau einen Besuch abstatten.«

»Oho. Nobel geht die Welt zugrunde. Brauchst du einen gutgekleideten Begleiter? Im Sonntagsstaat?«

Sie sah ihn lächelnd an. »Studierst du überhaupt noch, so oft wie du hier bist?«

Seine Hand wischte über den Tisch, wie um den Vorwurf hinwegzufegen. »Herrje. Du hast mal wieder recht. Vorträge, Vorträge, Vorträge, Vorträge. Dann musst du einen anderen Schlaumops mitnehmen. Du solltest nicht allein gehen.«

»Oh, ich weiß da schon jemanden«, erwiderte Alma. Und dieser jemand, dachte sie, ist auch in der Lage, den Grafen erst einmal mit Geplänkel über Pferde einzulullen.

»Wer ist denn dein heimlicher Liebhaber?« Ida beugte sich zu Alma vor und flüsterte so laut und vernehmlich, dass die Kolleginnen es dennoch hören konnten.

»Ich habe keinen heimlichen Liebhaber«, protestierte Alma flüsternd zurück und hoffte, dass es trotz ihrer heißen Wangen glaubwürdig klang.

»Du telefonierst das zweite Mal in zwei Wochen privat«, ließ sich Friederike nun vernehmen.

»Genau«, stimmte Ida zu. »Und die tugendhafte Alma würde die Regeln nicht brechen, wenn es nicht wichtig wäre.« Sie grinste anzüglich.

»Wichtig. Das ist es«, murmelte Alma, beschloss, ihre Kolleginnen zu ignorieren, und stellte die Verbindung zum Krokodil her. Auf Hubsis Schreibtisch in dessen Hinterzimmer hatte ein Telefon gestanden, und sie brauchte die Nummer.

Als Walter sie am Vormittag gefragt hatte, was sie jetzt tun wolle, hatte sie nicht lange überlegen müssen. Möglicherweise hatte der Graf von Wernau etwas gesehen, möglicherweise auch nicht, aber Alma musste einfach mit ihm sprechen. Dass er mit Lizzys Tod etwas zu tun haben könnte, schloss sie ebenfalls nicht aus. Sie würde ihn genau beobachten, wenn sie mit ihm sprach. Aber um den Kontakt herzustellen und die Atmosphäre zu lockern, brauchte sie Hubsi.

Der Wirt des Krokodils zögerte erst, aber da er sich an Alma erinnerte und Kunden bedienen musste, gab er Alma die Nummer des Buchhalters und hängte ein.

»Und noch einmal!«, johlte Ida, als Alma, nachdem sie zwei Anrufe angenommen und verbunden hatte, erneut privat einen Telefonapparat anwählte.

»Willst du den Drachen auf dich aufmerksam machen?«, zischte Marianne, bevor sie glockenhell »Hier Amt, was beliebt?« in die Leitung flötete.

Das Mädchen wurde selbstbewusster. Beinahe stolz lächelte Alma, während sie darauf wartete, dass die Verbindung hergestellt wurde. Aber der Drache war damit beschäftigt, eine Neue am anderen Ende des Saals einzuarbeiten, und hatte daher kein Auge für Alma und ihre erfahrenen Kolleginnen. Marianne hatte ihr Sprechtraining zur Zufriedenheit der Klinger absolviert, auch hier sah sie keine Notwendigkeit mehr einzugreifen. Wenn das Gekicher überhandnahm, würde sie sich jedoch wieder umdrehen – denn dass eine ihrer Fräuleins tatsächlich Spaß bei der Arbeit hatte, das nahm sie ihnen übel.

»Hubert Bergemann«, meldete sich der Buchmacher, und Alma wurde aus ihren Gedanken gerissen.

»Alma hier, Hubsi, ich brauche deine Hilfe.«

Zuerst herrschte kurzes Schweigen am anderen Ende der Leitung. Dann lachte es leicht gequält aus dem Hörer. »Das bedeutet nichts Gutes. Oder?«

»Deine Unterstützung bei Otto war wirklich famos!« Alma legte flüssige Butter in ihre Stimme, und es funktionierte. Bei ihren Schmeicheleien wurde er zugänglicher, und schließlich stimmte er zu, sie am Abend nach ihrer Schicht zu begleiten.

»Wenn ich das nicht noch mal bereue«, murmelte er, bevor Alma die Verbindung unterbrach. Der Drache hatte schon verdächtig in ihre Richtung geschielt.

»Danke, Hubsi, das vergesse ich dir nicht.« Alma drückte seine Hand.

»Ach, na ja, also ... Gern geschehen.« Linkisch fuhr sich der Buchmacher durch die Haare. »Aber ich kann dir nicht versprechen, dass er mit uns sprechen wird.«

»Ich habe vollstes Vertrauen in deine Überredungskünste«, sagte Alma fröhlich, hakte sich bei ihm unter und gab auf dem Weg zum Leopoldsplatz das Tempo vor.

Sie mussten mit der Straßenbahn zur Kaiser-Wilhelm-Straße in Beutig-Quettig, wo der Graf im Villengebiet Baden-Badens lebte. Großmaman flanierte für ihr Leben gern auf den dortigen Straßen und hatte zu jedem zweiten Prachtbau eine passende Geschichte parat. Der Graf von Wernau schien ihr nicht bekannt zu sein, denn Alma konnte sich nicht an eine Anekdote erinnern, in der sein Name vorgekommen war.

Nachdem sie aus der Straßenbahn gestiegen waren, mussten sie noch ein Stückchen laufen, aber schon jetzt wurde Alma bewusst, weshalb die reichen Leute, die Grafen und Unternehmer und Politiker, hier lebten: Die Luft roch ganz anders, sie war klarer, reiner als in der staubigen Stadt, Alma hatte sogar den Eindruck, die Farben der Natur um sie herum intensiver sehen zu können. Türmchen bekrönten burgähnliche Gebäude, italienisch anmutende Paläste standen neben herrschaftlichen Häusern im Schweizer Stil, roter und weißer Sandstein wechselte sich mit Holz als Baumaterial ab.

»Da vorn ist es.« Hubsi deutete auf die Villa, die in einem großzügig angelegten Garten auf der rechten Seite der Kaiser-Wilhelm-Straße lag.

Ein Gärtner kam ihnen entgegen, als sie ungehindert den Torbogen passierten. Die Rasenfläche war tadellos gepflegt, hier und dort stand ein Rosenspalier, ganz offensichtlich arbeitete der Gärtner gerade an den Ranken. Es war hübsch gepflegt, und dennoch konnte Alma nur daran denken, wie viel Gemüse ihr verstorbener Großvater, der Vater ihres Vaters, auf dieser riesigen Fläche angebaut hätte. Man hätte halb Baden-Baden damit versorgen können!

Ein gewundener Steinpfad brachte sie zur Villa, wo Hubsi beherzt den Türklopfer betätigte. Es dauerte nicht lang, bis ihnen ein Bediensteter öffnete. Er war groß und hager und versuchte, eine beginnende Glatze mit überlangem Haar wettzumachen, das – ähnlich einer Schneckennudel – über seinem Kopf lag. Misstrauisch sah er sie an, und Alma wurde sich angesichts seines tadellos sitzenden Anzugs bewusst, dass sie ihren Rock schon zweimal ausgebessert hatte.

»Guten Abend«, grüßte Hubsi artig und zog seinen Hut. »Ist der Graf zu sprechen?«

»Wen darf ich melden?«

Hubert blickte nervös zu Alma. »Hubert Bergemann und Alma Täuber. Es geht um Emmi. Das Pferd des Grafen.«

Auf dem Gesicht des Bediensteten zeigte sich keine Regung, er hob nur leicht eine Augenbraue.

»Herr Bergemann arbeitet in Iffezheim auf der Rennbahn«, gab sich Alma einen Ruck, in der Hoffnung, ihr fiele noch eine überzeugende Wendung ein, was mit dem Pferd des Grafen sein könnte, das ihren Besuch rechtfertigte.

»Sie sind ... Veterinär?«, fragte der Bedienstete.

»Buchmacher«, antwortete Hubsi.

Daraufhin folgte ein entsetzter Blick, und Alma, die in der Villa eines Grafen sicher nicht damit weiterkam, wenn sie ihren Fuß in die Tür schob, sprach schnell weiter: »Es geht um viel Geld.«

Hubsi nickte eifrig. »Es geht um Chancen für die Stute, um Rennen, die …« Leicht verzweifelt brach er ab.

»Emmi ist zu Höherem geboren«, half Alma ihm mit Pathos auf die Sprünge. »Ich denke, das Angebot, das wir dem Grafen unterbreiten können, wird ihn in höchstem Maße interessieren.«

Der Bedienstete blieb skeptisch, das konnte Alma eindeutig an seinem Blick ablesen. Aber zumindest schätzte er sie beide nicht als Bedrohung ein, vielleicht etwas unter seiner oder des Grafen Würde, aber nicht bösartig.

»Ich werde Sie melden«, sagte er und schloss die Tür.

Hubsi atmete hörbar aus. »Ob uns jemals wieder geöffnet wird?«, unkte er. »Das, was du eben gesagt hast, klang ein wenig … unterweltlerisch.«

»Auch wenn er uns nicht glaubt, der Graf wird neugierig werden«, gab Alma sich zuversichtlich. »Er will sicher mehr wissen.«

»Ja, genau.« Hubert drehte sich zu ihr. »So wie ich. Welches *legale* Angebot können wir ihm denn unterbreiten?« Mittlerweile klang seine Stimme nicht mehr nur leicht verzweifelt.

»Wir müssen nur da rein«, sagte Alma leise. »Du schmeichelst ihm ein bisschen, was für ein wunderbares Pferd Emmi sei, ihr fachsimpelt ein wenig, und dann bringe ich das Gespräch auf Lizzy.«

»Fachsimpeln«, murmelte Hubsi immer noch ein wenig unglücklich.

»Na, Rennzeiten! Wie gut Emmi abschneidet, dass er mit der Stute wirklich Geld machen kann, ihr leichter Gang, ihr tänzelnder Galopp, und dann immer wieder … Geld.« Das war wichtig. Auch der Adel hatte den Krieg nicht unbeschadet überstanden, und war der Garten auch gepflegt und das restliche

Gebäude so prunkvoll, so meinte Alma doch, an den Fensterläden schon abblätternde Farbe sehen zu können. Zu einem kleinen finanziellen Zusatzerlös würde auch ein Graf nicht nein sagen.

In diesem Augenblick wurde die Tür wieder geöffnet.

»Der Graf und die Gräfin erwarten Sie«, sagte der Bedienstete mit der Schneckennudel und trat zur Seite, um Alma und Hubert hereinzulassen.

Die Gräfin! Dass sie daran nicht gedacht hatte, Alma hätte sich ohrfeigen können! »Vergiss den Grafen«, flüsterte sie Hubsi zu, während sie hinter dem Bediensteten die Villa betrat. »Lenk die Gräfin ab. Sie darf nicht dabei sein.«

Dann aber wurde Alma selbst so unkonzentriert angesichts der Inneneinrichtung der Villa, dass sie auf Hubsis gekiekstes »Wie?« nicht mehr antworten konnte. Die Wände waren mit rot-goldener Tapete verziert, der Boden aus spiegelndem Parkett, und von der weißen Stuckdecke hing ein gigantischer Lüster. Mochte auch der Putz dieses Anwesens Risse haben, die Räume schienen in erstklassigem Zustand zu sein. Dass man so leben konnte! Alma würde sich bei weitem nicht der armen Bevölkerung zurechnen, aber angesichts des Reichtums, der sich ihr hier offenbarte, fragte sie sich, ob sie da nicht einem Irrtum aufsaß. Auch Hubsi neben ihr verkrampfte, hielt die Ärmel an den Körper gelegt, als wolle er so die abgewetzten Ellenbogen seiner Jacke verbergen.

Der Bedienstete räusperte sich und führte sie durch einen ausladenden Raum, dieses Mal mit dunkelgrünen Tapeten ausgestattet, in einen Salon: Auf einer Chaiselongue saß der Graf von Wernau – Alma erinnerte sich an seinen imposanten Schnauzbart –, auch wenn er ohne seinen Zylinder nun ein ganzes Stück kleiner wirkte als auf der Rennbahn. Auf seinem

Schoß lag eine gefaltete Zeitung, das Monokel hielt er in der Hand.

Vom Fauteuil neben ihm blickte eine rundliche Dame mit altmodisch hoch aufgetürmten Locken ihnen neugierig entgegen. Die Gräfin trug ein weit ausgeschnittenes dunkelblaues Kleid, das nicht allzu bequem aussah und wohl auch der Grund dafür war, dass sie nicht stillsitzen konnte, sondern immer wieder ihre Position änderte.

»Gräfin Wernau.« Alma probierte es mit einem leichten Knicks. »Graf Wernau.«

Der Graf stand auf, wedelte mit dem Monokel in seiner Hand, musterte Hubsi von oben bis unten und fragte: »Es geht um Emmi?«

»Mein Gott, Adalbert«, stöhnte die Gräfin gequält auf. »Wenn es schon jeden Abend um Pferde und nichts als Pferde geht, können wir unsere Gäste vorher wenigstens noch begrüßen?« Sie stand resolut auf, offenbar hatte sie nur einen Grund gesucht, denn sofort zupfte sie an ihrem Kleid herum, schenkte Alma ein aufrichtiges Lächeln und zwinkerte Hubsi zu, als sie ihm die Hand reichte. »Bitte sagen Sie mir, dass Sie noch andere Geschichten haben als nur die von der Rennbahn.«

»Nein, leider. Sonst nur Mord und unerklärliche Todesfälle«, sagte Alma trocken, und die Gräfin brach in perlendes Gelächter aus.

»Sie gefallen mir«, sagte sie und tätschelte mit ihren behandschuhten Fingern Almas Arm. »Aber Sie müssen mir verzeihen, ich ziehe mich zurück. Pferde habe ich ein wenig über.« Dann seufzte sie noch einmal laut auf, schnalzte mit der Zunge und griff nach der Zeitung des Grafen. »Ich lasse euch dann allein, Adalbert. Aber vielleicht haben Sie später noch Lust, eine

Partie Dame mit mir zu spielen? Für Mord und unerklärliche Todesfälle bin ich immer zu haben.« Sie lächelte und schwebte aus dem Raum.

Eine Hürde war geschafft, und das ganz ohne Hubsis Zutun, der sichtlich erleichtert aussah, nachdem die Gräfin die Tür hinter sich geschlossen hatte. Auch Alma atmete auf.

Der Graf legte das Monokel auf ein zerbrechlich aussehendes Tischchen, zog aus der Innentasche seiner Weste eine Pfeife hervor und begann sie zu stopfen. Seine zusammengezogenen Augenbrauen wirkten konzentriert und abweisend. »Was wollen Sie nun?«, fragte er weder unfreundlich noch einladend, hielt ein Streichholz an den Pfeifenkopf, stopfte Tabak nach und begann zu paffen.

»Meine Bemerkung gegenüber Ihrer Frau Gemahlin war ernst gemeint«, sagte Alma. »Lizzy Jakob ist keines natürlichen Todes gestorben.«

Seine Mundwinkel zuckten, er sog den Pfeifenrauch heftiger ein, als er es vertrug, und hustete los.

»Sie waren beim Großen Preis von Baden, Sie waren mit ihr beim Rennen, als es passiert ist«, fuhr Alma fort. »Was haben Sie gesehen?« Sie ignorierte Hubsis verzweifelt leises Räuspern, der sich offensichtlich wünschte, auf einem anderen Kontinent zu sein.

»Überhaupt nichts! Das ist eine tragische Geschichte. Aber was wollen Sie von mir?«

»Graf von Wernau«, begann Alma und setzte sich auf das Sofa, wo vorhin noch seine Frau gesessen hatte. Sie drehte sich ihm zu, ihre Hände umfassten die Seitenlehne des Möbels. »Die Polizei hat Lizzys Tod zu den Akten gelegt. Es interessiert sie nicht, ob es ein Unfall war, Selbstmord oder Mord.« Sie presste kurz die Lippen aufeinander, dann fuhr sie weicher fort:

»Aber Sie ... Ihnen hat etwas an Lizzy gelegen, nicht wahr? Sie werden sie nicht so einfach vergessen?«

Er blinzelte, schien sich zu sammeln.

»Wir werden nicht mit Ihrer Gemahlin sprechen, keine Sorge. Ich brauche nur Ihre Auskunft. Irgendetwas, das mir bei meinen Nachforschungen hilft.«

»Sie forschen nach?«

»In allen Kriminalsachen mit nachweisbar stetem Erfolg«, zitierte Alma Emmis und Walters Telefonbucheintrag. »Ich möchte herausfinden, wer Lizzy etwas angetan haben könnte.« Bei diesem Satz blickte sie dem Grafen geradeheraus in die Augen, bis er seine senkte.

Er nickte. Und dann erzählte er seine Sicht der Geschehnisse auf der Rennbahn. Er hatte nichts gesehen, sondern war verspätet zum Rennstart erschienen. Lizzy hatte längst einen Platz unter den Zuschauern eingenommen, und Graf von Wernau war, noch mit einem Auge auf der Rennbahn, mit den anderen bei den Zuschauerreihen auf der Suche nach ihr gewesen, als er die Rufe, die Schreie und die Aufregung vernommen hatte. Zunächst hatte er sich nichts dabei gedacht, weiterhin die Menge nach Lizzy abgesucht, bis ihn ein entsetzter Zuschauer am Ärmel gezupft hatte. Und erst jetzt hatte er seinen Blick zur Rennstrecke gelenkt, zu dem entsetzlichen Unfall, und da war ihm bewusst geworden, weshalb er Lizzy nicht finden konnte. »Es war schrecklich, sie dort zu sehen«, flüsterte er. »Sie dort zu sehen und nichts tun zu können.«

Hubsi, der sich wieder gefangen hatte, seitdem der Graf seine Version der Geschichte schilderte, nickte mitfühlend, während Alma versuchte, ihre Enttäuschung zu unterdrücken. Wieder eine Sackgasse. Wieder hatte sie nichts in der Hand.

»Weshalb waren Sie von Lizzy getrennt?« Hatte er möglicherweise gelogen?

Der Graf sah sie fragend an.

»Sie sagten gerade, Sie hätten Lizzy gesucht, sie hätte sich schon zu den anderen Zuschauern gestellt. Wo waren Sie zu dem Zeitpunkt?«

»Oh, Emmi. Es ging ihr nicht gut.«

»Nicht doch!« Hubsi wechselte in die besorgte Buchmacherattitüde. »Und das bei einer derartig wichtigen Veranstaltung! Gott sei Dank hat sie sich dann wieder erholt!«

»Hatte wohl nur etwas Falsches gefressen, der Tierarzt konnte keine Ursache feststellen. Sie haben recht: Kurze Zeit später war sie wieder auf dem Damm.«

Alma überlegte. Könnte der Mörder dem Pferdefutter etwas beigemischt haben, um den Grafen von Lizzy wegzulocken? Damit er sie allein und ohne Begleitung …? Nein. So detailliert konnte man doch keinen Mord planen! Oder doch?

»Haben Sie zuvor jemanden bemerkt? Jemanden, der Sie – oder Lizzy – beobachtet hat?«

Er kniff die Augen zusammen, nachdenklich dieses Mal, als ließe er den Nachmittag Revue passieren. »Nein.«

In diesem Moment wurde die Tür schwungvoll aufgestoßen, und die Gräfin betrat den Raum. Sie warf die Zeitung achtlos auf das kleine Tischchen neben der Chaiselongue, wobei sie das Monokel des Grafen knapp verfehlte. »Politik und Wirtschaft«, stöhnte sie. »Nicht besser als deine Pferde!«

»Lies doch einen Roman.« Ihr Mann nuckelte an seiner Pfeife. Er wirkte nachdenklich. Alma hoffte, ihm würde noch etwas einfallen.

»Worüber habt ihr gesprochen?«, fragte die Gräfin nun. »Geht es um Maestro? Hoffentlich! Dieser Gaul raubt mir noch den letzten Nerv. Ich habe meinem Mann schon mehr als einmal geraten, ihn zu verkaufen.«

»Es ging um Emmi«, sprang Hubsi schnell ein. »Die Stute Ihres Mannes ist das geborene Rennpferd.«

»Ach«, winkte die Gräfin ab. »Ich kann es nicht mehr hören. Emmi hier, Emmi dort. Und dabei hat sie noch kein einziges Rennen gewonnen.«

»Das noch nicht.« Es kam Farbe in Hubsis Wangen und Leben in seine ungelenken Bewegungen. Sie befanden sich wieder auf seinem Terrain. »Aber im letzten Rennen ist Emmi eine Zeit von etwas über drei Minuten gelaufen, drei elf, um genau zu sein. Das mag Ihnen nichts sagen, gnädige Frau, aber wenn Sie es mit Träumer vergleichen, der dieses Jahr den Großen Preis von Baden gewonnen hat, und natürlich mit dem Alter und der Erfahrung der Stute vergleichen, dann kann ich Ihnen sagen, wird sie eines der nächsten Rennen machen.«

»Ach ja?«

»Emmis drei elf gegenüber Träumers zwei zweiundfünfzig sechs. Natürlich, das ist noch einmal eine völlig andere Hausnummer, aber Emmi wird noch eine ganz Große, da bin ich mir sicher«, geriet Hubsi ins Schwärmen. Selbst die Gräfin wirkte milde interessiert, als dieser schlaksige junge Mann vor ihr mit Hingabe Emmis Temperament, ihren Charakter und ihre Begabung bewunderte.

Nur Alma saß stocksteif auf dem Sofa.

»Sag das noch mal«, unterbrach sie Hubsis Ausführungen heiser. »Träumers Siegerzeit. Wie lauteten die Zahlen?«

19

Alma saß vor den Schalttafeln, und ihre Gedanken rasten. Es war wieder spät geworden gestern, und sie konnte nicht aufhören, an Träumers gewonnenes Rennen zu denken.

Im Anschluss an den Besuch beim Grafen hatte sie noch Stunden am Küchentisch gesessen und die Zahlen, die Hubsi genannt hatte, gedreht und gewendet. Der Treffpunkt, den Margaretes und Lizzys Mörder ausgewählt hatte, musste etwas mit dem Pferd zu tun haben, das in Iffezheim gewonnen hatte. Wie zynisch, dachte Alma. Lizzy wurde im Rahmen der Großen Woche zu Tode getrampelt, und der Mörder fand das offenbar noch amüsant. Aber er würde nicht davonkommen. Alma war fest entschlossen, ihn zu enttarnen, und nun hatte sie das Rüstzeug dafür in der Hand.

»Hier Amt, was beliebt?«, murmelte Alma geistesabwesend und stieß einen kurzen Fluch aus, als sie die Verbindung beinahe falsch gesteckt hätte. Anklagend blickte die Klinger zu ihr hinüber, setzte sich aber nicht in Bewegung.

Alma presste für einen Moment die Hand auf ihre Stirn und hoffte, sie wirkte leidend genug. Zwei fünf zwei sechs.

Es gab keine lokale Telefonnummer, die zu diesem Code passte, das hatte sie schon herausgefunden, als sie die Zahlen zum ersten Mal von der schnarrenden Stimme gehört hatte. Nein, die Kombination musste wirklich etwas mit Träumer zu tun haben. Das konnte doch kein Zufall sein! Aber wo wollte sich der Mörder mit seinem Auftraggeber treffen? In Träumers Stall? Hubsi hatte ihr noch erzählt, Richard Haniel, der Besitzer des Pferdes, habe ein Gestüt in Weil am Rhein, und genau dort war der Gaul wahrscheinlich inzwischen wieder. Denn in der Zeit ohne Rennen lag Iffezheim wie ausgestorben da. Die Pferde, die von überall her zur Großen Woche kamen, kehrten danach wieder in ihre jeweiligen Gestüte zurück. Bei dem Gedanken an Träumers Besitzer hatte Alma plötzlich eine Idee. Richard Haniel musste hier in einem der großen Hotels abgestiegen sein. Und was eignete sich besser für ein Treffen als eine geschäftige Hotellobby? In der die Pagen darauf achteten, jedem Besucher genügend Diskretion zu geben? Dabei war es unerheblich, ob Haniel dort noch residierte oder nicht. Denn inzwischen war eine Woche vergangen. Und Haniel war seinem Siegerpferd sicherlich hinterhergereist und ließ es sich nicht weiterhin in der Kurstadt gut gehen. Nein: Es ging allein um den Bezug zwischen Träumers Siegerzeit, dem Zahlencode und dem ehemaligen Aufenthaltsort des Pferdebesitzers.

»Hier Amt, was ...« Sie hatte zu lange gebraucht, um die Verbindung zu beantworten. Der Anrufer hatte aufgegeben. Die Klinger runzelte die Stirn, und Alma hustete. Sie hatte einen Plan. Und eine Chance.

Die durfte sie nicht verspielen.

Und deshalb musste sie jetzt eine Ausrede für die Klinger erfinden: Sie würde nicht bis fünf auf der Arbeit bleiben können, sie musste zur Polizei. Ludwig würde ihr zuhören, er würde ihr glauben, und dann würde er mit seinen Kollegen ins Hotel gehen. Zum Treffpunkt. Hoffte sie.

Nachdem Alma die nächste Verbindung beendet hatte, stöhnte sie laut. Marianne drehte sich erschrocken zu ihr um, selbst Ida blickte auf.

Jetzt.

Alma presste sich die Hand vor den Mund und sprang auf. Als sie in Richtung der Waschräume rannte, konnte sie aus den Augenwinkeln den entsetzten Blick der Klinger wahrnehmen. Wahrscheinlich versetzte sie den Drachen mit dieser Aktion in helle Panik, aber ein verdorbener Magen war die effektivste Methode, um den Nachmittag frei zu bekommen. So etwas konnte übertragbar sein, die furchtbaren Auswirkungen der Spanischen Grippe waren allen noch gut in Erinnerung. Die Klinger konnte nicht riskieren, dass Alma die anderen Fräulein mit irgendetwas ansteckte: Ob mit einer Magenkrankheit oder – Gott bewahre, falls die Übelkeit von einer Schwangerschaft herrühren sollte – mit einem zu losen Umgang mit der Tugend.

Außer Atem eilte Alma den ansteigenden Weg zur Vincentistraße hoch und kam schnaufend vor dem Amtsgericht an. Sie stieß die Tür auf – und dann mit der Person zusammen, die gerade hinausgehen wollte.

Zwei Hände an ihren Schultern hielten sie fest, dann hörte sie Ludwigs amüsierte Stimme: »Das Fräulein vom Amt ist wieder in einer dringlichen Angelegenheit unterwegs, wie ich sehe.«

Doch Alma war nicht zu Scherzen aufgelegt. »Ich muss zu deinem Vorgesetzten.« Schon hastete sie die Treppe hinauf, Schiller folgte ihr verdutzt.

»Was ...«, begann er, als Alma die Tür zur Amtsstube Nummer 5 öffnete.

Der Beamte Franck blickte von einer Akte auf, bei der er gerade liebevoll ein Eselsohr glättete. Neben ihm: die obligatorische Kaffeetasse und ein angebissenes Stück Marmorkuchen.

Verschämt wischte er einige Krümel auf den Boden. Errötete ein wenig, versuchte, nicht allzu deutlich zu kauen, und widmete sich dann wieder dem störrischen Eselsohr.

Ein weiterer Beamter mit rötlichen Haaren, den Alma noch nie gesehen hatte, drehte sich zu ihnen um. Auch wenn er in etwa Ludwigs Alter haben mochte, so wirkte er doch deutlich jünger: Die Haare waren mit Pomade zu einem Seitenscheitel gestriegelt worden, zeigten sich aber störrisch. Die Nase voll Sommersprossen und die leicht abstehenden Ohren machten das Bild eines Lausbuben perfekt und ließen Alma unwillkürlich an *Krieg der Knöpfe* denken. Doch in seinen Augen war keine Spur von Jugend oder Verschmitztheit zu finden, und Alma fröstelte unter dem stechenden Blick. War Ketterer ihr nur unsympathisch erschienen, so wirkte dieser Kollege beinahe gefährlich.

Fest entschlossen, sich nicht einzuschüchtern zu lassen, fragte Alma: »Wo ist der Kriminalrat?«

»Wie können wir Ihnen helfen?«, lautete die Gegenfrage des Rotblonden. Er ließ sich offenbar nicht so einfach aus dem Tritt bringen und würde schon gar nicht ohne weiteres Fragen beantworten, deren Sinn sich ihm nicht erschloss.

Kollege Franck zwinkerte nervös.

»Im Schloss«, antworte Ludwig, der sich neben Alma in den Raum schob. »In wichtiger Angelegenheit zur Gräfin zitiert.« Er hob spöttisch eine Augenbraue.

»Es wird auch ohne ihn gehen.« Es musste. Alma nickte zur Bekräftigung, die mehr ihr selbst als den Polizisten galt, und strich ihren Rock glatt. Dann atmete sie tief durch und sagte mit fester Stimme: »Wir müssen einen Mörder festnehmen.«

Und dann erzählte sie.

Sie hatte die Zahlenkombination geknackt, glaubte zumindest, sie geknackt zu haben, und Schiller sah das offenbar genauso.

»Wie viel Zeit haben wir noch?«, fragte er, nachdem Alma ihre Erklärungen beendet hatte.

»Moment«, intervenierte Kopper, der Rothaarige, die Stimme genauso schneidend wie der Blick. Ludwig hatte ihn vorher so genannt, und Alma wusste, dass sie sich diesen Namen merken würde. So rot wie Kupfer, so hart wie Metall.

»Das sind doch alles nur Spekulationen«, fuhr er fort. »Die tote Frau auf der Rennbahn: ein Unfall. Der Mörder von Margarete Kern: ihr Ehemann.«

»Das würde der Kriminalrat auch sagen«, murmelte Kollege Franck sichtlich zufrieden. Dann besann er sich jedoch, hob seinen Zeigefinger und deutete auf Alma. »Wir müssen allerdings auch bedenken, dass das Fräulein Täuber schon mehrfach recht behalten sollte.«

»In der Tat.« Jetzt lächelte Ludwig leicht.

»Ohne den Kriminalrat?« Der Rotblonde wurde Alma immer unsympathischer.

»Wir haben es gehört, das Treffen findet noch heute Abend statt«, antwortete Ludwig ungeduldig. »Möglicherweise jagen wir Hirngespinsten nach. Aber möglicherweise fassen wir einen Mörder. Haniel war während der Badischen Woche Gast im Hotel Stephanie, darauf konzentrieren wir uns jetzt.« Er sah seinem Kollegen fest in die dunklen Augen, die im Gegensatz zu seiner hellen Haut und den Haaren standen. Wahrscheinlich wirkten sie deshalb so unheimlich, pechschwarz und tief.

Für etwa zehn Sekunden hielt Kopper Ludwigs Blick stand, und Alma wusste nicht, was passieren würde. Ein Streit? Die Weigerung, ohne den Segen des Vorgesetzten mitzumachen, und das Scheitern des ganzen Unternehmens? Sie hielt den Atem an.

Doch schließlich presste der Rothaarige die Lippen aufeinander und nickte knapp.

»Franck, wir brauchen einen zweiten Wagen«, wandte Ludwig sich an seinen anderen Kollegen. »Kopper, wir müssen das Hotel in Augenschein nehmen. Fräulein Täuber, Sie bleiben. Sie sind die Einzige, die die Stimme des Mannes identifizieren kann.« Er klatschte in die Hände. »Kollegen, wir haben einen Einsatz vorzubereiten!«

»Und *das* würde der Kriminalrat ebenfalls sagen«, kommentierte Franck aufgeräumt.

Die nächste Stunde saß Alma aufmerksam in der Schreibstube und beobachtete die drei Männer: So unterschiedlich sie alle waren, welche Differenzen sie vorher auch gehabt hatten, sie arbeiteten effizient und im Zusammenspiel.

Franck telefonierte hektisch, um Unterstützung anzufordern. Auch ohne Befehl des Kriminalrats selbst reichte sein Rang eines Oberwachtmeisters aus. Bisher waren ihnen zwei weitere Männer zugesichert worden.

Ludwig brütete mit Kopper über einem ausgebreiteten Stadtplan, auf dem sie mit kleinen Kreuzen markiert hatten, wer zu welchem Zeitpunkt wo stehen sollte.

»Wie damals im Regiment 109«, murmelte Kopper, und als Ludwig daraufhin lachte, verstand Alma, weshalb er dem Mann mit den stechenden Augen vertraute. Sie nahm sich vor, dem Rotblonden eine Chance zu geben.

»Wir haben fünf Mann.« Ludwig fuhr mit dem Finger über das eingezeichnete Hotel Stephanie.

»Sechs«, korrigierte Alma. »Fünf Mann und eine Frau.«

»Ohne Waffe, aber mit scharfem Verstand«, murmelte Ludwig, und Alma spürte wieder, wie ihr Magen den mittlerweile vertrauten Hüpfer machte.

Es war nicht so, dass sie sich unbedingt in Gefahr bringen wollte, nein, das war es nicht, auch wenn Walter und Emmi das wohl vermuteten. Es war eher so, dass die Gefahr notwendig war bei ihren Vorhaben, dass sie sie in Kauf nehmen musste. Wenn sie ein Verbrechen aufklären wollte, so gehörte es eben dazu, sich gewissen Gefahren auszusetzen. So wie sie auch hin und wieder bei der Arbeit auf dem Amt eine gewischt bekam.

Alma blickte auf die Uhr, die neben der Tür an der Wand hing. Zwei Stunden bis zum Treffen. Sie mussten sich sputen. Schiller und Kopper knobelten gerade die Standorte der Wagen aus. Direkt vor dem Hotel konnte zu auffällig sein, mindestens eines der Autos musste wenigstens seitlich unter den Bäumen postiert werden.

»Franck und Kopper, ihr bleibt draußen mit eurem Wagen vor dem Haupteingang. Nehmt euch genügend Zigaretten mit. Franck, du hast uns zwei von der Bereitschaftspolizei organisiert, richtig?«

»Zwei von der Sitte, die Interesse haben, zu uns zu wechseln.«

»Hervorragend.« Ludwig nickte und deutete wieder auf den Stadtplan. »Hintereingang und Seitengasse zum Hotel Minerva.«

»Und was machst du?«, fragte Kopper.

Ludwig sah zu Alma. »Wir parken in Sichtweite des Eingangs und gehen rein.«

»Mit mir zusammen wird Kriminalkommissar Schiller unauffällig wirken.« Alma hatte Ludwigs Plan sofort verstanden.

»Wir können unseren Mann aus nächster Nähe im Blick behalten, ohne dass er Verdacht schöpfen wird.«

Franck sah sie für einen Moment eindringlich an. »Deshalb also«, sagte er dann langsam.

Ludwig zog fragend die Augenbrauen hoch.

»Deshalb wollen sie bei der Polizei auch Frauen einstellen«, erklärte Franck. »Das könnte durchaus nützlich sein.«

»Durchaus nützlich«, wiederholte Alma seine Worte und wusste nicht, ob sie amüsiert oder beleidigt sein sollte. Nach allem, was sie in diesem Fall herausgefunden hatte!

Plötzlich waren Schritte auf dem Flur zu hören. Die Tür flog auf, und zwei Beamte, ebenfalls in Zivilkleidung, traten ein. Ludwig und Kopper sprangen auf, Franck erhob sich langsam.

Und dann ging alles schnell: Unterstrichen von zackigen Gesten erklärte Ludwig den Einsatz, die Männer stellten kurze Rückfragen, und dann wurden die Waffen geprüft.

Hatte Alma vor wenigen Minuten noch gedacht, dass sie das Abenteuer nicht scheute, so wurde ihr beim Anblick des glänzenden Metalls doch anders. So klein und trotzdem imstande, innerhalb weniger Sekunden zu töten. Sie hätte sich sicher fühlen müssen, dachte sie, mit den Pistolen in den Händen der Polizisten. Doch das Unwohlsein ließ sich kaum abschütteln. Wenn sie daran dachte, dass auch der andere möglicherweise so eine Waffe bei sich trug …

Ludwigs Kommando riss sie aus ihren Gedanken. Sie mussten los.

Schweigend und angespannt liefen die Männer den Gang hinunter, unwillkürlich verfielen sie alle in den gleichen Schritt. Der Krieg, dachte Alma erneut. Er hatte überall seine Spuren hinterlassen.

Vor dem Amtsgericht standen zwei Viersitzer: die Polizeiwagen. Jemand hatte sie offenbar schon hergefahren, vielleicht die Beamten der Sitte, die sich bei den Kriminalkommissaren beliebt machen wollten. Die Männer stiegen ein, automatisch gruppierten sie sich so, wie sie gleich zusammenarbeiten würden.

»Schiller!«, bellte jemand hinter ihnen.

Alma fuhr herum. Der Geruch parfümierter Zigaretten stieg ihr in die Nase, es war Ketterer. Drei Stunden hatte Franck ihn vergeblich zu erreichen versucht. Genau das teilte der Kollege dem Kriminalrat nun auch umständlich mit, der jedoch kaum einen Blick für seinen Mitarbeiter hatte, sondern stattdessen Alma anstarrte.

»Was ist hier los?«, wandte Ketterer sich dann an Ludwig, und der Kriminalkommissarsanwärter setzte ihn ins Bild.

»Ein Treffen?«, fragte er ungläubig. »Zwischen einem Mörder und seinem Auftraggeber? Ja, haben Sie denn völlig den Verstand verloren?«

»Der vermeintliche Unfall auf der Rennbahn war kein Unfall«, erklärte Ludwig ruhig. »Und auch kein Selbstmord. Ich war noch einmal dort.«

Alma drehte sich erstaunt zu ihm um. Davon hatte er kein Wort gesagt!

»Es mag auf den ersten Blick wie ein Zufall wirken. Doch einer der Stallburschen erzählte mir, dass er im Futter eines Pferdes verschimmeltes Gras gefunden hat.«

»Verschimmeltes Pferdefutter als Beweis für einen Mord?« Ketterer verzog spöttisch den Mund.

»Wie gesagt, es mag wie ein Zufall wirken. Der Stallbursche schwört Stein und Bein, dass er das Futter vorher selbst eingefüllt hat und es zu dem Zeitpunkt noch in Ordnung war.

Jemand wollte, dass es dem Pferd schlecht ging. Wahrscheinlich war es der Jemand, der von einem Jockey dabei beobachtet worden war, wie er die Ställe verließ. Angeblich hatte er den Weg zurück zu den Tribünen nicht mehr gefunden.« Schiller hielt kurz inne, bevor er weitersprach. »Kurz darauf verhielt sich das Pferd merkwürdig, und sein Besitzer musste gerufen werden. Vielleicht Wettbetrug. Vielleicht ein Konkurrent. Doch dann habe ich den Namen des Pferdebesitzers erfahren: Graf von Wernau. Die einzige Begleitung, die unser Unfallopfer an diesem Tag hatte, wurde dadurch abgelenkt, dass jemand seinem Pferd verdorbenes Futter zu fressen gegeben hat. Warum? Ich vermute, damit jemand freie Bahn hatte, um einen Mord zu begehen, den er schließlich als Unfall tarnte.«

Ketterer zog seine Augenbrauen zusammen.

»Das ist also Ihre Theorie«, sagte er und musterte Ludwig genau. Auch die übrigen Männer betrachtete er eingehend. Alle vier nickten.

Weitere Sekunden vergingen, in denen Ketterer sich mit der Zunge über die Lippe fuhr. »Dann hoffe ich für Sie, dass Sie sich nicht irren, Schiller«, sagte er schließlich. »Das könnte Sie Ihre Karriere kosten.« Er blickte auf die Uhr. »Wie viel Zeit bleibt uns noch?«

»Eine Stunde.«

»Gut. Sie fahren vor. Ich komme nach, so schnell ich kann. Hunold schuldet mir noch einen Gefallen, er soll zwei weitere Männer schicken.« Damit nickte Ketterer ihnen zu und eilte, soweit seine massige Gestalt es zuließ, die Stufen zum Amtsgericht hinauf.

Angespannt beobachtete Alma das Treiben im Foyer. Heute hatte sie keinen Blick für die opulenten Kleider der anwesenden Damen oder die luxuriöse Ausstattung des vornehmen Hotels. Sie suchten einen Mörder und keine fleischgewordenen Modemagazine.

Almas Blick schweifte durch die Hotelhalle. Zwei ältere Frauen, dem Anschein nach Russinnen, saßen auf gepackten Koffern. Alma kannte den Brauch von den vielen russischen Immigranten. Vor einer Reise noch einmal innehalten, für einige Augenblicke in völliger Stille ausharren, bevor es losging.

Ein Paar, Engländer, diskutierte in gezischelten Worten. Zu vornehm für einen lautstarken Streit, doch die Animositäten zwischen ihnen waren eindeutig.

»Der ältere Herr dort drüben mit der Zeitung?«, fragte Ludwig Schiller leise. Sie saßen nebeneinander auf zwei Sesseln, einen Stadtplan auf einem kleinen Tisch vor ihnen, über den sich Ludwig aufmerksam gebeugt hatte: neu angekommene Badbesucher, die sich erst zurechtfinden mussten.

Alma hatte den Herrn, in dessen Richtung Ludwig genickt hatte, längst im Blick. Mit schütterem Haar, Frack und Monokel wirkte er nicht wie ein Mörder. Doch immer wieder legte er die Zeitung zur Seite, kniff die Augen zusammen, um auf seiner Taschenuhr etwas erkennen zu können, anschließend schürzte er die Lippen und nahm die Zeitung erneut auf. Es war eindeutig, dass er auf jemanden wartete, und wenn er selbst kein Mörder war, vielleicht hatte er einen in Auftrag gegeben ...

Alma senkte leicht den Kopf, ohne den Mann aus den Augen zu lassen. Es war erst kurz vor acht, wenn das Treffen pünktlich stattfand, blieb noch etwas Zeit.

Ludwig spannte sich an. Obwohl es nur eine winzige Bewegung war, ließ sie Almas Kopf herumschnellen. Ein einzelner Herr hatte die Halle betreten, mit Hut und Spazierstock. Das pomadige Haar, der gezwirbelte Schnurrbart und das arrogante Blitzen in seinen Augen erweckten den Eindruck, als gehöre ihm die Welt. Er erblickte den älteren Wartenden mit dem Monokel und steuerte auf ihn zu.

»Kann ich Ihnen helfen?« Der Ältere starrte den pomadisierten Jüngling an.

Almas Herzschlag beschleunigte sich. War das der Augenblick der Wahrheit? Die Stimme des Jüngeren, sie musste seine Antwort hören. Doch stattdessen schüttelte der Pomadige nur entschuldigend den Kopf und trat zur Seite.

»Das muss er sein«, flüsterte Ludwig.

Der Blick des Mannes schweifte durch die Halle und blieb für einen Moment auf ihr haften. Unwillkürlich hielt sie den Atem an. Ein Gedanke, der ihr bisher nicht in den Sinn gekommen war, durchfuhr sie. Kannte der Mörder sie? War sie ihm bei ihren Nachforschungen aufgefallen? Wusste er, wer hinter ihm her war? Doch dann glitt sein Blick unbeteiligt über sie hinweg und weiter zu den zwei jungen Frauen, die in Begleitung einer älteren Dame gerade die Halle betraten.

»Ich muss seine Stimme hören«, wisperte Alma.

»Wir brauchen seinen Partner«, wisperte Ludwig zurück.

Natürlich, der Auftraggeber war das Wichtigste.

Eine Uhr schlug. Viermal. Dann weitere acht Schläge. Jeden Augenblick jetzt musste die Verabredung auftauchen. Der Mörder und sein Auftraggeber.

Lautes Gelächter an der Rezeption ließ Alma herumfahren. Doch sie registrierte die Dame, die Ursache des Lärms war, nur am Rande: Denn nun betrat jemand das Vestibül des Hotels, der Alma sehr wohl bekannt war.

»Graf von Wernau.« Verwirrt sah sie zu Ludwig. »Was macht der Graf hier?«

Aber Ludwig konnte ihr keine Antwort darauf geben.

»Meinst du er, er ...« Alma verschluckte die nächsten Worte, bevor noch jemand auf sie aufmerksam wurde, der Graf oder der Pomadige. In ihrem Kopf jedoch wirbelten die Gedanken durcheinander. War der Graf Lizzys überdrüssig geworden, oder hatte sie ... Margarete Kerns Erpressung kam Alma in den Sinn. Hatte Lizzy das als Anlass genommen, ihrerseits den Grafen unter Druck zu setzen?

Graf von Wernau schritt zielgerichtet durchs Foyer, ohne einen Blick nach links oder rechts zu werfen. Er wusste genau, wohin er wollte, und das war Almas Glück, denn er hätte sie sicher wiedererkannt. Der Graf trat auf den Pomadigen zu, Ludwig erhob sich aus seinem Stuhl.

»Ein Spiel gefällig?«, fragte der Graf.

Der Pomadige nickte, erneut ohne Worte, und die beiden Männer schickten sich an, das Hotel zu verlassen.

Das durften sie nicht. Panisch sah Alma Ludwig an. Sie musste den Pomadigen erst noch sprechen hören, sie mussten sichergehen, dass er der ...

»Entschuldigen Sie bitte!« Hastig sprang Alma von ihrem Stuhl auf und eilte den beiden Männern entgegen. »Könnten Sie mir vielleicht helfen? Ich bin hier mit der Gräfin von Wollnitz verabredet.«

Statt einer Antwort blickte er in Richtung des Grafen, der Alma jedoch ganz offensichtlich noch nicht erkannt hatte. Noch nicht. Sobald er das tat ... Kurzentschlossen stolperte sie und rempelte den Pomadigen an, so dass sie beide das Gleichgewicht verloren.

Der Spazierstock des Mannes fiel klappernd zu Boden, er

stieß einen Fluch aus, dann streckte er beide Hände aus, um Alma festzuhalten – und sie von sich fortzuschieben.

»Sie Halbdackel, Sie! Sind Sie betrunken?«, dröhnte der Graf.

»Entschuldigen Sie, ich muss ausgerutscht sein.«

»Sind Sie nicht ...?«, begann der Graf, aber Alma trat nur kopfschüttelnd zur Seite, um sich zu Ludwig zu drehen.

»Er ist es nicht«, sagte sie leise. »Seine Stimme, als er geflucht hat. Er ist es nicht.«

Nun stieß Ludwig seinerseits einen Fluch aus, der Alma noch vor wenigen Wochen hätte erröten lassen. Aber seitdem war einiges geschehen, seitdem hatte sie ein verbotenes Casino besucht, war in der Wohnung einer Prostituierten zu Gast gewesen, hatte eine Frau im Leichenschauhaus und eine weitere sterben gesehen. Ein Fluch würde ihr nicht mehr die Röte ins Gesicht treiben.

»Er ist nicht gekommen«, sagte sie tonlos und ließ sich zurück auf ihren Sessel fallen. »Alles war umsonst. Wir haben ihn nicht gefasst.« Ob sie die Zahlenkombination nicht geknackt hatte, oder ob die Herren gewarnt waren? Ob sie doch im falschen Hotel waren? Sie würde es nie erfahren. Und sie würde nie erfahren, wer Margarete und Lizzy getötet hatte.

»Es war eine Chance«, sagte Ludwig und griff nach ihrer Hand. »Es war auch ein Risiko. Wir wussten, dass es nur eine Möglichkeit war. Dass die Aussichten auf Erfolg gering waren.«

»Das wussten wir.« Alma seufzte. Dennoch hatte sie nicht damit gerechnet. Sie wandte ihren Kopf zur Eingangstür, durch die der Graf mit seinem Begleiter spaziert war. Was hatten die Männer gewollt? Ein Spielchen, hatte der Graf gesagt, und Alma beschlich eine Ahnung. Ausgerechnet heute, ausgerechnet hier.

Ein Page trat auf jemanden hinter ihnen zu und fragte, ob er behilflich sein könnte. Alma atmete lang und tief aus. Eine Niederlage. Sie hatte alles versucht und dennoch verloren.

Es war Zeit zu gehen.

»Danke, ich erwarte jemanden.«

Nägel auf einer Schiefertafel. Almas Finger verkrampften sich in Ludwigs Hand. Schmerzhaft.

»Hinter uns?« Ludwigs Worte in ihrem Ohr nur ein Hauch. Sie wagte kaum zu nicken, aber er las die Bestätigung in ihren Augen, ihrer Haltung.

»Entschuldigen Sie.«

Freundlich, aber bestimmt war Ludwigs Auftreten, als er auf den Mann zuging. Hinter ihnen, direkt hinter ihnen. Er war groß gewachsen, trug einen schlecht sitzenden Anzug. Wenig bedrohlich wirkte er, trotz seiner Boxernase, und Alma dachte noch, wie man sich doch täuschen konnte, da traf sich ihr Blick. Koppers pechschwarze Augen waren nichts dagegen, dieser Mann war eiskalt. Und: Er wusste, wer Alma war.

Der Page, ganz jung, vielleicht sechzehn Jahre alt, stand noch zwischen ihnen, und das nutzte ihr vermeintlicher Mörder: Brutal schubste er den Jungen in Richtung Ludwig, doch der wich geschickt aus.

Schreie in der Lobby, als der Mann ein Messer zückte. Schiller zog seine Pistole.

»Komm!« Alma half dem Pagen, der mit schmerzverzerrtem Gesicht versuchte aufzustehen. »Da rüber«, kommandierte sie ihn hinter eine Säule, damit der Junge nicht in Gefahr geriet.

Doch der Mann mit der auffälligen Stimme hatte bemerkt, dass er im Stephanie keine Chance hatte: Nicht nur, dass Ludwig eine Waffe besaß, das Hotel hatte Pagen älteren Semesters angestellt, mit breiten Schultern und offensichtlicher Kriegserfahrung, die nun von beiden Seiten auf ihn zustürmten.

Er suchte sein Heil in der Flucht.

Aus dem Hotel nach draußen.

Ludwig stürzte hinterher, Alma folgte auf dem Fuß. Sie durften den Mann nicht entkommen lassen!

Ludwig riss die Fahrertür auf und sprang auf den Sitz des Opels.

Innerhalb weniger Augenblicke saß Alma neben ihm. »Keine Widerrede«, befahl sie, bevor er auch nur den Mund aufmachen und sie bitten konnte auszusteigen.

Er nickte gefügig. »Schnappen wir uns den Kerl«, schrie er dann Franck und Kopper zu, die sich auf der anderen Straßenseite vor dem Hoteleingang eben in den zweiten Polizeiwagen quetschten.

In dem Moment schoss ein weißer Zweisitzer mit glänzender Holzverkleidung – ein Mercedes – aus der Parklücke, und Ludwig holte scharf Atem, als er direkt vor ihren Augen beinahe einen entsetzt dreinblickenden Motorradfahrer auf die Kühlerhaube genommen hätte. Der Mann würde auf nichts und niemanden Rücksicht nehmen. Und so wie Ludwig Schiller jetzt aufs Gaspedal drückte, schien er es ihm gleichtun zu wollen.

»Kleine Rotztulpe«, zischte er, als der Wagen in einer Schleife auf die Gegenfahrbahn steuerte, um mehreren Fahrradfahrern auszuweichen. »Gleich haben wir dich.«

Doch ihr Mann war ein geschickter Fahrer, saß in einem Sportwagen und schien sich zudem bestens in der Stadt auszukennen. Mehrere Male bog er ab, nahm Seitenstraßen, von denen nicht einmal Alma wusste, wohin sie führten. Und das alles in einem gewagten Tempo. Aber Ludwig ließ sich nicht abhängen. Konzentriert saß er hinter dem Steuer und folgte dem röhrenden Zweisitzer in jedes noch so kleine Gässchen. Franck ließ sich ebenso wenig lumpen, sondern blieb auf Abstand hinter ihnen.

»Achtung!«, schrie Alma in Richtung einiger Fußgänger, die daraufhin mit schreckgeweiteten Augen von der Fahrbahn hüpften. Als eine Mutter mit einem Kinderwagen in Sicht kam, wich Ludwig mit quietschenden Reifen aus, und Alma brüllte ein »Entschuldigung!« über die Schulter. Ihr Haar hatte sich gelöst und wehte wie wild im Fahrtwind. Sie sah, wie Franck hinter ihnen mit verkniffenem Gesicht auf die Bremse stieg, hörte quietschende Reifen, dann holte Ludwigs Kollege langsam wieder auf.

Einige Minuten konnte Alma das Tempo genießen. Ludwig hatte ihren Opel im Griff, lenkte wie ein Profi, blieb dem weißen Sportflitzer dicht auf den Fersen. Charlie Kappler kam ihr in den Sinn. Emmi bekäme vor Staunen den Mund nicht mehr zu, würde sie erfahren, dass ihre Mitbewohnerin sich ihren eigenen Rennfahrer geschnappt hatte: Ludwig, der rasante Schiller.

Doch trotz aller Bemühungen konnte er den Sportwagen nicht einholen, der Abstand zwischen ihnen und ihrem Mann blieb gleich. Der Zweisitzer bog jetzt stadtauswärts in die Lange Straße ein und holperte über die Straßenbahnschienen. Ludwig folgte. Franck ebenfalls. Kopper gestikulierte heftig, schien Franck Fahranweisungen zu geben. Der Zweisitzer vor ihnen erhöhte noch einmal das Tempo, überholte die Straßenbahn, die vor ihnen daherzuckelte. Ludwig trat aufs Gas. Der Opel donnerte dicht neben den Gleisen dahin. Auch Franck ließ sich nicht abschütteln.

Dann plötzlich stieß Alma einen Laut des Entsetzens aus. Schon von weitem sah sie am rechten Straßenrand einen mit Fässern beladenen großen Lastkraftwagen stehen. Aus der Motorhaube qualmte es. Breitbeinig machte sich ein Mann in Arbeiterschürze und Schiebermütze an dem defekten Motor zu schaffen, sah und hörte sie offensichtlich nicht kommen. Der Mercedes hatte die Elektrische inzwischen weit hinter sich gelassen, war dem Lastkraftwagen geschickt ausgewichen und düste weiter, doch nun kam ihnen von der anderen Seite ebenfalls eine Straßenbahn entgegen.

»Ludwig?« Almas ausgestoßene Warnung hatte einen fragenden Unterton. Ihr rasender Polizeikommissar hatte doch nicht etwa vor, das Hindernis zu ignorieren, mit dem sie in wenigen Sekunden kollidieren würden?

Ludwig raste mit unverminderter Geschwindigkeit die Straße entlang. Alma drehte den Kopf, sah Franck direkt ins Gesicht, der den Kopf schüttelte und die Geschwindigkeit verringerte. Offensichtlich hatte er begriffen, wie riskant es war, den Versuch zu wagen, zwischen dem kaputten Lastwagen und der entgegenkommenden Straßenbahn hindurch zu manövrieren. Kopper saß neben ihm, augenscheinlich äußerst wütend, Gesicht und Haare rot wie ein Hydrant.

»Ludwig!«, schrie Alma.

»Ich weiß!« Nervös drehte sich Schiller zur Elektrischen, die inzwischen direkt vor ihnen war. Der Fahrer schenkte ihm einen fuchsteufelswilden Blick, bimmelte ebenfalls wie sein Kollege Sturm und tippte sich mit dem Zeigefinger mehrmals an die Stirn.

Schiller presste die Lippen zusammen. »Halt dich fest!«

Mit der rechten Hand umklammerte Alma die Oberkante der Autotür, die linke hätte sie um Haaresbreite in Ludwigs Oberschenkel gekrallt. Auch sie wandte immer wieder den Kopf, in der Hoffnung, die Bahn würde sich in Luft auflösen. Aber das tat sie nicht. Im Gegenteil. Sie war nah. Zu nah. So nah, dass Alma deutlich in den Gesichtern der entsetzten Passagiere lesen konnten, die wild gestikulierten. Aufgerissene Münder hinter den Scheiben schrien.

»Bitte, Ludwig! Das wird zu eng!«

Aber Ludwig reagierte nicht.

»Ludwig!«, schrie sie erneut. Dieses Mal lauter und mit Zorn in der Stimme.

Der Lastkraftwagen kam schneller näher, als ihr lieb war, die Schrift auf den Fässern war jetzt eindeutig lesbar. *Brauerei Schrempp-Printz, Karlsruhe.* Darüber ein Fabelwesen mit Flügeln, das ein Glas in einer seiner Klauen hielt. Flügel, dachte Alma angsterfüllt, deren Fingerknöchel vom verzweifelten Festhalten schon weiß hervortraten. Die könnten sie jetzt gebrauchen.

»Ludwig!«, brüllte sie. »Verflixt, was tust du?«

Statt einer Antwort trat Schiller das Gaspedal weiter durch, und Alma wurde in ihren Sitz gedrückt. Der Wagen schoss über die unebene Strecke und schüttelte seine beiden Insassen durch wie die Miele 50 eine Ladung nasser Wäsche. Die Lücke zwischen Straßenbahn und Wagen wurde immer enger.

Als das Fabelwesen nur noch wenige Meter von Alma entfernt war und ihr mit dem Bierkrug schelmisch zuzuwinken schien, schloss sie die Augen und schrie über den Motorenlärm hinweg: »Wenn ich hier und jetzt sterbe, dann bringe ich dich um, Ludwig Schiller! Ich schwöre bei Gott, ich bringe dich um!«

Etwas knallte gegen die rechte Seite ihres Autos, ihr Oberkörper stieß an Schillers Ellenbogen, der sich schmerzhaft in ihre Rippen bohrte – offensichtlich waren sie mit dem Transportwagen zusammengestoßen. Die Augen immer noch geschlossen, riss Alma die Arme hoch, um sich vor herunterstürzenden Fässern zu schützen – ein nutzloser Versuch, was ihr durchaus bewusst war. Kurz geriet das Auto ins Schlingern, neben ihr spuckte Ludwig einen derben Fluch aus, und die Bahn bimmelte derart penetrant, als wollte sie durch ihr Läuten die ganze Kurstadt in Alarmbereitschaft versetzen. Dann schien der Opel seine Spur wiedergefunden zu haben, das Schlingern ließ nach, und misstrauisch öffnete Alma die Augen.

»Wo ist er?«, tobte Ludwig. »Verdammt, wir haben ihn verloren! Siehst du ihn noch?«

»Franck hat gebremst«, schrie Alma. »Der Mann liebt sein Leben.«

»Nicht Franck! Unser Mann!«

»Wir wären beinahe gestorben!«, brüllte Alma gegen den Fahrtwind.

»Unsinn!«

»Gegen Straßenbahnen und Lastwagen tritt man nicht an. Was hast du dir dabei gedacht?«

»Funktionierte doch.« Für einen kurzen Moment erschien ein jungenhaftes Grinsen auf Ludwigs Gesicht, dann wurde er wieder ernst. »Wo ist er jetzt, verflucht? Wir müssen dranbleiben, jetzt wo Franck den Schwanz eingezogen hat.«

»Dort!« Almas Finger schoss in dem Augenblick nach vorn, als der Sportwagen mit hohem Tempo rechts in eine Seitenstraße einbog. »Er fährt Richtung Oos!« Eins der hinteren Räder des Mercedes verlor in der Kurve die Bodenhaftung und hob für den Bruchteil einer Sekunde ab. »Hinterher!«

»Ach, jetzt auf einmal geht's dem Fräulein nicht schnell genug.« Ludwig riss das Steuer herum, und Alma knallte gegen die Beifahrertür. »Festhalten, hab' ich gesagt!«

Sie schossen dahin, dem Mercedes stets am Auspuff klebend. Tatsächlich nahm der Fahrer des Sportwagens die Straße nach Oos, offensichtlich steuerte er das Gelände an, auf dem sich während der letzten Jahrzehnte einige Fabriken niedergelassen hatten.

Als sie um eine weitere Kurve fuhren und der Zweisitzer kurz außer Sicht kam, ächzte Schiller Sekunden später plötzlich auf und stieg derart heftig auf die Bremse, dass Alma nach vorn geschleudert wurde. Nur wenige Zentimeter vor dem Flitzer, der mit einem Rad auf dem Trottoir stand, kamen sie zum Stillstand. Ihr Mann war mit seinem sündhaft teuren Automobil gegen eine Straßenlaterne gefahren. Die offene Fahrertür bekundete: Der Mörder von Lizzy und Margarete Kern war verschwunden.

Alma strich sich das Haar aus dem Gesicht und schaute sich suchend um. Alles schien verlassen. Hohe Schornsteine, die wie Türme in den Himmel ragten, überall Backstein. Vorwiegend langgezogene Gebäude mit drei Geschossen und wenig Fenstern. Eines der schmiedeeisernen Tore stand sperrangelweit offen.

Noch bevor sie Ludwig darauf hinweisen konnte, nickte er. Er war schon aus dem Wagen geklettert, als er sagte: »Du bleibst bei mir, Alma. In meiner Nähe.« Er hielt inne. »Dahin!« Er packte Alma am Arm und zog sie mit sich über das Pflaster.

Sie eilten durch das Tor, gerade noch rechtzeitig, um zu sehen, wie am anderen Ende des großen Hofes, der von zwei massiven Gebäudeflügeln eingerahmt wurde, eine Tür ins

Schloss fiel. Dann wurde es wieder still. Hinter den Fenstern regte sich nichts.

Vorsichtig drückte Ludwig Schiller die Tür auf, durch die ihr Mann vorher geflohen war, und Alma folgte ihm in eine langgestreckte Halle. Außer ein paar hohen Paletten, die links und rechts an den Wänden standen, war sie vollkommen leer. Ein verdrecktes Fenster am Traktende in Giebelhöhe schickte einzelne Sonnenstrahlen auf den verschmutzten Boden. Staubkörner tanzten durch die Luft.

Alma musste an die Filme denken, die ihre Großmutter so verabscheute. Lichtspiele aus Hell und Dunkel. Dämonische Schatten, die an nackten Wänden entlangkrochen. Untermalt von unheimlicher Klavierbegleitung.

Ein schepperndes Geräusch hallte überlaut durch das Gebäude. Ludwig sprang an Almas Seite, und seine Hand legte sich auf ihren Mund. »Keinen Mucks«, flüsterte er ihr ins Ohr.

Vorsichtig befreite sich Alma aus seinem Griff und schüttelte den Kopf. Sie würde nicht schreien, nicht einmal versuchen, laut zu atmen. Sie wusste, wie sie sich zu verhalten hatte.

Ludwig nickte. Eine Geste des Vertrauens.

Erneut das Scheppern. Dieses Mal schon näher. Almas Herz geriet kurz ins Stolpern, sie drückte sich enger an die unverputzte Mauer in den Schatten. Geräuschlos stellte sich Ludwig vor sie, suchte blind ihre Hand hinter seinem Rücken. Alma ergriff seine Finger und drückte sie.

Jetzt ein Poltern. Die Ursache dafür schien nur wenige Meter entfernt zu sein. Wo war ihr Mann? Hielt er sich hinter den Paletten versteckt? War er gestolpert?

Schritte. Das waren eindeutig Schritte. Leise und bemüht verhalten, aber ganz deutlich das Auftreten von Sohlen auf Dreck, der darunter nahezu unhörbar knirschte. Alma hielt den Atem an, meinte, Ludwigs Hand zerquetschen zu müssen, aber der gab ihr jetzt durch seine Körpersprache zu verstehen, dass er Bewegungsfreiheit brauchte, um für die Verteidigung bereit zu sein. Bereit zum Kampf. Bereit, zur Waffe zu greifen.

Ludwig zog seine Hand weg. Keine Sekunde zu früh.

Alma sah den riesenhaften Schraubschlüssel erst, als er knapp neben seinem Kopf niedersauste und mit einem wütenden, satten Ton auf der Mauer auftraf. Staub flirrte durch die Luft, kleine Stücke von Backstein fielen zu Boden. Ludwig stieß Alma von sich, die ein paar Schritte rückwärts Richtung Tür taumelte.

»Lauf!«, schrie er, als er sich duckte, um einem weiteren Schlag auszuweichen. Er stolperte, schlug hin. Rappelte sich in Windeseile wieder auf. Ein dumpfer Knall. In der Mauer klaffte ein Loch.

Almas Augen huschten auf dem Boden umher, sahen Ludwigs Waffe, die er beim Wegducken verloren haben musste, einige Meter entfernt liegen, wollte ihn laut darauf aufmerksam machen, überlegte es sich aber anders. Der Angreifer hatte es offenbar noch nicht gemerkt, und Alma wollte ihn nicht mit der Nase darauf stoßen. Sie musste dafür sorgen, dass der Kampf endete. Und dass der Mann die Pistole nicht sah. Ludwig würde es sicher in wenigen Sekunden selbst bemerken, dass seine Waffe fehlte.

Ihr Blick wanderte in Windeseile an der Wand entlang, suchten nach etwas Schwerem, das sie greifen, das sie benutzen konnte. Etwas, was gegen den massiven Schraubschlüssel ankam, der immer und immer wieder auf Ludwig hinabsauste. Angriff und Ausweichen der beiden Männer glichen jetzt einem Tanz. Ludwig, der einen Schritt zur Seite hüpfte, als würde er über eine kleine Pfütze springen, der andere – nur eine umherhuschende Silhouette im trüben Licht, das durch die schmutzige Scheibe fiel –, der es ihm nachtat, um erneut den Schraubenschlüssel auf ihn niedersausen zu lassen, der zum wiederholten Mal sein Ziel verfehlte, weil Ludwig leichtfüßig auswich. Aber wie beim Tanz trog auch hier der Schein. Was spielerisch leicht aussah, war es nicht. Aus dem stoßweisen Atmen der Männer wurde jetzt ein Keuchen. Ohne sich dessen bewusst zu werden, fiel Alma in den Rhythmus mit ein. Keiner der Männer sah nach der Pistole in der Nähe der Paletten, die Alma aber nicht erreichen konnte.

Fieberhaft suchte sie weiter. Nur wenige Meter entfernt entdeckte sie endlich etwas Langes, das neben der geschlossenen Tür lehnte. Mit drei Schritten war Alma dort, griff danach und stieß hinsichtlich des geringen Gewichts des Objekts ein entmutigtes Stöhnen aus. Ein Besen. Ein Besen! Aber, war es nicht auch ein Besen, mit dem ihre Wirtin unerwünschte tierische Besucher in ihrem Gemüsebeet zu bedrohen pflegte, die dann das Weite suchten, als halte sie ein Bajonett in der Hand? Mensch. Tier. Egal. Es kam nur auf das Spektakel an, beschloss Alma.

Sie packte fester zu, umschloss den oberen Teil des Stiels mit beiden Händen, holte tief Luft und schrie, was ihre Lungen hergaben. Gleichzeitig stürzte sie sich mit erhobenem Besen in Richtung des Schattens neben Ludwig. Es genügte.

Der Angreifer geriet aus dem Takt und sah irritiert zu ihr; die Augen in einer Mischung aus Konfusion und völliger Ungläubigkeit aufgerissen. Alma war klar, wie komisch sie wirkte – eine brüllende Furie mit einem Besen in der Hand –, aber jetzt war nicht die Zeit, sich darüber Gedanken zu machen. Aus den Augenwinkeln sah sie Ludwig einen Schritt zur Seite gehen, den Kopf in den Nacken gelegt, die Arme nach oben gestreckt.

Sie folgte seinem Blick und verstand, was er vorhatte.

Nun gut. So würde es auch gehen, dachte sie.

Wieder schrie sie. Dieses Mal noch lauter.

Der Mann, nun komplett abgelenkt, ließ sich von Alma zurücktreiben, und während der wenigen Sekunden, die er brauchte, drei Schritte nach hinten zu treten, verlor er Schiller aus dem Blick. Ein großer Fehler. Der Angreifer bemerkte Almas triumphierenden Blick erst jetzt, drehte sich irritiert zu Schiller, und endlich begriff er. Aber für eine Gegenmaßnahme war es zu spät. Die Kette, die Ludwig fest umklammert hielt und jetzt herum schwang wie eine stählerne Peitsche, knallte dem Mörder ins Gesicht. Blutstropfen gesellten sich zu den im Licht tanzenden Staubflocken. Noch einmal schrie Alma auf, dieses Mal voller Entsetzen, dann schlug ihr Angreifer der Länge nach hin und blieb liegen.

Sie ließ den Besen fallen. Presste die Hände vor den Mund. Stöhnte, als Ludwig den Mann auf den Rücken drehte und eine große Wunde in dessen Gesicht sichtbar wurde.

»Ist er tot?« Nur ein Krächzen.

»Ohnmächtig.« Erst jetzt schien er zu bemerken, dass er seine Dienstwaffe verloren hatte. »Wo zum …?«

Almas zitternder Finger zeigte zu den Paletten. »Da drüben. Ich konnte es dir nicht sagen und zeigen auch nicht, weil dann …«

»Schon gut. Alles in Ordnung. Gut gemacht.« Ludwigs Stimme war im Gegensatz zu ihrer klar und fest. Er ging zur Waffe, hob sie auf, steckte sie ein. »Renn zum Wagen.«

Er klang beruhigend. So beruhigend. Wie bekam er das hin, nach dem, was geschehen war?

»Weißt du, wie man fährt?«, fragte er.

Alma schüttelte den Kopf. Klammerte sich an Ludwigs Timbre fest, das sie wieder klar denken, ihre eigene Stimme finden ließ. »Ich könnte nach einem Gendarm suchen. Oder irgendwo klingeln. Vielleicht hat jemand ein Telefon.«

»Sehr gute Idee. Mach das. Schnell.«

Sie drehte sich um und wollte sich gerade auf den Weg machen, aber im nächsten Augenblick dröhnte Francks Stimme von der Eingangstür durch die Fabrikhalle. »Ludwig?«

»Wir sind hier!«, schrie Alma, erstaunt darüber, dass sie einmal derart froh sein würde, den Kriminalwachtmeister zu sehen.

»Es war nicht schwierig, Sie zu finden. Zwei rasende Automobile mit quietschenden Reifen fallen jedem Passanten auf«, sagte Franck, während er mit Kopper näher kam, stirnrunzelnd neben dem Angreifer stehen blieb und sich dann neben dem Mann auf dem Boden kniete.

»Kriminalkommissarsanwärter Schiller. Sie sollten sich mit diesen Methoden vielleicht besser auf der anderen Seite des Gesetzes bewerben«, sagte Kopper trocken.

Alma konnte sich einen Kommentar nicht verkneifen. »Es gab keine Alternative.«

»Der Kriminalrat wird angesichts solcher … Ermittlungsmethoden nicht begeistert sein«, jammerte Franck.

»Nun machen Sie mal halblang.« Kopper warf ihm Handschellen zu. »Wenn Fräulein Täuber das sagt, dann muss das auch seine Richtigkeit haben.« Daraufhin wandte er sich dem am Boden Liegenden zu und schlug ihm mit der flachen Hand auf die Schulter. »Aufwachen! Jetzt geht's aufs Revier!« Er sah zu Ludwig und grinste breit. »Meine Güte, das ist die aufregendste Sache seit meinem Dienstantritt!«

»Phantastisches Bühnenbild«, murmelte Ludwig, als sie wieder draußen standen und Kopper dabei beobachteten, wie er gemeinsam mit Franck ihren Verdächtigen in den Polizeiwagen bugsierte.

Alma wusste, was er meinte. Die Ruinen ehemaliger Betriebe und die erwachten trüben Straßenlaternen gaben den perfekten Hintergrund für die Verhaftung eines Mörders. Denn Alma war immer noch sicher: Der Mann mit der klaffenden Wunde, der in diesem Augenblick stöhnend den Kopf einzog, hatte zwei Frauen umgebracht. Der Gedanke allein relativierte dessen Verletzungen.

»Willst du mitkommen?«

Aus den Gedanken gerissen drehte sich Alma erstaunt zu Schiller um. »Du meinst aufs Revier?«

»Ich werde dafür sorgen, dass du beim Verhör dabei bist.«

Sie legte die Stirn in Falten. »Ketterer wird das nicht gutheißen.«

»Ketterer ist mir momentan egal«, schnappte Schiller. »Mal davon abgesehen, dass trotz seiner Worte weder Hunolds Leute noch er selbst hier aufgekreuzt sind. Und das bei einem der wichtigsten Einsätze der letzten Jahre.«

Alma warf einen Blick Richtung Franck. »Der Kriminalwachtmeister ...«

»Wird uns seinen berühmten Kaffee anbieten und ansonsten tun, was ich ihm sage. Der wird sich nicht einmischen.«

»Weißt du«, begann Alma und lächelte. »Auf diesen Kaffee freue ich mich gerade sogar.«

»Theo Ungerer. Genannt ›Kehlkopf‹.«

Ludwigs Stimme war ruhig, als er sich dem notdürftig bandagierten Mann gegenübersetzte. Alma war zögerlich in den Raum getreten, der Rausch der Ereignisse hatte nachgelassen, und trotz Francks Kaffee war sie hundemüde und fror erbärmlich. Dennoch wollte sie im Augenblick nirgends anders sein als in diesem kargen kahlen Raum, in dem jedes Wort vom schmutzig grauen Putz zurückhallte. Ludwig hatte es tatsächlich geschafft, dass sie ihn in den Verhörraum begleiten konnte, was nicht zuletzt sicher daran lag, dass die zur fortgeschrittenen Stunde diensthabenden Beamten auf der Polizeiwache sämtlich einen niedrigeren Rang innehatten als der Kriminalkommissarsanwärter.

Alma setzte sich langsam, nahm ihren Hut vom Kopf und musterte – entsetzt ob der eigenen Faszination – den verletzten Mann vor ihr. Sie saß einem Mörder gegenüber.

Zumindest wussten sie jetzt seinen Namen. Während sich der Arzt um Ungerer und Kollege Franck um den Kaffee gekümmert hatte, waren Ludwig, Kopper und Alma die Verbrecherkartei durchgegangen: Der »Kehlkopf« hatte schon einige Vergehen auf dem Kerbholz, wie Betrug und Hochstapelei, doch bisher war er noch nicht wegen einer Gewalttat verurteilt worden.

»Sie scheinen ja einen ganz schönen Schutzengel zu haben«, sagte Ludwig, und Alma wusste nicht genau, ob er die bisher umgangenen Haftstrafen meinte oder die Tatsache, dass Ungerer ihre Begegnung mit relativ leichter Verletzung überstanden hatte.

Seine Nase schien schon mehrfach gebrochen zu sein, sie war wulstig mit hervorstehendem Knorpel. Der Rest seines Auftretens war sinnbildlich für einen glücklosen Grafen. Die vornehmen Gesten trotz des billigen Anzugs. Der stolz erhobene Kopf trotz fehlender Scheine in der Tasche. Er sah – ungeachtet der deformierten Nase – nicht schlecht aus, und Alma fragte sich, ob sie ihn nicht schon in dem ein oder anderen Café als Eintänzer gesehen hatte.

»Margarete Kern.« Ludwig hatte offensichtlich keine Lust mehr auf Vorgeplänkel. »Lizzy Jakob.«

Ungerer blinzelte vorwitzig. »Nette Damen?«, fragte er harmlos, während sich Almas Nackenhaare aufstellten. Diese Stimme.

»Tote Damen.«

Im Gegensatz zu Ungerer zuckte Alma bei den scharfen Worten zusammen.

»Das tut mir leid.« Das Schiefertafelkreischen wich einem leiseren Näseln. »Richten Sie den Angehörigen mein Beileid aus.«

Er drückte sich gewählt aus, verschluckte keine einzige der Silben, wie es Emmis Art war, und das war beinahe noch unangenehmer als das Schneidende in seiner Stimme.

»Wir wissen, dass Sie die beiden Frauen ermordet haben«, sagte Ludwig ruhig.

»Ich? Aber wie kommen Sie denn darauf?« Ungerers Blick war immer noch neugierig, interessiert, keine Spur von Skrupel.

Alma hatte Ludwig versprochen, sich nicht einzumischen, nichts zu sagen, aber niemals war es ihr schwerer gefallen als in diesem Moment, den Mund zu halten. Wie konnte er es wagen! Er leugnete den Mord an zwei Frauen, tat, als redeten sie gerade über den Nachmittagstee! Es war schwer zu ertragen, und Alma verstand nicht, wie Ludwig so abgeklärt bleiben konnte.

Mit zusammengepressten Lippen knetete Alma ihren Hut, während sie den beiden Männern zuhörte. Sie war selten wütend, und überrascht, mit welcher Heftigkeit das Gefühl jetzt in ihr aufloderte.

»Sie haben Margarete Kern und Lizzy Jakob im Auftrag eines anderen getötet. Mit dieser Person wollten Sie sich heute Abend um acht Uhr im Hotel Stephanie treffen«, legte Ludwig nun die Karten auf den Tisch.

»Mit einem Auftraggeber?«, tat er verwirrt. »Aber nein, Herr Kommissar, ich war mit einem alten Freund verabredet.« Die Anrede mit dem höheren Titel war bewusst gewählt. Alma schwor sich, Ludwig nur noch mit der korrekten Berufsbezeichnung anzusprechen.

»Name?«

»Alfred Nochum. Sie finden ihn …«

»Danke«, unterbrach Ludwig knapp. In seinen Wangen zuckte es, der Kiefer mahlte.

Auch die Erwähnung des Croupiers war kein Zufall, da war Alma sich sicher. Aber was hatte das zu bedeuten?

»Alfred Nochum. Interessant.« Ludwig machte sich eine Notiz. »Können Sie mir sagen, weshalb Sie vor uns geflohen sind? Wenn Sie sich doch nur mit Ihrem alten Freund treffen wollten? Übrigens sicher ein ebenfalls unbescholtener Bürger, richtig?« Auch Schiller konnte hervorragend Nonchalance mimen.

»Nun ja, sehen Sie …« Und nun zeigte sich etwas auf seinem Gesicht, das offensichtlich Zerknirschtheit darstellen sollte. »Ich habe möglicherweise in einem Anfall von Übermut im Hotel Stephanie einen falschen Namen angegeben.«

Ludwig blätterte in seinen Unterlagen. »Karl Luxemburg, Matthias Scheidemann, Walther Erzberger. Nicht sehr originelle Namen, die Sie den Beamten bei früheren Verhaftungen angegeben haben.«

»Oh, das ist Ansichtssache«, schmunzelte Ungerer. War das alles ein Amüsement für ihn? Machte er sich lustig? Alma wollte aufspringen, aufschreien, doch sie riss sich zusammen, presste nur immer fester die Lippen aufeinander. Mittlerweile knetete sie ihren Hut nicht mehr, sondern zupfte daran, und sie war sich nicht sicher, ob das Kleidungsstück diese Nacht überstehen würde.

Ungerers Blick, der sie gelangweilt streifte, zeigte ihr, dass er auch diese Bewegungen registrierte – mit Genugtuung.

Und plötzlich fühlte sie eine Hilflosigkeit, die ihre Wut nur noch mehr anstachelte. Dieser Mann durfte nicht davonkommen! Egal, wie er versuchte, die Ereignisse zu drehen und zu wenden, er durfte nicht davonkommen!

Ludwig legte ihr beruhigend eine Hand auf den Arm. Vermutlich war sie ein offenes Buch für ihn. Doch die Wärme, die diese Geste ihr hätte geben können, wurde durch Ungerers hämisches Grinsen zunichtegemacht.

Ludwig zog seine Hand zurück, der Anhaltspunkt für Alma, dass er doch nicht so beherrscht war, wie er nach außen hin wirkte.

»Sie haben im Hotel Stephanie also einen falschen Namen angegeben«, wiederholte er Ungerers Worte. »Aber das ist nicht verboten. Nichts, weswegen man die Flucht ergreifen müsste.«

»Sehen Sie, Herr Kommissar«, erneut zerknirschte Reue eines Jungen, den man beim Kirschenstehlen ertappt hatte, »ich habe dieses Mal einen Adelstitel gewählt. Matthias von Raumer.«

»Und das, meinen Sie, rechtfertigt das Bedrohen mehrerer Hotelgäste mit einem Messer? Die Flucht in einem motorisierten Wagen mit überhöhter Geschwindigkeit und die mutwillige Körperverletzung eines Polizeibeamten der Republik?«

»Sie müssen mich entschuldigen, Herr Kommissar. Das war alles keine Absicht. Es ist aus dem Ruder gelaufen.« Ungerer beugte sich vor, blickte Ludwig leutselig in die Augen und berührte wie beiläufig die Haut, die sich unter seinem Jochbein blau verfärbt hatte. »Die Hochstapelei, sehen Sie, ich bin schon einmal deshalb verhaftet worden.«

»Zweimal«, korrigierte Ludwig. »Einmal verurteilt. Sie haben eingesessen.«

»Nicht lange«, schmeichelte der Kehlkopf. Und dann wurde er plötzlich redselig. Ging in ausführlicher Länge und Breite auf die Vorwürfe ein. Er habe sich nur der Ängste der Leute bedient. Ängste, die auch ihn einst quälten. Die Krankheit der Minderwertigkeitskomplexe wäre gerade in der heutigen Zeit weit verbreitet. Schon sein Vater habe ihn immer kleingemacht, ihn gezüchtigt, ihm vorgeworfen, keine Erfolge zu erzielen. Sein Handeln, so Ungerer weiter, sei nur als eine Konsequenz aus seinem bisherigen Leben hervorgegangen.

Er war so glatt wie der Aal, den Almas Mutter nur widerwillig putzte und servierte. Was für ein ekelhaftes Schauspiel!

Zwei Frauen waren tot, waren von diesem Mann ermordet worden, und er verdrehte alles zur Selbstdarstellung, nein, er genoss und kostete es aus! Und noch etwas fiel Alma auf: Ungerer hatte die gleiche unbeteiligte Neugier ihr gegenüber gezeigt, die er bei der Erwähnung von Margarete Kern und Lizzy Jakob an den Tag gelegt hatte. Ja, Ungerer wusste genau, mit wem er es hier zu tun hatte. Das ziehende Gefühl in ihrem Magen, als er sie in der Lobby angesehen hatte. Er kannte sie! Beinahe hätte Alma gewürgt, so stieg ihr die Galle hoch.

»Mit Mord, Herr Kommissar, habe ich bisher jedoch noch nie etwas zu tun gehabt. Gott bewahre«, schloss der Kehlkopf seine Ausführungen, lehnte sich genüsslich zurück, und Alma hielt es nicht mehr aus.

In ihr entfachte sich der Wunsch nach Rache: Ihm beizukommen, diesem sich windenden Mörder. War Wut auch ungewohnt, so war ihr Rache bisher völlig fremd gewesen. Die Heftigkeit, mit der sie Ungerer nun die Pest an den Hals wünschte, überraschte und ängstigte sie gleichermaßen. Was wurde hier nur aus ihr?

Sie konnte nicht bleiben. Sie musste raus, weg von diesem Verhör, und diesem Mann und seinen Lügen. Eine Minute länger, und sie würde ihn anbrüllen, ihn schütteln, ihn ... schlagen. Nein, diese neue Alma war ihr durch und durch unheimlich. Sie merkte, wie sie zitterte, vor Wut oder vor Erschöpfung, wahrscheinlich war es beides.

Raus, dachte sie, raus.

20

Drei Tage später saß Alma am Küchentisch und stierte ins Leere. Die Badische lag aufgeschlagen vor ihr, ein Bleistift steckte in der Spitzmaschine. Alma hatte ihn schon vor geraumer Zeit hineingesteckt, ohne zu wissen, warum. Inzwischen war er vergessen, so wie alles um sie herum.

»Willst du ihn denn nicht befreien?« Emmis Stimme drang aus einem anderen Universum zu ihr.

»Hm?«

»Den Bleistift. Weißt du, der spitzt sich nicht von allein.«

»Ach so.« Halbherzig drehte Alma an der Kurbel. Es knirschte. Sie zog ihn heraus und betrachtete nachdenklich die abgebrochene Mine.

Emmi seufzte und tippte mit der Spitze ihres Zeigefingers auf das Zeitungspapier. »Was willst du eigentlich mit denen?«

»Mit was?«

»Na, den Stellenanzeigen!« Ungeduld lag in der Stimme ihrer Freundin, als sie sich über die Badische beugte. »Das Tiergartenrestaurant sucht ein fleißiges, ordentliches Küchenmädchen. Nee, das ist nichts für dich.« Ihr Finger rutschte eine Spalte nach rechts. »Hiesige Großbankfiliale sucht sofort oder ab 1. Oktober perfekte Stenotypistin.« Sie sah Alma an. »Nicht schlecht. Wenn du dein Steno ein wenig auffrischst, dann reicht es vielleicht für ›perfekt‹.«

»Er schweigt«, platzte Alma heraus. »Immer noch.«

»Kehlkopf?«

Alma nickte.

»Verflixt, der hält echt lange durch.« Emmi lehnte sich zurück, sah bedrückt drein und verschränkte die Arme vor der Brust.

Alma dachte nicht gerne an das Verhör zurück, das in ihr eine Berg- und Talfahrt ausgelöst und sie in sich selbst Dinge hatte entdecken lassen, mit denen sie sich immer noch nicht anfreunden konnte. Aber sie bekam es eben auch nicht aus dem Kopf.

In jener Nacht war sie schließlich ohne ein Wort aus dem Raum gegangen. Franck hatte sie einfühlsam in Empfang genommen und sie zum Treppenhaus begleitet.

Natürlich berichtete Ludwig ihr, sooft es ihm möglich war, über den neuesten Stand der Dinge.

Und der war ... niederschmetternd. Ja, Ungerer hatte ein paar kleinere Dinge auf dem Kerbholz, das hatten sie vor dem ersten Verhör gewusst. Aber das war's auch schon. Das Messer, das er im Hotel Stephanie gezogen hatte, konnte nicht das gleiche gewesen sein, mit dem Margarete Kern getötet worden war. Keine handfesten Beweise, dass er unmittelbar etwas mit den Morden an Margarete Kern und Lizzy Jakob zu tun haben könnte. Dass er überhaupt auf der Rennbahn gewesen war. Ludwig hatte ihr versprochen, weiter zu bohren, zu forschen und etwas zu finden, das Ungerer belastete. Aber Ketterer wurde mittlerweile ungehalten. Seit drei Tagen hielten sie seiner Meinung nach einen Mann fest, der bei den Fällen Margarete Kern und Lizzy Jakob offensichtlich nicht beteiligt gewesen war.

»Es hat sich also nichts Neues ergeben?«, hakte Emmi jetzt nach.

»Er bleibt bei seiner Aussage, die beiden Frauen nicht gekannt zu haben. Und das Ganze tut er im feinen Deutsch der gebildeten Oberschicht. Ketterer hält ihn schon allein deswegen für unschuldig.«

»Ketterer ist ein Idiot.«

Alma zuckte mit den Schultern. »Es fehlen die Beweise, Emmi.« Die Vorstellung, Ungerer würde mit erhobenem Haupt und einem verächtlichen Lächeln das Revier verlassen können, war ihr unerträglich.

Emmi nahm den Bleistift und kritzelte mit der abgebrochenen Spitze schattenhafte Strichmännchen auf das Zeitungspapier. »Was willst du jetzt tun?«, fragte sie, ohne aufzusehen.

Alma schwieg.

»Du tust doch was, oder?« Jetzt hob Emmi den Kopf. »Wir tun doch was?«

Ja. Alma wollte etwas tun. Musste etwas tun. Sie hatte lange darüber nachgedacht, die Sache hin und her gewendet.

»Wir könnten noch mal auf die Rennbahn«, schlug Emmi vor.

Alma schüttelte den Kopf. »Was wollen wir dort erreichen?« Die Aussicht, im Nachhinein auf Informationen zu stoßen, die sie weiterbrächten, erschien ihr äußerst gering. »Die Rennen werden hauptsächlich von ausländischen Gästen besucht, die sich bereits in alle Winde zerstreut haben. Und die Rennleitung wird auch nichts wissen.«

»Eine Anzeige in der Badischen? Eine Zeichnung, wie bei Margarete Kern?«

»Zu lokal. Die Badische Woche ist eine internationale Veranstaltung. Und das dauert zu lange. Wir müssen schnell handeln, Ketterer lässt ihn bald gehen, wenn sich nichts Neues ergibt.«

Emmi ließ nicht locker. »Der Graf von Wernau«, schlug sie vor.

Alma überlegte. Obwohl der Graf sich im Augenblick des Mordes bei seinem kranken Pferd aufgehalten hatte, wäre es eventuell möglich, dass ihm vorher jemand aufgefallen war, an den er sich erst bei Betrachtung einer Zeichnung wieder erinnern würde. Jemand, der sich an Lizzy geheftet, sie beobachtet, sie lange angesehen hatte. Doch Ludwig hatte schon gesagt, dass er den Jockey ausfindig machen wollte, der die unbekannte Person bei den Ställen gesehen hatte. Und ob Alma nach der Begegnung im Hotel Stephanie noch einmal mit dem Grafen sprechen wollte, da war sie sich nicht so sicher.

»Das ist eine Option«, stimmte Alma zu. »Aber ich habe zunächst etwas anderes vor.« Sie schlug die Zeitung zu und stand auf. »Ich will noch mal ins Abgrund.«

Emmis Augen strahlten. Sie klatschte mit den Handflächen auf die Tischplatte. »Gute Idee. Lass uns gehen.« Sie sah auf die Uhr. »Es ist fast neun. Da sind doch sicher jetzt schon Vorbereitungen im Gange. Bühnenproben oder so was. Letztes Mal waren wir sogar früher dort.«

Alma, die nicht richtig zugehört hatte, antwortete darauf nicht, sondern sagte: »Eine von Lizzys Kolleginnen muss mehr wissen.« Man kam doch ins Plaudern während der Arbeit, oder nicht? Man tauschte sich ein wenig aus, erzählte vielleicht etwas Privates.

Alma musste es einfach dort versuchen.

Eine Stunde später ging sie die Stufen zum Abgrund hinunter. Allein. Denn zu Emmis großem Ärger hatte kurz vor ihrem gemeinsamen Aufbruch die Meier an die Tür geklopft und undeutlich und mit verschluckten Konsonanten erzählt, dass ein unverschämter Botenjunge sie eben aus dem Bett geholt habe. Fräulein Wolke würde im Hotel Hirsch verlangt. Ein ungeschicktes Dienstmädchen habe einige Blumenarrangements vom Tisch gefegt, die unbedingt ersetzt werden müssten, die Veranstaltung dort wäre noch nicht zu Ende. Ja, jetzt. Ja, sofort. Ja, gleich, und warum sie denn um alles in der Welt zum dritten Mal nachfrage? Dabei hatte die Witwe ohne Unterlass geschnieft und sich in ein Spitzentaschentuch geschnäuzt. »Sommednupfen«, hatte sie gepresst genäselt und dabei leidend dreingeschaut.

Also war Alma allein losgegangen, betrat nun den Club und ignorierte die rauchgeschwängerte Luft, als sie sich durch die hüpfenden Leiber vor der Bühne auf der Suche nach dem Ober mit den Tuschehaaren zur Bar vorkämpfte. Wie schon zuvor im Badischen Hof spürte sie jetzt, beim zweiten Mal, nur noch wenig Scheu. Mit den Ellenbogen verschaffte sie sich Platz an der Theke. Links neben ihr hatte eine Frau mit Karmesinlippen ihre Puderdose gezückt und tupfte sich ausgiebig das Dekolleté, zu ihrer Rechten befand sich eine ausgelassene Gruppe junger Leute, die sich damit beschäftigte, in Rekordzeit Schnapsgläser zu leeren, die wie an einer Perlenkette aufgereiht vor ihnen standen. Der Ausgelassenheit nach zu urteilen, trieben sie dieses Spiel nicht erst seit zehn Minuten, wobei Alma sich eines Urteils enthielt. Ihr Blick fiel erneut auf die Frau mit der Puderdose, deren Erscheinung Almas Großmutter sicher naserümpfend mit den Worten »Es riecht hier ein wenig nach Flittchen« kommentiert hätte.

»Entschuldigung!«, rief Alma ihr über den Lärm hinweg zu. Sie war sicher, die Karmesinlippen waren heute nicht zum ersten Mal im Abgrund.

Die Frau hielt in ihrer Bewegung inne, sah ein letztes Mal prüfend in den Taschenspiegel und ließ diesen dann in ihrer Handtasche verschwinden. »Ja, Schätzchen?«, brüllte sie zurück.

»Sind die Bedienungen heute alle ausgeflogen?«

Die glänzenden Lippen verzogen sich zu einem breiten Lächeln. »Suchst du jemand Bestimmten?«

»Ich kenne ihren Namen nicht«, sagte Alma. »Arbeitet schon ziemlich lange hier. Ist mit der Hübschen befreundet gewesen.«

Mit der einen Hand strich sich die Frau über den frisch gepuderten Ausschnitt, die andere lag locker auf der Theke. Kurze, dunkelrot lackierte Nägel klopften zum Rhythmus der Musik. »Mit Lizzy?« In ihrer Stimme lag echtes Bedauern.

Alma nickte.

Wissend wiegte die Frau den Kopf hin und her. »Du meinst also Vicky.«

Alma nickte wieder. Dieses Mal aufs Geratewohl.

»Die ist hinten.« Auf Almas im Raum umherirrenden Blick hin ergänzte sie: »Nebenzimmer. Macht kurz Pause.« Sie deutete auf einen geschlossenen, blickdichten Vorhang links von der Bar. »Kannst reingehen, wenn es nicht zu lange dauert.«

Alma bedankte sich, löste sich aus dem Bewegungswirrwarr an der Theke, zögerte, drehte sich noch einmal um, griff unter dem Gejohle der beschwipsten Gruppe nach der noch halbvollen Schnapsflasche und zwei Gläsern und stand derart bewaffnet nur wenige Sekunden später in einem grün beleuchteten, kleinen Séparée. Eine hagere Frau lag dort auf einem Sofa, und als sie Alma überrascht das Gesicht zudrehte, zeigten sich in ihrem doch so jungen Gesicht schon einige tiefe Falten. Aber Vickys üppig gelocktes Haar phosphoreszierte im Schein der

Stehlampe verführerisch wie das einer Meerjungfrau. Sie machte sich nicht die Mühe aufzustehen.

»Ich hab Pause.« Vickys Augen schauten schläfrig.

»Das weiß ich. Tut mir leid. Ich lass dich gleich wieder in Ruhe.« Alma stellte die Flasche samt Gläsern auf einem Beistelltischchen ab, schenkte ein und setzte sich, in Ermangelung einer anderen freien Sitzgelegenheit, vorsichtig auf dessen Kante.

»So funktioniert das nicht«, sagte Vicky mit einem Blick auf den Alkohol. »Nur Geld, Zuckerschnecke. Keine Naturalien.« Ihre Augen blitzten nun, sprachen das Gegenteil. Der hagere Körper verlangte ganz unzweideutig nach Hochprozentigem.

Alma schämte sich, diese Schwäche nun so ausnutzen zu müssen. »Ich möchte nur reden.«

Vicky lachte. »Ach, so eine bist du.« Sie kicherte, legte einen knochigen Arm unter ihre Lockenpracht und ließ den Kopf wieder darauf sinken.

»Es geht mir um Lizzy.«

Das perlende Lachen erstarb. Langsam richtete sich Vicky auf, ergriff ein Schnapsglas und leerte es in einem Zug. »Das is'n trauriges Thema. Tragisch.« Sie schenkte sich wieder ein. Trank aber nicht, sondern schien zu überlegen. Zögerte. Dann legte sie sich wieder hin. »Warst du 'ne Freundin? Kenn dich nicht. Und ich kenne sonst alle.«

»Ich kenne Lizzys Nachmieterin.«

Bei den Worten schien Vicky etwas wacher zu werden. »Hat se dich auch gemalt? Die is gut, nich? So das ewige Stillsitzen, das war anstrengend, wirklich, aber das Ergebnis …« Sie ließ den Satz in der Luft hängen. »Ich krieg was vom Verkauf.«

»Das klingt doch gut.«

»Hm. Lizzy hätte auch Modell gesessen.«

»Da bin ich sicher.«

»Schön, wie sie war. Hätte sich prima verkauft, das Bild.« Vicky setzte sich erneut aufrecht hin, schnappte sich kurzentschlossen das Glas und drehte es grüblerisch hin und her. »Sieht in dem Licht aus wie Absinth. Hatte Lizzy so gern.« Sie schien wieder mit sich zu kämpfen, stellte den Schnaps hin, ohne getrunken zu haben. »Sie hatte so einige Verehrer, die sich nicht haben lumpen lassen. 'ne Flasche Absinth war da auch mal drin. Oder Gin. Niemand hatte 'nen Schaden bei der Geschichte.« Sie sah Alma an. »Schon mal Absinth getrunken?«

»Sicher«, log Alma.

»Grauslich.« Vicky schürzte vor Abscheu die Lippen. Dann lächelte sie, griff erneut zu, und dieses Mal stürzte sie den Schnaps hinunter. Ihre Augen verlangten immer noch nach mehr, sie fuhr sich mit der Zunge über die Lippen. »So wie Lizzys Ende. Grauslich. Übler Nachgeschmack. Dabei hat sie mal von einem Wendepunkt in ihrem Leben gesprochen.«

Alma horchte auf. »Der Graf von Wernau?«

Vicky gluckste herablassend, streckte sich wie eine Katze, wobei sich jede einzelne Rippe unter ihrer dünnen Bluse abzeichnete. »Nee. Nicht der.« Sie sah auf den Vorhang. »Wie spät isses denn? Ich muss wieder …«

»Es ist noch Zeit«, antwortete Alma schnell.

»Dann ist ja gut«, sagte Vicky matt. Sie ließ sich zurücksinken.

»Was hatte es denn mit diesem Wendepunkt auf sich?«, hakte Alma nach, bevor Vicky womöglich einnickte.

»Ach.« Sie winkte müde ab. »Sie hatte jemanden. Jemand kennengelernt. Die große Liebe.«

Margarete Kern, dachte Alma.

»Sie war glücklich«, fuhr Vicky fort. »Gab ihr Kraft, sich von ihrem ehemaligen Liebhaber zu befreien. Penetrant. Fast brutal. Du verstehst?«

»Brutal? Wer, er? Der Ehemalige?«

»Na ja. Schon. Brutal in seinen Nachstellungen. Konnte es nicht ertragen, abserviert zu werden. Kennst doch die Männer, wenn man denen 'ne Abfuhr erteilt, das schmeckt denen nicht. Halten sich für die Krone der Schöpfung.«

»Was war denn das für einer?« Bleib leutselig, ermahnte sich Alma. Nicht aufgeben! Ihr Knie fing an zu zittern. Sie stand auf und lief angespannt im Zimmer umher. Wie beiläufig spähte sie zwischen den schweren Stoffbahnen, die das Stimmengewirr und die Musik nur wenig dämpften, nach draußen in den Saal, als würde dort die Antwort auf ihre Frage in Gestalt von Lizzys Verehrer auf sie warten.

»Ach. Jung. Sehr jung. Aber altmodisch. Eifersüchtig. Ständig in seiner Ehre gekränkt.« Vicky lachte freudlos auf. »Damals dachten alle, er tut ihr was.«

Alma fuhr herum.

»Weil ... die Sache auf der Rennbahn, weißt du: Lizzy hätte das nie getan.«

»Du meinst, es war kein Unfall?« Almas Herz klopfte ihr bis zum Hals.

»Nee. Aber die Polizei sagt ja, dass es einer war.« Vicky rieb sich die Stirn, dann ließ sie die Hand fallen, als ob plötzlich alle Kraft aus ihr gewichen wäre. »Ach, was weiß ich schon.«

»Du darfst sehr wohl eine eigene Meinung haben, Vicky«, ermutigte Alma sie. »Du warst Lizzys Freundin. Du meinst also, ihr Verflossener, der Brutale, der ihr noch nachstellte ...«

»Der war's nicht.« Vicky schüttelte den Kopf. »Der hat sich doch selbst was angetan.«

Alma glaubte, sich verhört zu haben. »Moment. Er hat sich umgebracht?«

»Vor die Bahn geworfen.« Wieder das herablassende Glucksen vom Sofa. »Dabei ist das doch die Domäne vom schwachen Geschlecht. Vor die Bahn werfen? Oder vor ein Rennpferd? Oder gehen wir doch eher ins Wasser?«

Irgendwo in Almas Kopf schien es zu klingeln. Laut. Hartnäckig. »Aber seinen Namen, an den kannst du dich noch erinnern?« Alma bemühte sich, nicht ungeduldig zu wirken. Sie spürte, sie war dran. Nah dran, die Wahrheit zu erfahren. Das letzte Puzzleteil zu finden.

Vicky wirkte verwirrt. Sie fuhr sich fahrig mit den Fingern durchs Haar. »Das ist so lange her.«

»Warum, wann war das denn?«

»Irgendwann vor ein paar Monaten.« Vicky schloss die Augen.

Wenn Monate Vicky wie Jahre erschienen, dann waren Sekunden für Alma gerade wie Stunden. Sie zwang sich, die junge Frau nicht an der Schulter zu packen und zu schütteln. »Vicky? Der Name?«

Schwere Lider öffneten sich langsam wieder. »Von wem?«

»Dem verschmähten Liebhaber. Denk doch bitte nach.«

»Ach so.« Vicky stützte sich auf die Ellenbogen, ihr Kinn fiel ihr auf den Brustkorb. »Was mit Perle, glaube ich.« Ihre nächsten Worte waren so leise, dass die Musik von draußen sie beinahe übertönte. »Warte mal, nix Perle, sondern wo die Perle dranhängt. Was mit Kette.« Sie sah auf, aus ihren Augen blitzte so etwas wie Triumph. »Ketterer.«

Vor die Bahn geworfen! Die Ursache des hartnäckigen Klingelns in Almas Kopf war gefunden. Dass sich Ketterers Sohn dergestalt das Leben genommen hatte, das hatte ihr Ludwig damals im Badischen Hof erzählt. An dem Tag, an dem er sie zu Kaffee und Kuchen eingeladen hatte.

Almas Knie drohten nachzugeben. Sie wankte zum Beistelltisch und schaffte es gerade noch so, sich hinzusetzen. Der wahre Grund für Friedrich Ketterers Selbstmord war also verborgen geblieben, sonst hätte die Presse den Vorfall aufgebauscht.

»Du bist blass«, stellte Vicky fest und gähnte.

»Macht das Licht.« Alma zwang sich zu einem Lächeln. »Bist du sicher?«, hakte sie nach, um alle Zweifel zu beseitigen.

»Eindeutig. Friedrich. Friedrich Ketterer.«

Der Sohn des Kriminalrats. Er hatte sich mit einer Prostituierten eingelassen, sich in sie verliebt. Lizzy hatte ihn aber nach einer Weile zurückgewiesen, und Friedrich machte es wie der junge Werther. Dazu kamen sicherlich noch die Folgeerscheinungen des Krieges, die Ketterers Sohn gequält hatten. Mit alldem war er nicht mehr fertiggeworden. Das tragische Ende eines ganz gewiss vielversprechenden jungen Mannes aus gutem Hause. Kriminalrat Ketterer hatte die Sache mit Lizzy unter den Teppich gekehrt. Nicht gut für die Reputation seines Sohnes und nicht gut für seine eigene. Er hatte das mit der Effizienz eines Polizeibeamten und mit der Trauer und Wut eines Vaters getan, der seinen einzigen Sohn verloren hatte. Wut. Konnte Ketterer womöglich Rache an der Frau genommen haben, die Friedrich in seinen Augen auf dem Gewissen hatte? Die der Auslöser für alles gewesen war? War dieses Motiv stark genug? Oder gab es eventuell noch mehr?

Alma spürte neue Energie in sich aufsteigen. Sie dachte daran, wie der Kriminalrat bei der Aufklärung der Morde gezögert hatte. An dessen Abwesenheit bei der Ergreifung Ungerers, an dessen Ablehnung gegenüber Ludwigs Ermittlungsmethoden.

Mit zwei schnellen Schritten war sie beim Sofa, nahm das Gesicht der verdutzten Vicky in die Hände und drückte ihr einen Kuss auf die feuchtwarme Stirn. »Du bist ein Schatz.«

»Was?«

Mit einer Hand griff Alma nach der Flasche. »Die nehme ich mit. Ist nicht gut für dich. Versuch, die Finger davon zu lassen, hörst du?«

Sie war schon fast durch den Vorhang getreten, da hörte sie Vicky vom Sofa her sagen: »Kommst du mal wieder? Wie heißt du eigentlich?«

»Pola. Ich bin bald wieder da«, versprach Alma und schlüpfte durch die Stoffbahnen.

Der Leopoldsplatz glich einem Aquarium. Menschen schwammen im schummrigen Licht der Straßenbeleuchtung wie Fische dahin; das Treiben zu beobachten wirkte auf Alma fast hypnotisch. Einige Flaneure schlenderten träge die Allee entlang, andere blieben vor den Auslagen stehen, betrachteten die Schaufenster. Ein letzter Spaziergang nach dem Essen in einem Restaurant, nach einem Theater- oder Konzertbesuch, bevor man in die eigenen vier Wände zurückkehrte.

Almas erster Impuls war gewesen, in die Vincentistraße zu laufen, die Treppen zum zweiten Stock hinaufzueilen und im Zimmer 5 Bericht zu erstatten. Aber dort hatte Ketterer ebenfalls seinen Arbeitsplatz. Es war spät, richtig, aber die Möglichkeit, dass der Kriminalrat noch im Amtsgericht sein könnte, war zu groß. Das Risiko durfte Alma nicht eingehen. Denn: Wie sollte sie sich ihm gegenüber verhalten? War es zu riskant, sich alleine einer Konfrontation auszusetzen?

Jetzt stand sie vor einer Telefonzelle, unschlüssig, ob sie den nächsten Schritt tatsächlich tun sollte. Dann fasste sie sich ein Herz, betrat die Kabine und wählte die Zahlen, die sie so gut kannte. Nach nur wenigen Tönen wurde der Anschluss hergestellt.

»Hier Amt, was beliebt? Mit welcher Nummer darf ich Sie verbinden?«

Alma atmete kurz durch. »Marianne, bist du das?«

Am anderen Ende der Leitung wurde es still. »Alma?«, fragte Marianne schließlich ein wenig ungläubig. Dann lachte sie und spulte übertrieben die weitere Parole ab: »Bitte sprechen Sie.«

»Ich brauche eine Adresse. Könntest du mir die schnell heraussuchen?«

»Sicher«, kam es ohne Zögern aus dem Hörer. »Welcher Name denn?«

Die gute Marianne. Sie entwickelte sich immer mehr zu einer resoluten Alleskönnerin.

»Ludwig Schiller.«

»Beruf?«, hakte Martha geübt nach.

»Kriminalkommissarsanwärter.« Nachdem sie das Wort ausgesprochen hatte, sah Alma ihre junge Kollegin förmlich die Luft anhalten.

Die erwartete Reaktion blieb nicht aus. »Ist alles in Ordnung?«, hauchte Marianne.

»Alles ist bestens«, log Alma. »Es ist nur …« Was sollte sie sagen, was nicht allzu anrüchig klang?

»Du willst doch jetzt nicht da hin?« Mariannes Stimme klang fassungslos. Stippvisiten um Mitternacht bei Herren, von denen man die Adresse nicht wusste: Das hinterließ nicht gerade einen sittsamen Eindruck, weder bei Marianne noch sonst wem. »Um die Uhrzeit? Ich weiß, es geht mich nichts an, also eigentlich überhaupt nichts, tut mir leid, ich … es ist nur, ich hätte dir das nicht zugetraut. Versteh' mich nicht falsch ...« Marianne brach stotternd ab.

»Hör zu ...«, begann Alma. Und wusste dann ihrerseits nicht, was sie sagen sollte.

Kurz herrschte Stille, dann sagte die junge Kollegin schon sehr viel gefasster: »Es ist natürlich nicht so, wie ich denke.«

Alma atmete erleichtert durch. »Nein, ist es nicht. Wirklich nicht. Es ist ... nichts Privates.«

»Also doch ...«

»Es ist auch nichts Schlimmes passiert«, unterbrach Alma sie schnell. »Wenn du einfach die Adresse ... bitte ...«

Plötzlich kam die Antwort wie aus der Pistole geschossen. »Erdgeschoss. Beethovenstraße 9. Das ist ...«

»... direkt bei Batschari«, ergänzte Alma.

»Gegenüber vom Bahnhof. Genau.«

»Ich habe was gut bei dir.«

»Nein, Alma. Du hast mir in den letzten Wochen beigestanden. So oft. Ohne dich hätte ich es nicht geschafft. Meine Bemerkung vorher war unüberlegt und nicht angebracht.« Marianne schien mit sich zu ringen. »Ist alles in Ordnung ... zwischen uns?«

Die gute Marianne. Alma lächelte. »In bester Ordnung.«

Vor der Nummer 9 angekommen, tat Alma dann zunächst das, was ihr spontan einfiel: Sie schleuderte eine Handvoll kleiner Kieselsteine an ein Fenster im Erdgeschoss, hinter dem sie Ludwigs Schlafzimmer vermutete. Gleich nach dem ersten Hagel ging das Licht an, wenig später wurden die Vorhänge beiseitegezogen. Ludwigs Gesicht hinter der Scheibe war ein einziges Fragezeichen.

Schon eine Minute später stand er neben ihr auf der Straße. Das Hemd, das er wie die Hose wohl schnell übergezogen hatte, war hastig in den Bund gestopft, er war barfuß und ungekämmt. »Wo müssen wir hin?«, war das Erste, was er zu ihr sagte.

»Zu Ketterer. Es gibt eine neue Entwicklung. Ist er auf dem Revier?«

»Wahrscheinlich nicht.« Er sah sie ernst an. »Erzähl mir alles.«

Die Details nüchtern und komprimiert wiederzugeben bereitete Alma Mühe. Zu heftig kämpfte sie mit ihren Gefühlen. Zu sehr irritierte sie Ludwigs Miene, die von Satz zu Satz skeptischer wurde. Aber er unterbrach sie kein einziges Mal. »Ketterer ist der Auftraggeber«, beendete sie ihren Bericht; immer noch leise, um die Anwohner nicht aufzuwecken. »Ich bin inzwischen sicher. Es passt alles zusammen.«

»Was genau passt wie?« Ludwigs Stimme hatte einen Ermittlertonfall angenommen.

»Fürs Erste: Er hatte nie wirklich Interesse, in dem Fall zu ermitteln.«

»Das ist kein Beweis, das kann viele Gründe haben. Zum Beispiel, weil man Frau Kern zuerst für eine Prostituierte hielt. Die man nicht identifizieren konnte.«

»Er wusste, dass die Falsche ermordet worden war. Daher forcierte er die Ermittlungen nicht.«

»Beweise, Alma. Beweise«, zischte Ludwig scharf. »Das sind alles Vermutungen.«

»Er hat immer versucht, die Nachforschungen zu verschleppen. Du musstest ihn immer vom nächsten Schritt überzeugen. Und er kam nicht einmal ins Hotel Stephanie – trotz anderslautender Versprechungen. Das ist doch seltsam, oder nicht?«

Ludwig schwieg.

»Was hat er dir gegenüber denn als Ausrede benutzt?«

»Er meinte nur, er wäre aufgehalten worden.«

»Keine Details?«

Ludwig schüttelte den Kopf. »Die braucht er mir gegenüber auch nicht zu nennen.«

»Du findest also, er hat sich in dem Fall genauso benommen wie bei anderen Fällen?« Alma war lauter geworden. Sie verstand, weshalb Ludwig zweifelte. Aber warum konnte er es nicht spüren, dass etwas nicht stimmte? Dass Dinge zusammenpassten? Was war mit seinem Instinkt passiert? »Sein Sohn hatte eine Beziehung zu einer Prostituierten, Ludwig! Schon allein das muss Ketterer schwer zugesetzt haben. Natürlich hatte er ein Interesse daran, dass niemand davon erfährt. Und eines Tages wirft sich sein Sohn vor die Straßenbahn. Aus Liebeskummer.« Alma packte Schiller am Arm. »Sein einziger Sohn! Wegen einer Prostituierten! Ketterers Leben war zerstört. Du hast es selbst gesagt: Er war ... er ist nicht mehr derselbe.«

Für eine Weile sah Ludwig angestrengt auf das Pflaster. Dann schien er eine Entscheidung gefällt zu haben. »Ketterer hat ein Haus in der Markgrafenstraße. Die Hausnummer weiß ich gerade nicht, aber wenn ich es sehe, erkenne ich es wieder. Er hat mich mal zum Abendessen eingeladen.« Seine Hand fuhr an das Kinn. Knetete es nachdenklich. »Ist schon 'ne Weile her.« Dann fiel sein Blick auf seine nackten Füße. »Schuhe.«

»Wäre nicht schlecht«, sagte Alma, jetzt erleichtert. Er stand zu ihr. Wie schon während der letzten Tage glaubte er ihr und wollte Licht ins Dunkel bringen.

Er aber schüttelte den Kopf. »Nein, Alma. Dieses Mal ohne dich. Du solltest hierbleiben.«

»Kommt nicht in Frage!«, protestierte sie.

»Es ist nicht so, dass ich nicht denke, du bist fehl am Platz«, beruhigte er sie. »Es ist nur so, dass ich nicht ausreichend motorisiert bin. Und bis zur Markgrafenstraße ist es ein Stück.«

»Was heißt ›nicht ausreichend‹? Sprichst du von einem Fahrrad?«

»Von einem Motorrad.«

Almas Augen wurden groß. »Oh.«

»Willst du es denn als Beifahrerin versuchen?«

Alma wollte.

Beifahrerin auf einem Motorrad zu sein unterschied sich für Alma im Grunde genommen nicht davon, auf einem Drahtesel mitgenommen zu werden. Der Gepäckträger der NSU schnitt unangenehm in die Oberschenkel, und man musste peinlich darauf achten, dass sich der Rock nicht in den Speichen verfing. Die ausschlaggebenden Unterschiede bestanden jedoch im Gestank, dem Lärm, dem Riemenantrieb und dem heißen Auspuff, der sich direkt neben Almas Wade befand, und der Geschwindigkeit.

Sie stellte die Füße auf die Querrahmen und umschlang Ludwigs Taille. Zuerst eher zurückhaltend, drückte sie ihren Körper kurz darauf doch eng an den seinen, als er wenig später forsch eine Kurve nahm.

Laut Ludwig hatte sein Modell, das er nach dem Krieg gebraucht erstanden hatte, schon einige Jahre auf dem Buckel, aber für Alma spielte die PS-Zahl keine Rolle. Was das schwarz glänzende Kraftrad mit dem geschwungenen Schriftzug an Geschwindigkeit zu bieten hatte, befand sie, als sie sich in einer weiteren Kurve der Neigung des Motorrads anzupassen versuchte, als vollauf ausreichend.

Nach nur einer Viertelstunde hatten sie die Markgrafenstraße erreicht, und Ludwig hielt vor einem ansehnlichen Haus mit großem Vorgarten, dessen akkurat geschnittene Obstbäume von einer Straßenlampe erleuchtet wurden.

Alma stieg ab, Ludwig bockte das Motorrad auf.

»Und jetzt?«, fragte sie.

»Normalerweise klingelt man, um eingelassen zu werden. Die Sache mit den Kieselsteinen sollten wir uns hier lieber verkneifen.« Er lächelte, versuchte, ihr die Beklommenheit zu nehmen. Alma aber merkte, dass er auch die eigene überspielen wollte. »Ich habe Franck und Kopper verständigt, wo wir sind«, fügte er dann mit einem weiteren Blick auf ihre zusammengepressten Lippen hinzu. »Nachdem ich mich in Schale geworfen habe. Die beiden müssten bald da sein und haben Anweisung, vor Ketterers Haus zu warten. Sie sind aber nicht in Details eingeweiht, ich war ein wenig ... ausweichend.«

»Und wir warten, bis sie da sind?« Jetzt, da es so weit war, den Kriminalrat zur Rede zu stellen, wollte Alma die Konfrontation hinauszögern. Es war nicht so, dass sie mit einem Mal meinte falschzuliegen. Sie vertraute ihrem Gespür und den Hinweisen, die sie bis jetzt gesammelt hatten. Aber Ketterer war zum einen Kriminalrat mit Einfluss und zum anderen Ludwigs Vorgesetzter. Wenn sich ihre schwerwiegende Beschuldigung als fehlerhaft herausstellte, dann könnte das Ludwig seine Stellung kosten, und Gleiches galt für sie. Denn hier ging es nicht um Taschendiebstahl.

»Wird schon.« Ludwig nickte aufmunternd und öffnete das Gartentörchen.

Fünfmal betätigte er die Klingel, bevor hinter der Eingangstür Geräusche hörbar wurden. Dann drehte sich ein Schlüssel, und die Tür öffnete sich einen Spaltbreit. Im Schein der Laterne glich Ketterers in tiefe Schatten getauchtes Gesicht einer kubistischen Kohlezeichnung. Der Kriminalrat war vollständig angezogen und wirkte wach. Allem Anschein nach war er noch nicht im Bett gewesen.

»Schiller?« Die Verblüffung stand ihm ins Gesicht geschrieben. Dann fiel sein Blick auf Alma, und er ergänzte reichlich verächtlich: »Und *Sie*.« Seine Miene wurde jetzt eisig, er bat sie nicht herein. »Es ist spät.«

Ludwig straffte den Rücken. »Wir bitten das zu entschuldigen, Herr Kriminalrat. Es gibt neue Entwicklungen.«

»Schon wieder?« Dann meinte Alma, einen Anflug von Furcht in seinen Augen zu sehen. »Hat Ungerer etwa ausgepackt?«

»Nein, aber wir sind noch nicht fertig mit ihm.«

»Geben Sie's auf, Schiller.« Ketterers schroffe Art war zurückgekehrt. »Der Mann weiß nichts, auch Ihnen sollte das inzwischen klargeworden sein. Was gibt es denn jetzt so Dringendes? Hatte das gute Fräulein Täuber«, herablassend sah er Alma an, »wieder eine ... Ahnung?«

»Keine Ahnung«, schnappte sie. »Aber schwerwiegende Indizien.«

Ketterer gluckste. »Natürlich.«

»Dürfen wir hereinkommen?«, fragte Ludwig.

Alma fand, dass der Kriminalrat zu lange überlegte, bevor er die Tür ganz öffnete und sie eintreten ließ. Wortlos führte er sie durch einen dunklen Flur in ein geräumiges Wohnzimmer, das, ausgestattet mit einigen altmodischen Drucken an den Wänden, etlichen dicken Teppichen und einer Sofagarnitur, Alma überrascht die Stirn runzeln ließ. Es hatte mehr mit »guter, alter Wohnstube« gemein als das Reich der Witwe Meier.

»Meine Frau«, murmelte Ketterer wie zur Entschuldigung

ob dieses Ensembles und machte sich an der halbrunden Hausbar zu schaffen, die neben einem der Sessel stand. Er nahm den Stöpsel aus einer Kristallkaraffe und schenkte sich ein Glas Cognac ein, ihnen bot er nichts an. Dann steckte er sich eine Zigarette an, paffte zwei schnelle parfümierte Züge an die Decke und drehte sich um. »Nun?« Er ließ sich in den Sessel fallen. Die Zigarette in der einen Hand, das Glas mit dem Weinbrand in der anderen, saß er da und schaute sie an. Aber unter der scheinbar überlegenen Fassade meinte Alma, Unruhe zu erkennen.

Unaufgefordert setzte Ludwig sich, Alma schlenderte zum Fenster hinter Ketterers Rücken und schob wachsam den Vorhang beiseite. Noch kein Auto vor dem Haus. Auch nicht auf der anderen Straßenseite. Franck und Kopper ließen sich Zeit.

»Wir haben eine Zeugin«, begann Ludwig zögerlich. »Sie hat eine zweifelsfreie Verbindung zwischen Lizzy Jakob und einem ehemaligen Liebhaber hergestellt, der mit der Auflösung der Liaison nicht fertigwurde.«

»Lizzy Jakob?«, fragte Ketterer betont einfältig.

Alma fuhr herum. »Die Tote auf der Rennbahn«, sagte sie überdeutlich, als ob sie einem Kind erklären wollte, dass ein Apfel und noch ein Apfel zwei Äpfel ergaben.

»Ach ja. Und jetzt glauben Sie, dass dieser ... Verschmähte sie auf dem Gewissen hat?«

»Der Verschmähte ist tot«, stellte Alma fest und wich Ludwigs warnendem Blick aus. Sie trat vom Fenster weg und setzte sich neben ihn. »Hat sich vor die Bahn geworfen.«

Aus Ketterers Gesicht wich alle Farbe. Dennoch stellte er das Weinbrandglas mit ruhiger Hand auf dem Couchtisch ab. »Dann verstehe ich nicht, warum Sie mir das erzählen.«

Kurz wandte er den Kopf. Nur verhalten änderte er dessen

Position. Aber für Almas geschärfte Sinne reichte diese winzige Bewegung, um wahrzunehmen, wohin er gesehen hatte. Zur Anrichte neben der Tür – auf der ein Foto mit schwarzem Rahmen stand.

Jetzt beugte sich Ketterer vor, klopfte die brüchige Spitze der angerauchten Zigarette in den Aschenbecher neben dem Glas und sagte: »Meine Frau schläft. Es ist spät. Wenn Sie jetzt nicht gleich zum Punkt kommen, muss ich Sie bitten zu gehen.«

»Friedrich Ketterer«, sagte Alma. »Das war der Name, den uns Lizzys Freundin genannt hat.«

Ludwig rutschte auf dem Sofabezug herum. »Was Fräulein Täuber sagen will ...«

»Was ich sagen will«, unterbrach ihn Alma ungeduldig, obwohl sie gut verstand, warum er sich in dieser Situation unbehaglich fühlte, »ist, dass Ihr Sohn, Herr Kriminalrat, eine ungesunde ... Liaison mit Lizzy hatte. Wegen der er sich schließlich das Leben nahm.«

Ketterer erstarrte. Die Hand mit der Zigarette schwebte unheilschwanger in der Luft. Dann verdüsterte sich seine Miene, und seine Augen wurden schmal. »Verlassen Sie sofort mein Haus!«, befahl er gepresst. »Jetzt.«

»Herr Kriminalrat, das sind Fakten«, kam es jetzt von Ludwig. »Fakten. Ihr Sohn hat die Ermordete offensichtlich über die Maßen verehrt. Eine Prostituierte. Schon allein das muss für Sie, für Ihre Reputation und die Ihres Sohnes ein Affront gewesen sein, und ...«

»Sie sprachen von einer Zeugin«, unterbrach Ketterer ihn harsch. »Nennen Sie mir den Namen!«

»Zu diesem Zeitpunkt dürfte ihr Name keine Bedeutung haben. Sie ist aber«, Ludwigs Blick huschte kurz zu Alma, bevor er weitersprach, »vertrauenswürdig.«

»Sie würde vor Gericht aussagen«, fügte Alma hinzu.

Von draußen drang helles Scheinwerferlicht durch die Vorhänge. Alma hoffte, dass Franck und Kopper endlich angekommen waren.

Ketterers Gesicht, vor einer Minute noch schneeweiß, färbte sich nun rot. »Was? Was würde sie aussagen?«, brüllte er. Mit der flachen Hand schlug er auf die Sessellehne und sprang auf. Einige Strähnen seines Haares fielen ihm ins Gesicht. Er ignorierte es. »Deuten Sie nicht immer alles an, verdammt noch eins! Spucken Sie es aus! Ihre Unverschämtheit kennt keine Grenzen!« Seine ausgestreckte Hand deutete auf Ludwig, und Asche rieselte auf den Teppich. »Ihre Karriere, Herr Kriminalkommissarsanwärter Schiller«, Ketterer betonte jede Silbe, »ist in freiem Fall!«

»Rache ist eines der häufigsten Mordmotive. Gleich nach Habgier«, sagte Ludwig. »Das wissen Sie genauso gut wie ich. Friedrich hat sich ...«

»Sie nehmen seinen Namen nicht in den Mund!« Ketterer, nun geifernd vor Wut, trat einen Schritt vor und stand jetzt direkt vor dem Sofa. »Sie haben ja keine Ahnung!«

»Dann klären Sie uns auf!«

Von oben kam ein Rumpeln, das alle zusammenzucken ließ. Offenbar hatte jemand etwas umgestoßen. Dann knarzte die Treppe, nur wenige Augenblicke später öffnete sich die Tür, und eine Frau mittleren Alters in einem Morgenmantel betrat den Raum. »Heinrich?« Mit einem kurzen Blick schien sie die Situation zu erfassen, raffte genierlich die Stoffbahnen des Kimonos am Hals zusammen und fuhr sich durchs zerzauste Haar. »Kriminalkommissarsanwärter Schiller«, sagte sie freundlich zu Ludwig. »Ein dienstliches Treffen? Um die Uhrzeit?«

»Geh wieder ins Bett, Margot. Es ist nichts.« Ketterer hatte seine Stimme nur schwer im Griff.

»Das klang gerade aber anders.« Margot Ketterer versuchte sich an einem Lächeln. Sie überlegte, schien dann einen Entschluss gefasst zu haben und drehte sich resolut um. »Ich mache Tee.« Leise schloss sie die Tür hinter sich.

Ketterer massierte sich die Stirn, dann trat er wieder an die Hausbar. Es klirrte, als die Karaffe an ein Glas schlug. »Gehen Sie.« Es klang jetzt wie eine Bitte, nicht mehr wie ein Befehl.

»Bedaure. Es gibt noch ein paar Dinge zu klären«, sagte Ludwig.

»Welche Dinge? Sie liegen falsch. Einfach falsch. Gehen Sie.«

»Kannten Sie die Geliebte Ihres Sohnes?«

Er lachte laut auf. »Eine Prostituierte? Natürlich nicht.«

»Aber Sie waren mit der Beziehung nicht einverstanden.«

Ketterer schnaufte geringschätzig. »Die Frage ist wohl rhetorischer Natur?«

»Aber diese Beziehung haben die beiden ja nicht offen gelebt, oder?«, fragte Alma.

»Natürlich nicht. Das machte die Sache aber nicht besser.« Ketterer, der offensichtlich beschlossen hatte, noch ein paar Minuten mitzuspielen, da es keinen Sinn hatte, die Liaison seines Sohnes zu leugnen, nahm einen Schluck. Dieses Mal war die Flüssigkeit im Glas durchscheinend. »War es das jetzt endlich?«

»Einen Moment noch. Nahmen Sie eine Veränderung im Verhalten Ihres Sohnes wahr?« Wieder Ludwig. »War er …?«

»Wann? Nach dem Krieg? Was für eine Frage. Sie waren doch dort. Sie wissen, was geschah!«, fuhr Ketterer ihn an. »Diese … Lizzy … war nur eine Ablenkung! Ein Flittchen, das ihm Geld aus der Tasche zog. Der Anblick zerfetzter Leichen, Gasangriffe, allumfassende Gräuel ... Das hat ihn verändert.«

Für einen Moment herrschte Schweigen. Alma konnte nur ahnen, was in Ludwig vorging. »Diese Ablenkung war aber nicht von langer Dauer«, sagte sie schließlich leise. »Und danach fühlte er sich noch ... leerer?« Denn das war es, was Ludwig vorhin im Grunde gemeint hatte: War eine erneute Veränderung in Ketterers Sohn vor sich gegangen? Und ging diese so weit, dass er leichtsinnig wurde, das Ansehen seiner Familie in Gefahr brachte? Hatte er sich doch in aller Öffentlichkeit mit Lizzy getroffen? Ihr öffentlich nachgestellt? Sie vor vielen Augen auf der Straße bedroht?

Der Kriminalrat schwieg. In ihm schien es zu arbeiten. Er setzte das Glas ab, ging zur Kommode, nahm den schwarzen Rahmen in die Hand, wiegte ihn unschlüssig hin und her und stellte ihn danach so ab, dass die Fotografie zur Hausbar zeigte. Ging zum Fenster, sah aber nicht hinaus, sondern starrte geistesabwesend in den Raum. »Ich habe Friedrich gesagt, das geht vorüber«, sagte er mit trauriger Stimme.

»Was geht vorüber, Schatz?« Unbemerkt war seine Ehefrau eingetreten, in der Hand ein Tablett mit Teegeschirr, Sahnekännchen und Zuckerdose. »Warum sprecht ihr von Friedrich?« Ihre Augen blieben am Foto auf der Kommode hängen, das dort nicht mehr an seinem angestammten Platz stand. »Hast du das Foto herumgezeigt? Was hat unser Sohn mit einer Dienstbesprechung zu tun?«

»Frau Kriminalrat, wenn Sie gestatten.« Hilfsbereit sprang Ludwig auf und wollte ihr das Tablett abnehmen, aber Margot Ketterer schien seine angebotene Hilfe nicht zu bemerken, klammerte sich an der Silberplatte fest.

»Heinrich?«, ächzte sie. »Was ist los? Du kommst jeden

Abend nach Hause, verbarrikadierst dich in deinem Arbeitszimmer, schließt die Tür ab und sprichst nicht mit mir. Und jetzt ... das?« Erst in diesem Augenblick bemerkte sie Ludwig, der immer noch neben ihr stand. »Danke, junger Mann.« Sie setzte sich langsam, als ob sie unsicher sei, dies in ihrem eigenen Haus tun zu dürfen. »Vielleicht können Sie mir sagen, worum es geht?«, wandte sie sich an Alma.

»Die Herrschaften wollten gerade gehen«, schnappte Ketterer. »Und du brauchst deinen Schlaf.«

»Ich schlafe schlecht«, flüsterte seine Frau Alma zu. »Seit Friedrichs Tod. Liege wach. Lange.«

»Margot ...« Ketterers Tonfall wurde mit einem Schlag sanft. Er ging auf seine Frau zu und griff behutsam nach ihrem Arm. »Nimm deinen Schlaftrunk und geh ins Bett, meine Liebe.«

»Er war so anders«, murmelte seine Ehefrau wie geistesabwesend. »Nicht mehr mein Friedrich, er ...«

»Ist gut, Margot«, unterbrach der Kriminalrat sie, griff unter ihre Achseln und zog sie hoch. »Ich begleite dich ins Schlafzimmer.«

Ketterer hatte den »Fall«, weshalb er es nicht geschafft hatte, ins Hotel Stephanie zu kommen, also nur vorgetäuscht. Kriminalbeamte arbeiteten normalerweise nicht zu Hause im stillen Kämmerlein. Doch Alma wagte es nicht, Fragen zu stellen. Auch Ludwig schwieg. Die Frau des Kriminalrats war verletzlich, ihr Herz offenbar tief verwundet. Aber sie wollte sprechen, sich etwas von der Seele reden.

»Vielleicht noch eine Tasse Tee, bevor Sie wieder ins Bett gehen?« Alma schenkte ein. »Zucker? Milch?«

Margot Ketterer sah dankbar lächelnd hoch. »Zwei Stück. Keine Milch.«

Ihr Mann stieß einen leisen Laut der Verzweiflung aus. Dennoch erlaubte er es sich nicht, seine Frau gewaltsam aus dem Raum zu manövrieren. Er liebt sie, dachte Alma. Will sie nur schützen. War es wirklich angemessen, jetzt noch weitere Fragen zu stellen? Hatte Ketterer Rache an Lizzy genommen, weil seine Frau am Tod des Sohnes zerbrochen war?

Ludwig hatte offenbar beschlossen, dass sie jetzt nicht klein beigeben durften. »Sie waren vorgestern also zu Hause, Herr Kriminalrat.«

»Vorgestern. Ja, das war er«, bestätigte Ketterers Frau an Stelle ihres Mannes und nippte anschließend an ihrer Tasse. »Den ganzen Abend. Allein. Am Telefon. Das hat laufend geläutet. Wie wild.«

»Geschäfte«, presste der Kriminalrat hervor. Er beugte sich vor, wollte ihr die Tasse aus der Hand nehmen. »Genug jetzt.«

Margot Ketterer zuckte zurück. »Schenken Sie mir doch bitte noch nach«, bat sie Alma inständig. »Friedrich war kurz vor seinem Tod so seltsam«, fuhr sie sogleich fort, während sie der in die Tasse fließenden Flüssigkeit mit den Augen folgte. »An einem Tag todtraurig. Am anderen aufgezogen wie ein Kinderspielzeug. Er floh oft in sein Zimmer, wenn er sich schlecht fühlte, wenn ihn diese Stimmungen packten. Wenn er unruhig wurde, ihm der Schweiß ausbrach. Und wenig später erschien er dann wieder, lachend.«

»Margot!«

»Er war so seltsam«, wiederholte Ketterers Frau kopfschüttelnd. Sie hob den Blick, sah direkt in das Gesicht ihres Mannes. »Er war krank, Heinrich. Wusstest du das?«

»Ihr Sohn hat im Krieg viel Schlimmes erlebt«, sagte Alma einfühlsam.

»Das auch. Aber das hatte er fast hinter sich gebracht.« Sie setzte die Tasse ab. »Es gibt viele Menschen, die sich betäuben, um ihre Not zu vergessen. Hier übersieht man das leicht. All die Kurgäste, der Reichtum. Aber in den Nebenstraßen ...« Wieder sah sie ihren Mann an. »Ich bin nicht dumm, Heinrich.«

Als Alma zitternd die Teekanne abstellte, klirrte es. Die Frau in der S-Bahn mit den hohen Wangenknochen und den Kohleaugen! Friedrich Ketterer war kokainsüchtig gewesen. Geworden. Die Trennung von Lizzy hatte ihn seiner letzten Reserven beraubt. Und im Rausch hatte er sich dann vor die Straßenbahn geworfen. Lizzy hatte gelernt, mit Schicksalsschlägen umzugehen, auch den Verlust von Margarete Kern hätte sie mit der Zeit verkraftet. Friedrich Ketterer aber hatte zu Drogen gegriffen. Alma spürte die Augen Ludwigs auf sich. Als sie ihn ansah, nickte er kurz. Auch er war zum gleichen Schluss gekommen: Kriminalrat Ketterer hatte in Lizzy nicht nur eine Gefahr für seine Reputation gesehen, sondern sie vor allem für den körperlichen Absturz seines Sohnes verantwortlich gemacht. Dabei hatte Lizzy niemals Kontakt zu Drogen gehabt, was der Kriminalrat ohne weiteres hätte herausfinden können, wenn er es denn gewollt hätte.

Der Kriminalrat, der der Rede seiner Frau unkonzentriert gefolgt war, eilte jetzt zum Fenster und riss den Vorhang zur Seite. »Dachte ich mir's doch!«, knurrte er.

»Herr ...«, begann Ludwig und stand auf, wurde aber von Ketterer grob beiseitegeschubst, der jetzt vom Fenster wegrannte. Mit wenigen Schritten war er bei der Tür und polterte anschließend durch den Hausflur. Dann knarzten Treppenstufen. Ludwig reagierte sofort. Nur Sekunden später war auch er auf dem Weg ins obere Stockwerk.

Almas Gedanken kreisten. Was hatte der Kriminalrat vor? Sollte sie Ludwig folgen?

»Heinrich?«, murmelte Margot Ketterer leise in ihre Tasse.

Mitfühlend musterte Alma das Häuflein Elend auf dem Sofa. »Ihr Ehemann ist nach oben gegangen.«

»Warum?«

Alma war sich nicht sicher, ob Margot Ketterer die Ereignisse der letzten Minuten schon wieder vergessen hatte. »Möglicherweise möchte er etwas holen?«, fragte sie betont arglos, in der Hoffnung der Frau eventuell doch eine brauchbare Information entlocken zu können. »Vielleicht etwas Warmes für Sie zum Überziehen?«

»Ich friere doch nicht.«

Poltern über ihnen. Sofort hefteten sich Margot Ketterers Augen an die Decke. Dumpfe Stimmen folgten dem donnernden Geräusch. Laut, zuerst unverständlich, dann jedoch dröhnte ein deutlich zu vernehmendes »Nein!« ins Erdgeschoss.

Ludwigs Stimme.

»Er hat seine Pistole im Nachttisch.« Das kam derart beiläufig aus Margot Ketterers Mund, dass Alma einige Atemzüge brauchte, um die Bedeutung dahinter zu verstehen.

Dann aber war sie in Windeseile im Flur, raffte den Rock, hastete die Stufen hinauf und sah sich um. Eine der drei Zimmertüren stand halb offen, dahinter kam jetzt Ludwigs Rücken in Sicht, die Hände schien er beschwörend von sich zu strecken. Er bewegte sich langsam. Kein Ton drang aus dem Raum.

Selbst im Fabrikgebäude war Alma die Stille weniger unheimlich vorgekommen. Langsam näherte sie sich von der Seite, lehnte sich an die Wand neben der Tür und versuchte, ihren aufgeregten Atem zu kontrollieren.

»Herr Kriminalrat.« Ludwigs Stimme hatte wieder diesen

beruhigenden Tonfall angenommen. »Legen Sie die Waffe weg.«

Alma schluckte.

»Heinrich?«, kam es von unten. Beschwörend. Ängstlich.

Alma spähte nach unten und sah Margot Ketterers Schuhspitzen vor der ersten Treppenstufe stehen. Wie gerne hätte sie ihr zugerufen, sie solle sich nicht bewegen, sie solle stehen bleiben! Aber Alma wusste, dass sie mit jeder Handlung die angespannte Situation im Schlafzimmer außer Kontrolle bringen konnte.

»Es geriet aus den Fugen«, hörte Alma Ketterer jetzt brüchig sagen. »Das Leben meines Sohnes, meines einzigen Sohnes. Wie hätte ich ihm helfen sollen?«

»Lassen Sie uns in Ruhe darüber reden.«

»Nein, Schiller. Sie verstehen das nicht, Sie haben keine Kinder.« Ketterer wurde lauter. »Diese ... Dirne hat meinen Sohn auf dem Gewissen. Und meine Ehefrau in ein seelisches Wrack verwandelt.« Er lachte freudlos. »Kokain. Woher er das bekommt, das konnte er doch nur von ihr gewusst haben. Diesem sündigen Weibsbild. Die ihn in die Hölle geführt hat.«

Etwas raschelte. Als ob sich jemand auf eine Decke setzen würde.

»Legen Sie die Waffe weg«, wiederholte Ludwig. Jetzt schon nicht mehr so ruhig.

Aus den Augenwinkeln sah Alma, wie Margot Ketterer zögernd die erste Stufe nahm. »Heinrich?«

»Bleib unten, Margot! Bleib um Gottes willen unten!«

Ein Knarzen wie von einer Matratze, offensichtlich war jemand ruckartig aufgestanden. Vorsichtig spähte Alma durch den Türspalt und hätte fast aufgestöhnt. Vor dem Bett stand Ketterer. Der Lauf seiner Waffe zeigte auf seine Schläfe. Ludwig hatte seine Beschwörungsversuche aufgegeben und trat nun einen Schritt vor.

»Denken Sie nach«, sagte er. »Denken Sie an Ihre Frau. An Margot. Sie braucht Sie. Sie sind ihr Anker.«

Ketterer verzog das schweißüberströmte Gesicht vor Schmerz. »Es wird für sie gesorgt«, keuchte er. »Es wird ihr gut gehen.«

»Die Telefonate«, stellte Ludwig fest. »Sie haben alles arrangiert.«

»Das bin ich ihr schuldig. O Gott, halten Sie sie da raus, Schiller.« Die Hand des Kriminalrats zitterte.

»Heinrich?«

Ketterer drückte ab.

21

Was ihre Freundin den Tag über getrieben hatte, wusste Alma nicht, zur Arbeit war auch Emmi nicht gegangen, das jedenfalls stand fest: Als Alma gegen Nachmittag aus ihrer kleinen Kammer hervorlugte, war ihre Freundin gerade dabei, einen Strauß gelber Rosen in einer Vase zu arrangieren. Auf dem Tisch standen eine dampfende Kanne Tee, ein Kuchen und eine Flasche Wein.

Alma hatte sie vormittags zur Witwe hinuntergeschickt, die ein Telefon besaß. Gleich nachdem sie sich in die Küche gequält hatte und dort in einen Stuhl gesunken war. Ihre normalerweise naseweise Freundin hatte keine Fragen gestellt, als Alma murmelte, sie fühle sich nicht besonders, nur besorgt die Stirn gerunzelt und war dann schnell die zwei Stockwerke hinuntergelaufen. Ach, dieses Wölkchen! Emmi hatte gleich gemerkt, dass etwas geschehen war.

»Ich wusste nicht, wofür du in Stimmung bist«, entschuldigte Emmi sich jetzt für die wilde Mischung. »Ich hatte aber gehofft, Wein.«

»Wölkchen, was ... », begann Alma, da schob Emmi sie schon Richtung Tisch.

»Nun iss erst mal was.«

Zum ersten Mal seit Tagen, seit einer gefühlten Ewigkeit musste, nein, konnte Alma wieder lächeln. Fürsorge, das war bei Emmi immer schon das leibliche Wohl gewesen. Tröstende

Worte – sie versuchte es öfter damit, und scheiterte noch öfter –, aber Brote schmieren, Tee aufbrühen oder halb verkohlte Bratkartoffeln ans Bett bringen, das war Emmi.

Alma setzte sich brav, schnupperte am Kuchen.

»Warte, ich habe auch noch ein Ei! Die Schwester von der Meier war gestern da, weißt du, die mit den Hühnern, und hat uns drei abgezweigt. Zwei brauchte ich für den Kuchen.«

Emmi hüpfte hierhin, hüpfte dorthin, und bevor Alma es sich versah, hielt sie in der rechten Hand eine dampfende Teetasse, in der linken eine Scheibe Brot mit geschnittenem Ei. Und tatsächlich fühlte Alma sich einige Minuten später mit etwas im Magen gleich besser.

»Der Kuchen.« Sie beäugte Emmis Backkünste und kombinierte. »Bekommen wir Besuch?«

»Möglicherweise.«

Alma versuchte nicht aufzustöhnen. »Emmi, mir geht es gar nicht gut heute, ich ...«

»Es wird dir gut gehen, mein Täubchen.« Ihre Freundin strich ihr übers Haar, bevor sie erneut aufsprang, als der Kessel pfiff.

»Willst du ein ganzes Regiment mit Tee versorgen?«

Emmi drehte sich mit hochrotem Kopf zu ihr um. »Regiment«, sagte sie. »Lustig, dass du das sagst.«

Auf Almas fragenden Blick hin wollte sie jedoch eine weitere Erklärung nicht abgeben. »Eine Überraschung«, flüsterte sie nur augenzwinkernd und legte einen Finger an die Lippen.

Kopfschüttelnd widmete Alma sich dem Rest ihres Eibrots, und gerade als sie die letzten Krümel vertilgte, klopfte es an die Tür.

»Auf die Minute pünktlich«, trillerte Emmi. »Die Meier hat

soeben für ihren wöchentlichen Spaziergang das Haus verlassen!«

»Na, hoffentlich ist der Rest der Mieter auch anderweitig beschäftigt«, murmelte Alma und rutschte auf ihrem Stuhl hin und her. Wenn sie ihre eigenen nächtlichen Eskapaden bedachte, waren Emmis Umtriebe harmlos. Dennoch fürchtete sie sich ein wenig davor, einen gewissen Ruf zu erwerben. Sie mussten aufpassen, sie und Emmi.

Doch als ihr Cousin den Kopf zur Dachstube hereinsteckte, warf sie sämtliche dieser Gedanken aus dem Fenster und sprang auf.

»Walter!« Ungestüme Gefühlsbekundungen waren ihr fremd, es immer gewesen, aber die letzten Wochen hatten offenbar tiefere Spuren in ihr hinterlassen, als sie sich eingestehen wollte. Und Walter nun festzuhalten, sich an ihm festzuhalten, gab ihr einen Trost, von dem sie nicht gewusst hatte, dass sie ihn brauchte.

Sie drehte sich zu Emmi, die verschmitzt lächelte.

»Danke, Wölkchen.«

»Was machst du nur für Sachen, Cousinchen?«

Und nun brach sie tatsächlich in Tränen aus. Gute Güte! Sie saß auf ihrem Stuhl, Walter und Emmi rechts und links neben ihr, schluchzte, und je mehr sie weinte, desto deutlicher spürte sie, wie die Tränen sie auch befreiten. Wie sie ihre Sorgen loswurde, sie bei ihrer Freundin und dem Cousin abladen konnte.

Als Wölkchen ein Spitzentaschentuch zog und Alma die Wangen geziert im Stile einer Gräfin von Wollnitz trocken tupfte, konnte sie sogar wieder lachen.

»Siehst du, die hohen Herrschaften amüsieren einen doch immer wieder«, sagte Emmi keck. »Und apropos: Da habe ich gleich auch noch eine Überraschung!« Aber schon wieder verriet sie nichts, sondern legte ihnen stattdessen je ein Stück Kuchen auf die Teller.

»Unten verbrannt, oben halbgar, so mag ich meine Kuchen«, kommentierte Walter.

»Mich heiratet man nicht wegen meiner Fähigkeiten in der Küche«, gab Emmi zurück.

Alma genoss es, sich zurückzulehnen und dem Schlagabtausch der beiden zu folgen. Der Kuchen hätte den Konditor Schweinfurth in der Langen Straße stante pede ins Grab befördert, und dennoch schmeckte er nach den Strapazen der letzten Tage einfach großartig. Alma verputzte ihr Stück bis auf den letzten Krümel. Während Walter herumblödelte und seine Professoren nachahmte, fühlte Alma sich von innen beinahe ganz warm. Es gab noch Kälte in ihr, sie hatte zwei Menschen sterben sehen, hatte Margarete Kerns verletzte Leiche betrachtet. Wahrscheinlich würde die Kälte in ihr noch eine lange Zeit bleiben, unter Umständen für immer. Aber die Wärme, die sie hier in dieser kleinen Dachkammer umfing, rückte sie in den Hintergrund.

Es klopfte.

»Die Meier!«, flüsterte Alma erschrocken und blickte sich um. Konnten sie Walter noch verstecken?

Doch Emmi grinste verschmitzt. »Drei Personen, das ist so eine ungerade Zahl, findest du nicht? Beim Gesellschaftsspiel muss man auch zu viert sein. Also habe ich kurzerhand noch einen Gast eingeladen!«

Sie öffnete die Tür, und als Ludwig nun in den Raum trat, loderte die Wärme in Almas Inneren noch stärker auf. Ihre Wangen wurden heiß, als sie aufstand, um ihn zu begrüßen.

»Skat«, sagte sie geistesabwesend. »Skat kann man zu dritt spielen.«

Emmi flatterte hierhin und dorthin, nahm Ludwig den Mantel ab, um ihn abzulegen, und machte ihn mit Walter bekannt, der Schiller neugierig beäugte. Währenddessen sah Alma, immer noch mit dem wohligen Gefühl der Wärme im Bauch, schweigend zu. Worte hatte sie heute offenbar nicht so viele.

»Sie waren das also, der meine Cousine in Gefahr gebracht hat«, sagte Walter, als sie nun alle gemeinsam am Tisch saßen. Die Worte sollten scherzhaft klingen, doch Alma konnte das Misstrauen dahinter hören. Ludwig offenbar auch, er zögerte einen Augenblick, bevor er antwortete.

»Das schafft Ihre Cousine schon ganz von allein«, sagte er und bedachte Alma mit einem vertrauten Blick.

Sie widerstand dem Drang, mit den Fingern der feinen Narbe an seiner Wange nachzuspüren.

»Und Sie sind Student?«, fragte Ludwig etwas steif an Walter gewandt.

»Medizin«, sagte Walter.

»Das Leichenschauhaus.« Schiller zog eine Augenbraue hoch und nickte dabei abschätzig. »Und Sie kommen mir mit Gefahr.« Die beiden Männer mussten offenbar noch miteinander warm werden.

»Es ist doch alles gut ausgegangen«, sagte Alma besänftigend.

»Richtig.« Aufgeregt klatschte Emmi in die Hände. »Nun erzählt doch mal! Alma, was war gestern im Abgrund los?«

»Und was ist der Abgrund?«, warf Walter ein. »Ich glaube, ihr müsst von vorne anfangen.«

Und das taten sie. Stockend zuerst, vor allem Alma, der schließlich auch wieder die Tränen kamen, als sie vom Ende des gestrigen Abends erzählten.

»Der Kriminalrat.« Emmi schlug sich die Hände vor den

Mund. »Wer hätte das gedacht. Gott … und seine Ehefrau: Was jetzt wohl in ihr vorgehen muss?«

»Ja, schrecklich«, bemerkte Walter beiläufig, um dann neugierig zu fragen: »Und dieser Ungerer, ihr habt ihn wirklich mit dem Auto verfolgt?«

Ludwig räusperte sich. »Es war eine ziemlich wilde Hatz, mit einer verwegenen Frau auf dem Beifahrersitz.«

Alma, die den Beinahezusammenstoß mit den Straßenbahnen bei ihrer Erzählung ausgelassen hatte, verkniff sich jeden Kommentar dazu. »Wehe, Walter, du erzählst meinen Eltern etwas davon!«, sagte sie stattdessen streng.

»Ich bitte dich!« Entrüstet sah Walter auf.

»Ketterer hat sich also erschossen.« Emmi knabberte auf ihrer Unterlippe. »Aber wie kann Ungerer jetzt noch etwas bewiesen werden?«

Alma seufzte. Würde der Auftragsmörder davonkommen? Es gab keinen Beweis, der Mann schwieg immer noch, und ohne eine Aussage Ketterers gab es nichts, was sie ihm anlasten konnten.

»Wir haben vielleicht eine Möglichkeit.« Ludwig beugte sich vor. »Nachdem Ungerer den Namen Nochum im Verhör erwähnt hat, habe ich mir den Croupier noch einmal vorgeknöpft. Die beiden Männer kennen sich nur sehr flüchtig. Ungerer muss irgendwann auf dich aufmerksam geworden sein, Alma, und unauffällig herumgefragt haben. Mit der Nennung von Nochums Namen wollte er uns durcheinanderbringen. Aber letztlich …« Ludwig grinste zufrieden. »Nochum hatte eine kleine Schwäche für unsere beiden Damen, Margarete und Lizzy. Und als er erfahren hat, dass Lizzys Tod kein Unfall war, ist er gesprächig geworden. Die Halbwelt hat Kontakte. Er ist entschlossen, jemanden zu finden, der Ungerer belasten kann.

Mord ist bei ansonsten kriminellen Zeitgenossen zwar nichts Ungewöhnliches, aber wenn es so hübsche junge Frauen trifft, nicht gern gesehen.« Er zuckte entschuldigend mit den Schultern. »Ihr versteht, was ich meine, nicht?«

»Das heißt, er wird nicht ungeschoren davonkommen?« Alma sah Ludwig überrascht an.

»So wie es aussieht, nicht. Der Jockey auf der Rennbahn hat ihn eindeutig als denjenigen identifiziert, den er bei den Ställen gesehen hat. Das allein mag noch reiner Zufall sein, aber ich bin zuversichtlich, dass wir das Messer finden werden, mit dem Ungerer Margarete Kern erstochen hat.«

»Es wird also Gerechtigkeit geben«, stellte Emmi zufrieden fest.

Alma nickte. »Aber zu welchem Preis«, sagte sie dann langsam. »Drei Menschen mussten sterben.«

Für einen Moment schwiegen sie, dann fasste Ludwig ihre Hand. »Aber du hast dafür gesorgt, dass nicht noch mehr Menschen sterben werden. Wir haben einem gefährlichen Mann das Handwerk gelegt.«

»In allen Kriminalsachen, Zivil- u. Strafprozessen mit nachweisbar stetem Erfolg«, sagte Walter und sah Alma grinsend an. »Und Sie, Kriminalkommissarsanwärter Schiller? Werden Sie nun wohl zum Kriminalkommissar befördert?« Die Frage klang ehrlich interessiert. Allem Anschein nach hatte sich Walter nach der Schilderung der Geschehnisse ein beifälliges Bild von dem Polizeibeamten am Küchentisch geschaffen.

»Wir werden sehen.« Ludwig schien sich bei der Frage etwas unwohl zu fühlen, aber auch Alma hatte schon darüber nachgedacht, was nun mit der Amtsstube 5 in der Vincentistraße geschehen würde.

»Ende gut, alles gut.« Emmi lächelte glücklich in die Runde.

»Aber nun hört endlich mal mit den Förmlichkeiten auf!« Die Teekanne in der einen Hand, mit der sie gerade ihr viel zu dünnes Gebräu nachschenken wollte, gestikulierte sie ausladend mit der anderen. »Das ist Walter, das ist Ludwig. Wer gemeinsam am Spieltisch sitzt, sollte sich auch duzen!«

»Ich glaube, vom Spielen habe ich derzeit genug«, sagte Alma.

»Papperlapapp.« Emmi wischte ihren Einwand beiseite und räumte Teller und Tassen zusammen, so dass in der Mitte des Tisches Platz entstand. »Weder Pferde noch Roulette.«

»Canasta?« Walter stöhnte. »Bitte, kein Canasta! Und Emmi: Lass die Finger vom Wein, der bleibt hier. Aber, was ich sagen wollte: Ich schulde Großmaman noch eine Runde. Das reicht mir für die nächsten zwei Jahre. Sie wird wieder eine halbe Ewigkeit brauchen, bis sie eine Karte gewählt hat, und dann beschumsen.«

»Und dies natürlich mit den Worten ›Ich weiß nicht, wovon du sprichst, Kind‹ leugnen«, fügte Alma hinzu.

»Und dabei betont langsam ihren Kuchen zerkrümeln«, brachte Emmi den Satz zu Ende und stellte die Weinflasche mit einer kleinen Verbeugung zurück auf den Tisch.

»Es scheint in jeder Familie eine kleine Gemeinsamkeit zu geben.« Jetzt zuckte Ludwigs Mundwinkel doch. »Meine liebt das Gänsespiel.«

»Noch schlimmer!«, jammerte Walter.

»Außer man trinkt einen Schnaps, wenn man auf eine Brücke kommt.«

»Wir haben Wein!«

»Die Herren, ich bitte Sie. Kein Canasta.« Triumphierend blickte Emmi in die Runde und sagte: »Suffragetten!« Dann stand sie auf, um in ihrer Kammer etwas zu holen.

»Die Rechte der Frauen sind doch kein Spiel!«, murmelte Alma halb empört, halb belustigt.

»Was du wohl glaubst«, gab Wölkchen zurück und breitete ein Spielbrett auf dem Tisch aus. Dann gab sie jedem von ihnen eine Figur in die Hand. »Das Spiel heißt: *Pank a Squith*.«

»Pank ein was?« Walter betrachtete skeptisch seine weibliche Spielfigur. Sie trug ein blaues Kostüm mit grüner Schärpe.

»Squith. Nach Premierminister Asquith benannt. Es ist tatsächlich ähnlich wie das Gänsespiel, nur mit Suffragetten. Pank steht für Emmeline Pankhurst«, erklärte Emmi. »Lady Lambert hat das Spiel im Hollande gelassen.«

»Das gefällt mir!« Alma musste lachen.

»Lady Lambert? Die mit dem Premierminister-Hund?«, fragte Walter ein wenig fassungslos. »Na, das passt ja.«

Emmi rieb sich die Hände. »Dann mal los!«

»Bist du sicher, dass es richtig war, dass ich auf das erste Feld zurückmusste, um der Polizei auszuweichen?«, fragte Ludwig, als er Alma eine Stunde später in den Mantel half.

»Absolut. Obwohl ich eine Anweisung wie ›Braten Sie den Beamten eins über und rücken Sie vier Felder vor‹ auch nicht schlecht gefunden hätte.« Alma fühlte sich nach dem ausgelassenen Spiel wie neugeboren.

Walter hatte nach einigen Rückschlägen, bei denen seine Suffragette immer wieder zurückgehen musste, seine Figur als Erster im Feld der Houses of Parliament platzieren können und somit das Spiel gewonnen. Und ehe sie es sich versah, war Alma mit dem Vorschlag herausgerückt, gemeinsam das Abgrund zu besuchen.

»Ich habe es jemandem versprochen«, hatte sie gesagt, und mehr war nicht nötig gewesen, um alle davon zu überzeugen, dass das der perfekte Abschluss des Tages werden würde.

»Bist du auch sicher, dass ich es mir erlauben kann, mich in diesem Etablissement blicken zu lassen?«, fragte Ludwig jetzt weiter, während er sich seinen Hut aufsetzte.

»Das ist deine private Angelegenheit, oder etwa nicht?«, antwortete Alma. »Und es ist mein Wunsch.«

Ludwig grinste. »Das sollte eigentlich reichen, du hast recht.«

»Sind wir jetzt so weit?« Emmi, die die Türklinke schon in der Hand hielt, drehte sich ungeduldig um. »Man lässt Otto nicht warten.«

Walter runzelte die Stirn. »Wer ist Otto? Den habt ihr nie erwähnt!«

»Pst!«, machte Emmi und legte den Finger auf die Lippen. »Kein Mucks jetzt. Und passt verflixt nochmal auf die zweite Stufe von unten im Erdgeschoss auf!«

»So betrunken bin ich nun auch noch nicht.«

Walter schlich übertrieben vorsichtig voran, Alma und Ludwig folgten, während Emmi das Schlusslicht bildete. Wie Einbrecher tappten sie die Treppe nach unten. Im ersten Stock angekommen, konnte sich Wölkchen ein leises Kichern nicht verkneifen. Und als Walter sich bei den Stiegen verzählte, Ludwigs gezischte Warnung zu spät kam und die zweite Stufe von unten mit einem geräuschvollen Knarzen unter Walters Schuh Laut gab, wurde nur Sekundenbruchteile später die Tür der Wirtin aufgerissen.

Gewaltige Lockenwickler und ein geblümter Morgenmantel erschienen auf der Schwelle. »Fräulein Täuber, was zum …?«

Jetzt gab es kein Halten mehr. Lachend und gestikulierend stürmten die vier auf die Straße.

»Die Wände haben Ohren, Fräulein Täuber! Ohren!«, hörte Alma noch, dann fiel die Haustür ins Schloss.

NACHWORT

Die Idee, ein Fräulein vom Amt zur Hauptfigur in einem Roman zu machen, begleitet uns schon länger. Der Glanz von Baden-Baden und die zwanziger Jahre zogen uns recht schnell in ihren Bann, und so machten wir uns – angespornt durch den Zuspruch unserer Agentin Franka Zastrow und natürlich Iris Kirschenhofer vom S. Fischer Verlag, vielen Dank an dieser Stelle an euch beide! – an die Arbeit.

Baden-Baden nahm uns freundlich und mit Sonnenschein auf. Ein herzliches Dankeschön gehört den hilfsbereiten und flexiblen Mitarbeiterinnen des Stadtarchivs, die uns mit Fotos und Dokumenten aus der damaligen Zeit versorgt haben, sowie dem Brenners Parkhotel, das uns Dokumente zur Geschichte seines Hauses zur Verfügung gestellt hat.

Wir haben versucht, das Baden-Baden des Jahres 1922 so originalgetreu wie möglich wiederauferstehen zu lassen, durch die Dramaturgie des Romans haben wir uns aber auch an einigen Stellen von der historischen Wahrheit entfernen müssen. So traf man im Restaurant Krokodil keine Buchmacher und Wettpaten, tatsächlich wohnten im Haus in der Mühlengasse mit der Nummer 2 einst Bürger mit äußerst respektablen Berufen. Das Café Riegel sowie das Abgrund entstammen auch unserer Phantasie, und das illegale Casino in den Burgstaffeln existierte ebenfalls nicht.

Und natürlich gab es auch keinen Kriminalrat Ketterer: An

seiner Stelle leitete Polizei-Oberwachtmeister Heitz mit sechs Beamten die Kriminalpolizei im Amtsgericht, Zimmer 5.

Eine Anmerkung noch zum Begriff »Fräulein«, die uns wichtig erscheint: Seit dem Jahr 1972 ist diese Anrede für unverheiratete Frauen abgeschafft. Die Entscheidung war längst überfällig: Schon in den 1950er Jahren gab es im Bundestag scharfe Kritik an dem Begriff und immer wiederkehrende Debatten, in den Sechzigern stieß die Bezeichnung immer stärker auf Ablehnung, bis er zu Beginn der 1970er Jahre in deutschen Amtsstuben endgültig nicht mehr benutzt wurde. Im nicht-behördlichen Kontext war es ohnehin schon lange üblich, die einheitliche Anrede »Frau« zu nutzen: Seit 1919 galt die Anrede nicht mehr als Personenstandsbezeichnung, weshalb auch unverheiratete Frauen sich so anreden lassen durften.

Wir sind froh über die feministischen Bestrebungen all der Frauen des letzten Jahrhunderts, die schließlich dazu geführt haben, den Begriff »Fräulein« auch aus dem letzten amtlichen Vordruck zu streichen. Aber zu Beginn des 20. Jahrhunderts ist die Situation noch eine ganz andere: Um in vielen Berufen, zum Beispiel als Kellnerin, Lehrerin oder Telefonistin, arbeiten zu dürfen, musste eine Frau ledig sein, so dass sich die Anrede »Fräulein« für berufstätige junge Frauen beinahe fest etablierte.

GLOSSAR

Alle Tage sind kein Sonntag: Schlager von Carl Ferdinand und Carl Clewing. Erstmals erschienen 1924, gilt aber als mündlich überliefert. Emmi ist ihrer Zeit in diesem Roman also möglicherweise zwei Jahre voraus. Bekannt wurde das Lied durch zwei gleichnamige Filme, die 1935 und 1959 herauskamen.

Ascona: Der Monte Verità war ab der Jahrhundertwende über mehrere Dekaden magischer Treffpunkt von Aussteigern jeglicher Couleur. Auf dem Hügel feierte man die klassenlose Freiheit mit vegetarischer Ernährung und Freikörperkultur, vertraute auf die Heilkräfte der Natur und träumte von einem alternativen Sanatorium.

Berber, Anita (1899–1929): Deutsche (Nackt-)Tänzerin und Schauspielerin. In der frühen Weimarer Republik ist sie der Inbegriff von Laster und Dekadenz.

Bergner, Elisabeth (1897–1986): österreichische Theater- und Filmschauspielerin, die im Gegensatz zu vielen anderen den Sprung vom Stumm- zum Tonfilm spielend schaffte. Feierte nicht nur in Deutschland große Erfolge, sondern – nach ihrer Emigration 1933 nach London – auch international. 1935 wurde sie für den Oscar nominiert.

Lolo, Dodo, Joujou, Clocio, Margot, Froufrou: Kosenamen der im Lied *Dann geh' ich ins Maxim* erwähnten Damen. Das Lied stammt aus Franz Léhars Operette *Die lustige Witwe*, deren Uraufführung 1905 in Wien stattfand.

Erzberger, Matthias (1875–1921): deutscher Politiker zur Zeit des Kaiserreichs und der Weimarer Republik. Durch die Unterzeichnung des Waffenstillstandsabkommens von Compiègne im November 1918 geriet er in den Fokus deutschnationaler Hetzkampagnen, die schließlich im August 1921 in seiner Ermordung gipfelten.

Fairbanks, Douglas (1883–1939): US-amerikanischer Schauspieler, Filmproduzent, Regisseur und Drehbuchautor. Als athletischer Autor spielte er oft Rollen, in denen er seinen Körper voll einsetzen konnte. In den 1920er Jahren war Fairbanks mit Abstand der bekannteste Schauspieler im Rollenfach des Abenteurers.

Fuller, Loïe (1893–1928): amerikanische Wegbereiterin des modernen Tanzes. Sie entwickelte den Serpentinentanz. Kennzeichnend dafür ist das riesengroße Schleierkostüm aus leichtem Seidenstoff, das die Tänzerin in immer neuen Wellen- und Spiralformen um ihren Körper schwingt.

Haniel, Richard (1865–1937): Unternehmer aus Duisburg, aus dessen Pferdezucht unter anderem der Hengst »Träumer« stammte. Von 1936 bis 1937 war er Präsident des Internationalen Clubs, der ab seiner Gründung im Jahr 1872 die Pferderennen auf der Rennbahn Iffezheim bei Baden-Baden ausrichtete.

»In allen Kriminalsachen, Zivil- u. Strafprozessen mit nachweisbar stetem Erfolg.« Zitat aus dem Adressbuch Baden-Baden von 1920. Der Originaleintrag lautet: *Detektiv Rulo. Dip. Dir. Detkv. H. A. Greiss-Rulo. Bäderstraße 2. Eingang Gernsbacherstr. Telefon 343. Ermittelungen in allen Kriminalsachen, Zivil- u. Strafprozessen mit nachweisbar stetem Erfolg. Entschleierung aller geheimnisvollen Vorgänge im privaten wie im Geschäftsleben eines jeden Nebenmenschen. Beobachtung und Ueberwachung in jedem Gesellschaftskreis durch geschultes Personal. Vertrauensangelegenheiten jeder, selbst schwierigster Art. Erforschung des Aufenthaltes Verschollener und Vertriebener. Besorgt mangels Vorhandensein einer Privat-Auskunftei auch jede gewünschte Auskunft p. p. Reell! Streng diskret. Verbindungen nach allen Plätzen. (Kein »Büro!«)*

Kappler, Karl (1891–1962): Mit 278 Siegen und zahlreichen Platzierungen in den verschiedensten Disziplinen war der in Gernsbach im Großherzogtum Baden geborene Karl »Charlie« Kappler der erfolgreichste Rennfahrer der 1920er Jahre.

Keil-Folville, Ines (1885–1980): Sie war die erste Frau, die das Rennfahren zu ihrem Beruf machte. Mit vierzehn Jahren bestritt sie zum ersten Mal ein Radrennen im Frankfurter Palmengarten auf dem Hochrad ihres Bruders, mit achtzehn Jahren stieg sie auf sein Motorrad um. Nach ihrer Heirat und dem Umzug nach Brüssel lernte sie von ihrem Mann, einem Automobilingenieur, das Autofahren. Nach dem Ersten Weltkrieg galt sie als Star des Frankfurter Automobilclubs. Viermal gewann sie ein 24-Stunden-Rennen auf verschiedenen Strecken Europas.

Murray, Mae (1855–1965): Mae Murray hieß eigentlich Mary Adrienne Koenig, begann ihre Karriere als Ziegfeld Girl und zählte Mitte der 1920er Jahre zu den bestbezahlten Filmstars Hollywoods.

Negri, Pola (1897–1987): Die in Polen geborene Theater- und Stummfilmschauspielerin war einer der größten Stars der frühen Filmära, die auf dem Höhepunkt ihrer Karriere in die USA ging. Bekannt wurde sie vor allem durch ihre Affären mit Kollegen wie Charlie Chaplin oder Rudolph Valentino.

Nurmi, Paavo (1897–1973): Der finnische Leichtathlet gilt als einer der bedeutendsten Athleten überhaupt. Zwischen 1920 und 1928 gewann der Leichtathlet bei den Olympischen Spielen neun Goldmedaillen, unter anderem im 10 000-Meter-Lauf, beim Geländelauf, dem 1500-Meter-Lauf oder dem 5000-Meter-Lauf, und stellte neue Weltrekorde auf.

Pickford, Mary (1892–1979): kanadische Schauspielerin und Filmproduzentin der Stummfilm- und frühen Tonfilmzeit. Ihren Spitznamen »America's Sweetheart« erspielte sie sich mit der Darstellung junger Mädchen, die sie auch noch mit dreißig Jahren verkörpern konnte. Gemeinsam mit D. W. Griffith, Charlie Chaplin und Douglas Fairbanks gründete sie 1919 die Produktionsfirma United Artists.

Puhonny, Ivo (1876–1940): in Baden-Baden geborener Künstler und Puppenspieler, der sich vor allem einen Namen durch Werbe- und Gebrauchsgraphiken machte.

Rathenau, Walther (1867–1922): deutscher Industrieller, Schriftsteller und Politiker der DDP, der im Januar 1922 Außenminister wurde. Im Juni desselben Jahres ermordeten ihn Mitglieder der antisemitisch und nationalistisch ausgerichteten Terrorvereinigung Organisation Consul.

Der Tiger von Eschnapur: zweiter Teil des monumentalen Stummfilms *Das indische Grabmal* (1921) von Joe May. Das Drehbuch wurde von Fritz Lang und Thea von Harbou geschrieben, Grundlage dafür war ihr gleichnamiger Roman.

Valentino, Rudolph (1895–1926): Erlangte 1921 im Stummfilm *Der Scheich* (Regie: George Melford) Weltruhm. Er avancierte zum beliebtesten männlichen Star seiner Zeit und löste unter seinen weiblichen Fans regelmäßig Massenhysterien aus.

Veidt, Conrad (1893–1943): Deutscher Schauspieler, der vor allem durch seine Rolle des Césare im expressionistischen Stummfilm *Das Cabinet des Dr. Caligari* (Regie: Robert Wiene) von 1920 in Erinnerung geblieben ist. Als entschiedener Gegner der Nationalsozialisten verließ er das Land im April 1933 und setzte seine Karriere in Hollywood fort.

Wir versaufen unsrer Oma ihr klein Häuschen: Stimmungslied aus der Hyperinflationszeit, erschienen 1922. Text und Musik stammen von Robert Steidl.